U0573422

兵团魂

下

新疆生产建设兵团系列广播剧三十六部

新疆生产建设兵团广播电视台◎编

新疆文化出版社
新疆电子音像出版社

图书在版编目(CIP)数据

新疆生产建设兵团系列广播剧. 兵团魂. 下 / 新疆生产建设兵团广播电视台编. -- 乌鲁木齐 : 新疆文化出版社:新疆电子音像出版社,2021.8

ISBN 978-7-5694-3157-5

Ⅰ. ①新… Ⅱ. ①新… Ⅲ. ①广播剧本—作品集—中国—当代 Ⅳ. ①I235.3

中国版本图书馆 CIP 数据核字(2021)第 173854 号

出版策划:沈　岩
责任编辑:陈晓婷
封面设计:党　红

新疆生产建设兵团系列广播剧　兵团魂(下)

编　者　新疆生产建设兵团广播电视台
出　版　新疆文化出版社　新疆电子音像出版社
地　址　乌鲁木齐市沙依巴克区克拉玛依西街 1100 号(邮编 830091)
发　行　全国新华书店
印　刷　北京华强印刷有限公司
开　本　787 mm×1 092 mm　　1 / 16
印　张　22.75
字　数　450 千字
版　次　2021 年 8 月第 1 版
印　次　2021 年 9 月第 1 次印刷
书　号　ISBN 978-7-5694-3157-5
定　价　88.00 元

编 委 会

序

他们的名字叫兵团

从2019年3月开始，中国广播剧园地开放了一朵又一朵新花。《兵团魂》是新疆生产建设兵团献给全国人民的一份礼物，在社会上产生了广泛的影响。

生在井冈山，
长在南泥湾，
转战数万里，
屯垦在天山。

一支战功赫赫的英雄部队风雨兼程一路走来，已经过了自己的甲子之年。这支部队有一个响亮的名字：新疆生产建设兵团。

六十多年来，在一百六十多万平方千米的土地上，这支队伍挥洒着汗水与热血，创造了一个又一个奇迹，谱写了一曲又一曲华章。六十多年风雨洗礼，一批批英模人物和模范群体从这支队伍中脱颖而出。他们是共和国旗帜上的风采，是新中国大厦的一块砖石，是时代列车上默默无闻的螺丝钉，是新时期祖国展翅飞翔的一羽鸿毛。

他们中间有戍守边境线的战士，有工程院院士，有时代楷模，有民族团结典范，有优秀援疆干部，有最美支边人，有脱贫攻坚先锋，有见义勇为的典型人物，有党的十九大代表；还有人民币上的女拖拉机手原型之一、戏比天大的梅花奖得主，有优秀社区干部、民营企业家，有退而不休的全国劳动模范、魂系绿洲的优秀共产党员；也有四十七团老兵、孙龙珍女子民兵班、塔里木大学这样的模范群体。这些来自各个方面和角落的兵团人，把不可能变成了可能，把不敢想的事变成了现实，把普通变成了敬仰，把平凡变成了崇高。

新疆生产建设兵团党委宣传部精心选取了三十三位英模人物和三个模范群体，由兵团广播电视台的年轻采编人员以系列广播剧的艺术形式，来讲述他们的故事，展示他们的风采，褒奖他们的境界，讴歌他们的精神，彰显信仰之美、崇高之美，引导人们向往和追求讲道德、尊道德、守道德的美好生活。这些英模人物和典型群体的精神归根结底一句话,那就是兵团精神。

三十多年前,共和国开国上将王震在给《当代中国的农垦事业》一书写的序言中提出:什么是中国农垦创业者的精神呢?我以为,最主要的一是艰苦奋斗,一是勇于开拓。在今天,坚持和发扬这种精神,对推动我国农垦事业以至整个社会主义事业的进一步加速发展仍是非常重要的。他还强调说,艰苦奋斗,勇于开拓,经过几十年坚韧不拔的努力,创造出具有世界先进水平的劳动生产率,为国家、为人民多做贡献,这就是我这个农垦老兵对我国农垦事业的期望。正是受到王震"农垦精神"的启发,兵团提出了"兵团精神"的概念。

2014年4月,习近平总书记在兵团第六师共青团农场考察时,握着山西吕梁援疆干部马小军的手勉励他把"热爱祖国、无私奉献、艰苦创业、开拓进取"的兵团精神,同吕梁精神结合起来发扬光大,为建设新疆贡献力量。也正是在这次新疆考察活动中,习近平总书记对新时期兵团发展有了新定位新要求:安边固疆的稳定器,凝聚各族群众的大熔炉,先进生产力和先进文化的示范区。

这一切,为系列广播剧的创作明确了方向,提供了理论支撑,开掘了力量源泉。《兵团魂》是新中国成立以来第一次以广播剧的艺术形式宣传兵团英模人物和模范群体的宣传之举。这三十六部广播剧在中央广播电视总台、新疆广播电视台、兵团广播电视台先后播出后反响强烈,形成了一个让广大观众了解兵团、宣传兵团、热爱兵团、投身兵团的"空中磁场"。为了让广大听众听其声、观其形,也为了给广播剧爱好者们提供借鉴,现在将三十六部广播剧剧本和创作札记结集出版,无疑是对这一优质资源的二度开发和升级,必将对宣传兵团、塑造兵团形象、弘扬兵团精神产生巨大作用。

相信兵团一定会在未来的日子里,进一步深入生活、扎根人民,研究艺术规律,提高创作水准,精益求精,从创作高原向创作高峰奋进,创作出有温度、有深度和有高度的作品,为中国广播剧园地再添亮丽的色彩。

是为序。

胡占凡

中国文联副主席、中国电视艺术家协会主席

2020年12月于北京

目录

沙漠学府

编剧 \ 王安润

主要人物

颜宇春:25~84岁,沈阳农学院高才生,塔里木大学(简称:塔大)农林专业泰斗式人物,博士生导师;优质品种“新梨7号”主培育者。

海英:22~81岁,沈阳农学院高才生,塔大农林专业教授,博士生导师;优质品种“新梨7号”培育者之一;颜宇春妻子。

吴延飞:18~53岁,塔大农林专业教授,博士生导师,颜宇春学生;优质品种“新梨7号”培育者之一。

夏海燕:18~33岁,塔大农林专业教授,博士生导师,吴延飞学生。

颜强:18~28岁,塔大畜牧兽医专业老师,颜宇春、海英之子,夏海燕未婚夫,在抢救向导努尔不耶时因公殉职。

校长、努尔不耶、买买提等若干人。

【音乐起,塔里木大学做广播体操的音效】

【充满青春活力的校园里,各种音效此起彼伏】

【旁白】

这所屹立在塔克拉玛干大沙漠深处的大学，由开国上将王震1958年亲自创办。如今,从这所大学走出的优秀毕业生遍布天山南北,90%的大学生在大漠深处的团场和县乡扎下了根,他们把论文写在大地上,形成中西部一道亮丽的风景线。

上 集

1

【有礼貌的敲门声】

颜宇春:请进。哟,是张校长,稀客稀客,快请进,快请进。海英,给张校长倒茶。

张校长:海英阿姨不客气。颜老、海英阿姨,告诉你们二老一个特大喜讯,上级领导回信啦!

颜宇春:回信啦?真没有想到,领导日理万机,还给我们十几个老家伙回信。这真是教育事业之幸事,我们塔里木大学之幸事啊。

张校长:是的,是的,颜老,你们的信非常有价值,领导的回信成为我们塔大继续前进的强大动力。这不仅是我们塔大之幸事,也是我们全兵团之幸事和大喜事。兵团党委已经批准了我们的庆典活动。颜老,准备一下,您这个大功臣在校庆上好好给年轻人讲讲吧。

颜宇春:受之有愧,受之有愧。

海英:颜宇春,我们这辈子三生有幸,遇上了这么好的时代。

张校长:看海英阿姨这话说得,水平有呢。

2

【锣鼓喧天】

【校园喇叭声】

颜宇春,沈阳来的颜宇春同志,请到校长办公室。重复一遍,颜宇春,沈阳来的颜宇春同志，请到校长办公室……

海英：颜宇春，广播里好像在叫你呢。

颜宇春：叫我？好像是嘞。

【校长办公室】

校长：来来来，颜宇春同志、海英同志，欢迎欢迎啊。你们千里迢迢从沈阳奔赴祖国的西部边陲，实在是不容易啊

颜宇春：校长客气啦。

校长：二位都看到啦，与你们的母校沈阳农学院比，我们这里只配叫幼儿园。但是我们这所大学可是开国上将王震司令员亲自创办的，虽然现在它非常落后，不久的将来啊，它一定会在全国同类大学里后来者居上。你们相信我的这个判断吗？

颜宇春、海英：（异口同声）我们相信！如果不相信就不会主动要求来这里。校长，分配任务吧。

校长：急性子，好，我喜欢。从今天起啊，到最需要的地方去再不是一句口号，可能要接受许多多的考验，到时候可不许打退堂鼓哟。

颜宇春海英：（异口同声）校长，您太小瞧我们共青团员了。是骡子是马，拉出来遛遛才知道。

校长：好，我要的就是你们这句话。

3

【旁白】

为了这句话，颜宇春和海英付出了一辈子的青春和汗水，也顽强地渡过了那众所周知的年月。1961年的塔里木大学物质条件极度匮乏，颜宇春和海英还处在半工半读的时期。

颜宇春：海英，快来快来。来，尝尝，看看咱实验室里第一个西红柿和家乡的有什么不一样。

海英：嗯，好吃，好吃。

颜宇春：海英，跟我来这个连菜都吃不上的大学后悔了吧。

海英：颜宇春，你说什么咪，太小瞧人啦，别忘记我也是光荣的共青团员。

颜宇春：对、对、对，我媳妇是谁呀，辽宁农学院的高才生。

海英:颜宇春,你给我打住。谁是你媳妇,我答应要嫁给你吗?

颜宇春:这个嘛——来,再吃一个。这不早晚的事嘛。

海英:颜宇春!

颜宇春:好好好,我走我走。不过,我很看好你哟!

海英:(嗔怒)你个死颜宇春!

4

【旁白】

那时候颜宇春他们自己种菜、养牛羊。学生的课桌都是用土块垒起来的,上面放一块木板就是桌子了。尽管如此,中华人民共和国第一所办在塔克拉玛干大沙漠里的大学,一样培养了师生很多的优秀品质。

【塔里木河的流水音效】

颜宇春:海英,你看这里多美,有全国最长的内陆河,有全世界叹为观止的胡杨,还有营养价值丰盛的大头鱼。

海英:是啊,我在想,沙漠气候可以长出这样卓越的胡杨树,三千年不死,也一定能够培育出最好的果子,要不然……

颜宇春:要不然,我们两个农林专业的大学生岂不浪费了青春?

海英:颜宇春,你是我肚子里的蛔虫啊。

颜宇春:差不多,就那个意思吧。

海英:不贫了,跟你说件事。我发现那几个部队上来的调干生学习特别吃力,可他们没有一个惧怕艰苦和困难。

颜宇春:是的,他们几个私下里对我说,颜老师,我们是为国家学,学好本事建设祖国。

海英:眼下,这个地方是一张白纸,没有一个学科不是白手起家的,可我相信,学好本领建设祖国是从上到下每一个人骨子里的信念。

颜宇春:是啊,不愧是开国上将带出的队伍。海英,有了这样信念,前面就是刀山火海他们也能闯过去!在这一点上,他们是我们的老师。

海英:颜宇春,你讲得太好了!

颜宇春:海英,一沓子宣言赶不上一次实践。我们的科研成果应该写在塔里木河畔这片大地上。

海英:颜宇春,我相信,我们的科研成果一定能写在南疆这片大地上。

颜宇春:(动情地)海英……

5

【鸟语花香音效】

颜宇春:海英,嫁给我吧。

海英:你说什么呢,我们千里迢迢来到这里,至今还没有什么过硬的成果,这婚,你好意思结?

颜宇春:就是说,只要我们的研究课题有眉目,你就答应我。

海英:千真万确。

颜宇春:不许反悔。

海英:决不反悔。

颜宇春:签字吧。

海英:什么?

颜宇春:结婚报告。

海英:你疯了吧?

颜宇春:我非常清醒。看,这是什么?

海英:“新梨7号”?颜宇春,上面批下来了?

颜宇春:白纸黑字,真的假不了,如假包换。

海英:是这样啊。

颜宇春:那我们的事?

海英:我——我答应你!

【婚礼热闹的音效】

校长:各位老师各位同学,今天是颜宇春和海英老师大喜的日子,祝福这对新人喜结良缘。来,大家把杯中的酒干了!

教授甲:校长,这样太便宜这小子了,他把咱们的“果蔬公主”就这样骗到手了?

教授乙:是啊,是啊,让他讲讲恋爱经过,一个细节都不许漏掉。否则罚他一瓶,大家说行吗?

宾客:(异口同声)行!

校长:要我说呀,咱还是让新郎新娘讲一讲他们怎么把“新梨7号”搞到手的,怎么样?

宾客:(异口同声)好!

颜宇春:校长校长,哪有王婆卖瓜自卖自夸的。你说呢,海英?

海英:就是就是,还是让颜宇春的得力助手吴延飞说说吧。

校长:这个主意好。吴延飞,上!

吴延飞:(腼腆地)“新梨7号”的目标是特别酥,皮很薄,吃起来口感像香酥梨,特别爽口,丰产性很强。

教授甲:哈哈哈,吴延飞,你背台词啊。不是要你讲这个,是讲你师父和师娘那个。

吴延飞:(嗫嚅)哪个嘛。

宾客:(异口同声)就那个嘛。

校长:好了好了,别难为人家小姑娘了。吴延飞,讲讲你们这个项目的酸甜苦辣。

吴延飞:好吧,校长。颜老师说,我们以早酥梨为父本,库尔勒香梨为母本,必然会经过有性杂交方式的艰难过程。立项之日起,团队每一人都必须做好打持久战的心理准备。

教授甲:打住打住,吴延飞,这是婚礼,不是你们的报题会。

吴延飞:(不好意思)对不起,我太激动了。

校长:吴延飞,讲得好,咱们塔大人的婚礼就该这么办。老师们你们说对不对呀?

宾客:(异口同声)对、对、对!

6

【旁白】

谁也没有想到,“新梨7号”这场持久战整整打了16年。1996年,当“新梨7号”顺利通过国家农业部成果鉴定,颜宇春已经步入花甲之年。

【吴延飞旁白】

为了这一天,颜老师和海英师母连吃饭的时间都顾不上,两个孩子全部寄养在亲戚家,他们俩却通宵达旦守候在梨树下观察香梨开花坐果全过程。

【旁白】

如今，“新梨7号”已冲出新疆，在河北、山东等地大面积推广种植，有效推动了当地经济发展和农民增收致富。

【音乐过渡】

颜宇春：老伴啊，这一切好像就在昨天。

海英：别今天昨天的了，我们老啦。赶紧告诉延飞，60年不遇的校庆，她这个“红枣公主”不回来可说不通。

颜宇春：她还在几百公里外的那个贫困村里盯着呢。我说老伴啊，这件事你就不要瞎操心了，校办一定会通知延飞准时参加校庆活动的。

7

吴延飞：（独白）就是这样，几十年来老师和师母什么事都替我想得周周全全。妈妈说，这辈子遇上这么好的老师，是我们家上辈子修来的福气。

【知了烦躁的叫声】

夏海燕：吴老师，吴老师，您怎么了。你们几个快来呀，吴老师昏过去了。

【杂乱的脚步声】

【男女七嘴八舌】

夏海燕，吴老师怎么啦？

吴老师，您醒一醒啊。

吴老师，我们马上送您去医院。

【哭声】

夏海燕：别吵别吵，吴老师醒过来了。

课题组：（全体异口同声）吴老师……

吴延飞：（微弱的声音）对不起，让大家担心了，你们别紧张我没事的，就是低血糖犯了。夏海燕，咱们课题组都到齐了吗？

夏海燕：都到齐了，吴老师。

吴延飞：（还是微弱的声音）大家知道，现在正值枣树生长和开花坐果关键期，一秒钟都不可以掉以轻心。天再热、地再燥也必须把每一个关键数据都拿下。有信心吗？

课题组：（全体异口同声）有！

吴延飞:(依旧微弱的声音)种植红枣已经成为南疆脱贫致富的支柱产业。你们知道,选育一个红枣优良品种一直是老师的心愿,也是我们大家的奋斗目标。现在我们的攻关到了关键的时候,无论如何都要打赢!

夏海燕:吴老师,您放心吧,有我们呢。

课题组:(全体异口同声)对,吴老师,您放心吧,有我们呢。

【旁白】

为了这个新品种,吴延飞带领课题组找遍了南疆所有的红枣主产区,才有了5个红枣优良变异单株。6年后, 吴延飞团队育成了这个比普通骏枣大三分之一的新品种,它红色更纯正,含糖量更高。

【酒杯相碰的音效】

吴延飞:今天,我们要举杯庆贺,一是我们的新品种就要为南疆脱贫致富推波助力。二是夏海燕同学就要去帕米尔高原实现人生的远大抱负,以后见面的机会就少了。夏海燕,可不能忘了我们大家哟。

【哭泣声音效】

夏海燕:吴老师……同学们……

8

【科技服务队讲座音效】

吴延飞:我们塔大科技服务队这次来,为大家带来了维汉双语版的《枣花果管理技术》和《枣病虫害防控技术》,大家拿着手册上的图片与自己家地里的红枣树进行对比,就可以判断出你家的红枣树得的是什么病,针对病种采取什么措施……

【热烈的掌声】

王团长:吴教授,太感谢,你看今天这广场上已围满了人,职工们听说您这个"红枣公主"要来,这不,一大早就来广场上等着了。

吴延飞:王团长,您太客气啦。作为一名果树专业教师和科研工作者,将成果应用到生产上变成脱贫致富的助推剂,是我们最大的心愿。

【再次响起热烈的掌声】

职工甲:吴教授,听您的课,我们拿着手机录着音、摄着像,生怕漏掉您的每一句话。你们送科技到基层,心系我们职工群众,你们太伟大了。点赞!

吴延飞:大叔,您过奖了。我的手机24小时开机,只要是你们打电话咨询技术,我马上解答;如果不能确诊出方案,我就抽时间到现场去。

职工甲:吴教授,这面绣有“博学友善、情系百姓”的锦旗是我们大家的一点心意,请您务必收下。

吴延飞:大叔,这就见外了。

王团长:吴教授,收下吧,您是我们职工群众心里的大英雄。您的讲座和现场培训非常管用,我们团的枣园生态种植新模式都建起来了。

职工:(异口同声)收下吧,吴教授,我们看好你!

职工甲:我家的枣园以前收入很少,都想放弃了,后来在吴教授的环剥环割技术指导下,让我有了种植的信心。

职工乙:我家也受益匪浅。一开始我们大家都不懂枣树修剪,坐果也不好,在吴教授的技术帮助下,我们的种植收入和效益增加了很多。

王团长:看在大家的面子上,吴教授,你就收下吧。

吴延飞:好,我收下了。

【热烈的欢呼声】

【旁白】

成长经历和生活环境,让吴延飞对老百姓有着特殊的情感。当“全国三八红旗集体”“全国巾帼文明岗”的光环公正地罩到她和她团队头上,她说种植户对科技的需求让她认识到自己的责任。

吴延飞:真快啊,一晃我也是50岁出头的人了。夏海燕,还好吗?知不知道,咱们的母校要搞60周年庆典活动了。

下　集

9

【帕米尔高原,寒风呼啸声】

夏海燕:美女们,今天真是双喜临门。咱们的课题通过了专家论证,吴延飞老师又给我发来信息,说母校要搞60周年庆典活动了,邀请我这个帕米尔高原上的塔大学子参加庆典活动呢。

【众学生欢呼声】

女学生甲：夏老师，听说你这当年的高才生，死活不听吴导师的劝阻留校，非要跑到这海拔4000多米的帕米尔高原上来实现抱负，这里面一定有什么故事吧。

夏海燕：算不上什么故事，都是过去的事了。

女学生甲：夏老师，能跟我们说说吗？

夏海燕：那好吧。

【夏蝉在周而复始地鸣叫】

夏海燕：颜强哥，明天，你这畜牧兽医专业的研究生就要上帕米尔高原了。你心里除了那个神秘的课题，还有别的要交代吗？

颜强：（欲言又止）海燕，我这一上高原还不知道什么时候回来，我最放心不下的就是我那身体一天不如一天的爸爸妈妈。

夏海燕：知道，颜教授和海英教授是我们果蔬专业的泰斗。放心吧，这不还有我这个未来的准儿媳妇嘛。

颜强：海燕，真是难为你了。唉，自古忠孝不能两全，好在有你。

夏海燕：颜强哥，别这么婆婆妈妈的，我们搞专业的人经得起考验的。

颜强：（激动地）海燕，我的好妹妹，等着我，回来咱们就去登记，爸爸妈妈一切都为我们准备好了。

夏海燕：颜强哥，我等着你。

【旁白】

谁也没有想到，这个夏夜竟然是这对青梅竹马的恋人的最后诀别。

颜强和他的团队在空气稀薄的帕米尔高原上完成最后一组数据采集时，遇到了百年不遇的黑风暴。生命的最后时刻，颜强将向导努尔不耶推向生的边缘，自己跌下万丈山崖。

【如诉如泣的哀乐】

海英：我的儿子啊，你怎么忍心就这样丢下你的爸爸妈妈走了呀。

颜宇新：海英，坚强些，坚强些。白发人送黑发人是黯然神伤，但我们赶上了就得面对，为有这样的儿子骄傲和自豪吧。

校长：（泣不成声）两位教授，此时此刻我不知道说什么才能表达我内心的悲痛欲绝，颜强老师是你们的亲骨肉，也是我们塔大最优秀的教师，他去的壮烈去的值得。有这样的教师是塔大之荣,是全国教育战线之荣。

【撕心裂肺的哭泣声】

夏海燕:我们的爱情就在那个令人悲痛欲绝的日子里死去了,我的爱人倒在了帕米尔高原上。我们两个曾相约,今生今世永远不再分开。颜强埋葬在帕米尔高原上的那片松树下,他在那里,作为妻子的我怎么能不追随左右?

10

【马蹄声】

夏海燕:请问你是?

买买提:夏老师,我是努尔不耶的儿子买买提,爸爸说了,颜强叔叔是他的救命恩人,今生今世您就是我们家的大贵人。爸爸在家里宰羊,让我来接您,随时听您吩咐。

夏海燕:你是努尔不耶大哥的儿子?

买买提:是的,夏老师请看,我胸口上挂着颜强叔叔的照片。爸爸说,永远永远挂下去。

【旁白】

从此努尔不耶大哥一家对夏海燕关爱备至。后来在夏海燕的精心辅导下,聪明的买买提如愿以偿考上了塔大,成为一名从山沟里走出的畜牧兽医专业大学生。

【马蹄声由远而近】

夏海燕:是你啊,努尔不耶大哥。

努尔不耶:夏老师,买买提能遇到你这样的好老师,是他一生的幸运。买买提能在塔大预科班就读,如今成为一名兽医,这都是你的功劳。

夏海燕:努尔不耶大哥,千万不要这样讲,都是买买提自己努力的结果。

努尔不耶:那小子哪里有这样的本事,我都打听到了,买买提对国家通用语言文字根本不懂,还是你打的招呼,人家班主任老师才给那小子开了小灶。

夏海燕:努尔不耶大哥,什么都瞒不过你呀。

努尔不耶:夏老师,大哥我是死过一回的人,要不是颜强兄弟,唉,不说了,不说了。

【马蹄声由远而近】

夏海燕:买买提,你怎么知道努尔不耶大哥在我这里?

买买提:夏老师好,我刚刚从那几个村转悠过来,老远就看到爸爸的马了。

夏海燕:原来如此。

买买提:夏老师,您猜猜今天谁会走进您这顶毡房?

夏海燕:有人来?

买买提:当然,您知道今天是什么日子吗?

夏海燕:(热泪长流)当然知道,是颜强因公殉职的日子。

买买提:是这样,可也是我爸爸生命获救的日子,没有颜强叔叔就没有我爸爸的今天。

努尔不耶:是这个样子的。

【马蹄声再次由远而近】

夏海燕:吴老师,是你们?

吴延飞:怎么,为师我就不能来看看你了?

努尔不耶:就是这位老师帮助买买提摆脱心理负担,经常在课余时间陪他聊天,还……

吴延飞:努尔不耶大叔,这都是你们这位大贵人夏老师给安排的任务。不过作为一名教师,我也希望买买提尽快从失去颜强的悲痛之中走出来,有一个良好的学习状态。

买买提:夏老师,你不知道吧,吴延飞教授现在是我们乡里的大财神,乡里唯一的一座大棚内,她给很多人传授了蔬菜种植技术。

吴延飞:买买提,闭嘴,这都是为了一个庄严的承诺。

夏海燕:我知道了,是颜教授和海英教授?

吴延飞:你说两位老人怎么办?你又死活不回大学,只好让我来为帕米尔高原点缀些绿色,让九泉之下的颜强心里有点宽慰。

夏海燕:真是难为你了,吴老师。

11

吴延飞:一座棚十亩田。乡亲们,设施农业高产高效,还节约资源,我觉得在你们这里大力推广设施农业是走农业现代化之路、带动增收致富的重要路径。

【乡亲们热烈的掌声】

吴延飞:乡亲们,这位呢是我们塔里木大学果林系最出色的夏海燕教授。

努尔不耶:也是我和我儿子买买提的大恩人。你们都知道的,夏老师的未婚夫就是为了救我努尔不耶,被那场该死的黑风暴卷下山崖牺牲的。

【乡亲们七嘴八舌】

原来是买买提家的大恩人,听说过,听说过。

这个买买提真是有福气,遇上了这么好的老师。

夏海燕:乡亲们,一家人不说两家话。从今天开始,大棚的技术推广就由我夏海燕来完成,你们愿意吗?

乡亲们异口同声:愿意,愿意,愿意!

【旁白】

从这天起,夏海燕渐渐从极度悲伤中走出来,投入到自己的专业研究中去。她要在颜强以身殉职的帕米尔高原上展开新的人生,把他们两个人对事业的庄严承诺变成现实。

【马蹄声由远而近】

夏海燕:买买提,你怎么来了?

买买提:夏老师,经营一座占地面积大约1.5亩的大棚,一年纯收入可达25000块,这是不是神话?

夏海燕:这不仅不是什么神话,吴延飞老师和她的团队已经在和田把它变成了现实,变成了新崭崭的人民币。

买买提:原来不是传说。

夏海燕:哪儿有那么多的传说。在我们北疆一个团场,有52座大棚用于农业技术示范和推广,带动了团场职工和周边地方乡镇村民增收致富呢。

买买提:原来这些都是真的呀。

夏海燕:这是因为呀,颜宇春、海英前辈打下了坚实的基础,有我们吴延飞老师这样的实干家。你们不知道吧,吴老师即便是生病了,也会一头扎进大棚拼命地。白天为种植户提供技术服务,晚上查阅资料分析数据,这是她多年的习惯了。

买买提:我的天哪,你们个个都太厉害了呀。

【众学生赞叹声和唏嘘声】

女学生甲:哇,这故事也太感人了。请夏老师放心,向南发展的集结号已经吹响,我们结束实习就投入战斗，向你们这些前辈看齐，把事业的根须深深扎进贫瘠的南疆大地。

夏海燕：美女们，我太感动了，也太受鼓舞了，保证回到母校就把你们的志向向领导详细报告。

12

【塔里木大学校庆演出，情景剧"向南向南"】

校长：颜老，这个情景剧不错吧？是自己的学生创作的。还有，您的弟子吴延飞刚刚获得"全国五一劳动奖章"，祝贺您呀。

颜老：同贺，同贺，张校长，塔大的事业代代相传。这不，延飞的弟子海燕风尘仆仆刚从帕米尔高原下来，她的科研团队成果已经通过了专家论证。

张校长：祝贺，祝贺，夏老师，辛苦辛苦，你们给母校争光了。

夏海燕：校长说反了，是母校培养了我们，是颜老、海英前辈和吴老师这样的导师，给了我们人生的正确方向。还有一件事要向您汇报，我带的这批实习生主意已定，放弃城里的优越条件，坚决去帕米尔高原搏击人生、绽放青春呢。

颜宇春：这真是长江后浪推前浪，不愧是塔大的莘莘学子。

张校长：这要说源头，是一代又一代的传帮带，才有了60年来数以万计的优秀毕业生，才有了上千个课题在南疆大地的广泛运用，也才有了沙漠学府这个各族人民群众发自内心称赞的口碑。

颜宇春：是啊，金杯银杯不如老百姓的口碑，我们这一生啊，把根扎在这塔克拉玛干大沙漠里干事业，一个字，值！

张校长：颜老客气了，岂止是一个"值"。您著作等身，弟子无数，简直就是功不可没啊。

吴延飞：还是校长高瞻远瞩，塔大的办学方向始终都在正确的坐标上，这是你们历届班子和上级教育部门的功劳。

张校长：吴老师你这又过奖啦。告诉你们一个好消息，关于我们塔里木大学，上级领导表扬我们了。他说，塔里木大学回答了教育为谁培养人、培养什么人、怎样培养人的问题。

吴延飞、夏海燕：(同声)我们太幸福啦。

张校长：走，咱们一起参加校庆去。今天是你的生日——我的塔大。

颜宇春、海英、吴延飞、夏海燕：（齐声）今天是你的生日——我的塔大。

塔里木大学吴翠云教授（右一）给学生们讲解植物嫁接要领

创作札记

薪火相传一甲子

一所六十年来置身于风沙弥漫的塔克拉玛干大漠边缘，自始至终把各族群众需求放在第一位，并将论文年复一年地写在南疆大地上的高等学府，无时无刻不在撼动着我的心灵。

2018年10月5日，我以硕士研究生导师的身份，荣幸地参加了这所沙漠学府——塔里木大学建校60周年庆祝大会。在那个激动人心的时刻我暗下决心，一定要为这所兵团的功臣大学做点什么。最终，我决定用广播剧的艺术形式，来展示三代师生的感人故事和精神风貌。

在塔里木大学（简称"塔大"）校长张传辉办公室里，他如数家珍地向我讲述了"胡杨公主""蔬菜公主"等"十大公主"的故事，讲到情深处，自豪和骄傲溢于言表。在塔里木大学党委书记赵光辉办公室，他以一种敬畏的言辞，表达了对塔里木大学各项成果的赞美，尤其对大学一以贯之的"传帮带"作风给予极大的肯定。在学校党委宣传部召开的座谈会上，我从二十几名各方代表的舌尖上，采集到了创作广播剧所依托的人物原型和故事情节。

如何塑造好沙漠学府的艺术形象，让广大听众心悦诚服地敬畏这所大学、向往这所大学，让老中青三代塔大人鲜活地亮相产生较大的宣传效应？我的眼前闪现出我熟识的塔大优秀教职员工：张莉莉、李志军、吴翠云是特贴专家疗养时认识的团友，如今都是带"长"的专家型领导，她们讲的故事耐人寻味；阎春雨等教授是兵团春节联欢会时邀请的嘉宾，因为撰写晚会串词，自然对他们的故事做了许多功课；朱晓玲、王海珍、张琦、吴瑛是兵团高层次人才第二期培训班的同学，从她们的口中我了解到了许许多多感人肺腑的塔大人的故事。塔里木大学党委宣传部领导王志刚、杨宝仁,人文学院院长肖涛、原党委书记杨斌等,还向我提供了鲜为人知的故事和线索。这一切,都为我创作广播剧《沙漠学府》夯实了故事的基础。

但是,将一个跨度达六十年之久的大学历史用故事呈现出来,首要的问题就是如何结构,是以时间为主线,还是以故事和人物为主线?经过反复思考,我觉得塔里木大学可歌可泣的人物灿若星辰,历史浩如烟海,故事应该起源于1958年建校,止于2018年10月5日校庆。这么大的时间跨度不要说广播剧,就是电视连续剧都承载不了她丰富的故事情节和厚重的思想内涵。我将所有的人物过滤了一遍,哪个都重要,哪个都割舍不下。几乎每一个故事都有她的独特性,每一个都让我爱不释手。作为编剧,这是最艰难的时刻,取舍这一关闯不过去,一切都是零。还是塔大人给了我创作灵感,最终我决定用时空交错结构,以老中青三代人的故事为主线,将塔大创业时期、建功立业时期、科研成果转化时期,以及塔大人美好的爱情串联起来,构成一部荡气回肠的塔大历史画卷,从而为塔大"培养什么人、怎样培养人、为谁培养人"的教育理念做出形象生动的注解。

广播剧以塔大60年校庆为引子,引出校长拜访退休老教授颜宇春、海英夫妇二人,请颜宇春出席校庆并代表老教师发言。颜宇春、海英老两口子浮想联翩,回忆千里迢迢来到初创时期的塔里木大学,广播剧就这样拉开了帷幕。在这一桥段,通过音效展示了在塔大初创时期艰苦的条件下,来自四面八方的塔大人一边建校一边教学,在世界第二大沙漠边缘创造着奇迹。第二桥段自然而然引出颜宇春的得意门生吴延飞。在"新梨7号"香梨品种的漫长培育中,家庭和事业之间的矛盾考验着颜宇春、海燕教授的顽强意志。品种在艰难地培育,师生之间血浓于水的友谊与日俱增。第三桥段,主要写第二代塔大人吴延飞的奋斗经历、研究成果、光荣称号,以及对塔大精神不折不扣的传承。第四桥段依旧是写第二代塔大人。颜宇春唯一的儿子、塔大第一批自己培养的研究生颜强。他继承父母的优秀品质,在畜牧领域实现着自己的远大抱负。而吴延飞的学生夏海燕正是颜强的未婚妻,她非常出色,品学兼优,坚决支持未婚夫的抉择。谁能想到,就在颜强深入山区推广畜牧新品种、造福牧区百姓时,不幸因抢救同事而坠入山崖光荣殉职。第五桥段,吴延飞接到校庆通知和导师颜宇春的电话后,第一时间就想到自己的学生夏海燕,此时她正踏着未婚夫的足迹,在山区试验点带研究生。自从未婚夫颜强葬在山上,她就义无反顾地来到这里,她要陪伴着自己最爱的人坚守扶贫攻坚岗位,实现未婚夫的愿望。在蔬菜种植上,她为山区的百姓传经送宝，成为山区牧民的“财神”。然而，她心中的阴云并未散去，对未婚夫的思念刻骨铭心。这时，吴延飞来到山区呈上大学的邀请函，并表达了颜宇春夫妇的挂念。最后一个桥段，第一代塔大人颜宇春、海英夫妇二人，第二代塔大人吴延飞、夏海燕汇集在喜气洋洋的塔大校园。师徒们相见感慨万千，相互述说着思念之情。校长邀请他们一起观看了精彩的节目，舞台剧“向南向南”博得了经久不息的掌声。夏海燕兴致勃勃地告诉校长，她在山区带的研究生纷纷表示，坚决到农牧业生产第一线去，向前辈们学习，将论文写在南疆大地上。这应该是第三代塔大人的志向和情怀，剧情到这里走向高潮。面对令人折服的塔大人，大家激动地喊道：“今天是你的生日，我的塔大！”

至此，三代塔大人的青春、理想、事业、爱情、奋斗、情怀通过对话、音效、音乐淋漓尽致地展示给广大听众，达到了“讲好塔大故事、传承塔大精神、展示塔大风貌”的艺术效果。

【编剧简介】

王安润，国家一级编剧，享受国务院政府特殊津贴专家，全国“德艺双馨”电视艺术工作者，中国军事文化研究会影视中心艺术总监。

创作的影视作品、纪录片、广播剧曾获中国电视金鹰奖、中国电视星光奖等。其中电影《无罪》获第 50 届休斯敦国际电影节“白金雷米奖”，《杰米拉》获第 23 届上海国际电影节组委会特别荣誉奖，《进军和田》《我的阿恰》公映，微电影《小白杨》《血缘》分获第三届、第八届亚洲微电影艺术节“金海棠”奖最佳作品奖和优秀编剧奖。

著有电影文学剧本《边关铿锵玫瑰》《青春轶事》《大爱无痕》《冬古拉玛》《梧桐窝》等。电视剧本《红日照天山》《大动脉》（合作）分别获 2018 年、2019 年全国重点现实题材电视剧本扶持项目。电视剧本《温州女子闯新疆》《飘逸的蒲公英》入选 2019 年全国重点现实题材电视剧本扶持项目。

领跑幸福

编剧 \ 夏　俊

主要人物

王平:黄应明的妻子,勤劳能吃苦,不服输,富有爱心,为帮助别人可以尽自己最大的努力,看似柔弱的肩膀能担起千斤重担。

黄应明:王平的丈夫,有爱心,不善于表达但是很踏实,一直默默支持着妻子,并和妻子一起奋斗,帮助别人。

父亲:老实敦厚,操四川方言。

母亲:善良,关心孩子,但有时有心无力,操四川方言。

兵团职工张大叔:兵团老职工,50多岁。

兵团职工王大哥:兵团职工,40多岁。

邻居巴登其林:蒙古族汉子,40多岁,热情好客。

刘指导员:连队指导员,50多岁,成熟稳健。

卜宪运连长:50多岁,操河南口音,成熟稳健。

兵团职工黄大姐、职工王志平、男女同学、职工若干人。

【代表们走出人民大会堂，脚步声响起，代表们边走边兴奋地交谈】

山东省李代表（女）：王大姐，今天，习近平总书记在报告当中无数次提到“人民”这个词，充满了家国情怀，我觉得特别感动，也特别有信心。

王平：是啊，大家都是听得心潮澎湃。报告里提到把人民利益摆在至高无上的地位，围绕民生事业讲了好多我们想听的话，让人心里感到很温暖。我相信，只要围绕报告中提到的目标加油干，咱们的日子一定会越过越好。

山东省李代表（女）：说得对。

【众人边走边笑，轻柔垫乐起】

王平：（独白）2017年10月，我作为党的十九大代表，也是兵团参会代表中唯一的一名职工代表，在人民大会堂聆听习总书记做报告。当党代表，从遥远的新疆来到北京，走进人民大会堂，我很自豪。但我知道，这个荣誉不是我自己的，是整个兵团的。作为一线基层职工，能带领大家脱贫，我很骄傲，我为全体兵团人感到骄傲！没有兵团，就没有我川妹子王平的今天。

上　集

1

【欢快的音乐起，王平兴高采烈地领到了高考录取通知书】

王平：我考上大学了！我考上大学了！

同学甲：祝贺你啊，王平！你考到哪儿了啊？

王平：绵阳师范学校。我的理想就是当一名教书育人的园丁。

同学乙：王平，我们真为你高兴！听说你考了咱们全县第二名呢！真厉害！

王平：哪里啊，我就是这次考试发挥得好。

同学甲：别太谦虚了啊，谦虚过度也是骄傲啊！你平时学习成绩就很好。祝贺你啊！

王平：谢谢你们!不过我要赶紧回家，把这个好消息告诉爸妈。再见啦，咱们回头再聊。

【王平拿着高考录取通知书向爸妈报喜】

王平：妈！看，我考上了绵阳师范！

母亲：（一边为女儿高兴，一边翻看着通知书欲言又止）好啊，咱家平娃子真棒！师范学校好啊，你不是一直想当老师嘛。

王平：就是啊，爸，快看我的录取通知书嘛。

父亲：师范是好啊。学费多少钱啊？

母亲：我看看，上面写的……一年3000块钱。好多呦……

父亲：平娃子，咱们家没有这么多钱啊，你是家里的老大，你的弟弟妹妹还要上学……这3000块钱学费咋个整嘛！

王平：（难过地转身低下了头，独白）1988年，我在高考中以全县第二名的好成绩被四川绵阳师范录取。然而，因为家庭贫困，3000元的学费阻挡了我迈入高校大门的脚步，无法实现用知识改变命运的计划。为了谋生，我和几个同乡一起远赴新疆生产建设兵团第五师八十四团七连，开始了打工生涯。

2

【呼啸的北风刮着，黄应明来到王平住的房门口，敲门声】

王平：是哪一个？

黄应明：是我，黄应明。

王平：哦，是黄大哥啊，快进来。

【开门，走进房子的脚步声，关门声】

黄应明：王平，我给你们带了床单和被子。

同乡甲：太谢谢喽，正愁床单和被子不够呢。

同乡乙：黄大哥真是雪中送炭噢！

【同乡接过床单和被套，王平拿凳子】

王平：黄大哥，快坐。

黄应明：好。王平，怎么样，你们在这儿还习惯吗？

同乡甲：这里条件太艰苦喽！！土墙的房子，连床都没得，麦草一摊就是一张床，铺个被子就睡了。

王平：这里太冷喽！你看，马上快过年了，这里还是这么冷，大风呼呼地吹，哪像咱们老家,这时候,都快春暖花开喽!

黄应明:是啊,这里就是要冷得多。不过,待两年,习惯就好喽。我前两年刚来的时候也不适应。把门窗关好,把炉子烧得红红的,就不冷了。

王平:好嘛。

黄应明:等天暖和了,哪天带你们去看看这里的地,保管你吃一惊!

王平:(疑惑不解)为啥子啊?

黄应明:(笑着说)到时候你就知道喽。

3

【春暖花开,地边的林带里,鸟儿在婉转鸣叫,一群人说说笑笑走到地边】

王平:(惊讶)黄大哥,这么大的田啊!我还是第一次见呐。这要多少人种啊?!

同乡甲:是啊,我们刚才远远地就看到喽,这么大的田!乖乖!

同乡乙:从地这头到那头都快看不到喽,这么大的田,咋个种嘞?!

兵团老职工张大叔:(停下手中搂薄膜的活儿)小黄,带你老乡过来啦。

黄应明:忙着呢,张大叔。对,先带她们过来看看,参观一下。

兵团老职工张大叔:好好看看,咱们这地大吧!

王平:是啊,第一次见到这么大的田。

同乡甲、同乡乙:(七嘴八舌)是啊,是啊。

兵团老职工张大叔:哈哈。这么大的地块,种起来也过瘾。哎,你们种过地吗?

王平:(害羞地说)没有,在家就是上学,我身体不好,爸爸妈妈不让我干活,家务活都不会干。

兵团老职工张大叔:那就有得学了,种地的学问可多着呢!

黄应明:张大叔可是种地的好把式哩!

兵团老职工张大叔:没有,没有,好把式谈不上,经验倒是有一点。

黄应明:张大叔太谦虚喽!咱们兵团职工就是能干,能吃苦,能战斗,能奉献,种地也种得好,产量还高。

王平:张大叔,到时候我们有不会的、不懂的,还得多请教你哩。

兵团老职工张大叔:好说,好说。

王平、黄应明、同乡甲、同乡乙:(七嘴八舌)那我们先谢谢张大叔喽!谢谢……

王平:(和大家边往住处走,边说)咱们一定和老职工多学学种地的方法,掌握好农业技术。

黄应明:你说得对,咱们现在先给老职工们打个下手,跟着学点种植技术,以后再自己种。

王平、同乡甲、同乡乙:(七嘴八舌)要得,要得。

4

【音乐过渡转场,王平和同乡在一起聊天】

王平:哎,黄大哥,你那里还有没有活计,有的话叫上我哦。

同乡甲:就是,黄大哥,有活儿把我们都喊上嘛。

同乡乙:就是,咱们一起去。

黄应明:好,明天我要去帮别人浇水,你们来不来?

同乡甲:(犹豫,打退堂鼓)浇水啊,太累了。还要穿上胶筒,胶筒本来就重,地里一浇水,都是泥巴糊糊,更是走都走不动喽。上次帮王姐浇完水,累得我两天都起不了床。

同乡乙:就是啊,一锹一锹泥巴铲的,胳膊累得都抬不起来喽!浇水太累了,有没有拔草的活啊?

王平:黄大哥,我跟你去浇水。

黄应明:王平,你个子这么小,这么瘦弱,你行不行啊?

王平:行,咋个就不行嘞?咱们不是要学技术吗?前面播种、定苗、除草,都干过了,也都掌握了一些。浇水上次也浇喽,我还想再学一下,把打梗子、放水、分水什么的彻底都学会。

黄应明:好,有志气,那明天早上6点我来叫你哦。

王平:好嘛。

5

【清晨鸟鸣声过渡转场,黄应明、王平来到兵团职工王大哥的地边】

兵团职工王大哥:小黄,来得早啊,这是给我带的帮手啊?

黄应明:是咧,这是小王,我同乡。别看这个女娃儿个子瘦小,可能干喽。

兵团职工王大哥：好，浇水这个活累得很，姑娘家敢干这个活，不一般，好样的。

王平：我还不太会，就是给你们打个下手，学一下。

兵团职工王大哥：那咱们就先打梗子吧，把梗子打好，等水下来了，把胶筒换上，挖开口子放水，再一块地、一块地地分水就行了。

黄应明：好，王大哥，你怎么指挥，我们就怎么干。

王平：好。

【大家用铁锹铲土、打梗子、培土，布谷鸟鸣声过渡，田间流水声】

兵团职工王大哥：小黄、小王，咱们的梗子打得差不多了，刚好这会儿上面的口子挖开了，水下来了，咱赶紧分水。

黄应明、王平：好。

兵团职工王大哥：动作得快，不能让水流得到处都是，要一块地一块地地浇，按顺序来。

黄应明、王平：要得。

【田间流水声加大，声音略迅疾】

兵团职工王大哥：快、快，赶紧把那个口子堵上，水流到那边去了。现在是浇地的大忙季节，这水可是金贵着呢，不能浪费。

【一阵铲泥巴的声音，流水声渐渐平缓】

黄应明：好，我堵上喽。

兵团职工王大哥：好，咱们再到那边看看，有没有漏水的口子。

【田间流水声平缓，地头有人喊："开饭啦！"】

兵团职工王大哥：小黄，你带着小王先去吃饭，我在这里盯着，待会儿你们吃完了换我。

黄应明、王平：好嘛，我们快快吃完就过来换你哦。

【两人穿着胶筒鞋"哐哐哐"往地头走，到了放饭的地方，王平一屁股坐在地上】

王平：（疲惫地说）黄大哥，你帮我打两个馒头、打份菜吧，我累得是一步都不想动喽。

黄应明：好，你坐到，我去打饭。吃完饭，还得继续干活。

【晚上收工的吆喝声响起】

黄应明：王平，收工了，咱们回去吧。

王平：好，黄哥，咱们收工。

【几人往住处走，王平抬起虚弱的胳膊，用手把门推开，一头倒在了床上】

同乡甲：（吃惊并关切地问）王平，你咋了？

王平：（虚弱、疲惫地说）没啥子，就是太累了，累得我一个手指头都不想动。

同乡乙：啊，没事就好，太累了，休息休息就好了。浇水真不是咱们干的活！

王平：歇一下，我还能干。

同乡甲：你啊，就是不服输。

王平：（轻柔音乐伴奏，独白）就这样，黄大哥带着我，拔草、放苗、喂猪，我们什么活都干。打零工虽然收入不高，大田工一天五块钱，拾棉花一公斤一角钱，但我们从不挑拣，有活就干，也学到了不少的养殖和种植技术。在共同劳动中，我和黄大哥互相帮助，走到了一起，我们花了500块钱，买了两间旧房子，收拾了一下就住了进去。后来，一起来兵团的同乡都陆续回乡了，只有我们夫妻二人留了下来。

6

【旁白】

转眼到了1992年，王平和黄应明夫妻二人落户在了八十四团，丈夫成了正式职工，夫妻俩的干劲儿更大了。听说连队里有300头羊没人愿意放牧，二人找到连长，想承包下来，连长很信任地把羊群交给了王平夫妻俩。

【丈夫推门回家】

黄应明：老婆，告诉你个好消息——羊群承包下来了！

王平：是嘛!真是个好消息。来，快吃饭。

【夫妻俩一边盛饭、分碗筷，一边聊天】

黄应明：咱们得好好养，争取能把羊群发展壮大。

王平：好嘛，咱们跟着老牧工一起去海西——赛里木湖西岸去放牧吧，听说那里水草好，羊长得快，生病还少。

黄应明：咱们就去海西。我看别的牧工都扎的帐篷，咱们没有，咋个整呐？

王平：没事，咱们没有帐篷，就先整个简易窝棚。把尿素袋子撕开，再几个缝在一起，用几根结实一点儿的棍子撑到，就行喽。先住到里头。咱们先吃点儿苦，干一年下来，看看能不能挣到钱。

黄应明：好，老婆，我听你的。

7

【呦呦，两人在海西一边吆喝着放羊，一边聊天，伴随着湖边不时刮起的风声】

黄应明：老婆，这里的草就是好啊，你看，羊吃得都不抬头。

王平：是啊，草长得这么好，到处都是小黄花，风景也好得很哦。等拾掇得差不多了，咱们就换着回去种地，不能把连里分给咱们的60亩饲料地浪费喽。

黄应明：要得，咱们把麦子和苜蓿一起种，这样咱们人吃的也有了，羊吃的也都有了。

【夫妻俩正聊着，突然响起噼里啪啦的下雨声】

黄应明：哎哟，老婆，下雨喽。

王平：就是，这雨还不小嘞，咱们快回窝棚。

黄应明：不行啊，窝棚漏雨，咱们还是先去邻居巴登其林家的帐篷里躲一会儿吧。

王平：要得。

【两人慌乱的脚步声，跑到了邻居家的帐篷外】

邻居巴登其林：（推门招手）哎哟，小黄，快、快进来。

黄应明：巴登其林大哥，这雨下得突然，我家的窝棚漏雨，我们俩先来你家躲躲雨。

邻居巴登其林：哎呀，说这些干啥，你们就是住在我家里，都可以，谁让咱们是邻居呢。

王平：谢谢巴登其林大哥。

邻居巴登其林：谢啥，我们蒙古族人向来好客，就是这雨把你们带到我们家里来的啊！哈哈！

【伴随着雨声打在帐篷上，响起众人一片笑声】

8

【北风呼啸】

王平：又到了冬天喽，一年时间过得真快哦，这一转眼，就到年底喽！

黄应明：咱们这一年也是辛辛苦苦干过来的啊。

王平：是啊，咱们学着给羊打针、治病，连接生都是我自己上。

黄应明：还有饲料地，咱也没有荒废，种得可好喽。老婆，你真能干，跟别人学经验，还买了好多种养殖的科技书籍，有空就看，是个新型农民。连队上人人都说，王平干活，一个顶仨。

王平：那是人家看得起咱们。再说，自己的活儿，不拼命地干，咋个整嘛。不干出个样子来，我可没有脸回四川老家。

黄应明：那是，不过，今年咱们干得应该还不错吧，一会儿，咱们去连里领兑现款，看能领多少钱。

王平：好嘛。来，我给你把帽子戴好。

黄应明：好，我给你把围巾、手套戴上。

【两人穿上棉衣，戴上帽子、围巾、手套，踩着雪，嘎吱嘎吱地往连部走。推开连队会议室门，一阵热气袭来，职工们都在热火朝天地讨论着收成情况，猜测兑现结果】

职工甲：小黄，你们俩口子也来啦。

黄应明：是嘛，今天下午3点整，连队开始兑现，这么大的事情，哪个能迟到嘛！

【哈哈哈，大家七嘴八舌地说】

职工乙：就是就是，辛苦干了一年，都想早点儿领到兑现款，手里有钞票好过年噻。

职工丙：小黄，你家肯定收入高。你家王平干活那可是一个顶仨，你们除了放羊、种地，还拾棉花，王平一个人能拾180多公斤，顶别人三个，你家不拿钱，哪个拿钱嘛。

职工丁：是啊，是啊，那群羊被你们发展到了500多头，你们就等着拿大钱吧。

王平：没有，没有，大家干活都很卖力。说到底啊，还是现在连队里的承包制度好，只要你想好好干，就有活做，这多好，以前是有浑身力气没得地方使噻。

【大家说说笑笑中，连队指导员走上主席台】

刘指导员：大家静一静，大家静一静，下面，咱们连队1992年年终兑现大会正式开始。

【台下众人热烈鼓掌】

刘指导员：大家都很激动吧，都想知道辛苦了一年，能拿上多少钱，是吧？

台下几人回应：是啊，都等着呢。

刘指导员：先告诉大家一个好消息，振奋一下大家的精神。现在不是流行什么

“万元户”嘛，今年啊，咱连也出了个万元户！

台下众人：（热烈鼓掌，夹杂着猜测声）这么厉害，咱们连第一个万元户！是谁啊？谁啊？

刘指导员：不用猜了，我现在正式公布：五师八十四团七连第一个万元户是黄应明、王平家庭！

台下众人：（热烈鼓掌，夹杂着祝贺声）小黄、王平，你们两口子厉害啊！万元户！真厉害！

9

【欢快俏皮音乐伴奏转场】

王平：老公，散会喽，咱们回家吧。

黄应明：好，咱们把兑现款抱上，回家！

【两人开心地说说笑笑往家走，回家后关起门来，把几摞钱全放在床上】

王平：老公，你见过这么多钱吗？

黄应明：没有，我也是第一次见。咱们打开数一数吧，这都是十块十块的。

王平：（开玩笑的口气）瞧你那点儿出息，就一万一千块钱，连队还能亏咱们不成！

黄应明：连队肯定亏不了咱们。会计、出纳几个人都过了好几遍。我不是没见过这么多钱，想数一数，过过瘾嘛。

王平：好，就好好数数，过过瘾！

王平：（独白）我们夫妻俩开心地把一摞摞十块面值的钞票在床上翻过来覆过去地数了好几遍，分享着丰收后的喜悦。我们先拿这些钱孝敬了双方父母，再给儿子买了套新衣服准备过年，剩下的钱，一分都没花，准备继续买羊放牧，扩大养殖规模。这一年干下来，我的胆子更大了，只要你好好干，土地里自然会出黄金。1995年，连队搞起了土地承包，我第一个站出来签合同，一下签了400亩地，把羊群归还给连队，一心扑在种地上。那几年，我们踏踏实实地勤劳苦干，在连队的资助下，在老职工、技术员的指导下，每年的收入都有四五万元，成了连里的富裕户。

下　集

10

【夫妻二人闲聊】

黄应明:老婆,最近这几年,虽说每年都能收入个十几万,但是你觉不觉得,天灾比以前多啊。

王平:你说得对。你看,2003年是旱灾,幸好团场、连队都在忙活,后面的补救措施得力,才勉强有了点儿收入。2005年,是雹灾。我还记得那年的6月19日,咱们八十四团遇到了十年不遇的特大雹灾,看新闻说,全团12万亩作物都不同程度受灾喽。

黄应明:是啊,你记得真清楚。我也记得,当时咱们承包的几百亩小麦颗粒无收,近300亩玉米都被砸成了光杆……

【随着谈话,音乐转场闪回,回忆起当时的情景:两人在田间劳作】

黄应明:老婆,我看这天气不对劲啊,你看,那边黑压压的云层,之前不是预报最近要下冷子喽!

王平:没事,不要怕,咱们团场不是有防雹队嘛,黑云来了,轰上几炮,把云打散就行喽。

黄应明:那是,团场防雹队的炮弹,威力还是挺大的。

【说话间,黑云翻滚而来,狂风暴雨夹杂着冰雹顷刻而下,噼里啪啦、噼里啪啦】

黄应明:老婆,快跑,咱们去地头的管理房躲一会儿。

【风雨声、冰雹声中两人脚步慌乱地跑进管理房躲避】

黄应明:老婆,听到放炮声了吗?但好像作用不大啊,云没有打散啊。

王平:是啊,我也听到了,可能今天的冷子太大喽……

【冰雹噼里啪啦砸在门上、窗户上、房顶上】

黄应明:(声音略带焦虑)老婆,坏喽!这冷子打了有十分钟吧?!

王平:是啊,这冷子把房门打得噼里啪啦响,就像打在我的心上。这11分钟,我一直看着表,像熬了一天。老公,听,好像停了,咱们快出去看看。

【冰雹停了,两人推门而出】

黄应明:(声音中透着绝望)老婆,坏喽!坏喽!到处都是一片雪白。咱的小麦地被冰雹砸成了平地,玉米本来一米多高,现在被砸得只剩下半截光杆。

王平:(悲伤地说)原来欣欣向荣的庄稼地,变成了一片狼藉啊!

【不远处传来女人的哭声、骂声、抱怨声】

黄大姐:哎呀!老天爷啊,你咋那么不开眼啊!好好的庄稼地被你给毁了啊!我们一年,不,几年的辛苦都白费了啊!呜呜……

黄应明:哎,好像是咱们隔壁的黄大姐,她家本来经济就不宽裕,指着今年好好打个翻身仗哩,谁知道……哎,真是倒霉啊。

王平:(深吸了一口气平复了一下情绪)哭有啥子用嘛,要是哭有用,我可以坐在地头哭上个三天三夜。看连里咋办,咋个补救。等天好喽,咱们赶紧拾掇拾掇,准备抗灾自救,复播作物吧。走,咱们过去劝一劝黄大姐。

【两人走到黄大姐身边】

黄应明:黄大姐,你莫哭喽,哭也没有用处噻。

王平:(语调真诚关切)是的,黄大姐,天灾躲不过,哭有啥子用。大不了从头再来,咱们的精神万万不能被困难压倒。咱们看保险能理赔多少,过一阵子,再赶紧一起复播,争取把损失降到最低吧。

黄大姐:(慢慢止住哭声,一边抽着一边说)我是心疼啊,辛辛苦苦种出的这么好的麦子,再有几天就收割了,却被冰雹砸的,说没就没了……哎,你们说得对,咱们得从头再来。

【一阵敲门声,打断了两人的回忆】

卜宪运:小黄在家吗?

黄应明:(起身去开门,边走边说)在家,是哪一个啊?哎哟,是卜连长嘛,稀客稀客啊。

王平:卜连长,你咋来喽?!快坐。

【黄应明、卜宪运边坐边聊,王平去拿暖瓶倒水】

卜宪运:我这是无事不登三宝殿啊,想和你们商量包地的事情。

黄应明:我们两口子刚就在聊天,说到这几年,光景不好,天灾比较多,收成不理想啊。

【把水递给连长】

王平:卜连长,喝水。

卜宪运:好,谢谢。是啊,2003年的旱灾,2005年的雹灾,灾害影响大,再加上农作物价格低迷，大家的收入确实不理想。现在是2007年，连队遇到了大麻烦，这不，我就找你们两口子来了。

王平：卜连长，有事你就直说嘛，遇到啥子麻烦喽？

卜宪运：这几年的灾害，让大家有了风险意识，很多人减少了种植面积，还有的人直接不种地，出去打工去了。现在，连里有870亩荒地没人种。你看，把地养好不容易，这些刚开出来的荒地刚刚有点儿起色，要是没人种撂荒了，多可惜啊。王平，你们两口子是种植能手，有经验，能不能把这些地接下来？

【王平听后，陷入沉思】

黄应明：卜连长，我们两口子刚刚还在说，2005年的雹灾，家里亏损了很多钱。今年我们自己种了900多亩地，如果再加上这870亩地，那就是将近两千亩地喽！

王平：（沉思良久后，沉稳地说）卜连长，给我三天时间，让我好好考虑一下。三天后，我给你答复。

【卜连长起身告辞，边说边往门口走】

卜宪运：好，你好好考虑考虑，我等你的消息。

王平：好。

黄应明：卜连长慢走。

【夫妻二人关上门，转回身坐下，认真商谈】

黄应明：老婆，你咋个想的嘛。我看，你是动了心了，想把那870亩荒地接下来？

王平：老公，咱们都是种地的，天生就和土地亲。你想想，如果那么多地没人种，那不彻底就荒掉喽！太可惜喽！

黄应明：可那是刚开出来的荒地啊，风沙大，盐碱重，地里全是大大小小的石头，咋个种嘛？！

王平：老公，咱们再大的苦都吃过，还怕这个？只要咱们肯花工夫，肯下力气，没有过不去的火焰山。我现在愁的，就是钱不太够，想让卜连长帮忙贷点款。种那么多地，启动资金量大，只要他帮忙，就没有太大问题。

黄应明：好嘛，既然你想好喽，有了主意，我还是那句话，听你滴。

王平：（调皮地）那你说说，这些年你听我的话，都听对了没得？

黄应明：听对喽，听对喽！你就是我的好婆娘！

【两人哈哈大笑】

11

【三天后，王平来到连长办公室，敲门】

王平：卜连长在吗？

卜宪运：哦，王平来啦！坐。考虑得咋样了？

王平：卜连长，把870亩荒地接下来，没得问题，我们干。

卜宪运：（激动地说）太好了！我一到咱们七连就看出来了，你王平敢想敢干，能干，不服输，我就知道你是个干大事的人。

王平：（羞涩地说）卜连长过奖喽，我还有一个要求。

卜宪运：啥要求，你尽管说。

王平：种那么多地，启动资金量大，我现在钱不太够，想让你帮忙贷20万。

卜宪运：好，没问题！我尽快去帮你办贷款，你也赶紧着手整地，好好归置归置。

王平：好，那我就先回去了。

12

【夫妻俩正在田里劳作，职工王志平走了过来】

王志平：黄哥、王姐，忙着呢？

王平：哦，小王，是你啊，有啥子事情啊？

王志平：哎，王姐，这不是碰到难事了嘛，想找你们帮忙借点钱。

黄应明：你要搞啥子啊？

王志平：我看现在农业机械化水平越来越高，想买台打药机，帮大家打打药，这样劳动效率高了，我也能挣上点钱。不过，我现在资金紧张，手头缺三万块钱。

王平：三万块钱，行，我明天上午去银行取了，你下午来家找我拿钱。

王志平：太感谢你们了！这真是帮了我的大忙了。那我明天下午去家里找你们。

【随着脚步声走远，夫妻两人谈话】

黄应明：（埋怨的口气）王平，你刚才没看我使劲给你使眼色吗？答应得那么痛快。咱们自己也还缺钱呐，还背着20万的贷款！

王平：（用软话劝说丈夫）哎哟，我看到喽。小王家里条件不好，好容易想到个挣钱的门路，说不定就能翻身喽，我咋个忍心不帮忙嘛。

黄应明：帮忙帮忙，就知道帮别人的忙。前两年，刘卫东借钱，你帮忙，我说过啥子没得？没有嘛，那时候咱们手头还有点儿闲钱，帮忙就帮喽。现在，咱们自己还背着那么重的贷款，你还有闲心帮人家。先管好自己吧，不要泥菩萨过河，自身难保喽！

王平：（越说越动情）你不是说听我的嘛，这次不听了？放心，我心里有数。谁都有遇到难处的时候。你记不记得1992年，咱们刚有了儿子，你妈从老家来帮忙看孩子，有一回生病了，连队的卫生员王姐来家里打针，看婆婆没有被褥，铺个单子睡在麦草上，王姐二话不说，回家抱来一床被褥给婆婆铺上。我那会儿就特别感动，我就发誓，以后自己有了能力，也要尽心尽力去帮助别人。

黄应明：好、好，你总是记得别人的好，自己吃苦受累就不说了。

王平：（调皮地说）谁说的，我也记得你的好啊。好啦，这次还听我的，好吧？！

黄应明：好，听你滴。反正这些年借给别人多少钱都不知道喽，你从来不让他们打欠条。

王平：放心，咱们帮人家解决难处，人家缓过来喽，肯定会想着还的。都是乡里乡亲的，打啥子欠条嘛！就没有借钱不还滴！

【半年后，王志平又来到王平家】

王志平：王平姐，在家吗？

王平：呦，小王来啦，快坐。

王志平：王姐，我今天是专门来给你们还钱的。来，这是三万块钱，快数数，看够不够。

黄应明：看你说的，还信不过你吗？小王，可以嘛，半年就挣到钱了。

王志平：多亏你和王姐帮忙啊，本钱都回来了，还挣了点儿钱，这不，就赶紧来给你们还钱了。

王平：小王，这下你可是找到致富门路了，真为你高兴。

13

【几个职工聚在一起聊天】

职工甲：王平的胆子真大啊！从来没有哪一个职工敢一下承包这么多的地，而且是别人撂荒的地。

职工乙：是啊，她能干能吃苦是大家公认的，不过一下子承包这么多地，这万一要是亏损了，那可是倾家荡产的事啊。

职工丙：是啊，别人都不要的地，她承包了，也不知道她是咋想的。

【略带凝重的音乐起】

王平：（独白）就这样，我们两口子包了近两千亩地。20万元的贷款，让我压力山大，我也担心贷款还不上。为了节约成本，我们没白天没黑夜地在地里干，中午从没回过家。雇的工人中午休息了，我俩还继续干。先把地里的石头捡起堆到地头，垒起了几道矮墙。我累得腰都快直不起来喽，手上也磨起了好多茧子……几个月后，原先的荒地焕发出勃勃生机。付出终有回报，那一年地里大丰收，不仅还清了贷款，还净赚了30万。

【年终兑现大会刚结束，几个职工聚在一起聊天】

职工甲：你看，人家王平就是有胆量，赌对了吧！贷款20万，包了近两千亩地，挣了30万！！！

职工乙：乖乖!20万贷款。要是我背着这么重的贷款，我可能天天都睡不着觉！

职工丙：看你那点儿出息!不过，我也不敢这么干。30万！还是第一次听说种地能挣这么多钱！

职工甲：哎，咱们出去打工，也够辛苦的，一年到头，漂泊不定的，也没挣到多少钱，还不如回来种地呢。

职工丙：就是。要不，咱们还是回连队种地吧，去找王平把咱们之前的荒地要回来。

职工甲：好，咱们这就去找王平去。

【几个职工来到王平家，敲门】

职工甲：王平在家吗？

王平：（一边答应，一边出来开门）来喽，来喽。是你们啊，快进来。

职工乙：（进门坐定，欲言又止）哎，王平，我都不知道该怎么开口。

王平：小陈，有啥子事情，你讲嘛。

黄应明：就是，有事情你就说。

职工丙：（前面沮丧语气，后面试探的口吻）这几年，天灾多，我们怕风险，不想包地了，出去打工吧，也没挣上什么钱；看到你们挣大钱了，给我们带了个好头，还是本本分分种地有保证，想回来种地，你们能不能把地让给我们？

王平：（和丈夫对视一眼，微笑着，坦然地）没问题，你们想回来种地是好事，我们肯定支持，可以把地让给你们，还把我们的好地让给你们。

几个职工：（七嘴八舌）谢谢你们两口子，太谢谢啦！

职工甲：我觉得怪不好意思的，之前我自己不愿意种了，你们接了，现在还把好地换给我们，这让我们说什么好呢……

职工乙：就是，王平的风格太高了，之前我们害怕亏损，把地撂掉了，你把地接上，还挣上了钱，真是我们的榜样啊，真佩服你们。

职工丙：太感谢你们两口子了！以后我们就跟着你们干。

【送走众人后夫妻二人商量】

王平：老公，我把地全让出去，把咱们种的好地给他们也多分一些，你没得意见吧？其实一开始的时候，我也舍不得，咱们费了那么多的力气、时间和精力，还有各种费用，把地养好了，现在又要让出去，我心里也斗争了一阵子。

黄应明：没事，老婆。谁让你是党员哩，党员就是风格要高嘛，我听你的。

王平：是啊，既然入了党，是党员，就不能光考虑咱们自己，也要多为别人想一想。你看，他们种几十亩地，就全靠地里的收入，你要是给他几十亩不好的地，他一年挣不上多少钱，说不定又会把地撂掉了，不种了；你要是把好地给他，他收入高了，越种越有信心，这样多好啊。

王平：（独白）就这样，我们不仅还了所有的荒地，还把自己种的好地也分出去了一些，让40多个家庭从中受益。这么多年，我们总是尽心尽力地帮助别人，有人来借钱，从不打欠条、不收利息，最多一次借出去20多万。别人问我，这些年借出去多少钱？我还真是答不上来。2012年，我向连队党支部建议设立“王平帮扶基金”，并拿出5万元作为启动资金，用于职工工作生活应急之用。连队党员干部、种植养殖户被我的做法打动，拿出资金共同建立帮扶基金。2012年我被评为“全国创先争优优秀共产党员”“全国巾帼建功标兵”，2015年被评为“全国劳动模范”，2016年被评为“全国种养渔业先进个人”。从起初远离家乡闯荡边疆的川妹子，到如今带领大家致富的领头人，我不仅扎根在了兵团，下一代也扎根在这里。我的初心很简单，就是让大家多赚些钱，都过上好日子。这个初心永不动摇！

“全国优秀党员”“致富带头人”荣誉称号获得者　王平

奋斗中书写美丽人生

有了第一次广播剧剧本写刘守仁院士的经验后，这次我进行创作就有了些底气。之前采访报道过尤良英大姐，再加上自己也是兵团团场出身，父母都是兵团职工，对于这些白手起家、艰苦奋斗、乐于助人的兵团职工，我天生有一种由衷的钦佩感和亲切感。看到创作名单上的王平大姐，我眼前一亮——就是她了。就这样，我选定了这次兵团魂系列广播剧的创作人物。

2001年，我大学毕业来到兵团电视台工作，从事新闻编辑，那时，就被新闻报道里五师八十四团职工卜宪运的故事深深打动。他踏实肯干、勤劳致富后又热心帮助身边的人，给大家出主意、想办法、垫资、教技术……可以说在带动周围的人致富过上好日子的路上不遗余力。后来又涌现出了尤良英、王平等勤劳致富的典型。都说奋斗的人生最美丽，这些勤劳勇敢的兵团职工感动了我，也激励着我，也让我一直坚定地走在为新闻事业奋斗的道路上。

上次一起采访尤良英大姐时，我和栏目上的同事有了更多的沟通和交流。接到广播剧剧本的创作任务时，我向他们咨询，有没有采访过王平大姐，采访的感受怎么样，有哪些让他们印象深刻的故事……同事告诉我，王平大姐是一个真正的实干家，特别能吃苦，特别能干，虽然个头矮小，但身体里蕴含的力量很大，认准的事情，不会轻易放弃、回头。大规模接手荒地的时候，她和丈夫没白没黑地泡在地里，吃住都在地边的窝棚里。为了把地块改良出来，夫妻俩把地里大大小小的石块一块一块地都捡拾出来，整整齐齐地堆在地边，堆得有半人高，一直排得老长。有了这些基本的准备，我一边搜集之前看过的王平大姐的报道，一边和团场的通讯员联系，尽我所能找到一切能找到、能用上的报道资料。有了这些内容，后来和王平大姐本人沟通的时候，就顺畅多了。

作为一个小时候在家从来没有干过体力活，连家务活都不会干的人，我特别好奇王平大姐是怎么学会干农活、成为行家里手的。王平大姐告诉我，她从小身体不好，体弱多病，家里人都没让她干过活，她一直是一心学习，成绩也非常好。由于学习用功，在当年的高考中，她以全县第二的成绩被师范学校录取。虽然成绩很好，但因为家里孩子多，经济条件不好，拿不出学费，上不了大学，王平就索性离开家，和同乡一起来到五师打工挣钱。听到这些故事，我被深深地打动了，心里也慢慢构建起了剧本的大致架构。材料都收集整齐了，王平大姐的感人故事很多，都很亮眼，但把哪个点作为开篇点题的内容呢？经过深思熟虑，我觉得参加第十九届党代会是王平大姐人生的高光时刻，就把这个点作为剧本的引子，随后展开王平大姐的人生故事。

一直专心学习，不会干家务活，更不会干农活，王平大姐的这些经历和我的很像。就像我婆婆说的“学习成绩好，大学都能考上的人，学什么应该都可以拿得下来，家务活更是不在话下”。学习能力强的人，总是有自己的方法、信念，也能把事情做好。王平大姐就是这样的人，有信心、有能力，也很能吃苦。当年跟着丈夫和一些同乡来兵团打工，后来一起来的同乡都觉得在兵团连队种地太辛苦，干大田农活太累，打起了退堂鼓，都回去了，就她和丈夫两个人留了下来。用王平大姐的话说，就是“我一定要干出个名堂来，混出个样子来再回去。不然多丢人啊”。因为要展示她的奋斗过程和学着干农活的经历，我回想起了小时候听爸妈说的农活要领、中学拾棉花时看到种植户浇水的情景，又向老同事反复请教，基本真实、准确再现了他们种地的场景，增强了故事的真实性。成为“万元户”、在床上数钱的桥段是我的合理想象，也是从前辈作品中借鉴过来的。第一次见到这么多钱，兴奋、激动的心情可以想象，我就写了一节王平夫妻俩在家数钱的故事，觉得也算是剧中的一个小亮点。

卜宪运是我敬佩的基层人物之一，也是王平大姐的老领导。这个朴实、憨厚的老连长也出现在了剧中，在包地、让地的风波中是关键性人物；再加上前面的几位兵团老职工和剧本后半部分出现的年轻职工，这一系列人物形象就形成了兵团职工的群像。他们的言行举止无一不展示出兵团精神和兵团人的朴实无华。和王平大姐一样，这些兵团职工群众也都是我心目中的英雄，是平凡生活中的奋斗者，在奋斗中书写着自己的美丽人生。

【编剧简介】

夏俊，女，毕业于新疆大学中文系新闻学专业。现任兵团广播电视台高级编辑，新闻节目部副主任。

绿洲之子

编剧 \ 李 慧 周金璐

主要人物

李永康:男,新疆生产建设兵团党委组织部副部长,人社局党组书记、局长。

马静:李永康爱人,女,50~55岁。

张玲艳:李永康同事,女,45~47岁。

卡斯木·瓦斯力:李永康的维吾尔族亲戚,男,35~40岁,伽师总场九连职工。

贾尼别克:哈萨克牧民,男,30~35岁。

【手机彩铃声】

马静:喂!

李永康:老婆!我现在要登机回乌鲁木齐了,给你打个电话报备下。抵达太晚,你就别等我了,早点睡啊!

马静:老李!你就别操心啦!不等你我哪儿睡得着。你赶紧上飞机吧!啊!就这样,我挂了啊!

李永康:诶!这婆娘!(话嘟囔在嘴里,笑却挂在嘴边)

【机场播音员播报航班声音:现在由喀什飞往地窝铺机场T3航站楼的川航3U8526将于10月11日凌晨1点起飞,请旅客前往登机口准备登机】

张玲艳:李局,咱们准备登机吧?

李永康:好,叫上大家一起,咱们走吧。

【李永康一行5人往机场登机廊道走去】

【脚步声、机场嘈杂声】

【呼吸声、心跳声,心跳放缓咚咚声,心跳越来越慢、呼吸越来越浅声】

【摔躺在地上的声音】

【张玲艳看到李局摔倒后紧张惊吓、手足无措的慌乱声】

张玲艳:李局!李局!您这是怎么了呀!

【同事呼喊李永康的声音,和同事说快打120,以及同事呼叫机场救护人员的喊声】

上 集

1

【旁白】

兵团机关大院,一颗颗大树接连着绿油油的草地在太阳的照耀下显得明亮青翠,空气中弥漫着修剪后的草汁味,令人神清气爽。正值上午上班时间,稀稀拉拉有几人从高耸威严的机关楼里进进出出,细碎的脚步着急地摩擦着路面,似乎无暇欣赏这春日的美好。

【春风吹打树叶的沙沙声,偶尔夹杂着寒暄却行色匆匆的行人脚步声,飞来的鸟叫声】

【旁白】

一个中年男子(张飞)走进机关大楼里,乘坐电梯来到了兵团人社局办公区域,一名年轻男工作人员(小蔡)正拿着一份被李局长批示过的文件与他碰面后交谈打趣。

小蔡:张哥,您瞧瞧我这文件,被李局长批得嘿,那叫一个面目全非。我这都工作两年了,次次文件被永康局长批成了大花脸,我可真是无颜面对呀!

张飞:哈哈,小蔡,看看这文件,你这两年写文件看来可没什么进步啊。赶紧恶补一下。李局长不管是递交的还是过目的文件,都会严格把关,反复纠察,别说用词语法,就连标点符号都给你一一标记在旁。你这哪儿是工作啊,分明是给局长添堵啊。快回去改吧!

小蔡:好嘞!

2

【敲门声】

李永康:请进!

王处长:李局,是我呀,我来向您请示工作!

李永康:别假正经了!快进来吧!

【脚步声,笑声】

【站立声,停顿了一会,用指头抹桌子上咖啡粉末的声音】

王处长:李局,这大上午的就把咖啡又嗑上了?

李永康:没办法,最近有项工作信息不达标,我们研究到很晚。这项工作很重要,我要打起精神认真研读指示呢。你呢,这次医疗保险的数据工作,摸清底数了没有?你可别在需要数据的时候“张飞看老鼠”啊!

王处长:什么“张飞看老鼠”?

李永康:“张飞看老鼠,大眼瞪小眼”哦!

王处长:哈哈哈,您就放心吧李局,这数据表明早准能放您桌子上。

3

【寒风急雨、山道泥泞、车轮打滑的声音】

【一路颠簸，车子摇晃摆动】

李永康：老纪，这山道被雨水打成了泥路，车太不好开了，我看我们就下车步行过去牧区吧。

司机老纪：李局长，这车胎被泥浆糊住了，光打滑不挪窝，油门踩大了又怕摆进山沟里去，确实往前是开不了了。

【下车关门声，风雨声，脚踩在泥水里的声音】

山区领导：李局长，这么大雨您怎么走着过来了。快、快，快进毡房里坐。

【进到毡房里，炉火滋滋声、开水咕噜声、毡房透着风声】

李局长：这次来是要看看你们扶贫工作的进展，半道遇到了大雨，这山道泥泞，车开不进来，只能走着过来了。

山区领导：来来，李局长，纪师傅，来喝点热茶。

李永康：好，先放这吧，谢谢！

司机老纪：谢谢！

山区领导：这个冬天我们已按照您之前的工作部署，让各户牧民入冬前就挖好了土窖用来发酵动物饲料。土窖既很好得保存了大量的青草饲料；而且经过发酵的草饲料，牛羊们更喜欢吃，营养价值也更高，短短3个月这牛羊都贴了肥膘。

李永康：那很好。既然是有效的，我们就加大推广，让其他牧场也能结合自己牧场情况实施。

李永康：团场的扶贫资金有限，不能撒“胡椒面”，争取扶持一家，脱贫一家。要善于总结经验，在其他牧场推广；对职工群众承诺了的事，就要想办法做到。

4

【画外音】

李永康在团场视察工作：团场人员分类复杂，是改革难点，我们一定要摸透实情，因人施策，让每个人都有出路去向。

【画外音】

李永康在办公室和工作人员研讨:在塔克拉玛干沙漠以西、以南,喀什、和田是新疆较偏远的两个地区,兵团必须要启动接收两地富余劳动力到兵团务工就业工作。为3万余名老乡找工作,让他们安心就业,不容易。要像对待自己的亲人一样关心务工人员。

【画外音】

李永康安排就业扶贫工作:就业扶贫是人社部门的重点工作。岗位匹配、交通运输、食宿安排、社保缴费、劳动合同、工资待遇都要逐一无缝对接,细之又细。

【旁白】

作为一个生在兵团、长在兵团的“兵二代”,李永康的内心既欣喜和激动,又感到一种责任。60多年前,他的父母从四川远赴新疆,奉献青春、屯垦戍边,戈壁滩上建起的座座绿洲,写满历史对兵团人的敬意。新时代的兵团人走向何方?——这场轰轰烈烈、势如破竹的改革给了他答案。

李永康:(小时候)妈妈,我们家这里叫什么名字呀?老师给我们布置了作业,让我们明天要写出自己家乡的名字。

李永康妈妈:这里呀,是一个叫作新疆生产建设兵团的地方。

李永康:(小时候)新疆生产建设兵团?

李永康妈妈:这里的人们都是四海八方聚集到一起的。这里的人啊,热情友善,辛勤劳动。我和你爸爸跟这里的人一样,都很喜欢这里,热爱这里,我们想把这里建造成一座美丽的花园绿洲。等你长大了我相信你也一定会爱上这里,也会为你的家乡努力建设。

李永康:(小时候)嗯!!

5

【春风和煦,偶尔传来的鸟叫声和踩在雪上的声音】

【旁白】

小时,李永康的家离学校很远,放学后要自己徒步走一个多小时才能到家。走到半道看到结着冰的大干渠,他便兴起,想要下去滑一滑在走。冬日里倒也没什么,只是如今开了春,雪也渐渐开始融化。

【在冰上滑溜声和开心的笑声，冰面的裂开声，小孩掉进水里的声音，路边响起由远至近的马蹄声】

贾尼别克：呀！不好了！

【旁白】

哈萨克族牧民贾尼别克正为转场做准备，在去添置用品的路上，看到干渠里有个小孩在一个大冰窟窿里扑腾着，他连忙下马，取下腰带跑过去趴在冰面上把腰带甩给小孩，让他抓紧，把他拽了上来。

贾尼别克：孩子！快抓紧这个腰带！

【李永康从水里被拉出来和呛水的剧烈咳嗽声】

【旁白】

贾尼别克脱下身上的皮袄子裹在孩子身上，把他抱上马背带回了自家毡房。

【旁白】

李永康醒了过来，看到周边陌生的面孔，异域装饰的毡房，身上裹着厚厚的羊皮，炉子里红红的火……

一个美丽的阿姨用不流利的普通话问李永康：小孩，怎么样，你感觉好些了吗？

小时候李永康：嗯，（伴随着沙哑的咳嗽声）好些了。阿姨，您是谁？我怎么在这里？

贾尼别克妻子：是我丈夫看到你掉进水里救了你，把你带来家里的。你别紧张，好些了就会送你回家去。来，喝碗热热的马奶暖和下身体。

小时候李永康：嗯……好酸……

贾尼别克妻子：喝不惯是正常的，但还是尽量喝下去，对身体好些。

【旁白】

这时门开了，贾尼别克端了一盆热乎乎的肉走了进来。

贾尼别克：太好了，你醒了。感谢老天，让我及时遇见你才能救了你。不然，不敢想啊这事情。

小时候李永康：谢谢您，叔叔，我那会可真是怕极了，水呛得我说不出话来，旁边的冰又太滑……我爬不上来，一点都没力气了，恍惚看见你扔下来的腰带，我就死死抓住了……呜呜呜……

贾尼别克：没事没事，现在这不好好地。来，把肉吃了。吃了这碗羊肉，保证你力气全都回来了！来！

小时候李永康:真好吃!!

【狼吞虎咽吃肉的声音,贾尼别克夫妇的笑声】

贾尼别克:来来来,多吃点……

【旁白】

这碗羊肉的味道,深深地记在了李永康的心里。也是这次经历让李永康深深地感到同喝天山水、同吃兵团饭的亲人们是不分民族的亲人。

6

【画外音】

现在不拼了命往前跑,未来能向谁交代?

【旁白】

身为兵团人的使命感,化作他为事业燃烧的激情。在改变兵团人未来命运的这场改革中,人社局牵头的工作有12项,配合的有20多项,任务可谓繁重。压力,像山一样地压在李永康肩上,更压在心上。白天忙于业务工作,时间不够用,集体研究讨论推延至晚上。会议室的灯亮如白昼。从下班至凌晨,他带着同事学习一项项改革文件,探索这些条文如何对接兵团、落地基层。凌晨4时,他主持讨论,逐条修改和完善人事改革方案。有一天,他部署兵团养老保险职业年金工作跟进全国水平,会议从当天下班开到第二天早上。

【画外音】

李永康:(在办公室,跟基层干部通电话)对对对,吃住一并安排好,住宿别离单位太远,就近安排。待遇一谈好,合同咱们一定要按时给人家签咯。观察观察,看看他还有什么需要没。咱们做干部的一定要想周到,办周到,让人家安安心心地在这就业扎根。

张飞:李局,又有群众来访,说是有生产劳动纠纷。都是些个小事,您看咱们人社局又不是办案子的,我给他们团场领导打电话,让领回去吧?

李永康:群众找上门来,是下了很大决心的,不能冷了他们的心。很多干部觉得他们反映的问题都是小事。是呀,普通群众能有什么惊天动地的事呢,为自己的儿女、为几亩承包地、为收入操心,可这些小事,对他们来说就是天大的事。叫他来我办公室,我亲自和他谈。

来访群众:领导您好……

李永康:同志您好！快进来坐！张飞,快给倒一杯茶水！

来访群众:不不不！领导,不敢麻烦各位领导给倒水。我喝饱了来的！我喝饱了！

李永康:同志,你别拘谨,来我这里只管当回家里一样,唠唠家常喝碗水！啊！

来访群众:这……这咋好意思哩……

张飞:来！喝杯热茶！

来访群众:领导！你不知道俺,俺是俺们连队的老职工哩,今年种了30多亩地,赔大发哩！唉！要不是难的没办法,我都不来找领导们解决了。这日子呀,是没法过啦！(说到伤心处,群众起身狠狠地拍了大腿,蹲在了沙发的角落里)

【音乐过渡】

李永康:好了,同志,我们也和你们连队联系上了,他们保证会解决您的问题和困难,您就放心地回去吧。把您手机号留下,把我的手机号呀,存上,再有什么困难,可以给我打电话……

来访群众:谢谢您啊！谢谢领导！我这可是遇见好官哩！

李永康:别客气！这是我应该做的呀！张飞,让工作人员安排他的中饭和回去的车票,钱找我报销。

7

【钥匙转动门锁后开门的声音】

【从沙发起身走向门口的拖鞋声】

马静:今天又忙到这么晚啊？这都几点了。天天这样晚,妈这几天想和你视个频都没机会。

李永康:妈今天又视频啦？真对不住啊,我明天一定早点忙完给妈视频过去,给老人家赔不是。最近手里工作忙,想来确实小半年没见过妈了。等这阵子忙完,我一定和你一起回家看看妈！

马静:明天！明天！又是明天！你的世界永远是明天！

李永康:今年是兵团深化改革元年,这在兵团发展史上具有坐标意义的,承载着中央对新疆和兵团的深情和嘱托。我们正处在这个伟大而深刻的时代,时不待我,只争朝夕。这么重要的工作,我一定要把它完成好才行。你得理解理解我啊。

【一分钟的平静后，马静看了看丈夫憔悴的脸，不忍心地又主动张口】

马静：今天吃晚饭了没有？

李永康：还没吃。

马静：那我去给你下碗面，你休息一会，看一会电视吧。

李永康：好！就想吃你下的这碗面啊！

【旁白】

看到妻子愿意体谅自己，李永康感到欣慰和感动。

【厨房里做饭的声音】

马静：辛苦了一天，我得给他再加个肉菜。（马静自己心里想着就去冰箱取了肉切了炒起来）

【电视调换频道播出《兵团新闻联播》的声音】

【过了一会，厨房开门的声音】

满脸温柔的马静：老李，面好了，还给你炒了个回锅肉，快来吃吧！

【碗放在桌子上的声音】

【旁白】

马静没听到李永康应声，转头一看，李永康已经在沙发上沉沉地睡着了。马静心疼到不行，刚才的生气全都跑到九霄云外了，只恨自己干吗自作主张炒这么久的菜，吃碗简单的面条也抵过这么辛苦却饿着肚子睡着啊！她轻轻地走过去，为李永康盖上毯子并关了电视。

【音乐渐起】

【旁白】

李永康患有严重的痛风病，近两年发作得越发频繁了，大脚趾肿胀得无法穿进鞋子，吃止痛片，还是整晚疼得睡不着觉。

马静：老李，来，我给你买了双旅游鞋，大两号，你这脚得穿宽松些。

李永康一瘸一拐地边走近边说：媳妇，谢谢你，看来这日子没你是不行啊。这鞋踩着真舒服，脚好像也没那么疼了。不错不错。

马静：嗐，看你每天疼得龇牙咧嘴，贫起嘴的功力倒是没减啊？

李永康：哎，帅哥是变难看了，但不耽误挑担子。

马静：哈哈哈……

下　集

8

【旁白】

深秋的季节，南疆的胡杨林已全部变成了金黄色。无垠的大漠、金艳的胡杨、暮色中远去的骆队，这些大西北所特有的元素，一下子把人们带入到西域冷秋萧瑟前的华丽之中。

【车轮行驶在颠簸的石子路面的声音由远而近】

同行老杨：路边这岩石仿佛像是翻江倒海过一般，奇特嶙峋。这可真美呀！

李永康：是啊！南疆的深秋真是美不胜收，每一次到来都有不同的美震撼到我！

同行老杨：李局，再有10公里，就到休息站了。咱们走了一路了，也没吃上几口正经饭，下去点些热汤面什么的垫了肚子再前行吧？

李永康：这不是还有些饼干水果，随便吃点就行。咱们再加点速度，赶天黑前就能到伽师总场。我们早些到了还可以去看看咱们的"访惠聚"工作队队员，晚上一起吃顿饭给他们打打牙祭，怎么样？

同行老杨：听您的，李局。

【车内人员一阵欢笑的声音】

【音乐渐进】

【车轮慢慢行驶在路上的声音】

【村里职工热火朝天的修路声，整场院声】

【旁白】

自治区和兵团数万名"访惠聚"工作队队员驻村帮助当地村委会开展工作、升国旗、学文件、修公路、整场院、提高生产技能、拓展致富渠道等等，各项工作已经热火朝天地开展起来；上万名支教教师赶赴南疆，教孩子们用国家通用语言认识更广阔的世界，学习更多的知识。南疆这块热土，倾注了党中央和国家太多太多的情感，令人欣慰的是，这里正在快速改变……

【到达目的地，车渐渐停下的声音】

【随后的开门声音】

访惠聚工作队员们：呀！是李局您来了呀！欢迎欢迎！

李永康：同志们，辛苦啦，我来看看你们！

访惠聚工作队员：李局，您快屋里坐。

李永康：呦，宿舍很干净嘛！对，就要像在家里一样，干干净净、整整洁洁的……这被子是谁的啊？太薄，深秋了，夜里凉。你们在这里，一定要照顾好自己的身体才行。

访惠聚工作队员：好的，回头我就换床厚被子。谢谢李局关心。

李永康：厨房在哪边，我去看看。

访惠聚工作队员：这就是厨房了，李局，您看……

李永康：厨房设备还齐全吧。这次来给你们带了米面油，拿了些菜还买了鸡。你们要好好吃饭，多注意营养。

访惠聚工作队员：李局您放心，我们会照顾好自己的。

李永康：那就好，好久没见，今晚咱们也聚个餐给你们改善下生活怎么样？

访惠聚工作队员们：那太好了呀！

9

【旁白】

休整了一夜，早上起来，看到阳光照耀的伽师总场，塔克拉玛干沙漠从南边吹来干燥的风，暖暖的，仿佛是人们对美好未来滚烫的渴望。

李永康：你好！！

卡斯木·瓦斯力：你好！

【旁白】

李永康与卡斯木·瓦斯力相互问着好，两个人的手亲切而有力地握在了一起。院子里的沙枣树被太阳照的红彤彤、暖洋洋的。

卡斯木·瓦斯力：李大哥，我终于又把您盼来了呀。

李永康：从沙枣树上摘了几颗沙枣递给卡斯木·瓦斯力几颗，然后往自己嘴里也填了两颗。卡斯木·瓦斯力老弟，最近可好呀？

卡斯木·瓦斯力：好得很，李大哥，日子越来越好了，这都要感谢您的指导和帮助啊！

李永康：呀！这沙枣可真甜。我们像兄弟一样的，不要说感谢的话。

卡斯木·瓦斯力：李大哥，我已经尝到了勤劳致富的甜头，家里的羊也越养越好了，我想扩大规模，再买30只羊。

李永康：有这个劲头好啊！这正是我们想看到的，全力支持！

【旁白】

他转身向团场领导提出意见……

李永康：你们要组织协调小额贷款，扶持帮助你们的职工创业。只要他们有意向，愿意干，我们都应当想方设法地帮助他们。让老百姓过上好日子，这是党和国家的心愿。

李永康：卡斯木·瓦斯力老弟，你要加油好好干。党中央、自治区党委和兵团党委都非常重视南疆工作，都很关注你们的生活有没有困难，怎么样能让你们的生活越来越好。你要感党恩，听党话、跟党走，生活一定会越来越幸福。

【旁白】

亲切又真诚的感情让卡斯木·瓦斯力心里热乎乎的，他表示一定要把李大哥的话传达给周围每个人。临别前合影的照片上，他和妻子穿着李大哥送的亮色保暖服，感动而朴实地笑着，笑得那么开心……

【鸟叫声，繁忙着的采棉机的轰鸣声】

【李永康同团场领导下田地考察】

李永康：艾肯场长，咱们团场今年的农作物都怎么样？棉花产量高吗？采收存不存在困难？

艾肯场长：今天团场的红枣长得好，又大又甜，收的也多；玉米秋天也会是大丰收。棉花采收安排得很妥当，目前没有农户反应采收困难，只是，夏天时候突发冰雹打了些棉桃子，产量没有去年高。

李永康：那种棉花的农户收入减少得多吗？

艾肯场长：虽然产量有所减少，但是今年的棉花价格还不错，收入影响不大。

李永康：艾肯场长，希望团场干部能够细心再细心地去切实了解和解决职工群众有没有生产和生活中的困难，不但得让老百姓吃得饱，过得好，还要带领职工群众脱贫致富才行。

李永康：团长的领导们，我们要身体力行地去关心群众，想群众之所想，解群众之所难，任何时候办法总会比困难多。在办公室里拍疼了脑袋想不出的办法，到群众中走一走就会找到。记住,吃别人嚼过的馍没味道,要解决问题就得去调查去研究。

【车钥匙开车声】

李永康:老纪,把钥匙给我,我来开车回宿舍,这两天让你路上赶这么紧,太辛苦了,换你来休息休息,我来开车吧。

司机老纪:这怎么好意思呀。再说,这里的路你也不熟,不好开啊。

李永康:这里就今年我也来了五六回了,就这些个小路口,我记得下,你放心的在车上休息一下吧。

10

【车轮停下的声音,小朋友围涌过来的声音】

李永康:哈哈,小朋友们,你们好!

幼儿园维吾尔族小朋友:李叔叔您好! 您又来看我们啦?!

李永康:是啊! 我不但来看你们,还给你们带了很多草莓还有糖果!

幼儿园小朋友们:噢! 太好了!

园长陈红:李局,您这么大老远来,还总给孩子们带水果礼物的,我替孩子们谢谢您了!

李永康:这是我的一点心意。每次看到这些孩子们我都格外高兴! 他们健康成长,祖国就有希望啊!

园长陈红:是啊,李局,这些孩子们每年一茬又一茬的来到幼儿园,天真烂漫地让我这个园长都不觉得自己老啦,哈哈哈!

李永康:哈哈,真好,真好呀!

【画外音】

李永康在伽师总场幼儿园视察工作,询问着幼儿园的小朋友年龄段情况、来自哪里、民汉学生比例情况。还关心地询问,有没有小孩滑倒过。教学设施和院子里的儿童游乐设施是否齐备。

李永康:(询问一名维吾尔族幼师)丫头,你是哪里人?

幼儿园老师热孜亚:我是总场本地的,今年刚大学毕业。

李永康:普通话讲得好,特别标准。

热孜亚:我是民考汉,从小上汉族学校。

李永康:上的哪所大学? 什么专业?

热孜亚:新疆农业大学环境科学专业。

李永康:环境科学也是幼儿园教育的重点组成部分。好好干,付出就有回报,趁着年轻,为家乡尽一份心、出一份力。

热孜亚:李局,我回来也是因为我们南疆需要大力发展教育事业,虽然郊区的成人和孩子大多都听不懂汉语,但是他们还是乐意学习的。就是这里缺乏汉语教师,特别是懂汉语的维吾尔族教师,所以毕业之后,我想都没想就回来了。

李永康:孩子,你很优秀也很伟大,民族之间语言相通才能促进交流,增进了解,最终才能推动经济发展和社会包容。你为国家和民族做贡献,国家和民族都会记着你的。我们也希望能有更多像你一样的热血青年投入到这平凡而又伟大的事业中去,这样,我们新疆很快便会有一番更好的景象啊。

11

【旁白】

他,就像是一株沙漠上的胡杨,一棵生死不变初心的英雄树。有一份情怀如此深沉,牵系着南北疆的各族群众;有一份担当穿越历史,助推着新疆和兵团走向美好未来。

【手机铃声】

马静:喂,玲艳,怎么你们不是在飞机上了吗?

张玲艳沙哑又紧张急促的声音:嫂子,李局……李局他出事了,现在我们在喀什医院,医护人员正在抢救呢。

马静:什么?! 你别吓我,这是怎么了呀?! 我现在就订机票去他那!

张玲艳:嫂子,您别急,现在一时半会你也飞不过来,我们这有什么情况也需要给你打电话询问的,您先放宽心,等一会医生出来我就给你回电话过去……

马静:……好……

【紧张气氛】

【来回踱步的声音】

【低声抽泣】

【手机铃声】

马静迅速地接了电话:喂! 怎么样了?!

张玲艳:(带着哭腔)嫂子……李局……李局他没抢救过来……李局去世了……呜呜呜……

马静听完只觉浑身没劲,软绵绵地昏死了过去……

【梦里回到若干年前】

【画外音】

李永康:媳妇,哎媳妇,你别生气了,我答应你,这次年底忙完,咱俩一起出去旅旅游,也过过自在日子。

马静:工作工作,就知道工作,带着你的工作自个旅游去吧!

李永康:哎!这话说得。你看我媳妇,我就知道我媳妇可是这世上最理解最关心我的人啊,你哪会真和我怄气。我这次啊,绝不骗你,一定带你出去放松放松。

【北京天安门前奏放的升国旗国歌】

肃然的升旗仪式结束后,李永康托路人给他和妻子照了一张合照。合照里李永康搂着妻子,妻子的脸上洋溢着甜蜜和幸福的笑容……

【旁白】

再次醒来的马静,看到屋里多了些亲人,他们围坐在她的床边一脸哀愁。

马静:我家老李呢?

马静表姐:他被连夜拉回乌鲁木齐了,现在已经在殡仪馆了,你姐夫他们和人社局同事在那边张罗着……你先休息休息吧……

马静:不!我要去!我家老李还在等我呢……

【说着,马静又情不自禁地哭起来,边哭边起身穿了一身素衣赶去了殡仪馆……】

在殡仪馆,马静看到了丈夫静静地躺在那里,她扑倒在李永康的身边抱着丈夫恸哭……

12

【旁白】

低风呜呜,厚云哀泣。2017年10月13日,是最后告别的日子,自发赶来的职工群众,伫立默哀,深切缅怀这位用生命书写对党忠诚的兵团赤子李永康!

随行调研的老杨:(哭着)为了争取时间,李永康再次选择了夜飞航班,因为第二天一早,他要赶到国家人社部汇报工作……

人社局同事:才54岁啊,还是那么年富力强的年龄。唉……

卡斯木·瓦斯力:(泣不成声)李大哥!不是约好了,您下次来看我时,要穿上迷彩服,帮我摘棉花的呀?

朱金宝:李书记!我生病的时候,您常常来看望我、关心我,我的心里真是非常感谢您!真希望您可以看到我身体已恢复健康并重回维稳战线、工作中精神满满的样子,不成想,这却成了见您的最后一面。(朱金宝是李永康时任十二师政法委书记时的派出所民警,他患有慢性肾功能衰竭,时常得到李永康的关心和帮助。)

大学同学:每次同学聚会有他在,气氛就很欢快。他讲话诙谐,有凝聚力。大家一起唱歌,他最爱唱的还是《小白杨》和《送战友》。

13

【旁白】

清晨的路面黑黝黝的,三三两两的车漫不经心地开过(车开过的声音),天边似亮非亮,路灯还没有关,日子似乎一切照旧,人们也都为生活继续奔波。

马静:天呐,9点多了!老李!快起床!上班要晚了!

……

【旁白】

突然的意外让马静无所适从,她常常忘记李永康已经永远地离开她了……马静擦了擦泪水起身去了厨房,穿着薄棉的睡衣的她眼睛泛红微肿,她煮了清粥,炒了小菜,端了些放在李永康的遗像前。

马静:老李,前些日子你一直忙,也没空和我一起吃几顿饭,现在你休息了,以后咱都可以安安静静地坐在一起清闲吃顿早饭了。来!多吃点菜,清淡养胃。对了,我把粥给你吹吹,有点烫嘴……

【汤勺在碗中搅拌声,轻轻的吹气声】

【小雨沥沥声,羊的叫声】

【旁白】

南疆的伽师总场刚下了一夜的雨,卡斯木·瓦斯力怕把羊淋病了,夜里听到雨声就赶紧爬了起来,把家里的黑头羊从露天土羊圈赶到了新搭的土块屋圈里。天太冷了,感觉快要下雪,南疆这天气下雪还是蛮少见的。一个个地数了羊头,一个不少,再加上昨天母羊才下了两个小羊崽，现在拢共36头羊。看到羊个个肥壮的挤在一起，卡斯木·瓦斯力不禁地咧开嘴笑了。

【锁铁门声，雨停后屋檐边的滴雨声，脚踩进泥水的黏腻声】

【旁白】

出了土块羊圈，天已经蒙蒙亮了，有几家的烟囱上冒着袅袅的白烟，屋头东边的沙枣树被刚升起的太阳染得通红。看到这熟悉的光景，想到自己变得富裕美好的生活，卡斯木·瓦斯力的心口“咚”的一下感到酸痛了起来，眼泪不自觉地涌上了眼眶，却久久说不出话来……

“兵团优秀共产党员”荣誉称号获得者李永康（中）深入基层调研

敢担当，才能有作为

兵团党委组织部副部长，兵团人力资源和社会保障局党组书记、局长李永康，在2017年10月11日凌晨，赴南疆检查维稳工作和改革调研的途中突然晕倒，因劳累过度造成心跳呼吸骤停，历经2个小时的抢救，仍然没能挽回生命……这一次，他永远地倒下了，倒在了路上，我们被他为兵团为百姓的无私奉献精神深深地感动了。能够写这个剧本，我们感到很荣幸又很忐忑，忐忑我们写不出李永康的这份伟大豪迈的情怀，荣幸能够为一个英雄人物书写。

首先，在这部广播剧中，我们简单介绍了李永康小时候的生活与经历。作为一个生在兵团、长在兵团的“兵二代”，李永康的内心既欣喜和激动，又感到一种责任。60多年前，他的父母从四川远赴新疆，奉献青春，屯垦戍边。戈壁滩上建起的座座绿洲，写满历史对兵团人的敬意。父母对兵团的深情滋养出了热爱兵团人民、造福兵团人民的兵团之子李永康。

其次，以李永康平日的工作和行程的路途为脉络，描述他的幽默个性和严谨认真、细心敬业的工作态度。中央深改办布置的改革任务工作中，人社局牵头的工作有12项，配合的有20多项，任务可谓繁重。压力，像山一样压在李永康肩上，更压在心上。白天忙于业务工作，时间不够用，集体研究讨论推延至晚上。会议室的灯经常亮如白昼。从下班至凌晨，他带着同事学习一项项改革文件，探索这些条文如何对接兵团，落地基层。凌晨4时，他主持讨论，逐条修改和完善人事改革方案。有一天，他部署兵团养老保险职业年金工作跟进全国水平，会议从当天下班开到第二天早上。在南疆的两天，他马不停蹄地走访，每天工作到深夜。期间在岳普湖县、伽师总场和红旗农场调研，到驻村工作队、公安派出所、学校、幼儿园、经济开发区慰问“访惠聚”工作队工作人员、支教干部、结对亲戚，了解团场改革、幼儿园建设和双语教学情况，面对面与干部职工座谈交流，每天工作到很晚，途中还与随行的同志讨论工作。

最后，增加了一些他与爱人之间的感情和矛盾的情节。诸如妻子虽然常常会责备李永康陪伴家人的时间太少，却又发自内心的体谅和支持着李永康的工作，关心和爱护着李永康的身体。这样安排情节就是力求让听众感受到一个真实的李永康：他是一个为工作严肃较劲的领导，是一个对百姓温暖和善的兄弟，是一个内心疼爱妻子的丈夫，是一个将心血和生命悉数奉献给兵团的绿洲之子……

除了完成日常工作之外，李永康还时刻不忘提高政治觉悟和政治能力，以指导自己的工作实践。工作中他体现出了很强的宗旨意识，兢兢业业，在自己的岗位上做出了许多卓越的业绩。兵团党委追授了李永康“兵团优秀共产党员”称号，号召各级党组织和广大党员干部向李永康同志学习。李永康曾说：“一代人有一代人的担当，我们这一代人的使命，就是把兵团的改革推向前进，让和谐的阳光照耀父辈们开垦出来的戈壁绿洲。”

在完成了这部广播剧后，我深深明白了一个道理，一个人，一旦爱上了自己的职业，他的身心就会融合在职业工作中，就能在平凡的岗位上，做出不平凡的事业。心中有党，心中有民，敢担当，才能有作为。

【编剧简介】

李慧，女，1986 年出生，新疆财经大学毕业。现在兵团广播电视台工作，热爱写作。

周金璐，1986 年出生，毕业于南开大学广播电视新闻学专业，先后撰写创作了著名滑稽表演艺术家刘全和、刘全利的《快乐的金小丑》，青年歌唱家呼斯楞《塞北的鸿雁》，电视制片人何静、吴玉江夫妇《完美拍档》，歌唱组合彝人制造的系列专题节目。参与著名歌唱家王宏伟《西部放歌》节目创作，该专题作品获新疆电视文艺作品奖一等奖。

荒原车手

编剧 \ 梅　红　夏瑞鸿

主要人物

金茂芳:现年86岁,山东女兵,兵团第一代女拖拉机手。

金茂芳父亲:已故。

金茂芳母亲:已故。

晓青:18岁,金茂芳的发小,一起进疆的女兵。

严小霞:17岁,金茂芳的发小,一起进疆的女兵。

王盛基:金茂芳战友、丈夫,39岁去世。

小胖:男,同一机组成员,20岁出头。

老丁:男,同一机组成员,30多岁。

淑媛:女子机组成员,年龄和金茂芳差不多大。

【在一个兵团连队的破旧的机车库前】

职工:金阿姨,这有台拖拉机,您看是不是您曾经开的那台拖拉机?

金茂芳:哦,我看看型号。

金茂芳:(激动地)莫特斯—9548。是,是我开的那台。太好了,终于找到我的老伙计了! 当年,我就像爱护自己的眼睛一样爱护它,用青春和汗水与它一起拓荒,把荒漠戈壁变成了万顷良田,今天终于找到了。

【旁白】

金茂芳,兵团第一代女拖拉机手,是拓荒岁月里杰出的女性之一,也是我国第三套人民币1元纸币中“女拖拉机手”的原型之一。这台与金茂芳命运紧紧相关的功臣号拖拉机被拖到了兵团军垦博物馆,成了历史文物。金茂芳与这台拖拉机有着怎样的渊源? 又发生了什么故事呢?

上　集

1

【旁白】

1952年,金茂芳和她的朋友在济宁的街上走着。

金茂芳:晓青,你在火柴厂都上班快一年了,我可怎么办呀?

晓青:不要着急,工作很快就会有的。你不是在帮工吗?

金茂芳:那也不是长久之计呀,你们都是正式工,我这呀,哎,我这家庭成分,我看这辈子都找不到工作了。

严小霞:也是,你家这地主成分,也不能怪你呀! 再说你也没有小姐的架子呀! 我看你只要坚持做好自己,肯定会找到好工作的。

【一阵喧嚣声音】

路人甲:快看快看,新疆军区在咱山东招女兵呢。

金茂芳:(高兴地)晓青、小霞,快,咱们去看看,看能不能去?

严小霞:(念)关于建设边疆、保卫边疆的招兵告示。

金茂芳:(高兴地)太好了,咱们赶紧去报名,一起去当兵。

2

金茂芳:爸、妈快出来,告诉你们一个好消息,兵团来招女兵了,我要报名去当兵。

金爸爸:你说什么? 你要去新疆当兵? 你疯了,新疆那么远。

金茂芳:不,当一名女兵是我从小的愿望,我一定要去。

妈妈:我的傻闺女,新疆太苦太远了,你去了那里,爸爸妈妈想你了怎么办? 好孩子,咱们不去。

金茂芳:(撒娇)不嘛,爸爸妈妈,我必须参军,加入解放军队伍! 再说了,去新疆又不是上刀山下火海。不过,为了当兵,就算是上刀山下火海我也愿意!

父亲:(生气大吼)你都多大了还不嫁人,别人像你这么大都有孩子了,你还要去新疆,你准备多大嫁人?

金茂芳:不干出个样儿来,不找到自己喜欢的,决不嫁。

父亲:你、你、你敢去,我就打断你的腿……

母亲:(着急)好了好了,你们别吵了。芳芳,看把你爸气的。他爸,你看咱家这样,要不让妮子先去看看,不行再回来。

金茂芳:(高兴地)就是,还是妈妈最好了。

【旁白】

金茂芳和她的朋友晓青、严小霞告别了父母,一路坐火车到西安,再坐汽车,过玉门,出阳关,一路向西进入新疆。

3

【乌鲁木齐】

【敲锣打鼓声……热烈欢迎声……】

军队首长:欢迎你们这些女娃娃来到新疆,现在你们都是解放军战士了,要以一名战士的标准要求自己,一切行动要听指挥。

女兵:(齐喊)一切行动听指挥!

军队首长:下面我来分配人员。你们中有一部分到南疆,一部分到北疆,希望你们能在新的战场上打个漂亮的胜仗! 卢凤、周桂花、林晓青……点到名字的站到这边来，一会坐去南疆的车。金茂芳、严小霞、辛凤珍……你们去石河子……

【嘈杂声】

晓青：(哭着)芳姐、霞姐，就我分配到南疆了，怎么办呀？

严小霞：别哭别哭，要不我们去找领导，把咱们分配到一起吧？

金茂芳：我看还是服从命令吧，刚才领导不是说一切行动听指挥吗！晓青没事的，咱们可以通信联系，有时间我和小霞还可以去看你。这不你看，还有那么多姐妹陪你一起去呢。

晓青：(破涕而笑)那可说好了，你们一定要来看我！

姐妹三人：(齐声)一二三，此生永做好姐妹！

4

女兵甲：这是什么地方，怎么连个房子也没有，难道我们要在这里生活吗？

女兵乙：不可能吧，这怎么生活？没有水，没有房子。不可能。

严小霞：芳姐，我们不会在这个地方工作生活吧？

团长：对，这里就是我们生活的地方，我们要把天当被，地当床……

女兵甲：啊，我不要在这里生活。

女兵乙：我们要回家。

【一片哭声，嘈杂声】

金茂芳：他是谁？

男兵：嘘，小声点，他是我们团团长——王虎。

严小霞：他是团长？我看也不怎么样嘛，穿得怎么那么破？

男兵：破？这是我们响应王震司令员的号召，节省服装费，就是为了把新疆建设成美丽的江南，我们都一年多没有发军装了。

严小霞：(感动地)啊，原来是这样！

金茂芳：姐妹们，别哭了，别哭了，都已经来了，男兵能在这里生活，我们也能。

其他女兵：(共同喊)就是，我们也行！

男兵：来，我带你们到住的地方，你们住这一间。

女兵甲：这是什么房子？能住人吗？

男兵：这个房子叫地窝子，冬暖夏凉，可舒服了！领导说了，以后面包、牛奶，楼上楼下电灯、电话都会有的。

金茂芳:是嘛,什么时候才能建成呀?

男兵:(笑着说)相信很快就会建好的。

严小霞:唉哟,唉哟,肚子疼死了。

男兵:不好! 你是不是不适应这水,闹肚子了? 走,我带你去卫生员那里拿药。

严小霞:这水怎么咸咸的,涩涩的,不好喝,我刚才就喝了一点。

金茂芳:(扶着严小霞)走,我陪你去厕所,咱们这得适应一阵子可能才行!

严小霞:就是,唉哟,我这肚子。

严小霞:姐妹们快起来,门打不开了。

金茂芳:咋了?

严小霞:从外面堵住了。

金茂芳:谁干的?

严小霞:好像是雪,是雪把门堵住了。

金茂芳:下雪了?

严小霞:呀,好大的雪!

金茂芳:怪不得这么冷!

严小霞:怎么办,我们出不去了。

金茂芳:想办法,来,姐妹们,咱们慢慢推,推开一点就可以出去了。

5

领导:现在有几个工种,赤脚医生、做饭、开拖拉机……每个人都好好想想,自己想干什么? 想好了明天过来报名。

金茂芳:领导,我不用想了,我就想开拖拉机。

领导:你? 嗯,身高还可以,但拖拉机不适合女同志,你选别的吧,医生、做饭都可以。

金茂芳:领导,我就想开拖拉机,我肯定行的。

领导:这是你说的哦,到时别哭鼻子……

金茂芳:嗯,我说的。

【旁白】

金茂芳很兴奋,因为在兵团不讲成分,在她的心中一个地主的女儿能开上拖拉机,这让她很满足。当她哆嗦着手脚在原野上犁出第一犁时,也犁出了她崭新的人生。

严小霞:芳姐,你不害怕吗? 那么高爬上去都困难,要是我吓死了。

金茂芳:有什么怕的? 对了,你的医学得怎么样了?别说你这身板,学医还挺合适的。

严小霞:刚开始学,还有点摸不着头绪,都是老军医带着我们,边干边学。

金茂芳:刹车、油门、链轨、倒挡……

严小霞:你在嘟哝什么呢?

金茂芳:唉,拖拉机方面的知识,以前从没接触过,都是新名词,我得先背会。

严小霞:以后你可是咱们这第一代女拖拉机手啦!

金茂芳:(骄傲地)那可不。不过还早着呢,现在在学理论,过一阵才开始上车。

【俩人高兴地小声谈论着】

6

【金茂芳、严小霞和另外一女兵聊天】

严小霞:芳姐,拖拉机学得怎么样了? 你们听说没有,今天领导把王玲叫去了,说是要给她介绍个结婚对象,那个人好像比她大很多。

金茂芳:啊,不会吧?

严小霞:真的,王玲都哭了。

金茂芳:不愿意就别嫁呗。

女兵:不行,我们是军人,必须服从命令。

金茂芳:婚姻是自己的,为啥要听领导的,我的婚姻我就要自己做主。

女兵:到时候,可由不得你。我听说好多女兵组织上都已经开始介绍对象了,听说是解决老兵的婚姻问题。

严小霞:这可咋办,我不想嫁给一个没见过面的男人。

女兵甲:我也不想,可是咋办呢? 他们这些老兵可是为了解放新中国立下了大功呢。

群众:金茂芳,领导找你有事,让你去连队办公室。

俩女兵:(哈哈大笑,不约而同地说到)不会是给你介绍对象的吧?

金茂芳:(不好意思,拍着一个女兵的肩膀说)去你的,我去啦!

【敲门声】

金茂芳:报告!

领导:进来,小金呀,快来,坐坐坐。

金茂芳:领导,什么事?我正在整理笔记。

领导:没啥事,就问问你,最近工作、学习怎么样?

金茂芳:报告,很好,工作、学习都很好!没有什么困难。

领导:那就好,小金,你今年有19岁了吧,也该成家了,组织上想给你介绍一个副营长,你看怎么样?

金茂芳:领导,我出身不好,是地主成分,不能耽误领导,而且我目前只想着学习,还不打算结婚。

领导:地主成分怎么了,我们这不论出身。你都老大不小了,也该考虑考虑了。

金茂芳:领导,我是回族,可能生活习惯和大家不太一样,再说政策也不允许。

领导:这个可以考虑,不过你也老大不小了,学习结束后必须给我一个答复,军无戏言。

金茂芳:好的,军无戏言。

7

【1953年春天,地头边大家热火朝天地谈论着拖拉机】

女兵甲:听说这大块头还是苏联的呢?一小时顶几十个人的劳动量。

女兵乙:不可能,比咱们"气死牛"还厉害吗?

金茂芳:(笑着)你俩过来看,"气死牛"那算啥,我们这个可比他厉害多了!

女兵乙:我听说"气死牛"一个人能挖两亩地,那得多大力气呀!

金茂芳:两亩地,我这一百亩地都没问题。

女兵甲:啊!天呐,那可厉害了,我们是不是都不用开垦土地了,交给你们就行了。

金茂芳:哈哈,咱这大着呢,地还多着呢,我们这几台拖拉机不够用。

女兵甲:也是。哦,对了,我们是来看你开拖拉机的,你到底行不行呀?

金茂芳:说啥呢,我这一冬天白学了?我刚上车的时候,就对自己说了,金茂芳你要好好干,否则你就对不起这身军装和这台拖拉机。你们等着。

【发动拖拉机的声音】

金茂芳:大家离远一点,我现在要开了,别压着你们。

【拖拉机开动由近及远的声音】

【人群兴奋地鼓掌声音,谈论声】

女兵甲和女兵乙:(边欢呼边喊)金茂芳会开拖拉机了!金茂芳会开拖拉机了!我们有拖拉机喽……

8

【鸟叫声,远处拖拉机犁地声音】

【两个年轻人在地头说笑】

王盛基:小胖,今天这二百亩地可以整完吧?

【说着上车发动拖拉机】

【拖拉机的轰鸣声音由近及远】

小胖:差不多,保证完成连队的任务。

王盛基:咱们在完成任务的同时,还要保证机器不出毛病,保证耕地质量。

小胖:那是,我知道,要不把咱这宝贝伺候好喽,师傅您还不把我的胳膊给卸了。

王盛基:哈哈,你小子,我哪有那么霸道。

【连队文书带着金茂芳走过来】

文书:王盛基、王盛基,这是给你们派的新兵。

王盛基:什么?女的?我们这不需要女的。这活又脏又累,没有白天黑夜的,不行。

金茂芳:怎么不行啦?女的怎么了,你咋瞧不起人呢,现在是新社会了,男人干的活女人也行。

王盛基:那好!是骡子是马咱们遛遛就知道了。(大声喊)老丁,把机子开过来,让她来。

金茂芳:还瞧不起人,我还就不服了。

老丁:(跑过来)你叫啥呀?

金茂芳:我叫金茂芳。

老丁:我听说,咱们部队有一批女兵学开拖拉机了,你就是那批女兵吧?

金茂芳:是呀,我就是。这台拖拉机已经跑了多少了?

老丁:差不多三千多亩吧。

王盛基:你问这么多干什么,上车操作一下,我看看。

小胖:不错呀,把车子稳稳当当地开走了。

老丁:你们看,人家这跑的,线还挺直的。

小胖:嗯,不错

王盛基:嗯,是不错。

【跑了一圈的金茂芳回来停车的声音】

金茂芳:(跑着有点气喘)怎么样,我合格吗?

王盛基:还行! 现在介绍一下,我叫王盛基,是这台拖拉机的组长,这是老丁,这是小胖。

金茂芳:你们好,以后多多指教。

老丁:哟,小金,这么早呀,这车擦得,干净。

金茂芳:嗐,这不是咱们的武器吗? 得收拾好了,才能打好仗呀!

老丁:看不出来呀,你这妮子以后有出息!

王盛基:(笑着过来)你直线跑得还可以,但是碰到特殊地形的时候,还是要注意……

金茂芳:我知道,跑直线很关键,如果跑不了直线,就会影响产量。唉,你们还别说,我现在连做梦都是练习开拖拉机的情景,不能因为自己技术的原因耽误工作。

王盛基:挺有觉悟嘛。活多着呢,今天争取拿下这150亩地。

金茂芳、老丁:好! 出发! 活不干完不休息。

下 集

9

【女生宿舍女兵们休闲洗衣服的、玩耍的声音】

严小霞:芳姐,忙了整整一个春季了,现在可以闲一会儿了吧。

金茂芳:哪儿有闲的时候呀,现在咱这儿在搞建设,活还多着呢。

女兵甲:你还不知道吧,咱芳姐可是男兵们的香饽饽,都被她的车技征服了。

严小霞:嗯,我也听说了。芳姐,你没有中意的吗?

女兵甲:前两天,领导又找她谈话了,回来也不跟我们说,反正是不太高兴。

严小霞:怎么了,怎么了,快,跟我说说,我好不容易来一趟。

金茂芳:哎呀,你呀,就是一个炮筒子,听说你跟那个营长成了?

严小霞:(害羞地)还行吧。芳姐,你不知道吗,咱这流行着一句话,天不怕地不怕,就怕首长找谈话。我都被谈怕了,就答应了。

金茂芳:那人怎么样?

严小霞:还挺好的,没有想象中的那么可怕。唉,这说你呢,咋又扯到我了?快快快,告诉我。哦,对了,前两天男兵们打篮球,那个叫王盛基的,球打得真没得说。你们在一个机组,要不你俩发展发展?

金茂芳:就你话多。(羞涩地低下了头,满脸通红)

严小霞:快说快说,有没有中意的?

金茂芳:嗯,算有吧。

严小霞:啥,什么叫算有。有就是有,没有就是没有,你这说得跟没说一样。(停了一会)是不是那、那谁呀,王(拖着音)?

金茂芳:(害羞,嗔怪)行了,就你知道。

10

王盛基:小金,来,前两天去石河子,给你带了两双袜子,咱们机组人人有份。

金茂芳:俺娘说了,没结婚不能要人家的东西。多少钱,我给你钱。

王盛基:(笑着说)要什么钱呀,我不都说了嘛,人人有份。再说看你人不大,开车没多长时间,对拖拉机的知识知道得还不少,算是奖励吧。

金茂芳:(害羞)那算是得到你的肯定啦?

王盛基:你说呢?

金茂芳:不给你说了……(说着就要跑)

王盛基:小金,我看你也挺好的,你看我怎么样,要不咱们相处吧?

金茂芳:(害羞)看你的表现。(迅速地跑开了)

11

【旁白】

自此,在戈壁荒原上,一对情投意合的年轻人走在了一起。1955年,俩人转业到石河子机耕农场,但他们俩的结婚申请没有被批准,王盛基也被调离。

【办公室内】

领导:王盛基、金茂芳,你们俩的结婚申请组织没批准。

王盛基、金茂芳:(不约而同地)为啥?我们自由恋爱为啥不行?

领导:我说不行,就是不行。再说了,王盛基你也没达到部队结婚规定的要求。

领导:金茂芳留下,王盛基你先走。

【开门声,倒开水声音】

领导:(严肃)小金,这就是你说的军无戏言?我上次,给你说的介绍对象的事,你就没当回事!

金茂芳:我认真地当回事了呀,我上次就给您说了,不太合适。

领导:(严厉)不合适,为什么不合适?人家都没嫌弃你的身份,再说你跟王盛基就合适啦?我看你们是扯淡,坚决不允许你们谈对象。

12

【鸟叫声,水流声】

【读金茂芳给王盛基写的信】

盛基:首先向您做亲切的感谢和崇高的敬礼,感谢您对我的帮助!但您向我提出的几个意见,我想主要产生的根源是我平日生活不紧张,散漫而骄傲不虚心,不联系广大同志造成的,使同志对自己产生了不好的印象。但这种不好的印象,今后,我向您保证有决心有信心改正,并希望您多加帮助。特别是我对自己身体上的爱护是不够的,像喝生水、吃辣子等,这对身体有很大的害处,以后会造成不好的后果,今后我一定克服。再者,您提出的意见我考虑了好久,不过我有这样几个意见需要补充:一是您说再叫我重新去选择,这我是绝对不会有的。您想有多少女同志和男同志乱谈,造成的同志反应是如何?如果我要有这种做法,同志们会有什么样的反应对待我?二是将来的幸福问题,当然在生活上是有些不方便,但以后长了也就会习惯了。三是现在我的意见，是我们在不断地帮助中，互相建立起革命友谊，树立起革命的感情，共同提高工作效率，加强学习，等到了以后再谈，是否可以呀？四是如果您对我在思想上有什么不好意思说出来的，我想以后这问题直接地谈清，可以不可以？不过我提出的意见，是我思想所想象的，如您有什么建议，以后有一个适当的时间，我们可以当面交换意见。等有时间，我们再约会好吗？此致，革命敬礼，祝您永远健康，工作顺利！要很好的爱护身体，有病就休息，不要坚持工作。一九五五年三月二十六日

【金茂芳正在清洗拖拉机】

金茂芳：盛基，这么远，你怎么来了？

王盛基：你说我怎么来了？怎么你又用这么凉的水洗车？给你讲了多少次，要爱惜自己的身体。还有你给我写的信，我看了，你不找，我也坚决不找。咱们就这么等，一直等到组织允许的那一天。

金茂芳：好，我们互相帮助，好好干革命工作，等到组织允许的那一天。

13

【旁白】

1956年，金茂芳和王盛基经过一番波折，终于等到了组织的许可。为了纪念他们的爱情，两人特意选择12月26日——毛主席的诞辰日这一天结婚。

【职工们祝贺俩人结婚的欢笑声】

严小霞：芳姐，你这身衣服可真好看，谁做的？

金茂芳：这是盛基自己设计，让裁缝做的，好看吧。

严小霞：看把你高兴的，王盛基年轻、有才还细心，我看你以后有得福享喽！

金茂芳：（笑着说）你不是也找了吗，我听说还是你的同行，是个医生。我和盛基以后有个头疼脑热的，可全都交给你们啦。

严小霞：呸呸呸，大喜的日子，可别说这些晦气的事。王盛基，你要一辈子对我芳姐好哦。

王盛基：（笑着说）那是肯定的。茂芳，咱们终于在一起了，不过还多亏你这个犟驴性格，要不然我还不知道现在是什么样的。

金茂芳：现在好了，我们一起上下班，这就是我一直以来最向往的生活，一辈子和你在一起。

王盛基：嗯，一辈子在一起，咱们一起开拓荒原，生儿育女相伴一辈子。

14

【讲话声】

领导：（动员）同志们，马上就要到1958年了，经过自治区和兵团党委的批准，我们现在要开发莫索湾，要发挥咱军垦战士干劲大，地冻三尺都不怕的精神；开动脑筋想办法，老虎嘴里敢拔牙！把万古荒原建设成美丽绿洲。同志们，有没有信心！

职工们：（地动山摇）有！

王盛基：（在嘈杂的声音里，王盛基找到金茂芳，兴奋地）茂芳、茂芳，我们可以一起开发莫索湾了。

金茂芳：（高兴地）太好了，太好了，咱们一起报名开发莫索湾。

王盛基：茂芳，你现在当机长了，又是隆冬季节，车子不好发动，一定要注意安全。

金茂芳：知道啦，你也要注意身体。（说着就跑了）

15

金茂芳：来来来，抓紧了，赶紧吃点午饭，咱们今天必须赶到工地，否则咱们任务就完不成了。

淑媛：唉，这馍馍都冻成冰疙瘩了，又没菜。

金茂芳：来，你先吃我的。你没听说嘛，咱们开发大军有个顺口溜：半月不吃菜，干劲照样在；半月不吃油，干劲照样有！抓紧时间干，以后什么都会有的。

淑媛：你这干劲，怪不得别人说你是“铁娘子”，干起活来不要命。咦，怪了，你这馍馍，咋就没冻呢。

金茂芳：我这一直放在怀里呢。下次你们也要这样放，不耽误时间。俺家盛基说了，像咱们拖拉机手要少喝生水，少吃辣子，这时候时间就是咱们完成任务的保证。

淑媛：哟，你家那口子也太心细了，这办法都想出来了。好，以后我也用这办法。

金茂芳：嗯，咱们女子机组不能掉队，不能让他们小瞧了我们。

淑媛：是，不能让他们小瞧了我们，咱们每天比别人早起两个多小时，又比别人晚睡两个多小时，这差不多就多出了五个小时，一定比他们早完成任务。

金茂芳：咱们这叫笨鸟先飞。

【哈哈哈，一阵笑】

淑媛：茂芳，车子发动不着了，好像是油管堵了。

金茂芳：油管堵了？我看看(说着，就用嘴对着油管吸)。

淑媛：(吓坏了)茂芳，你嘴不要啦！这零下45度了，嘴皮要被粘住的。

【金茂芳吸油管的声音】

【过了一会油流出的声音】

淑媛：哎呀，茂芳，你的嘴……都是血(哭泣)，快用手绢捂着。

金茂芳：顾不上了，快发动车子，咱们出发。

16

【旁白】

在戈壁荒原上，金茂芳和王盛基与千千万万兵团人一起，艰苦奋斗，进沙漠，闯戈壁，硬是把荒原变成了绿洲，也收获着他们艰苦而幸福的生活。

【野外地头宿营地】

金茂芳：(惊吓)蛇、蛇，有蛇！盛基，咱们床上有蛇。

王盛基：蛇，没事，这里的蛇伤不着人，我把它扔出去！你把眼睛闭上，我来扔。(抓起来就扔出的声音)

金茂芳：可吓死我了，幸亏你乘着轮休来看我。

王盛基：你说你为了赶进度，这地当床天当被的都睡了一个多月了，我不来看你，我看你都忘记自己还有一个家了吧。

金茂芳：哪能呢，这不就剩下几天了吗？这干完了，回家我好好地陪你和孩子们。唉！你还别说，这真是荒原戈壁，不是蛇就是狼，一个月前我还碰到狼了。

王盛基：啥，你还碰到狼了，有没有危险。

金茂芳：那天不是我回去看孩子嘛，回来的路上，碰见了一头狼，快把我吓死了，我就屏住呼吸不敢动。我估计那是条母狼，可能也是赶着回去看它的小宝宝吧。我们对视了大概有几分钟，它竟然走了，我吓得呀，腿都软了。

王盛基：(惊吓的)这次算你是幸运的，下次再到野外时候，你们要结伴走，手上一定要拿根棍。

金茂芳：唉，咱们这当母亲的，哪个女人不是生娃、养孩、工作样样干……我们妇女能顶大半个天呢，有使不完的劲，哈哈……唉，我那个车还是有点小毛病，你帮我再看看，我们还要赶进度呢。

王盛基：我真服你了，还使不完的劲，你看你的腿，长时间开车还叫腿吗？

金茂芳：没事，还说我呢，你不是也一样，你看你的手还叫手吗？我们这就叫“荒原车手好夫妻”。

【说着俩人笑了起来】

17

【学习会议】

领导：（读报纸）今年，兵团经过层层推选，选拔推出了新的“十二面红旗”，现将《1965年兵团“十二面红旗”标兵的决定》公报如下，以资表彰突出的先进人物，号召大家向他们学习。这十二面红旗是：薛兴玉（五师）、王作舜（工交部）、王秀英（七师）、李三禄（工一师）、王玉山（工二师）、木斯塔帕（四师）、王忠汉（八师）、托乎提汗（七师）、罗汝双（十师）、金茂芳（八师）、汤卫国（六师）、李国栋（二师）。

【鼓掌声，祝贺声】

王盛基：恭喜呀，茂芳，你被评为兵团二级英雄模范。

淑媛：太高兴啦，茂芳，咱们的辛苦没白费。

金茂芳：嗯，咱们的辛苦没白费！这不是我一个人的功劳，是咱们大家的功劳！重点是还有我们家盛基一半的功劳。

严小霞：芳姐，你太厉害了！我看了资料，你在1958年至1964年担任“莫特斯”机车组组长期间，工作时间共计3.3万小时，完成了25.83万亩标准田，节约油料5万多公斤，机车比别人少了6个大修期，节约费用8万多元。太了不起了！

金茂芳：你也不错呀，你现在可是一名医生了。

严小霞：芳姐，我还真没想明白，都是开车，你为啥就节约了那么多？

淑媛：这我最清楚，你知道吗，我们的拖拉机从不“喝”碱水的。你芳姐每次都是把水烧开了放凉，再给它那宝贝“喝”。还有，拖拉机油都是放了48个小时，才能开始用。

王盛基：告诉你们吧，我家茂芳把拖拉机当成我家儿子来养的，每天不给它擦洗一遍，觉都睡不着！

金茂芳：去你的，哪有那么严重。不过拖拉机可真不能直接加碱水和机油，因为水和油不干净，有杂质，如果直接加进去，那不就损坏机器了嘛，我也都是瞎琢磨的。

严小霞：你这瞎琢磨，都琢磨出了成绩！走，今天得好好庆贺一下。

王盛基：走，今天我来下厨，请你们吃饭。

严小霞：哈哈，王盛基，你还真是我们芳姐出了名的好丈夫呀，上得了厅堂，下得了厨房。来来来，我们奖励你一个"五好丈夫"奖。

【哈哈哈，大家哈哈大笑着一起走远】

18

【旁白】

天有不测风云，人有旦夕祸福！1972年，深爱着金茂芳的王盛基因为胃癌，留下一对儿女离开了金茂芳。那年，王盛基年仅39岁。

严小霞：芳姐，你哭出来吧，别闷在心里，别把身体闷坏了。

金茂芳：小霞，怎么办，我今后怎么办，（大哭了起来），我和盛基就没有好够过，没有他，我可怎么办呀？

严小霞：芳姐，这是王盛基给你写的信，他在生前一再嘱咐我，要在他走后再给你。

【读王盛基给金茂芳写的信】

茂芳：写这封信的时候，我知道我们就要分别了。很感谢你陪伴我的16年，这16年，是我人生最幸福的16年，你带给了我无数的欢乐，陪伴我度过艰难的日子，希望来生再报答你。茂芳，你太要强了，这是我最放心不下的，干活不要太拼命了，把时间安排好，少吃生、冷、辣的东西，这也是我纠正了你16年的事情，可你有时还是控制不住自己。茂芳，此生最遗憾的是没给你带来亲生的孩子，不过现在咱们的两个儿女也很懂事，你也很喜欢他们，这是我最为欣慰的。茂芳，你当初写给我的信，我一直珍藏着，也正好是17年前的今天，信里最后的几句话，我特别喜欢，再转送给你，好吗？一定要好好的生活下去，祝您永远健康，工作顺利！要很好的爱护身体，有病就休息，不要坚持工作。一九七二年三月二十六日

金茂芳：盛基，你放心，我一定好好工作、生活，把孩子养大成人。

19

【旁白】

时光没有磨去金茂芳这样一个平凡的山东女兵的坚韧，凭着一股拼劲儿，她带着王盛基的嘱托坚强的生活，独自一人带大了两个孩子，成就了自己不平凡的人生。2019年她走进了兵团卫视《叩问初心》栏目录制现场。

主持人：金茂芳曾创下一天播种120亩地和7年时间完成20年任务的劳动记录，为兵团屯垦事业做出了巨大贡献。下面有请我们新中国第一代军垦女战士、新疆第一代女拖拉机手、新疆十大戈壁母亲、山东女兵杰出的代表、最美奋斗者金茂芳。

金茂芳：从19岁参军进疆，到今天，67年过去了。今年，我都86岁了。我们看着这个城市从一片荒原变成一个享誉世界的城市。我很自豪这里面有我们第一代荒原车手、第一代戈壁母亲的付出。我更自豪的是：为了祖国的建设，我从没虚度年华，不忘初心，牢记使命，在有限的生命里，我还将为兵团的建设贡献自己的力量。

"全国劳动模范""最美奋斗者""兵团第一代女拖拉机手"荣誉称号获得者　金茂芳

创作札记

抓住焦点故事　构筑感人剧情

13年前，我曾经制作过一个反映兵团第一代母亲的自述式专题片《西部母亲》，现在想来这个标题有点大，应该叫《戈壁母亲》更为准确。那是第一次接触金茂芳和与她一样的兵团第一代母亲们，她们讲述的每一个故事，在今天看来都是那么的不可思议。可就是这些不可思议，创造了兵团历史上的无数个奇迹。兵团第一座城、兵团第一个工厂、兵团第一所学校、兵团第一代女拖拉机手等等，都离不开她们——戈壁母亲。金茂芳，就是她们中的一员，也是新中国兵团屯垦史上第一代女拖拉机手。

纪实广播剧贵在一个“纪实”。《荒原车手》剧本的创作就是基于金茂芳的真实故事进行创作的。金茂芳是一个在当时别人眼中的大龄姑娘，出身不好，在那个特殊年代，她可能只有找一个普普通通的男人嫁了。但是也正是她永远不服命运安排的个性，让她走进了新疆，到了兵团，让她有了自己的用武之地，她当上了那个年代人人羡慕的人民解放军。当了解放军，又不服从上面的安排，找到了属于自己的、志同道合的爱人。她的不服输，让她在短短的7年时间完成了20年的劳动任务记录，并因此获得了上级党委的表彰；她的不服输，让她在失去挚爱的丈夫时，独自一人把两个孩子抚养长大；她的不服输，让她在进入暮年时，仍然战斗在宣传兵团精神的第一线。这是一个不服命运安排的女人。如何把这个不服命运安排的女人通过广播剧的形式，让听众认识、了解，就成为《荒原车手》的创作主旨了。

《荒原车手》主要围绕金茂芳的几个主要故事展开，这几个故事展现了金茂芳的一生。一个人的命运是与时代紧紧联系在一起的，于是在创作中，我们大量查找了史料，比如说兵团招募山东女兵、兵团开发莫索湾的史料等等。其中有“同志们，马上就要到1958年了，经过自治区和兵团党委的批准，我们现在要开发莫索湾，要发挥咱军垦战士干劲大，地冻三尺都不怕的精神；开动脑筋想办法，老虎嘴里敢拔牙!把万古荒原建设成美丽绿洲。同志们，有没有信心！”这些台词，是来自真实的史料，所以让剧本更加真实，富有时代气息。

作为一名创作者，剧中使用的金茂芳写给王盛基的信，是金茂芳在当时那个年代的原创（个别措辞略微修改），经过再三斟酌，还是决定搬到剧本中。现在看来很多措辞都不准确，但这恰恰表现了一个真实的、有血有肉的、普通的、文化程度不高的山东女兵金茂芳的个性。而为了表现金茂芳和王盛基的感情，在面对永远离开挚爱的王盛基写给金茂芳的信（遗书），是作者为了回应金茂芳写给王盛基的信而进行的艺术再创作（不是原作）。但觉得这样处理很符合人物感情线索，一点没有突兀感。这也正是基于对金茂芳的采访，她说“我和盛基永远没有好够过”。什么样的感情能让人在多年后仍然发出这样的深情告白？面对这样的一种感情，无论我们怎样创作，似乎都不能表达出这样一种生死相随的情感。

金茂芳是一个情感丰富的人，无论对爱人、对朋友还是对工作，她都是热情、认真对待。剧中大量使用了很多拟人化的语言，表现了兵团第一代拖拉机手的生活，比如说“气死牛”（比喻一个人很能干，干活都能赛过一头牛），不喝“碱水”（用作比喻金茂芳驾驶的拖拉机都是加的“凉开水”），“跑直线”（比作拖拉机手作业的质量，拖拉机跑得越直说明水平越高）等等。这些拟人化的语言更加衬托了金茂芳和她那个年代的兵团人在艰苦环境下，天生浪漫的革命情怀，也更加彰显了金茂芳的性格。就是这样的性格，也必然会使金茂芳在爱情、工作中取得成就。与王盛基爱情的忠贞不渝，克服一切困难超额完成工作的“铁娘子”精神，执着寻找陪伴她8年的拖拉机，无一不表现出金茂芳这样一个平凡的姑娘，凭着一股子拼劲儿，成就了自己不平凡的人生。

广播剧是语言艺术，声话艺术，为了表现金茂芳的一生，广播剧《荒原车手》再现了金茂芳“寻找工作无果偶遇招兵”“和好朋友一起进疆又被分开”“初到兵团面临的艰苦生活”“不论成分学习驾驶”“在荒原中犁出第一犁”“遇见人生中的同事加爱人”“有情人终成眷属”“开发战斗莫索湾”“兵团十二面红旗”“生死相托终不悔”“矢志不渝兵团情”等场景，让我们认识了一个有血有肉有情的“荒原车手”金茂芳。

作为一部主旋律广播剧，金茂芳的人生经历恰恰启迪我们“有梦想就要去努力实现，不管多累多苦”“幸福都是奋斗出来的”这一真谛。

【编剧简介】

梅红，中国电视艺术家协会会员，中国电影艺术家协会会员，兵团电影电视艺术家协会副秘书长，兵团广播电视台总编室首席编辑、主任编辑。创作了《驴行塔克拉玛干》，摄制了《追寻远去的记忆》。创作的纪录片、微电影、广播剧等多部作品获得新疆、自治区、兵团新闻奖一、二、三等奖，"兵团五个一工程奖"。撰写了《用文化自觉 文化自信 文化自强构筑节目内核》《如何在讲述故事中传播兵团文化》《聚焦现实题材 打造新时代精品力作》等一批围绕如何发扬兵团文化为主题的论文。

夏瑞鸿，男，二级导演，1969 年出生。2004 年进入兵团广播电视台担任《兵团新闻联播》《天天播报》电视栏目编辑、《兵团影视》杂志责任编辑。参与的多部新闻、纪录片、专题片后期编辑工作，分别获得自治区、兵团级一、二、三等奖。撰写专业论文十几篇，论文《浅论新闻工作者的政治修养》在兵团新闻奖（2017 年度）评选中荣获优秀论文奖。编辑的论文有多篇在新闻论文评比中获优秀论文奖。

梅花绽放

编剧 \ 陈秉科

主要人物

张培培：现年30岁左右，新疆生产建设兵团豫剧团演员，“中国戏剧梅花奖”获得者。在本集中是16岁左右。

张父：张培培父亲，河南商丘的民间艺人，痴迷豫剧，善吹唢呐。

张母：张培培母亲，河南商丘的农村妇女。

白文芝：现年70多岁，豫剧大师阎立品的弟子，张培培的师父，在本集中60多岁。

尚新河：现年70多岁，张培培的师伯，在本集中60多岁。

白文兰：70多岁，白文芝的姐姐，兵团三师职工，年轻时援疆来到兵团，豫剧爱好者。

徐爱华：女，兵团豫剧团团长。

【电台播音】

男播：这里FM88.2兵团综合广播，现在插播一条本台刚刚收到的消息。

女播：今晚，第29届中国戏剧梅花奖揭晓，兵团豫剧团演员张培培榜上有名，这是新疆和兵团戏剧演员第一次摘得中国戏剧最高奖——梅花奖。

男播：是的。2019年4月26日，对于兵团豫剧团来说，是一个值得载入史册的日子。

女播：张培培，女，新疆生产建设兵团豫剧团青年演员，主攻闺门旦、青衣。在本届梅花奖参演的豫剧《戈壁母亲》中，饰演柳月季。

男播：宝剑锋从磨砺出，梅花香自苦寒来。张培培“天山脚下，踏雪寻梅”的故事要从2006年的河南商丘戏曲学校开始讲起……

上　集

1

【下课铃声】

白文芝：同学们，这堂课就上到这里，下课。

同学：（七嘴八舌）白老师辛苦，白老师再见。

白文芝：张培培，你到我办公室里来一下。

张培培：好的，老师。

【推门，两个一同从训练厅来到白文芝办公室】

白文芝：师兄，您到了？

尚新河：嗯，师妹好。

白文芝：来，我介绍一下。师兄，这是我给你多次讲过的女学生张培培，在我的商丘戏曲学校，她绝对是出类拔萃的好苗子，我早就有心想好好培养她。培培，这是我的师兄尚新河，打今天起，你得叫他师伯了。

张培培：师伯好。

尚新河：张培培啊，今天，我到你们商丘戏曲学校是来主持你的拜师仪式的。我师妹白文芝要收你为徒的事，知道吧？我们俩已经计划好久了。

张培培：知道的。白老师说过了，您今天会过来。

尚新河:好,我们正式开始。张培培——

张培培:在。

尚新河:张培培,你愿意拜阎派弟子白文芝为师吗?

张培培:张培培愿意。

尚新河:培培啊,先师阎立品先生1954年被梅兰芳大师收为弟子,这是我们阎派门墙无上的荣耀。阎派要求其弟子"学艺先立德,立德先立品"。张培培,你能做到吗?

张培培:张培培能做到。

尚新河:好。一叩首,再叩首,三叩首。

张培培:(磕头)

白文芝:起来吧。(搀起跪在地上的张培培)

尚新河:弟子为师父敬茶。

【张培培拿开杯盖,倒茶水】

张培培:师父,请用茶。

白文芝:(接过茶杯,嘬一口)好。来,培培,这是师父送你的礼物——三本书,中国艺术研究院戏曲表演、导演理论研究员胡芝凤写的《戏曲演员创造角色论》和《戏曲舞台艺术创作规律》,还有一本是《青年人艺术修养》。众所周知,学戏要讲究"基武身把,唱念做打",但我告诉你,功夫在戏外。因此,要多读书。

张培培:我记住了,师父。

尚新河:好,礼毕。(鼓掌)恭喜师妹,收了一个好徒弟。

白文芝:谢谢师兄,张培培这孩子平常不多言不多语,但是学戏特别刻苦,将来能成大器。

张培培:谢谢师父,谢谢师伯,我一定好好努力。

2

【蝉鸣声不已……2006年夏,河南商丘某村,张培培的家中】

张培培:(清唱歌曲《梅花三弄》)红尘自有痴情者,莫笑痴情太痴狂,若非一番寒彻骨,那得梅花扑鼻香……

【张培培父母干完农活，开着小型拖拉机，收工回家】

【以下宜以河南口音对话】

张母：咦，到家了。今天这么个热天在田里锄地，真是晒死个人。

张父：到家哩。咦，门开着？培培……培培回来了？

张培培：爹、娘，恁看，这是啥？

张父：河南市商丘戏曲学校毕业证……张培培……啊哟，妮儿，你毕业了？

张培培：嗯，爹、娘，俺毕业了，而且被评为学校优秀的毕业生，被校长特别嘉奖，全校毕业生里，我是唯一一个。

张父：嗯，我闺女可是阎派大师阎立品的徒孙，是白文芝的亲传亲子，那肯定是最优秀的。

张母：咦，这两年可是吃了不少苦来。妮儿啊，以后打算干啥，真要去唱戏呀？

张培培：对啊，娘，要不然，俺学它干啥？恁又不是不知道，俺打小就喜欢唱戏，我打算一辈子唱戏，唱一辈子戏。

张母：啊呀，我不大乐意。

张培培：娘……

张父：唱戏好啊，唱戏多好。你看啊，豫剧《苏武牧羊》里有忠，《赵氏孤儿》里有义，《清风亭》唾弃不孝，《卷席筒》讲兄友弟悌。这人情世故，诗书里有的，戏里头一样不少。唱戏，尤其唱豫剧，就是好。

张母：你少扯些没用的。人家唱歌的，能挣很多钱。演电影的，挣得更多。唱戏能挣几个钱呀？再说，你看现在的年轻人，有几个喜欢看戏的啊？妮儿啊，你要是一辈子唱戏，能唱红了还好，要是唱不出来，我怕你连你自己都养活不了哎。

张父：培培，别听你娘瞎说。戏曲是国粹，我支持你唱，你没有钱了，我养活你。

张培培：爹，用不着你操心，我一定能成，我不仅要唱，还要唱好，唱红。

张父：嘿，不想当将军的士兵不是好士兵。这才是我闺女来。

张母：哼，少来。

张培培：妈，咱家的户口本和身份证来？

张母：干啥？

张培培：妈，学校来了招聘的了。我想报名。

张母：招聘？啥单位呀？

张培培：兵团豫剧团……

张母:啊？新疆啊,俺的个老天爷,那不是到了天边去了吗？不中,不中。

张培培:娘,现在交通这么发达,坐飞机也就三四个钟头,我们要是从商丘去郑州,开车也得两个半钟头哩。

张母:咦,那能一样吗？另外啊,培培,我跟你说,当初,你不去上高中,考大学,非要进戏校,我打一开始就不同意。但不管怎么说,最后呢,我咬牙同意了。以前的事,咱不提了,以后,你要是能在河南找个剧团接收你唱戏,我认了,离家近嘛。但你要是想到新疆唱戏,没门!

张培培:妈,河南各个地方的戏校太多了,毕业的学生也多,河南各个豫剧团今年没有招人的,我现在就剩兵团豫剧团这么一个机会了,你要是不让我去,我就没机会唱豫剧了。

张母:进不了剧团正好,咱不唱了。往后啊,白天跟我下地干活,晚上回来,唱给我和恁爹听,我们听。

张培培:娘,恁不讲理。明天就得报名,明天是最后一天,过了这村,就没这店了。

【张母将户口本、身份证锁进箱子】

张父:啊,你把户口本和妮儿的身份证都锁到柜子里干吗?

张母:(生气语气)我不能锁人,但可以锁证件。去新疆?你想都别想,给我老老实实地待在河南,将来在河南找婆家。

张培培:娘,你不让我唱戏,就是成心要毁灭我的理想!(开始抽泣)

张母:少给我拽文!我说不中就不中!

张培培:(哭泣)

【张父在院子里吹唢呐……出唢呐独奏《怀乡曲》声,或其他略伤感些的曲子,以暗示其内心的忧郁】

张培培:(低声说)爹,你停一下。

张父:(低声)咋了?

张培培:(低声)爹,我把户口本和身份证偷出来了,然后,又把箱子原封不动地锁好,钥匙也偷偷放回去了。我想,明天偷偷地去报名。娘不同意,我想,我还是应该和你说一声。

张父:(狡黠地说)我妮儿平时话不多,可是真有主意来。嘿嘿,俺夫人纵有千条妙计,俺闺女总有一定之规。

张培培:爹,娘反对我唱戏,更反对我到新疆唱戏,你为啥支持我?

张父：人活一辈子，能有个爱好，不容易；能把爱好变成自己的事业，就更幸福啦。我年轻的时候喜欢唱戏，可没机会，现在只能吹吹唢呐。现在，你有机会唱，就要抓住；喜欢唱，就要唱好，而且一定要当那个最好的。

张培培：嗯，爹，俺记住了。

【唢呐独奏《怀乡曲》声再次扬起，渐隐】

3

【兵团豫剧团在南疆的巡演现场】

【豫剧演唱】

花木兰羞答答施礼拜上，尊一声贺元帅细听端详：

阵前的花木棣就是末将，

我原名叫花木兰（哪）是个女郎，

……

【谢幕现场：（舞台上的主持人）三师二牧场的各位职工，叶城县的各位父老乡亲，今天，我们兵团豫剧团的巡演到此结束。感谢大家的观赏】

【掌声，群众七嘴八舌地议论】

甲：唱得真好。

乙（玉素甫艾买提，维吾尔族人）：好得嘛，好得嘛。

白文兰：唉，可惜已经散场了。喂，姑娘，你就是刚才唱《花木兰》的张培培？

张培培：是，阿姨。

白文兰：刚刚你们谢幕的时候说，演出结束了？

张培培：是的，阿姨。

白文兰：啊哟，真是不凑巧。

张培培：咋了，阿姨？

白文兰：我是从二牧场三连来的，有300多里路，紧赶慢赶，就看了5分钟，你们就结束了。

张培培：阿姨，您跑了那老远，是专门来看戏的？

白文兰：是啊。我几天前听说二牧场有演出，今天，我天不亮就坐上车了。可是，路上车坏了，我步行走了30多里路，好在路上又碰上一辆车，人家把我捎过来的。

张培培:赶了300多里路,就为了来看豫剧吗?

白文兰:我……

【张培培的电话响起】

张培培:阿姨,您稍等会,我先接个电话,俺娘打过来的。喂,娘——

张母:妮儿啊,在那边好不好?生活习不习惯?

张培培:(即刻有了哭腔)娘,这边天气太干燥了,一年到头不下雨,还有,我顶不喜欢吃羊肉。

张母:妮儿啊,那可咋办?要不,你还是回来吧。

张培培:娘,我想家了。(哭)

张母:妮儿啊,我早就和你说了,可是你不听啊。你才14岁,一个人跑到那么老远的地方,生活不习惯、想家都很正常。要不,你就回来吧。

张培培:娘,我再想想。我挂电话了……(挂断电话)

白文兰:哟,闺女咋哭了?

张培培:嗯,阿姨,(忍住抽泣)有点儿……先不说我的事,刚才我问您,您为了看戏,跑了300多里路?

白文兰:嗯,是啊。可不巧啊,你们演完了。

张培培:天哪,我没想到,豫剧在这里这么受欢迎。不过,我们演了一整天了,明天我们就离开叶城,到和田去。

白文兰:唉,我紧赶慢赶,还是没赶上。

张培培:等等阿姨,我有个主意。我们团长过来了……

张培培:徐团长,这边一个阿姨,今天赶了300多里路来看我们的演出,来的路上,车坏了,自己走了几十里,才搭到顺风车,等她到的时候,我们的演出已经结束了。

徐团长:哎呀,那没办法。我们明天要去和田,已经定好了,也不能爽约啊。

白文兰:嗯,我懂。

张培培:徐团长,我有个主意,要不我们今天晚上加演一场?

徐团长:加演?开什么玩笑?叶城二牧场一共也没有多少人。今天白天都看过了,要是今晚加演,那恐怕只有这位大娘一个人看。

白文兰:没事,没事,不用麻烦,不敢劳驾。

张培培:徐团长,这位阿姨为了看演出,赶了几百里路,太让人感动了。

徐团长:那倒也是。不过,这么热的天,大家穿着戏服,已经演了一天了,好辛苦。

张培培:团长,我不怕。阿姨这样的戏迷太可敬了,要是大家辛苦,(带着开玩笑的语气)那我一个人唱也要唱给她听。

徐团长:哈哈,你这鬼丫头倒会将我军。好,为了你,更为了为豫剧热烈捧场的这位大娘,就算只有她一个观众,我们也演。

白文兰:哟,那可使不得,使不得。

张培培:(一个人鼓掌)好、好,阿姨,就这么定了,我待会给您老人家好好唱一段。

【“为了一个人的演出”结束,夜深要静,有虫声呢喃】

白文兰:妮儿啊,我太感动了。全团为我一个人演出,让我过足了戏瘾。

张培培:阿姨,应该的。

白文兰:姑娘啊,其实呢,我和你是有渊源的。

张培培:渊源?

白文兰:嗯,你是商丘戏校学的戏,而且拜了白文芝为师,对吧?

张培培:对啊,您怎么知道的?

白文兰:我呀,我是白文芝的姐姐,亲姐姐,我叫白文兰。

张培培:啊?天哪,姨,您怎么不早说?

白文兰:我就想给你一个惊喜。没想到,你给了我一个惊喜,你竟然动员全团给我一个观众演了一场戏。

张培培:我入疆前听我师父说了,她有一个姐姐在新疆,但没想到在这里碰到您。那,您是怎么来的新疆呢?

白文兰:哦,小孩没娘,说来话长。我是1952年报名参军支边来的兵团……

【毛主席签署的命令,压着电报声……中国人民革命军事委员会命令:中国人民解放军已胜利地完成了解放中国大陆的伟大事业。你们现在可以把战斗的武器保存起来,拿起生产建设的武器。当祖国有事需要召唤你们的时候,我将命令你们重新拿起战斗的武器,捍卫祖国……军号声,渐起、强、隐】

白文兰:我来新疆生产建设兵团的时候16岁。成千上万的年轻人来开荒,住在荒无人烟的戈壁上,在地上挖个坑,就住下了,当地人叫地窝子……真是天当被,地当床。当年,我们就是有股子劲,那叫革命的乐观主义精神。

张培培:那后来呢?

白文兰:后来,我就在这戈壁上成家啦,当了母亲。当年,我们还组织过一个母亲班,这里头有好多故事,都可以成为你学习的养料。

张培培:嗯,姨,以后多给我讲讲。

白文兰:兵团这个地方好啊,我劝你扎根在这里。这几年,兵团经济发展得多好。经济好了,文化也要跟上。咱兵团人里河南人多,豫剧在这里就是乡音,是乡愁啊。你扎根在这里,一定大有用武之地。不过,“宝剑锋从磨砺出,梅花香自苦寒来”,你得有吃苦的准备。

张培培:好,姨,我好好想想。

下　集

4

【航班,飞机落地,暗示着张培培从新疆飞回郑州】

【按门铃,师父白文芝开门】

张培培:(高兴)师父。

白文芝:啊,培培,你终于回来啦。

张培培:嗯,尚师伯也在这,师伯好。

尚新河:培培,回河南工作好啊。你师父可以经常教你学戏,离家近,也能照顾到父母,还有啊……

刘永生:这边的收入也要高一些。

张培培:(面对刘永生)这位是?

白文芝:哦,这位是河南大河剧团的团长刘永生,刘团长。我和你父母都希望你从新疆调回来,但是,马上进河南省豫剧团不容易。大河剧团呢,是刚刚成立的民营剧団,演出多,收入高。我觉得还不错,就把他叫过来了,咱们一起商量一下。他对你的条件很满意。

刘永生:哈哈,白老师啊,张培培是您的学生,所谓强将手下无弱兵。聘用合同我都带来了,你看啊,工资这样……这样……这是不是比你在新疆高很多?还有一个条件你一定也很喜欢,每年,我可以送你到中戏培训一个月,所有培训费呢,都由我来出,只要你肯来我的团,给我演出就行。

尚新河:这个条件真是优厚。

张培培：好的，师父、师伯、刘团长，我考虑一下。师父、师伯，我还想商量个事。

白文芝：你说吧，什么大事？

张培培：师父、师伯，我在新疆演出时有个困惑。我们阎派唱腔主要讲究委婉含蓄，可是，新疆那边排的戏有很多场景，唱腔是需要高亢激昂的，所以我应对起来，就有些力不从心。

白文芝：嗯，你说得应该是个实情。

尚新河：你打算怎么办呢？

张培培：豫剧的另一大派常派的唱腔就是高亢激昂的，非常适合新疆、兵团题材的一些戏。我想拜常香玉大师的女儿常小玉先生为师，（略胆怯地说）不知道行不行？

尚新河：培培啊，这可不行。亏你想得出来！你已经拜了白文芝为师，怎么能改投其他门派呢？

张培培：师伯——，我不是脱离阎派，白文芝老师还是我的师父啊。

尚新河：那也不行，咱梨园行里没这规矩。

张培培：师伯，您别生气。其实，我在演出发现，很多唱腔要随着剧情的变化而变化，唱腔风格不是一成不变的。

尚新河：嗯，就算你说得有些道理。可、可、可你已经拜了白文芝为师，又要去拜常派，行里的人怎么看？人家会说你见异思迁，或者以为，你翅膀硬了，师父教不了你了。

张培培：（委屈）师伯，我没有这个意思。师父过去是、现在是、未来永远是我师父，她待我像亲闺女一样，我怎么会忘恩负义、见异思迁？

白文芝：师兄，别生气，培培，你也别紧张。我琢磨着，这事好像靠谱。为什么呢？第一，培培这个想法虽然大胆，但毕竟是为了我们豫剧的发展。我们何必固守门墙之见呢？兼容并蓄，博采众家之长，这很好啊。第二，刚才师兄所说，咱行里没有这规矩，其实也不大对，远的不说，年轻人里头就有先例，比如，董爱春就拜过两大门派的人为师，一个是常派的虎美玲，另一个是陈派的牛淑贤。总之，我同意培培的这个想法。我这里没有问题了，下一步就是看人家常小玉老师能不能看上咱培培？

刘永生：哦，我和常小玉老师很熟啊。张培培是块好材料，常小玉老师那么爱才，没有理由不喜欢。这个协调工作，我来做。

5

【知了在树上不停地叫，一个炎热的夏日，某练习场所】

常小玉：培培，你进了我常派的门，就要学我常派的东西。打今天起，我先教你《花木兰》的“征途”那一折。你以前拜过阎派，阎派唱腔委婉含蓄，我常派则不同，常派唱腔高亢激昂。你跟我学，就要学这个。

张培培：好的，师父。

常小玉：哦？培培，你把厚底靴都带来了？

张培培：是啊，师父，穿上厚底靴，学起来，更容易有感觉。如果有什么问题的话，也会容易暴露出来。

常小玉：啊！你这孩子可真是认真。这天可太热了，穿上这靴子，你会受不了的。

张培培：师父，我不怕。

常小玉：嗯，好孩子。学这出折子戏之前，我还要给你加一课。以前呢，我看过你的基本功，怎么说呢，应该算是优秀的了。但是，你知道不足在哪儿吗？在腿功。咱梨园行有句话，台上三步走，就知有没有。今天，我带来两个助手小芸、大飞，帮你搬腿，她们一人压着腿，一人负责搬腿。

小芸：培培，搬腿可是很疼啊。

张培培：我不怕，来吧。

大飞：准备好，我可要使劲了哈，一二三——

张培培：（痛苦地大叫）啊，住手。

小芸：培培，你不是不怕吗？

张培培：快给我搬折了。不过，师父说，这样长功快，大飞，再来。

大飞：撑住哈，一二三。培培，你可真能豁得出去，今天晚上睡觉，你的腿会抽筋的。

张培培：没事，哎哟，来吧。

小芸：一二三，二二三……

【旁白】

在河南逗留了两年，虽然工资收入比较高，但张培培仍然割舍不下她的新疆情结，忘不了新疆生产建设兵团历史上那些激情燃烧的岁月带给她灵魂的冲击。为了新疆的豫剧事业发展，2006年，她再度返回新疆生产建设兵团豫剧团。

6

【往茶杯里倒水声，挪凳子的声音】

徐团长：大家都齐了，我们开会啦。我首先自我介绍一下，我是兵团豫剧团团长徐爱华。前段时间呢，我们剧团的豫剧《大漠胡杨》全国巡演已经收官，在河南山东河北3省11个县市巡演36天，演出40多场。我代表兵团豫剧团向以张培培为代表的演职员们致敬。大家辛苦了。

【鼓掌】

徐团长：下一步，我们准备排另一部重头戏《戈壁母亲》。这部戏的剧本已经出来了……咱先听导演说说。

导演：这部戏是现代戏，我们做了许多创新，大量运用了戏曲的“程式化”的东西，连唱带舞带打，体力消耗非常大。

李老师：那我觉得，这个男演员非杨广高莫属，他主演了好几部戏了，有经验，而且功底扎实，唱得也好。杨广高是不二人选。这位女主角柳月季嘛，有40多岁，徐团长，您是国家一级演员，您扮演柳月季就很合适，年龄形象都符合。您要是一出马，我看下一届的梅花奖就十拿九稳了。

徐团长：我同意杨广高饰演男主角钟匡民。不过，我推荐张培培来饰演女主角柳月季。

张培培：团长，我还年轻，今年才20多，柳月季一出场就40多岁了，她有一个亲生的儿子、一个养女，都是十几岁了，我怕拿捏不好这个角色。导演，您说呢？

导演：嗯，张培培的唱功、舞台都没有问题。说实话，我也担心你说的年龄问题，还有，你啊，太瘦了，有点冒险啊。

徐团长：大家都知道白先勇拍的青春版《牡丹亭》吧？14年间，它演了300多场，几乎场场爆满。最多一场，观众7000多人。演员平均年龄20岁左右，不论主演、配角、龙套全由年轻演员担纲，使得这出戏蕴含着青春的气息。这是白先勇先生的创意，他希望用年轻演员的演出来吸引更多的青年人热爱昆曲艺术。我也是这个思路，就让张培培来饰演柳月季。

张培培：团长，您是国家一级演员，您演，这戏准火。

徐团长：不，你当红花，我们都当绿叶。

张培培:团长……

徐团长:不要争了。

【汽车熄火,停车声,开车门,下车,关车门,锁车】

白文兰:哟,培培,没想到,你动了真格的,来我这里体验生活来了?

张培培:阿姨,近来身体还好吧?

白文兰:好着呢,好着呢。

张培培:我来之前电话里和您说过,领导安排我演一个新疆生产建设兵团的母亲,我没有这样的生活经历,要把她演好,可不能光凭想象,必须实打实地到乡下来体验。

白文兰:嘿,在电话里聊一聊不就行了?在电话里,我也能把当年那些故事原原本本地讲给你听的,多省事,不用这么大老远跑来。

张培培:阿姨,那不叫体验生活,那叫走过场。

白文兰:哈哈,哈哈,我逗你呢。你来啊,我可高兴了。不过,咱可说好了,我家的住宿条件可比不了你们城里,吃嘛,拌面管够,但可是没多少花样啊。唉,你这孩子真有一股子认真劲。

张培培:没事的,我不在乎,也不怕累。这部戏里,有抗洪抢险那么一段,也是个劳动场面,没有类似的生活经历,我怕演不好。

白文兰:嗯,好孩子,我真是没见过你这么认真的演员。

【蚊子声声】

张培培:(背诵柳月季台词,剧中是唱)

枪不再响稍安心。

离家几千里来把俺男人寻,

前些天才知道他是解放军。

想那天我冷不丁里接封信,

信没有看完就哭成泪人人。

……

白文兰:孩子,在田地里干了一天活,很累了,蚊子还这么多,还不睡啊?

张培培:阿姨,我得多熟悉一下剧本……

白文兰:(喃喃自语)嗯,真是不疯魔,不成活。不疯魔,不成活啊。

【排练现场,音乐起,可以借用《戈壁母亲》成品】

导演:(压着音乐说)各位演员,来大家准备好,我们走第四场。预备——开始!

【引用戈壁母亲的成品:出一段众人的念白……】

导演:停!我给大家再说一下戏哈。我们这出戏是现代戏,我们不能把它演成"话剧+唱"。

张培培:导演,不光是他们,我现在也很困惑。这个角色对我来说是很有挑战的,我以前没有接触过这类角色。排练,到博物馆参观,听讲解,找兵团的第一代、第二代老军垦了解他们那一代的经历,可为什么我总觉得还是分寸拿捏不好呢?

导演:张培培,你的声腔、身段、表现力,都没有问题。

演员A:喂,培培,你演得很好了。我们的大导演天天鸡蛋里挑骨头,但天天挨批评的是我们,几乎没有批评过你。

演员B:是啊,是啊,从排练以来,导演基本上一直在表扬你呢。我们都怀疑他偏心眼儿。

张培培:哎呀,你们不要这么说。我真的觉得很多地方不对。

导演:张培培,哪里不对?

张培培:我也说不太好。今晚我回家之后,我到师父那里取取经。

导演:好,白文芝老师是阎派传人,常小玉老师是常派传人。培培,你有两大门派的大腕给你说戏,真是奢侈啊。你一定会演好的。

7

【钟表嘀嗒声】

【电话声起】

张培培:(9点)师父晚上好。

常小玉:嗯,培培,今天遇到什么问题了?

张培培:嗯,怎么说呢?就是老感觉,人物塑造不能传神。

常小玉:嗯,几乎所有的演员都会遇到这样的困惑。那么,演员应该怎么演,才能让人物在台上有神呢?我的体会啊,演员不是一个空壳,而是要走进人物。

张培培:嗯,要走进人物?怎么才算走进了人物呢?他们在乡下的生活我体验过了,当年支边的历史,我详细研读过,为什么演起来的时候,感觉还是隔着一层呢?

常小玉:我就是喜欢你打破砂锅——问(纹)到底。好演员面临的最大的一个瓶颈,是怎样全身心地作为人物生活在舞台上。在台上,你不是你,不是你张培培,你是柳月季。这层意思,我相信你能领会。还有一层,你们既然是排练,肯定要反复进行。容易把新鲜感磨没了。怎么解决这一问题,要做到"生戏要演得熟,熟戏要演得生"。

张培培:我懂了,师父。生戏要演得熟,很多有经验的演员能做到。熟戏能演得生,才是好演员。即使是最熟的戏,也要像初次演一样认真。

常小玉:对啦。你的技术已经很好了,但塑造的形象,尤其是经典人物,跟老一辈艺术家相比,还没有达到尽善尽美。

张培培:改进的诀窍在哪儿?

常小玉:你要是在舞台上做不到自如,那么,有时候就会感到顾此失彼,感到十八般武艺不够用。只有自如了,才能达到忘我、圆融的境界。这种境界,是享受表演的每时每刻。

张培培:戏曲表演不在于像与不像,而在于传神。

常小玉:嗯,徒儿,你,顿悟了。

【兵团豫剧团某办公室】

大家纷纷议论:第29届中国戏剧梅花奖就要揭晓了,咱们的培培能不能有戏?肯定有戏。啊,不过,我还是有点紧张。

电视里的主持人:(声音渐扬起)……上海京剧院一级演员傅希如,广西壮族自治区戏院一级演员哈丹,新疆生产建设兵团豫剧团二级演员张培培……

工作人员:(掌声、欢呼声不断)拿了,拿了,太棒了。这可是我们兵团,我们新疆第一个梅花奖!!

电视中的主持人:我们请张培培发表获奖感言。

张培培:首先,我感谢戏迷朋友的厚爱,感谢我两位恩师白文芝老师、常小玉老师的教育,感谢兵团豫剧团对我的培养。梅花奖只是一个开始,光荣属于新疆,属于兵团,属于无数的戈壁母亲们。今后我要带更多的作品给观众,通过作品让更多人了解新疆,爱上兵团。

“中国戏剧梅花奖”荣誉称号获得者　张培培

梅心虽清雅，梅词未脱俗

近些年，我一直深深地痴迷于曲词典雅、行腔婉转、表演细腻的昆曲，并将台湾省作家白先勇先生主持制作的一部7小时46分钟的青春版《牡丹亭》看了不下几十遍。即使是现在，若家中无有其他家庭成员，我仍常常将这部《牡丹亭》当作背景音乐，以至于其中许多段落的唱词、念白我已耳熟能详，甚至可以学唱。其他昆曲经典，如《桃花扇》《琵琶记》《长生殿》亦看过多遍。因这个爱戏的情结，我在挑选系列广播剧《兵团魂》时，一看到荣获梅花奖的兵团豫剧团演员张培培选题在列，便毫不犹豫地选了。总觉得，戏曲是相通的。虽然此前不大了解豫剧，但有了昆曲知识的底子，自信驾驭起来会容易些。

一个宏大的志向及其落空

题目选定之初，我暗暗给自己定了两个高标准，一是叙事结构要有创新，二是内容要专业，即，剧中人物说戏，一定要专业，勿令其说外行话。

为了实现叙事结构上有所创新，我找了两个剧本当作学习、参考的范本，分别是美国1941年拍的一部老电影《公民凯恩》，还有一部是张曼玉主演的《阮玲玉》。

为什么学习《公民凯恩》，因为它在电影史上的地位极高。《公民凯恩》最为人称道的是洋葱式的叙事结构。说起《公民凯恩》的整体结构，初次观看时很多人会不以为然："不就是通过几个人物的回忆来倒叙主角的一生吗？"不错，《公民凯恩》的确由六段闪回组成，合在一起反映了出版家查尔斯·福斯特·凯恩的一生。但里面有着极强的内在逻辑，这几段倒叙并不是一块拼图的组成部分，而是由外向内层层剥开的洋葱。

电影《阮玲玉》大概也是借鉴了《公民凯恩》的手法。导演关锦鹏以纪录片的拍摄方式，将阮玲玉女士的原片和张曼玉饰演的画面交织，又附着了老影人的采访与演员张曼玉自己的感受，创造出了时空变换的美感与意境。

那么，写张培培的广播剧不可以借鉴剥洋葱式的叙事吗？有了这个初步想法之后，我采访了张培培的两位师父，一位是阎派传人白文芝，一位是常派传人常香玉的女儿常小玉，还采访了张培培本人、张培培的同事若干……其中有些人，我不只采访了一次，采访形式既有电话沟通，也有微信交流。遗憾的是，即使我不断变换各种角度，不断引导，也没有挖掘到足以震惊到我的故事，而且所采访到的内容大同小异。

既然缺少角度不同、类型迥异的真实故事，我又不想杜撰，那么，剥洋葱式的创新叙事很难实现。加上这种写法本身的接受度未必很高，缺少文胆的我最终决定放弃原先宏大的创新志向，转而选择了比较保守的线性叙事方式。

为写戏先学戏

剧本中的主人公会唱戏，剧本创作者不能不懂戏。为此，我查阅了大量资料，从豫剧的起源、流派，到代表人物，到经典剧目，到名家典故，皆略知一二。后来，在采访豫剧大师常小玉、白文芝等人时，她们谈到所谓祥符调、豫西调等的传承和唱腔特点，怕我听不懂，欲在电话里解释，我都能十分从容接上话儿，为此，她们甚感意外和欣慰。因为这些原因，我和她们的采访沟通很顺畅，她们也乐意给我讲。有几次，是白文芝老师主动打电话给我，要求补充讲述。

为了增加对张培培的感性认识，我还把她的代表作《戈壁母亲》通看一遍，将个别片段反复看，并向张培培要来了这部戏的剧本。通过网络搜索，把有关张培培所有的新闻报道都找来看了，既包括文字的，也包括视频的。关于视频，既包括她在河南拜常小玉为师的现场直播，也包括她获得梅花奖时的颁奖现场直播。

定下了叙事方式，相当于确定了烹饪的流程；了解了戏剧的知识、掌握了主人公的故事，相当于采办齐了食材。然而，要烹出一道美味大餐，还要看厨师的经验、功力，乃至灵感。

灵感哪里来？我找来陈凯歌导演的《霸王别姬》，以及关锦鹏导演，张曼玉、秦汉、梁家辉和吴启华等主演的《阮玲玉》，把这两部电影各看一遍，甚至把系列纪录片《大师》之《盖叫天》也找来看，努力从中汲取些许营养。但是，很遗憾，这种临时抱佛脚的努力收效甚微。

一篇落了俗套的“梅词”

虽有以上种种顾虑，但丑媳妇免不了见公婆，最终，我还是硬着头皮将剧本写了出来。初稿写出后，兵团广播电视台王安润副台长提了6条宝贵意见，并指出，有的地方写得太实，有的地方写得冗长，有的地方术语太多，有晦涩之嫌……我一一遵照，一一修改。

然，虽有王师洞幽烛微，奈何本人力有不逮，作品乏善可陈，有三桩遗憾留下：一，人物个性不鲜明；二，戏剧冲突不强烈；三，未在主人公入疆、离疆、返疆、最终扎根边疆的故事上做足文章。即，由于笔墨不足、交代不清，欠缺了说服力。

该剧写完，本人印证了一个命题：无论做新闻报道，还是搞文艺创作，正面宣传皆不易。正所谓“世人作梅词，下笔便俗。予试作一篇，乃知前言不妄耳”。

【编剧简介】

陈秉科，中央广播电视总台央广高级编辑，中央人民广播电台新闻评论部《新闻纵横》节目记者，现任新闻中心早间节目部副主任。担任《新闻和报纸摘要》和《新闻纵横》监制迄今已 10 年，作品先后 6 次获得中国新闻奖，4 次获得中国广播电视大奖，2 次获得亚广联奖。

出版有《深一度：新闻采访与写作》专著一部，计 37 万字，已被国家图书馆、清华大学、中国人民大学、复旦大学、浙江大学、武汉大学等图书馆馆藏。

2017 年 7 月起，在兵团广播电视台援疆，任全媒体中心副主任兼广播中心主任。2018 年，由其策划或执笔的多篇作品获得新疆新闻奖和新疆广电奖一、二等奖。

边疆情深

编剧 \ 王朝朋

主要人物

孙义：山东省禹城市李屯乡党委委员、援疆干部。

场长：兵团三坪农场场长。

崔辉：孙义的爱人。

刘总：深圳泉康物流公司总经理。

护士、李总及孙义同事等若干人。

【医院急诊室门打开，护士急匆匆出来】

护士：发烧41度，41度啊，晚来五分钟命都没啦。

孙义同事：辛苦您了。

护士：他爱人还没到吗？

孙义同事：他是援疆干部，爱人在山东。

护士：一个人？！

【护士转身抽泣又转过身来】

护士：你们回去吧，晚上我来照顾他。

【旁白】

这位发高烧的援疆干部就是孙义。2018年9月，孙义被选派到新疆生产建设兵团第十二师三坪农场挂职，不到一年的时间，凭着自己的踏实肯干和亮眼的成绩，被中宣部表彰为“最美支边人”。

上　集

1

【大会散场音效】

场长：真不好意思。你刚来，咱们农场招商不力就被大会点了名。不瞒你说，我的压力很大啊。

孙义：场长，点名咱不怕，争取下次再被点名。呵呵。

场长：你、你这是笑话我吧？！

孙义：场长误会了，我是说，努力做好招商工作，下次被点名表扬一次。

场长：嗯，好样的。有你这句话，我心里就踏实了。我们这个地方啊，区位优势很好，交通四通八达，发展物流产业有先天条件，只可惜无人问津啊！

孙义：场长，我们要主动出击。俗话说，兵贵神速。我明天就出发，到深圳去招商。

场长：你这刚来，休息休息，熟悉一下环境，到大巴扎转转。

孙义：嗐，以后有的是机会。先开始工作吧。

场长：好吧，山东人就是爽快。那祝你马到成功。我在家等你好消息。

孙义：嗯。

2

【飞机降落音效，深圳市车水马龙的音效，孙义走进写字楼的音效】

孙义：刘总，刚才给您介绍了三坪农场的概况和投资物流产业的政策以及园区规划设想。您也是商业精英，我也想听听您的想法和对农场产业发展的建议。

刘总：过奖了，国家倡议的“一带一路”给我们带来了巨大机遇，我们公司也想在新疆布局，也在考察落脚点。感谢您专程来访，我们会认真研究，我个人认为三坪农场发展物流产业还是很对路的。

孙义：刘总，我是山东人，喜欢快言快语，您也说考察过新疆，在我们农场投资物流业，概率有多大？50%？80%？呵呵！

刘总：看来孙主任真是个爽快人，也佩服您，舍小家到兵团去工作，一上任就大老远跑来招商。在我心中，投资三坪农场，不是50，80，是90。哈哈！

孙义：能得到您的认可，我很高兴。这样，我回去等您消息，找个好日子，我在新疆给您准备好牛羊肉，等您去签约。

刘总：哈哈！

【旁白】

孙义谈完深圳的企业并没有着急返回，而是顺道前往济南，继续进行招商工作。

【机场出口音效】

【拨打电话】

崔辉：哎，老公，大清早的打电话啥事啊！

孙义：我到济南了，谈完事马上回去。

崔辉：好、好、好。

【崔辉挂掉电话】

孙义：这个急性子，我还没说完呢。

【音乐过渡】

李总：孙主任，您好，让您久等了。听说您这刚去援疆，就回来招商，真不容易。

孙义：您这时间紧，我就开门见山了。这次是想请您去我们农场投资的，您意下如何？

李总:我也直说了。眼下我们公司没有出省投资的打算。不过,我会帮你宣传推介农场。

孙义:那谢谢了。还是欢迎有时间到我们农场实地考察一下。

李总:一定,一定。

【旁白】

崔辉听到孙义回家,高兴得很,马上打电话把孙义的妈妈叫到家里,自己开始忙活做起了饭菜。

【门铃声,开门】

崔辉:妈,您来了,快坐。饭菜马上好了。

孙义妈:孙义到哪了?

崔辉:我给他打个电话。

【您好,您拨打的电话已关机……】

孙义妈:怎么打不通吗?

崔辉:呃,是不是高铁上信号不好。待会他看到就回过来了。

孙义妈:我去做饭吧,你在这听着电话。

崔辉:妈,您歇着,我去做。

【电话响了】

崔辉:嗯,是孙义的电话。喂,你到哪了?妈都等急了。

孙义:我刚到乌鲁木齐。

崔辉:啥?!你都到济南了,怎么不回来看看?

孙义:这边的招商工作还有很多头绪需要理顺一下。你帮我……

崔辉:别解释了,忙你的吧。

【崔辉气愤地挂了电话】

3

【敲门声】

场长:请进。孙义回来了。快坐。说说,这次收获咋样。

孙义:深圳的泉康公司很有希望能来。我同学给联系的那家暂时没有投资的计划。

场长:有一家都是突破。他们没说什么时候来实地看看吧。

孙义:可能最近几天就来。

场长:那你准备一个接待考察的方案。来了就争取签下来,这样也有利于下一步招商。

孙义:对,这第一炮很关键。无论如何,也得拿下。

场长:我们的规划还比较滞后,你有经验,得想办法把筑巢工作做好,这样才能引来凤凰啊。

孙义:好的,我这几天专心搞这个规划。

【微信视频接通声音】

孙义:老师,又打扰您了。您看这一版规划,还有哪些需要注意的问题?

老师:孙义,你得多注意身体啊,别总是熬夜。我看,你这修改的速度,肯定这几天都在熬夜。

孙义:呵呵,我还年轻,就是劳烦您了。师母不会怪我吧。

老师:她也心疼你。说正题,你这一版规划已经比较到位了,但是一些基础建设还只是停留在纸上,我担心企业不会买账。

孙义:老师说得对,我也很担心。

老师:前期需要一定的建设资金投入,你得未雨绸缪啊。

孙义:谢谢老师,这么晚了,您先休息吧。等招商成功了,请您来看看。

老师:好啊,有什么需要随时联系我,我能帮多少算多少。

【旁白】

和老师通完电话,孙义又接到了深圳泉康物流公司刘总的电话。

孙义:刘总好啊,我没猜错的话,您计划来新疆实地考察了吧。

刘总:真是诸葛亮啊。我们明天就过去,您这边方便吧?

孙义:方便,热烈欢迎啊。你把航班和来的人员信息传给我,我们对接好。

刘总:那就麻烦您了,明天见。

孙义:明天见。

4

【工地现场音效】

刘总:孙主任,这连条像样的路也没有,我们本来是打算来入住的,可不是来搞基础建设的啊。

孙义:刘总,这路我们都规划好了,修路和仓储基地马上就开工了。

刘总:孙主任,那好啊,等弄好了,我们再来。

孙义:我们尽量往前赶。

刘总:签约的事我们再往后放放。

孙义:刘总,既然来一趟,框架协议咱先签了,这样,我们干起来就有动力了。

刘总:你这是有劲了,我回去没法和公司职工交代啊。这样吧,我们回去再商量一下。

孙义:刘总,您看这样好不好,马上元旦了,今年签协议,明年来开张,这多好啊。

刘总:还是那样,我们开诚布公。这地方我们看好了,但是现在还不成熟,等年后我们再来看吧。

孙义:这……好吧。我们先去吃饭,边吃边聊。

【电话铃响起】

孙义:场长啊。

场长:上午看得如何啊?协议什么时候签啊?

孙义:场长,我们先去吃饭,回头和您汇报啊。

场长:哦,好,你们先去。我也马上赶过去。

5

【旁白】

场长和孙义的通话中隐约感到签约可能要黄了,具体原因也只能等单独和孙义见面才能知道了。

【农场同事在一起议论】

甲:哎,我听说内地来的企业看了咱这地,很不满意啊。

乙:我以为是孙主任的朋友,来了直接签约呢,闹了半天,还得考察啊。这投资协议没签成,还搭上了羊肉。

甲:别这么说,谁也不能拿钱打水漂啊。

乙:走吧,走吧。

【关门声】

孙义:场长啊,刘总实地看了,我们现在仅有纸上的规划,地上没一点配套,他们打退堂鼓了。

场长:也不能怪人家,谁愿在不毛之地上投钱。你有什么打算?

孙义:这条线我们还是攥在手。接下来,我们要发挥兵团吃苦耐劳的作风,大干一百天,争取让园区有个模样,明年开春再请他们来。

场长:马上行动,号召农场所有干部,缩减休假,集中精力搞好农场建设。

【推土机等声音的作业现场音效】

农场干部:孙主任,这边风大,回指挥部暖和暖和吧。

孙义:没事,趁着这几天天好,咱得抓紧往前赶。

农场干部:您联系的山东那家赞助企业,也把水泥给我们运过来了,真是应急了。

孙义:还有那家电缆企业也答应了,你盯紧问问。团场给每家企业发个感谢信,也欢迎他们来监督。

农场干部:好的。孙主任,今天工地炖的羊肉,您快去吃点吧,可不能一直吃方便面了。

孙义:好啊,走,吃完接着干,呵呵。

农场干部:孙主任,以后您再和嫂子视频,得先捯饬一下,上次嫂子看见你在工地的模样,说话都有点哽咽了。

孙义:没事,已经结婚了,也离不了了。哈哈。

6

【工地的作业声音】

农场干部:孙主任,有您电话,快去接下吧。

孙义:好的。

【从屋外走进屋内,跺脚声音】

孙义:喂,媳妇,什么事啊?

【对方抽泣声】

孙义:别哭啊,出什么事了?

崔辉:姥姥、姥姥她走了。呜呜……

孙义:啊! 什么时候?

崔辉:今天凌晨。临走前还拉着我的手问你在哪里呢。

孙义:哎,是我对不住姥姥。她一直关心我们俩,在她病重的时候,也没多陪陪。我这给她买的棉衣才刚寄出去。

崔辉:用不上了,你请假回来送姥姥一程吧。

孙义:团场的干部都在工地上等着呢,很多事还都需要我在这儿协调,你代表我们这个小家给姥姥磕个头。

【外面传来声音】

施工人员:孙主任,挖掘机又出故障了。

孙义:先这样啊,晚上我再给你打电话。

【走出指挥部】

孙义:来了,来了。咋回事?

施工人员:可能还是气温太低的原因。

孙义:我来联系维修人员,你们先去忙别的。

施工人员:好的,好的。

【大风呼啸的声音】

【旁白】

当天晚上,孙义脸上挂着泪水,朝山东老家的方向深深鞠了一躬。在他心里,这就算送姥姥一程了。

7

【春天鸟鸣】

场长:孙义啊,真想不到啊,这半年功夫,我们的园区旧貌换新颜啊!

孙义:我也不敢想象。人的潜力真是大,只要瞄准目标,干出的成绩连自己都惊叹。

场长:这个惊叹我们一定让刘总来说。

孙义:嗯,我马上联系。现在是万事俱备,就等刘总来了。哈哈!

【音乐过渡】

孙义:刘总啊,春天来了,我给你发的农场照片看到了吗?

刘总:收到了。那是你们农场吗?

孙义:是啊,为了你,我们整个冬天都在热火朝天地干。

刘总:过奖了,我哪有那能耐。

孙义:别的我们不说了,你带着原班人马再来看看。不过,这次我友情提示,一定要带好签约的文本来。

刘总:我懂,你发的照片很说明问题。咱们新疆见,这次,我请你们吃羊肉。

【锣鼓喧天】

主持人:签约仪式现在结束,让我们再次祝贺双方签约成功,预祝泉康公司发展顺利,财源滚滚。

【会议散场音效】

刘总:孙主任,请允许我叫你一声老弟。你来新疆工作这叫拼命啊!我把话放这,欢迎你随时去我公司,年薪百万,我愿出。

孙义:谢谢刘总,谢谢老哥,谢谢你的信任,是兵团改革给了我动力,也成就了我们的友谊。

下　集

8

【104团南社区的孩子在场地玩篮球的音效】

南社区老人甲:这帮兔崽子又来捣乱,今天的舞又跳不成了。

乙:是啊,咱们来晚了,又让他们占了。我去说说他们。

【走到场边对着孩子喊:孩子们,你们要知道尊老,你们玩了一会了,该让我们在这活动一下了】

孩子甲:好嘞,奶奶,接球。

【老人躲球不及,摔倒在地】

老人甲:哎哟,这帮小崽子,还敢用球打我。

老人乙:没事吧,老张,走,找他们父母去。

【社区办公室】

老人甲:李主任,你给评评理,这怎么办?

李主任：您先别急，这事是孩子做得不对。这不，小强的妈妈刚才也说了，医药费他们支付，再给老人买些营养品。大家都是邻居，相互让一让。

孩子家长：张阿姨，真对不起，都是我们教育的不好，回家我们收拾小强。

老人甲：算了，幸亏没伤着骨头，我还能走得动。不过，李主任，你可得保证我们老年人有个活动场地啊，不能再让他们捣乱了。

李主任：好的，我一定想办法。

【旁白】

李主任所谓的办法，就是指望刚从农场调到十二师发改委的援疆干部孙义。

李主任：孙主任，可把你盼来了。您看，就是为了争这个场地，老人小孩经常发生矛盾。

孙义：我看北边这个大的杂物堆和边上的违章房子可以清理出来，做成一个既有篮球场又有老年人活动区域的社区活动场地。

李主任：太好了。这杂物堆都十几年了，有时还能闻到腐烂的味道，您这搞成了，那真是一举两得。

孙义：正好有援疆资金可以用上。您和社区居民沟通一下，听听他们的意见，反馈给我。我先量一下场地尺寸，找一家设计公司给出个图。

李主任：您看，星期天您也不休息，来我们这解决难题。这么好的事，大伙肯定同意，您就帮我们做吧。

孙义：好，回去我就着手做，有什么建议随时联系我。我们先测量一下。

李主任：哎，好的，好的。

【孙义在现场咔嚓咔嚓拍着照片，测量的现场声音：拉直了，长大约120米，宽60米……】

9

【宿舍里，孙义吃方便面的声音。敲门声……孙义开门】

施工负责人：孙主任，这是我中标的设计图给您看一下，施工预算是30万。

孙义：你看，我们都是老乡，你再给优惠一下。再说新疆也是你的第二故乡，为当地做点贡献嘛。

施工负责人：我都中标了，您这还三番五次给我砍价，我这是最低了。都是公家的事,我也没和您多要价。您这让我太为难了,换了别人我就不接这活了。

孙义:我知道,很感谢你。这样,再让两万。来,握手成交。

施工负责人:别介。哎,还没吃饭吧。别吃方便面了,走,附近有一家特好的新疆馆子,中午我请客,咱边说边聊。

孙义:吃碗面也就饱了。你看,我这堆了这些资料,还得整理出来。你要同意这个价格,就算请我吃饭了。哈哈。

施工负责人:我干这个工程,就是35万,也是正常的价格。这样,就30万,签完合同,我拿出1万,快过年了,给你家大侄子送个红包。来,握手成交。

孙义:心意领了。这样就29万了,你再给我1万的权力,28万成交。

施工负责人:兄弟,我也不叫你主任了,这要是你家的,我咬咬牙,交个朋友也行,这都是符合法规、符合程序的公家事,你和我讲什么价格啊,真是搞不懂。

孙义:说句实话,我在这个岗位上,就得精打细算啊,要花钱的地方太多。

施工负责人:你已经尽职了,有多少钱做多少事,别去省了。

孙义:好了,我看,28万挺好,888,发发发,做生意就图个吉利嘛。来握手成交。

施工负责人:真拿你没办法。这样,价格咱说好了,工期别再催我了,再催我,就是把我往火坑里推了。

孙义:呵呵,好、好,不催,不催。不过,按照约定条款,把质量做好,工程款要在验收合格之后才能付给你。

施工负责人:质量你放心,咱不给山东人丢脸。

孙义:好,您先回,等完工了,我请你和你的团队吃饭。

施工负责人:嗯,服你了。那您忙吧,我先走了。

孙义:多谢了啊,回去给设计人员问个好。设计得很好,简洁大方。

10

【施工现场,挖掘机和钻探机的作业声】

李工:孙主任,大礼拜天的,怎么又来了?放心吧,我们肯定干好。

孙义:哎呀,看着杂物堆清理出来,一下子豁然开朗了,越来越有模样了,来这里就相当于去公园了。

李工:你这真会开玩笑,哪有把施工现场当公园的。

孙义:李工啊,辛苦了。你看,社区居民走到这里,都多看上几眼,早建成,他们就可以早出来活动。能快则快啊。

李工:主任,就知道你来了又要催。我们干个活,基本上算是奉献了。

孙义:辛苦辛苦,中午我请大伙吃馕。

李工:算了吧,吃了你的馕,不知道又让我们干什么,你还是自己吃吧。不过,我还真佩服你的,公家的事这么上心,这要是你自家的,你还不得拿着放大镜来监工啊。

孙义:挖苦我。哎,说正事,还有多少天完工。

李工:10天左右吧。

孙义:好,你们先忙,我去社区转转。

【社区人来人往的声音】

11

【社区的超市里】

孙义:老哥,结一下账。

超市老板:你这又是去亲戚家吧,每次都买这么多东西。

孙义:不多不多(扫码付款声)。好了,给你付了啊。

超市老板:收到了。哎,对了,你托我给亲戚家订的刊物我给订好了,到时按月给送家里去。

孙义:好的,谢谢你。

超市老板:你这亲戚可真幸运,连他女儿的学习工作,你也管。有点时间多照顾一下自己,看你瘦的。

孙义:呵呵,我就这样,长不胖。再见了啊。

超市老板:您慢走。

【推门来到亲戚家】

孙义:你好,马大哥。

马:兄弟来了啊。玉兰,孙义叔叔来了。快坐,玉兰的事让人操心了,这孩子,要起性子来,我也没办法。

孙义:毕竟刚毕业,年龄还小,女孩嘛,心思多,还得细心引导。你也别老发火。

马:嗯。

玉兰:(从屋里走出来)孙叔叔好。

孙义:这次就当自己给自己放了个假,过两天上班一定要认真对待工作。我也给你订了餐饮管理方面的刊物,等收到后你多学习。

玉兰:谢谢叔叔。我知道我做错了,不该不打招呼就不去上班。

孙义:我替你给经理解释了,也欢迎你再去上班。那两个月社保的费用我也给你交上了,这样你一上班就接起来了。

马:你这又操心,又出钱。缴费多少,我拿给你。

孙义:不用了,算我给玉兰的红包吧。以后要好好工作,多听到你的好消息就行了。

玉兰:放心吧,叔叔,我一定努力。

【旁白】

每个周末,孙义都会到基层了解民意,抽出时间到亲戚家里看看,晚上再回到办公室,搜集政策材料,结合兵团实际,编纂援疆项目的建设制度,优化项目建设审批验收流程。有的时候工作起来,完全忘记了时间。

12

【办公楼的楼梯里,援疆同事边走边聊】

同事甲:(伸了个懒腰)终于干完了,几点了?

同事乙:呦,快12点了。

同事甲:走,下馆子去,喝两杯解解乏。

同事乙:好。咦,孙义的屋还亮着灯,我去看看,叫上他一起。

【敲敲门,推门】

同事乙:嗨,还真忙。走吧,都快天明了,和老杨一块吃点夜宵。

孙义:你们去吧,我头有点晕,回去躺会儿。

同事乙:脸怎么这么红,没事吧。

孙义:没事。

同事乙:简单吃点水饺,然后回去休息。

孙义:好,那走吧。

【三人说着话来到饭店】

同事甲:老板,来份大盘鸡,三份水饺,两瓶乌苏。

饭店老板:好,马上就好。

同事乙:孙义,这几天怎么老是深夜里才回,注意身体啊。本来脾胃就不好。熬夜多了伤身啊。

孙义:没事,财经管理制度汇编弄完了,就可以松快松快了。

老板:菜来了,慢用啊。

【开酒瓶,倒酒的声音伴随】

孙义:我就不喝了,你们喝。

同事甲:好,你喝点果汁,赶紧吃水饺,我们俩喝点。

同事乙:来举杯,为我们的援疆情谊干一杯。

【碰杯声】

同事甲:孙义,饺子咋样?

孙义:嗯,挺好吃。

【孙义忽然晕倒在桌上的声音,打碎了饮料杯子的声音】

同事甲:孙义,怎么了? 快,打120。

同事乙:好、好,掐人中。

13

【120的救护车声音,医院急诊部】

护士甲:李丽,昨晚,你让病号的同事回去,你照顾了一晚上啊,图啥啊?

李丽:他是援疆干部,爱人不在身边。

护士甲:看他们同事送来的时候都喝酒了,是喝大酒造成的吧。

李丽:别乱说,他没喝酒,肯定是累垮的。

【旁白】

此时孙义也听到了护士们的对话。孙义心想,援疆干部既然来到新疆,就是为了干点事情,不是来混日子的。

【李丽进到病房查房】

李丽:领导,你醒了,感觉好点了吗?

孙义:想不起来发生什么了,头还有点晕。

护士:你啊,命大。现在要紧的是休息好,别想别的。

孙义:谢谢你。

护士:我把药放你桌上,都分好了。按时吃。

孙义:哎。

【爱人来电】

崔辉:孙义,刚才同事打电话说你发烧住院了?

孙义:啊,好了,可能这几点没休息好,抵抗力弱。没事了,你忙吧,放心。

崔辉:我去乌鲁木齐照顾你吧。

孙义:都好了,别折腾了。没事,有事我给你打电话。

崔辉:家里不用你操心,你在那要自己照顾好自己啊。

孙义:没问题,放心吧。

14

【旁白】

此时的孙义或许是因为生病的原因,与爱人通电话时,忽然很想家,觉得太亏欠爱人了。但是,住了两天的院,他的心思又转向了工作。

护士:今天气色不错啊。

孙义:真的好了,您看,给我办个出院吧,手头还有些事要忙。

护士:还不知道珍惜啊。身体重要,还是工作重要?

孙义:呵呵,都重要。你看我都好了,眼清目明的,头也不晕了,胃口也很好。

护士:想工作,我不拦你。出院,不可能。(转身走开)

孙义:哎,护士,哎,咱再商议一下……

【旁白】

不能出院,孙义就让同事拿来了电脑,他在病床上,像做针线活一样,着手“山东省对口支援兵团财经管理制度汇编”的工作。

张部长:孙义?!

孙义:哎,张部长,您怎么来了?

张部长:你这话说得,你为了工作都病倒了,我不来看你,算不算失职啊。

孙义:嘿嘿,我这就是感冒了,没多大事。正好,部长,您看一下,财务汇编我做好了初稿,您审阅一下。

张部长:你这还现场办公啊。好啊,我拿回去看。现在,最重要的是你要养好身体。

孙义:(拍着胸脯)看,结实着呢。哈哈。

张部长:孙义啊。你这汇编是帮了我们大忙了。4200万元的项目建设啊,没有汇编,建设项目寸步难行啊。你可是立了功了。

孙义:调我过来,就该干好这个事。部长,通过干这项工作,我自己也进步不少。来兵团工作,还真长了不少本领。

张部长:嗯,兵团处处改革,对年轻人来说确实是个展示才能的大舞台。好了,你休息吧,等医生让你出院了,我来接你。

15

【旁白】

孙义援疆时间虽不长,但无论是招商方面,还是制度汇编方面,每项工作都做得扎实细致,给兵团改革注入了新鲜活力。

【孙义一家人围坐在电视机前】

女主持人:孙义是山东省援疆兵团挂职干部,30岁的他为大家舍小家,远赴新疆参与团场招商引资工作,付真情,下真功,献青春,用实际行动赢得了当地群众的支持和认可。有请孙义上场。

男音:(发表颁奖词)孙义,用初心和双手,献上新生代支边人的力量。

孙义妈:崔辉,快看,孙义上台领奖了。

崔辉:妈,真没想到,孙义为兵团发展做了这么多好事,这个奖给咱山东人争光了。

孙义妈:这次孙义去援疆,辛苦了你,但也值了。

崔辉:是啊,妈,值。

孙义在“闪亮的名字——最美支边人颁奖礼”央视录制现场

挖掘是创作的源泉

对于广播剧的写作，我是个门外汉，但正好有这次机会，所以锻炼了一下。关于第一次的广播剧创作感受，我首先想到的是这是团队的协作，每个作品既有其独立性又有其整体主题的连贯性。创作之初我也认真了解学习其他创作人的创作感想和人物故事，力求做好一个整体性，又完美一个独立性。唯此，参与这样一个群体性创作才是有意义的。

写广播剧也是再受教育的一次机会，在把握人物创作的同时，也能感受到人性的光辉和奋斗的激情。创作过程也是学习援疆干部扎根新疆、服务新疆的过程。新疆有着令人神往的自然景观和丰富的历史文化，在这样的深厚背景下创作，需要在自己内心做一次历史回顾和净悟，方可从人物经历切入到宏观背景中，做到客观的"实"和主观的"艺"相结合。

在选取人物素材时，我曾经做过众多推演，每次推演都觉得逻辑上没问题，也很通畅，但是写下之后，自己通读又觉无味，缺少些波澜。幸好有王安润老师的指导和点拨，心中一下子明亮了，思路也清晰了。孙义是山东德州一名基层公务员，能参加援疆并能在很短时间内做出卓越成绩，背后付出很多，他心理活动一定是非常丰富的。因此，这次广播剧的创作也是心灵与心灵的一次对话。我曾经和他或面对面，或通过微信交流，能够感受到山东人的淳朴和厚道。他对成绩很淡然，总是在总结工作上的得失，在他的内心，还有很多为新疆服务的想法在涌动。援疆的结束不是付出的结束，更像是开始。这种感觉也让我与兵团精神贯通了起来，使创作更加自然流畅。在创作过程中，我也给自己设置了一个"规矩"，如果写作时有长时间的停顿，就必须调整思路,重新选取素材,重新构思结构,重新承上启下。可能我觉得一气呵成能体现出对作品“真”的追求和尊重。

这次创作我坚持白描的创作原则，尽可能地通过具体事件和细节让受众去感受人物,去主动寻找人物身上散发出的真善美。在创作过程中,我也试图去进行创新,让更多年轻人能喜欢广播剧这种声音艺术。当然,真正创作时也没有实践经验去支撑,难以实现自己最初的设想。面对年轻一代,面对5G的互联网时代,作品的引领力和传播力有多大,需要有预设。因为我一直认为没有传播力的作品等于零,只有接受了,才能有感受,才能达到成风化人的效果。如果没有传播力,也就是说作品无吸引力,就是资源的浪费。在这样的创作认知中,我努力去实现这种理想,囿于能力有限,没有形成自己设想的力量。但过程中确定感受到了真善美给自己带来的教育,这是最重要的收获。总而言之,创作是幸运的,是有“味道”的,有酸甜苦辣。在品尝个中滋味的过程中也萌生着更深更远的广播剧梦想。

既然起意了,起步了,也就希望在广播剧的路上向前向前再向前。未来的创作可能会有更多的幸福可期,但是平时的点滴积累是必需的。有同行者就会走得更坚实。

【编剧简介】

王朝朋,生于 1979 年,祖籍青岛胶南。2003 年青岛大学毕业后进入中央人民广播电台工作,多次获得中国新闻奖。2010 年援藏交流挂职,承担广电总局关于西藏广播受众分析的社科项目,获得总局社科项目评比一等奖。

诚信之歌

编剧 \ 段起娃　郭旭太

主要人物

秦美兰：女，现年55岁左右，新疆得源山防水防腐保温有限公司董事长，“全国五一巾帼标兵”“新疆生产建设兵团道德模范”荣誉称号获得者。2019年9月，获得第七届“全国道德模范”提名奖。在本集中，年龄为30岁上下。

父：秦美兰爸爸，河南平舆人，农民。在本集中年龄为五六十岁。

母：秦美兰妈妈，河南平舆人，农民。在本集中年龄为五六十岁。

五魁：秦美兰丈夫（已病故）。在本集中年龄为30岁出头。

囡囡：秦美兰女儿，现年30岁出头。在本集中年龄为四五岁。

丁宁：兵团一建某负责人。在本集中年龄约40岁。

老板：小工程负责人，30来岁。

大刘：秦美兰同行，竞争对手，后为帮手，40岁出头。

阿卜杜：贫困职工，维吾尔族，40多岁。

春晖：男，公司副总，50岁左右。

何丽：春晖妻子，45岁左右。

刘立：公司助理，男，青年，27岁左右。

中层干部：中年男子，45岁左右。

村主任：男，50多岁。

村民2名：女，青年，20岁出头。

员工：男，青年，26岁左右。

秦美兰:咱们干防水的,质量必须要保证,不然客户那里水漏得滴滴答答的,砸的就是咱们“得源山”的牌子,坏的是我秦美兰的名誉……

新员工:哎,秦董对质量抓得很紧嘛。

老员工:那当然,你知道秦董的口头禅是什么?

新员工:不知道。

老员工:那我告诉你,你一定要记牢:活干不好,不要钱。

新员工:活干不好,不要钱?那不是傻吗?

老员工:你懂什么?秦董干活从来都是质量第一。不然,能在27年里,从几乎一无所有,到8000万的身家?秦董可是“全国五一巾帼标兵”“新疆生产建设兵团道德模范”。2019年9月,还获得第七届“全国道德模范”提名奖呢。告诉你吧,那么牛,全靠诚信。

新员工:诚信?

老员工:对,诚信。答应的事,一言九鼎。这是做人做事的准则。不管做哪一行,诚信是根本。

新员工:一言九鼎。跟这样的领导干,一定没错。我也要要求自己,干活一定要讲质量,讲诚信,靠诚信赢得市场。

老员工:跟着秦董干,没错。你,就好好学着点吧。

【旁白】

“活干不好,不要钱。”这是秦美兰的口头禅。一言九鼎,让她赢得了市场,在新疆、在兵团站稳了脚跟,成为新疆、兵团赫赫有名的企业家。

上 集

1

员工:哎哎哎,静一静,静一静,秦董事长来了。

员工:(七嘴八舌打招呼)秦董好。

秦美兰:好、好、好。

员工:秦董,再过两个多月,就是2020年了,咱们在兵团第一师五团沙河子镇注册了这个新疆大型建筑工程服务有限公司，投资了5666万元。5666，咋还有零有整的？

秦美兰：有零有整！不是5000万，也不是6000万，而是5666万。我告诉你们吧，我觉得6这个数字，吉利。我希望我的事业、咱们大家的事业顺顺利利。不要像我刚开始创业那会，这么多坎坷。（意味深长）26年前，我刚来新疆闯荡，日子过得可真苦啊……

2

【工地嘈杂的干活声】

五魁：美兰，干防水这活，老猫着腰，又酸又痛，来，坐下休息会。

秦美兰：你休息吧，我还不太累，抓紧时间干，误了工期给人家没法交代。

五魁：不差这一会，大中午的，天这么热，喝点水，歇歇。

秦美兰：歇啥歇？活干好，按期交工，别人才放心把更多的活让咱干。有活干，才有钱赚。不然，咱们大老远从河南平舆来新疆乌鲁木齐，图啥？不就是图个日子过得好一些嘛！

五魁：那是，为了过上好日子，咱们一家三口算是离乡背……（突然想起什么，惊慌）哎，囡囡呢？

秦美兰：（不假思索，头也不抬）不是在那边树底下玩着等咱们嘛。

五魁：（提高嗓门，紧张地）树底下哪有人啊？囡囡不见了！

秦美兰：（惊叫）什么，囡囡不见了？囡囡，囡囡。

五魁：快，咱俩赶紧找孩子，赶紧。

【忙乱脚步声，街上各种声音】

秦美兰：大哥，有没有见到一个四岁大的小女孩，留着齐耳短发，瘦瘦的。

路人甲：没有，没有。

五魁：大姐，我女儿四岁了，不见了，你见到过没？

路人乙：没有。

秦美兰：叔叔，见没见到一个小女孩，我女儿刚才跑丢了。

路人丙：没见到。

五魁：大妈，看没看到一个小女孩，四岁大小。

路人丁：没看到。

秦美兰：（哭腔）囡囡找不到，我也不活了。

五魁:(埋怨)现在说这些话有啥用,赶紧找孩子。

秦美兰:(哭声)囡囡,囡囡,你在哪啊,你要急死妈妈呀……(声音减弱)

3

小贩:冰棍、冰棍,两毛一个。冰棍、冰棍,两毛一个。冰棍、冰棍,两毛一个。(减弱)

丁宁:(自言自语)这是谁家的小姑娘,一直跟着卖冰棍的,(张望下)好像也没看到家里人啊。

丁宁:小姑娘,你爸爸妈妈呢?

囡囡:(小声)爸爸妈妈……

丁宁:别怕,告诉叔叔,你要是跟爸爸妈妈走丢了,叔叔带你去找他们。(突然想起)噢,天这么热,你一定是又热又渴,看你一直跟着这个卖冰棍的,我给你买一根,吃了凉快凉快。(掏钱)来根冰棍。

小贩:好嘞,冰棍一根,两毛。您拿好。

丁宁:(剥开包装纸,递给囡囡)来,吃吧。

囡囡:(稍稍迟疑,便急不可耐地吮吸起来)真好吃,甜的,冰的。

丁宁:别急,别急,慢慢吃。对了,小姑娘,还没说,你爸爸妈妈在哪儿呢?

囡囡:爸爸妈妈(哭起来),冰棍,想吃,就跟来了。爸爸妈妈,不见了……

丁宁:你这是走丢了啊,爸爸妈妈一定非常着急。走,我正好午休,带你找爸爸妈妈。

4

秦美兰:(哭声)囡囡,你到底在哪儿啊?

五魁:(安慰)会找到的,会找到的。她那么小,走不了多远。赶紧找。

秦美兰:(猛然发现女儿,冲过去)囡囡,囡囡,你怎么跑到这儿来了!你急死妈妈了。

囡囡:(激动,哭)妈妈,妈妈。

五魁:囡囡,爸爸妈妈可找到你了。(向丁宁)谢谢大哥了,谢谢了。

囡囡:冰棍,叔叔买的,好吃。

秦美兰:谢谢大哥,谢谢大哥。(擦眼泪)啊,这不是丁领导嘛,丁领导。

丁宁:咦,这不是秦美兰嘛,这小姑娘是你女儿?

秦美兰:是啊,是啊,丁领导。我们两口子忙着干活,让她在树荫下玩,没想到她跑这来了。吓死我了。

丁宁:干活重要,孩子也要看好啊。要出点啥事,家里人谁受得了啊。

秦美兰、五魁:是是是。以后要随时把孩子带在身边,不能离开视线。谢谢丁领导了。

秦美兰:哎,五魁,这就是我跟你说过的,兵团一建的丁领导。丁领导,这是我丈夫,五魁。

秦美兰:五魁,咱们来乌鲁木齐的第一单生意,就是丁领导给的,就咱们现在干的这个活。

五魁:谢谢丁领导,谢谢,谢谢。

丁宁:别客气,别客气。对了,现在正好是午休时间,我没啥事,去工地看看。你们干到什么程度了?

秦美兰:好的,没问题。丁领导,这边走。

【走路声】

秦美兰:丁领导,你放心,活我肯定干好,干不好,不要钱。这边……(突然惊呼,愤怒)这……这,谁把俺还没来得及用的材料偷了呀。(委屈,小声哭)

五魁:唉(叹气,无奈),乌鲁木齐的第一单生意,这是要毁我呀。

秦美兰:(突然清醒,丁宁还在,擦泪,坚定地)丁领导,刚才我们急着找囡囡,没人在工地看着,材料被偷了。不过,你放心,我一定会按期保质交工的。

丁宁:(犹豫)秦美兰,材料被偷了,还能按期交工?

秦美兰:丁领导,我秦美兰说话算话,活干不好,不要钱。

丁宁:要不要推后两天交工?这个我做得了主的。

秦美兰:丁领导,不用。我一定加班干好活,不会耽误事。

秦美兰:五魁,你待在工地,带好孩子,别让她乱跑。我现在就去想办法。

五魁:好。

秦美兰:丁领导,那我先去忙了。

丁宁:好、好,你忙吧,我也该去单位上班了。有困难就跟我说一声。

【旁白】

“活干不好，不要钱。”这是秦美兰给自己闯市场立下的规矩，也是对客户的郑重承诺。来乌鲁木齐的第一单生意，赚头不多，材料又被偷，她又急又气。但为了自己的防水事业能开个好头，她找到老乡，借钱买了质量上乘的防水材料，早起晚睡，很好地完成了兵团一建的这单生意。

丁宁：秦美兰，这次的活做得不错，我们的几个工程监理看了，都说好。看你瘦瘦小小的，没想到还挺能扛事，防水材料被偷了，你借钱再买材料也要把活干完、干好，我挺佩服你的。

秦美兰：丁领导，你给了我这单生意，等于给了我一碗饭吃，我哪能不好好干呢？

丁宁：呶，这是这次的工钱，按之前说好的价，一分不少。你点点。

秦美兰：不用点，领导不会亏待俺的。我相信丁领导。

丁宁：这次因为材料被偷，你没赚到什么钱，但你活干得好，也没耽误工期，非常守信用。以后，我们一建要是有防水的活，就交给你干了。

秦美兰：（欣喜）真的？太好了，太感谢丁领导的信任了。我一定继续好好干，把活干好，绝对让领导满意。

【旁白】

自此，兵团一建的大门向秦美兰敞开了。秦美兰告诉自己：来新疆闯荡，1993年做的这个决定，没有错。幸亏自己当年没有安于现状。

5

【1993年春】

秦美兰：爸、妈，我想跟你们商量个事。

母：啥事啊？

父：有事你就说。

秦美兰：我跟孩他爸想出去闯闯，到新疆打工。

母：（惊诧）啥呀，去打工？还去新疆？你没发烧吧？咋胡说嘞！好好的民办教师不当，去打工？

秦美兰：妈，当民办教师一个月才10块钱工资，只能顾住吃喝。俺俩还年轻，不出去闯闯，不甘心啊。

母:不能去。你当了几天教师,有主意了?能耐大了?还要出去闯闯?你看看,咱村里哪个女人像你,还拿这么大的主意?还要去新疆?你知道新疆在哪?在哪?

秦美兰:新疆地大物博,物产丰富,我上学时就知道了。还有,早穿皮袄午穿纱,抱着火炉吃西瓜,说的就是新疆。

父:应该是个好地方。

母:说得再好,也不许去!一个女人,不踏踏实实在家过日子,还想出去看花花世界。

秦美兰:看啥花花世界?我是出去闯闯,想要过上好日子,不想再受穷了。

母:穷?在家受穷?新疆的日子就好过?咋恁会想。就算你要出去闯,靠啥养活自己?

秦美兰:俺俩都会干防水的活,饿不着自己。再说,新疆人性格很好,热情,不排外。新疆还有个兵团,兵团人都是来自五湖四海的,包容性强。去了新疆,一定饿不着。

母:听说新疆冬季冰天雪地的,四五月份还下雪,可冷,你这么瘦弱,咋能受得了啊!

秦美兰:冷?那能有多冷?我吃苦吃惯了,不怕。

母:你这是要背井离乡啊,人生地不熟的,万一有个病啊灾的,想找人帮帮忙都找不上啊。呜……

秦美兰:妈,别难受了,俺俩找亲戚朋友凑了900元,今天收拾收拾,明天就出发,去新疆。

母:丫头,你俩实在要去,妈也拦不住你。你先收拾着行李,妈给你烙些饼子带上,路上吃。(哽咽)

秦美兰:妈(难舍)。

父:孩子想出去闯闯,那就出去闯闯,说不定能过上好日子,我支持。

【旁白】

就这样,秦美兰和丈夫揣着凑来的900块钱,坐着火车,来到了新疆乌鲁木齐。那是1993年,秦美兰29岁。乌鲁木齐第一单生意的成功,让秦美兰信心倍增。她深知,做生意,信誉是生存的根本,不管什么情况下,信誉,决不能丢。

6

【市场上声音嘈杂】

秦美兰:老板,俺是做防水的,我敢保证质量,活干不好不收钱。

老板:(质疑)你能行?

大刘:她能啥行啊?瘦瘦小小的,能干啥?快走吧,别跟我抢活。

秦美兰:瘦瘦小小咋了,干活又不是打架,我秦美兰干活靠的是信誉,靠的是质量,不靠人高马大。

老板:对,干活就是要靠信誉。你的名字,我从兵团一建领导那儿听说过,说你干活质量高,信誉好,还不多收费。我们是兵团一建下属单位的,这防水的活,就交给你了。

秦美兰:(信心十足)谢谢老板,我一定按时、保质交工。

大刘:(恨恨的)我跟你说啊,我可是来新疆10多年了,朋友多得很,你敢跟我大刘抢活干,小心挨黑砖。(减弱)

五魁:(惊呼)美兰,美兰,不得了了,咱的防水材料又被偷了。

秦美兰:(沉思)我大概知道是谁干的了。走,找他算账去。

五魁:你是说大刘?人家有十几个人呢。算账?就咱俩?

秦美兰:我就不信了,人多就不讲理了?走,找他去。

秦美兰:(气愤)大刘,你给我出来!你为啥偷俺的防水材料?

大刘:谁说是我干的?再胡搅蛮缠诬赖我,看我不打你。

秦美兰:你偷了我的东西,还敢打我?(快步推开大刘,走进他住处)看,这就是我买的材料。

大刘:同样的材料哪都有,你说是你的,就是你的?

秦美兰:我当然敢说是我的。别看我没啥钱,可我干活用的都是好材料。我打听过了,你为了省俩钱,用的材料可不咋样。还说不是偷我的,我的材料都做了标记,角上有我秦美兰"秦"的拼音的第一个字母,你看清楚。

大刘:(不服气地)哼,就算是我偷的,你能把我咋的?

秦美兰:(气急)能咋的?我要让你尝尝我的厉害。(顺手拿起大刘住处的空啤酒瓶)呀……

五魁:(惨叫)啊……(一群人惊呼)

秦美兰:(心疼地,颤声)啊,五魁,你傻呀,我用空酒瓶砸他,你挡什么呀。看看,满头血。(哭音)

五魁:我不挡着,你把人家打坏了,要吃官司的。

大刘:(如梦初醒,颤抖,结巴)快,快快,去隔壁药店买些云南白药撒上,再拿些纱布缠上。(嗯)妈呀,这女人,是疯了吗?

秦美兰:大刘,我可告诉你,我们家五魁要是有个三长两短,我可饶不了你。

大刘:(惭愧,声音弱)不敢了,不敢了。大兄弟,你感觉咋样?要不要去医院看看?

五魁:(自嘲,断续)医院还是不去了。这一酒瓶子砸下来,估计要躺好几天了。

秦美兰:大刘,新疆这么大市场,你为啥找不到活干?

大刘:唉,别提了,家里穷,来新疆找个干防水的营生。为了省俩钱,买了些便宜的材料,活是干了,可动不动就漏水。主家一生气,到处去说,弄得我现在连活都不好找。

秦美兰:看你这日子,过得也不容易。我虽然也是在起步阶段,没啥钱,你愿意跟着我干吗?

大刘:愿意,愿意。

秦美兰:我干活讲的是质量第一,活没干好不收钱。所以,你们一定要跟我看齐,保质保量按时完成。否则,还是大路朝天,各走一边。

大刘:保证,保证。姐真是我的福星啊。兄弟们,快把姐的材料送回去,以后就跟姐干了。

【旁白】

干一个工程,立一块丰碑。靠着诚信,秦美兰跟兵团一建多次合作都非常愉快。日子一天天过去,秦美兰的队伍越来越大,实力也越来越强。2007年,国家在建筑业推行应用新型环保材料,秦美兰抓住机遇,筹资300万元成立新疆得源山防水防腐保温有限公司,从“野路子”变成了“正规军”。

7

秦美兰:咱们现在成立了公司,干工程得按技术要求来。我已经自学取得了建造师证,咱们这么多的年轻人,不能就知道干活,不懂技术。这样,我出钱,让你们参加培训,取得建造师证,以后咱们走到哪,腰板都能挺直,因为咱们是持证上岗。

员工:秦董,咱们干了那么多工程,获得了好多国家级、自治区级、兵团级施工奖项,干吗还要参加培训啊?

秦美兰:获奖,是对咱们成绩的肯定。但任何行业都在不断发展,不断进步,咱们也不能原地踏步,必须不断武装自己,强大自己,才能赶得上时代的脚步。

员工:那多浪费工夫。

秦美兰:磨刀不误砍柴工。参加培训,取得资格证,对大家绝对有好处。

员工:好、好,我报名,我报名。

【旁白】

质量上乘,按时交付,价格公道,秦美兰的口碑越来越响。25年里,她承揽近400项工程。2016年,秦美兰以入股方式,与几位企业家成立了河南天下无漏科技集团公司,并创建"防水医院"APP,将防水防腐材料卖到全国各地。目前,这个公司已在上海、天津、西安等地发展分公司170余家。

下 集

8

村民1:听说没有,秦美兰从新疆回来了,这会儿在村主任家呢。

村民2:听说了,我这就要去村主任家看看去。

村民1:听说秦美兰现在可不得了,身价八千万,乖乖,成神人了。

村民2:八千万?妈呀,俺这一辈子,连十万元都没见过,八千万,那得拉一车吧。

村民1:真没想到,秦美兰靠做防水发了家了。赶紧,一块去看看。

【村主任家】

秦美兰:村主任,我想把咱们村小学的课桌凳子都给换成新的,让孩子们上课开开心心地、舒舒服服地。

村民1:美兰,那得花好几万元吧?

村主任:那些桌子板凳用的年数多了,有的破了,有的折了,确实该换了。你有这份心,我代表村民谢谢你了。

秦美兰:谢什么呀,以前,我还是这个学校的民办教师,对学校、对孩子,是有很深的感情的。

村主任:你这是给村里的娃娃们做了件好事嘛,大家都应该谢谢你。

秦美兰:快别这么说,孩子是祖国的未来,孩子上学的事是大事,我现在能给孩子们做点事,心里也高兴。

村民2:美兰姐,你现在成立了公司,还缺人手不?我家那口子闲在家,看着就着急上火,能不能把他带到新疆,给找个活干啊。

村民1:新疆,那么远的,回来一趟可不容易。

村民2:只要能挣钱,远就远点,总比闲在家里一分钱不挣强。

秦美兰:新疆是离家远,可那里地域开阔,就业机会多,发展空间大啊。你们看,我去了20多年了,不是混得挺好的嘛。

村民1:那要是工钱要不上咋办?听说好多老板老克扣工人工资。

秦美兰:那就跟我干,我从来不拖欠工人工资。我接的工程大多都是兵团的。兵团你们知道吧?全国现在就一个兵团,那就是新疆生产建设兵团。我的事业起步在兵团,发展也在兵团,可以说,兵团就是我的强大后盾,是我的衣食父母。要是没跟着兵团干,我也不可能像现在这么风光。

村民2:我听建伟哥说了,美兰姐在新疆做防水,讲信誉,口碑好。还给工人培训技术,都是她自己掏腰包。他跟你干都三年了,每年回来都给家里带回好几万元工资呢。美兰姐,我们那口子就跟你干,一定不会吃亏,还能长本事。

秦美兰:没问题。跟我干,不愁没活干,不用担心工资,放心吧。你看我从村里带出去那么多老乡,哪个回来不是风风光光的,房子翻新了,有的还买了车,日子多滋润。

村民2:我信美兰姐。我这就回去给他收拾行李,跟着你去新疆挣钱。

村民1:美兰姐,我家那口子也能去不?

秦美兰:能啊,只要肯吃苦,不怕累,都没问题。

村民1:太好了,太好了,我也回家赶紧收拾东西去。

【旁白】

秦美兰几乎每年都要回河南老家,向家乡人宣传新疆经济社会发展情况,鼓励大家来新疆就业。同时,有人看到秦美兰从家乡带到新疆的人日子越过越好,就慕名找到秦美兰去新疆干活。这些年,秦美兰已先后带动家乡上千人次来疆务工,上百人扎根新疆。

作为一名企业家,秦美兰特别注重企业的社会责任。她说,兵团这片热土给了自己幸福的生活,如今回馈社会,是义不容辞的责任。

9

刘立:秦董,喝点水,今天阿拉尔天太热。

秦美兰:没事,来阿拉尔已经不是第一次了,习惯了。今年果农的苹果销路不好,我这着急的,来看看能不能帮忙解决点问题。

刘立:去年秦董为了帮阿拉尔的职工减少损失,买了一吨核桃回去,给所有员工当福利发了,大家伙都夸秦董仁义呢。

秦美兰:我的事业是在新疆发展起来的,回报社会是应当的。咱们出点力,就能让职工少些损失,日子就能过下去了。唉,这不是阿卜杜家吗?

刘立:是,是阿卜杜家,去年你还给他和其他职工送了45顶旅游帐篷,帮他们发展农家乐。

秦美兰:不知道他的农家乐发展咋样了。(略顿一顿,大声打招呼)阿卜杜,你家的苹果也卖不出去吗?

阿卜杜:秦董来了。这几年嘛,种苹果的人太多了,苹果产量大,不好卖。

秦美兰:噢,那你今年苹果有多少?

阿卜杜:三吨。

秦美兰:那送你的旅游帐篷都干啥用了?

阿卜杜:苹果熟的时候,支起来,有客人会来自己摘苹果吃,我家里养的土鸡宰给,地里种的菜炒给,客人说好吃。就是我和老婆子两个,忙不过来,雇人费用又高,苹果也卖不出去多少。

秦美兰:那明年有什么打算?

阿卜杜:苹果太多了,我想把苹果树砍掉,明年学别人,种大棚蔬菜,菜不愁卖。

秦美兰:也不错,就是种菜不能看人家种啥你种啥,得种别人没种的品种,不然集中上市,还是不好卖。物以稀为贵嘛。你这发展大棚蔬菜也需要资金,现在苹果卖不出去也换不来钱。这样,你的苹果我买了。

阿卜杜:你买了?三吨?全要了?

秦美兰:对,全要了,我按市场价买走,这些钱你留着明年种大棚蔬菜用。

阿卜杜:秦董,你真是解决我的大难题了。谢谢你,谢谢你。

秦美兰:你现在有难处,我就伸手帮一把。明年种大棚蔬菜,最好再养点鸡、鸭、鹅,旅游帐篷支起来,发展农家乐,一定行。

阿卜杜：真是谢谢了，帮了我一次又一次。

秦美兰：不客气，明年等你的农家乐开起来，我再来看你。刘立，找人找车，把苹果拉回乌鲁木齐，该给员工发福利的发福利，剩下的咱们设法卖掉。

刘立：好的。

【旁白】

秦美兰是吃过苦的人，知道没钱花的难处，只要自己有能力，谁有难处都想帮点。新疆德汇国际广场火灾、汶川地震、青海玉树地震、河南淅川县洪灾、河南平舆县前盛村小学建设，秦美兰都积极捐款，共计30余万元。

10

小超：妈，明年高考我想考到内地去，在内地读大学。

秦美兰：为啥？

小超：内地比新疆发达，在新疆生活了快20年，我想换个地方学习、生活。再说，同学们好多都想去内地上大学呢。

秦美兰：新疆的大学也很好啊，干吗要舍近求远。看你大姐、二姐，大学都是在新疆上的，你大姐读的是新疆医科大学，现在在自治区肿瘤医院工作；你二姐考取了兵团警官高等专科学校，现在在乌鲁木齐市水磨沟区法院工作。她们哪一点不如别人了？

小超：大姐二姐挺好的，可我还是想去内地上学，开阔开阔眼界。

秦美兰：在新疆就不能开阔眼界了？妈妈在新疆20多年了，新疆人多热情、多朴实，人情味又重，哪里不好了？

小超：我这不是想领略一下内地的不同风光嘛。

秦美兰：新疆的大山大水大草原，风光还不美了？今年暑假，我带你去伊犁、去赛里木湖、去喀纳斯、去巴音布鲁克草原逛逛，让你看看新疆有多美。

【旁白】

那是一次奇异的旅行，晶莹的湖水、大片的草原、白云般的羊群、奔跑的马儿，都让秦美兰儿子小超深深爱上了这片土地。最终，小超考上了新疆农业大学，学习土木工程专业，现在是子承母业。

11

秦美兰:公司各位副总、中层干部,今天有个事,咱们开个会。我先问问大家,咱们公司现在发展怎么样?

春晖:不错啊,风生水起,在乌鲁木齐早就站稳脚跟了。

中层干部:秦总带着我们干一个活,就树一座丰碑。以质量求生存,社会上的口碑没得说。

春晖:就是就是,响当当的防水行业领头羊啊。

秦美兰:乌鲁木齐是扎住根了,大家都满足了?

中层干部:(小声议论)这是啥意思? 有啥不满足的? 难道秦总有新的想法?

秦美兰:大家都别嘀咕了。听我说,从1993年我来到乌鲁木齐讨生活,当时穷得快揭不开锅,到现在事业做得风生水起,是兵团一建、是兵团给了我发展机会,给了我壮大的空间。咱们现在主要是在乌鲁木齐干活,可别忘了,兵团的范围大着呢,南疆还有一师、二师、三师、十四师,我想在南疆也开个公司,报答兵团的恩情。

春晖:南疆经常刮沙尘,在那生活、工作,该多难受,我可受不了。

中层干部:是啊,咱们可以用别的方式来报恩啊,不一定非要去南疆发展,才算报恩啊。

秦美兰:咱受兵团的恩,感谢兵团的恩,就要见行动,有兵团的地方,我就想为他们服务。

春晖:反正,我不去南疆。要是不去不行,那我就只好辞职了。

秦美兰:你……

秦美兰:(自言自语)一个副总,带头说自己不愿意去南疆,这可是会动摇军心的。不行,我得去他家,好好跟他谈谈。

12

【屋内】

何丽:你说说你,那么多人开会,你冲动啥? 你要辞职? 你起身走人? 你让秦总面子怎么挂得住?

春晖:(委屈又后悔)那能怪我? 南疆环境没北疆好,这是事实。一到春天,经常不是刮风就是扬沙，把人都弄得灰突突的，在那生活，还不憋闷死。

何丽：可你都快50了，难道还真辞职，重新找工作？现在的工作多好，待遇不错，你也干习惯了，顺手了。要是再找个工作从零开始，你肯定受不了别人的气。

春晖：那我还不是为了你和儿子好嘛！我要是去了南疆，可就不能天天见到你们娘俩了。

何丽：没出息，儿子都这么大了，你还有啥舍不得的？秦总还经常去南疆，帮贫困户解决水果销售难题，跑那边找项目，人家一个女人都没说啥，你一个老爷们还怕受不了那边的环境？

春晖：我……

13

【当当当，敲门声】

春晖：谁呀？

秦美兰：春晖，是我，秦美兰。

【开门】

春晖：是秦总啊，请进，（对媳妇）快，沏茶。

何丽：哎，秦总先坐。

秦美兰：刚才在门外边，我听到你们两口子说话了。不过是不小心听到的，我可没有偷听人家说话的毛病啊。

春晖：看你说的。今天开会我是有些冲动，说实话，回来后挺后悔的。

秦美兰：会上你说得也在理，不是没有道理。但我在想，南疆人天天生活在那儿，人家都能习惯，咱就不能去那里工作、生活？

春晖：（迟疑）嗯、嗯，能。

秦美兰：你想想，你是公司副总，开会那么一闹，影响多不好。咱们当领导的都不愿意去，怎能说服别人去啊。

春晖：道理是这样，可是……

秦美兰：你的顾虑我清楚，儿子明年要参加高考，你怕自己不能天天陪着他，督促他学习，耽误了他高考成绩，耽误了他一生。这个你放心，如果有需要，我给孩子请个家教，费用我来出。

何丽：秦总，别、别、别，儿子学习挺好的，我问过他，他说考个一本没问题。春晖，家里你不用操心，有我呢。我照顾儿子，你还不放心？秦总怀揣900元来闯新疆，一步步到现在开了那么大一个公司，做防水做得那么有名，她才是干大事的人。跟她干，没错。

秦美兰：弟妹，我哪有你说得那么伟大。只不过我认为，人一定要有感恩之心。我一步步走过来，和兵团对我的支持密不可分。兵团在南疆有四个师，那么多人，也需要咱们尽一份力，我也乐意去尽这份力。春晖，咱们是领导，得起模范带头作用，不能带头拆台啊。

春晖：一回来我就后悔了。自己跟着秦总这么多年，也受党教育这么多年，咋一冲动，觉悟都下来了。真是，对不起。秦总，我错了，我支持咱们公司在南疆发展，你说咋干我就咋干。

秦美兰：（充满希望地）这就对了。

【旁白】

2019年9月，秦美兰在兵团第一师五团沙河子镇投资5666万元，注册了新疆大型建筑工程服务有限公司，公司业务范围进一步扩大，有房建、市政、建筑机电安装、房屋装修、防水保温等。秦美兰说，2020年新冠肺炎疫情结束，就抓紧时间办理资质，等资质办下来，就可以放开手脚，在南疆大干一场了。

“全国五一巾帼标兵”“全国道德模范”提名奖获得者　秦美兰（左）

创作札记

如何塑造丰满的人物形象

创作广播剧之前，我已数次采访了秦美兰。她给我的感觉就是人小能量大。小，指的是她的个头，差不多只有一米五的样子。对她的了解，也跟网上的相关报道相近：放弃村小学民办教师的较为稳定的工作，和丈夫怀揣900元来新疆闯市场；初来乌鲁木齐的艰辛；与兵团一建的结缘；自掏腰包给工人做技术培训；帮南疆一些红枣、核桃种植户解决销售难题等。秦美兰有故事，但要写成广播剧，似乎缺些令人心动的东西。

一时找不到创作灵感，让我非常苦恼。怎么办？还得继续采访，挖掘别人没有了解到的故事。几次三番地当面了解、电话采访，思路渐渐明晰。“活干不好，不要钱”，第一次采访，秦美兰的这句话我并没在意，后来的几次施工现场采访中，多次重复的这句话，让我突然警醒，这，不就是秦美兰做人做事的原则吗？正是这个原则，让她在新疆站稳了脚跟，赢得了市场。

思路一旦清晰，接下来的写作就顺利多了。艺术来源于生活，但又高于生活。秦美兰在新疆的事业是零起步，但她稳扎稳打，一步步发展成了身价8000万的女企业家。广播剧创作即将完成的时候，不死心的我还想了解有关她的最新消息。电话里得知，秦美兰在2019年底，在兵团第一师五团投资5666万元，成立了一家公司，等突如其来的新冠肺炎疫情结束，就要在南疆大干一场了。这个消息如同一剂强心剂，让我顿时兴奋不已。广播剧的开头，就是它了。投资这么多钱，在南疆干事业，不仅能体现秦美兰的实力和眼光，更与兵团向南发展的战略决策部署相顺应。

闯市场，自然少不了竞争。靠什么竞争？秦美兰靠的是诚信。揽活、干活靠诚信，对待工人同样靠诚信。秦美兰在新疆站稳了脚跟，她没有忘记老家河南平舆的乡亲们，每次回老家探亲，秦美兰都要宣传大美新疆的风光、人文，新疆人的热情、好客、实在，鼓励收入不多的乡亲们一起来新疆，跟着自己干防水的活，增加家庭收入，提高生活质量。广播剧中，回家探亲的秦美兰跟村里几位女青年的对话，亲切、自然、质朴，拉家常般展现出她对家乡的眷恋，对家乡的深厚情意，对带动乡亲走向富裕的渴望。

既然是广播剧，自然有别于普通的新闻报道，故事性要强。秦美兰在闯市场过程中，一定遇到过恶意竞争的事。于是我在剧中设计了一个同行大刘与她抢活、打架，甚至发生流血事件，最后加入秦美兰队伍的故事，既真实可信，可听性又强，也展现出秦美兰善良、义气的一面。

初涉广播剧创作，既新奇又感到力不从心。王安润台长的悉心指导，给了我莫大的信心。关于纪实人物的创作，太实，势必缺乏故事性、可听性；太虚，则有天马行空、不切实际之感。基于真实，巧妙设计，提炼主题，顺应时代，虚实结合，真实性、故事性、戏剧性，方能兼顾。

【编剧简介】

段起娃，曾用名段明涛，生于1973年，祖籍陕西蒲城，毕业于西北大学中文系。现任兵团电视台、兵团广播电视台新闻责任编辑。作品多次荣获兵团、自治区新闻奖。电视新闻专题《挺立的“断楼”》获自治区新闻奖二等奖，五集广播系列报道《结亲日记》获自治区新闻奖二等奖，中国第一届农民节特别节目《沃野芳华》获自治区新闻奖一等奖，专题《“改革先锋”张飙——做公平正义的捍卫者》获自治区广电新闻奖一等奖等。

奉献礼赞

编剧 \ 梅　红

主要人物

李世英：男，中科院大连化学物理所的高级工程师，援疆干部。

王玲：女，李世英夫人。

宋书记：女，新疆天业集团书记。

建疆：男，新疆天业集团技术人员。

沈立：男，新疆天业集团技术人员。

李研：男，李世英儿子。

刘所：男，中科院大连化学物理所所长。

阿依古丽：维吾尔族，李世英援助的干女儿。

【李世英独白】

大连市委组织部领导：

我是中科院大连化学物理所的高级工程师，在新疆天业工作了10年，由于今年年底我主持的项目还有很多工作没有完成，所以特申请第七次援疆。请予批准！申请人李世英。

【旁白】

一边是天山北麓的“戈壁明珠”石河子市，一边是辽宁半岛的“渤海明珠”大连市，这位名叫李世英的中科院大连化学物理所高级工程师，从大连到新疆，穿越4000多公里，用一颗共产党员的赤诚之心将两地紧紧连在一起，用他擅长的科学技术助力企业升级发展，被人们趣誉为“援疆钉子户”。

上　集

1

【2011年5月海滨城市大连】

李世英：王玲，我想去新疆。

王玲：新疆，去新疆出差吗？

李世英：不是，现在国家不是大力支持西部嘛，去年中央都召开了新疆工作会议，要求十九省市援助新疆，咱们大连也要援建石河子，我报名了，给你报备一下。

王玲：（沉默了一会）老李，你这马上都50了，身体又不太好。再说你去了，家里怎么办？

李世英：时间不长，也就一年半载就回来了，咱儿子这不都上大学了嘛，家里也没有什么大事；再说我多年研究化工科技，总希望用技术为新疆发展贡献些力量。

王玲：我说不过你，不过可说好了，去一年半就回来！

李世英：（笑着说）回，肯定回来，你们都在这儿，我不回来，我到哪儿去？

2

【新疆天业】

宋书记：我们天业集团要发展壮大，必须要积极谋求科技新发展，延长化工产业链，建设现代煤化工产业。同志们，我旁边这位援疆干部是中科院大连化学物理研究所的高级研究员李世英同志，他的到来可是为发展、延长我们的化工产业链注入了新的活力。大家欢迎，李总工程师。

【欢迎鼓掌声渐弱】

【底下，建疆和沈立两个技术员小声嘀咕】

建疆：这个李总不知道行不行呀！怕是晃个一年半载就走人了，不知道能不能指望上。

沈立：唉，就是，咱们的企业能不能再向前发展，光靠咱们这些人是不行的。也不知道这个李总能不能给咱们带来一点惊喜。

建疆：咱们边干边瞧着看吧。

宋书记：下面，我们请李总工程师来给我们说两句。

李世英：今天，我也说不了啥，我就用咱们爷们常说得一句话，是骡子是马，咱们遛遛看吧。

【底下哄堂大笑起来】

建疆：唉，看样子，这个李总工程师是个儿子娃娃，比较靠谱。

沈立：（笑着说）你刚才不还说人家是溜光锤的嘛，这么快就改变了。

建疆：他不是说了嘛，咱们遛遛看。走，做咱们的实验去。

3

【实验室，沈立和建疆正在做实验】

建疆：小立，这次还是这个环节出现了问题，没有达到我们预期的目标。

沈立：别急，长征也不是一朝一夕就走完的，咱们再看看哪儿出现了问题。

李世英：（笑着走过来）说得对，长征也不是一天就走完的，建疆、沈立，我今天加入你们这个队伍，怎么样？

沈立：我们这水平，你能看上呀？

李世英：你们这水平，我可知道，那可不简单！在你们的努力下，天业可是国内氯碱化工行业的领军企业，也是全国第一批循环经济试点企业，技术创新示范企业，连续多年进入中国制造业500强。多年来，我可只是在纸上谈兵，还知道你们让不让我加入呢？

建疆:那还有啥说的,我们当然欢迎,您可是大工程师,肯定会帮我们解决大问题。

李世英:(笑着说)我也不是什么大工程师,咱们一起学、一起干呗。唉,建疆,你这名字,就是他们说的正宗的兵团人吧。

建疆:你可真说对了,我是兵团二代,父母转业到兵团,我家兄弟三人,建国、建疆、建兵。

李世英:哈哈哈哈,建设国家、新疆、兵团,你父母太讲政治了,还真是有兵团特色。有时间多给我讲讲咱们兵团的故事。

沈立:那您可放心了,我们这兵团故事那可多的是。

【哈哈哈,三个人大笑起来】

4

【兵团军垦博物馆】

【解说员】

为了筹集资金发展工业,兵团人自力更生、白手起家创办工厂,将每年两套单服改为一套,每年一套棉服改成三年一套,帽子去掉了帽檐,衣服双层衣领改为单领,四个兜减为两个兜,平均每人每年节约菜金91.2元。靠这种节省,兵团人硬是从一点一滴中省出了新疆工业建设急需的资金。兵团生产出了新疆历史上第一张机制纸、第一块方糖、第一锭棉纱、第一匹毛布、第一台拖拉机、第一块钢锭……此后,为了支援新疆建设,兵团先后把包括八一钢铁厂、八一面粉厂在内的42个骨干企业无偿移交给新疆地方政府,奠定了新疆现代工业基础。

李世英:建疆,兵团人可真不简单,不光为新疆的工业贡献了自己力量,还在一片戈壁上建设了自己美丽的家园。

建疆:是呀,我父母他们那一代可真是吃了不少苦。我父母就是“八一”厂的,我可是从小听着“八一”的故事长大的。

李世英:建疆,你说咱们搞一个利用电石尾气生产乙二醇的项目,咋样?

建疆:啊!那可是一个在全国都没有经验可循的项目。

李世英:怎么,你怕了?

建疆:(兴奋地)我怕啥?当年老兵们一穷二白都不怕,我怕啥。你说吧,你说咋干，咱就咋干！

李世英：好，走，我来负责立项申报，你们来负责前期准备。

建疆：你咋像受了刺激一样，这么急？

李世英：咋不急呢，时间对于我来说太珍贵了！

5

【办公室内，电话铃响声】

沈立：同志们，今天干了一天啦，明天一大早还要赶飞机，早点回去休息吧。李工呢，他还在加班呢吗？

建疆：他呀，他现在恨不得一天掰成三天干。你看，我算了一下，咱们李工在这大半个月时间内，疆内疆外没日夜地飞来飞去，这回来了又日夜加班调研、论证，攻克一个又一个难关。

【沈立和建疆边走边说】

沈立：走，咱们去看看李工干吗呢？催催他让他早点回，要不然，他又不知道几点回了，说不定又在办公室凑合着睡一晚。

【开门声】

建疆：就是。唉，不对，李工，您这脸色可不对，怎么蜡黄蜡黄的，是不是哪里不舒服？

李世英：没啥，喝点热水就好了。

【沈立倒开水的声音】

沈立：赶紧喝点，不舒服别硬撑着，您现在可是我们的宝贝。

李世英：我没那么脆弱，你们先回吧，好多天了都没好好回过家，今天周末，赶紧回去看看老婆孩子。我这还有一点就整完了。整完了，我也回去休息了。

建疆：那好，你可不能又加一晚上班呀，身体可是革命的本钱，再说明天还要赶飞机。

李世英：知道，知道，不加班了。

【5个小时后】

沈立：李工，李工，你怎么在地上爬着走呢。

李世英：（微弱）你怎么又回来了？我肚子有点疼，想倒点水喝。

沈立：我就不放心你，你看还真叫我猜着啦。这还干什么呀！（说着拨着120）急救中心吗？我这有一个病人，对，肚子疼得都站不起来了，赶紧。地址是开发区……

6

【医院】

沈立：建疆，你来了，李工进去了半个多小时了，医生说要做手术。

建疆：咋回事？昨天不是还挺好的嘛，咱们还说说笑笑呢。

沈立：好什么，李工长了胆结石，他没说，都疼了几天了。

建疆：唉，这都是被这项目耽误了，李工从来的那一天，就天天为这个项目奔波，太拼命了！

沈立：可不是嘛，刚才宋书记也来了，让咱们一定要好好照顾好李工，现在他去医院找相关专家了。

医生：幸亏你们送得及时，你们看，这是他胆囊里长的结石，这么大，堵得死死的，再晚点，都要命了，也不知道他这些天是咋坚持的，这人可真不要命了。

宋书记：医生说得对，他是大连来支援我们的援疆干部，是我们的人才呀，麻烦一定要多多费心，让他早日康复。

7

【嘀、嘀、嘀，李世英的电话响声】

沈立：李工，这电话好像是您媳妇的电话。

李世英：（小声）你可别告诉我媳妇，我生病了呀。来把电话给我。

李世英：（故作身体健康，开玩笑样）王玲，想我了？

王玲：想你什么呀，孩子生病，住院了。

李世英：啥，儿子生病住院。（停了一会）儿子年轻，应该也不是大问题，我去了也照顾不上，还是劳累媳妇多照顾一下吧。

王玲：你呀你，你就这么忙吗，连看个孩子的时间都没有吗？（生气地挂了电话）

沈立：什么，李工你儿子也生病住院了？还是回去看看吧，这里你不用盯着，还有我们呢。

李世英:没事,我那小子没啥大事,出个水痘,那么大的人了,能照顾好自己,再说还有他妈呢。咱们一定要用电石尾气生产出高附加值的乙二醇,这项目可等不及了,攻关正在火烧眉毛,哪有时间回去!

8

李世英:儿子,我怎么看你把微信名改成“新疆人”了? 听你妈说,你病了,怎么样,可以坚持吧?

李研:嘿嘿,你不是在新疆嘛,我的病,放心吧,好着呢,就出个水痘,没啥大事,我妈有点小题大做了。

李世英:唉,我应该回去看一下,可我这实在是……

李研:爸,你别说了,我懂,我也是学化工的,那里有很大的发挥空间。我听说了,天业集团的聚氯乙烯、烧碱、电石、节水器材、塑料加工、电石渣水泥生产在全国排名第一。研究开发的成本低、性能好、农民用得起的“天业滴灌系统”在全国已推广,并成功走向多个国家。再说你现在研究这个项目,那可是太牛了,如果成功了,那是件多么令人骄傲的事。爸,好好干吧,我支持您!

李世英:好的! 我就知道你是好样的。儿子,咱们来一个小约定,你现在大三,要学习、看病两不误,争取把该拿上的证全拿上,我也争取在年内完成我们的研究项目,如何?

李世英儿子:好,咱们君子一言,驷马难追!

9

【办公室内】

沈立:李工,这一年半的援疆期限马上就要到了,也不知道他是不是要走了。

建疆:估计他肯定要走,他们这一批援疆干部几乎都走了。

沈立:在这关键时候,李工要走了,咱们这项目又不知道耽误到什么时候了。

【一阵沉默,李世英推门进来】

李世英:唉,今天咋回事,怎么这么安静。

沈立:李工,东西收拾怎么样了?

李世英:什么东西收拾怎么样了?收拾东西干什么?

建疆:你不是要回去了嘛,不收拾东西怎么回。

李世英:(笑着说)你们那么希望我回吗?

【沈立和建疆又是一阵沉默】

沈立、建疆:我们当然不希望您走呀。

李世英:是呀,项目没完成怎么回,时间太急了。

10

【李世英在宿舍和家里视频】

李世英:媳妇,有个事我想给你说一下。

王玲:什么事呀?在过几天你们援疆时间不是都到了嘛,回来有的是时间说。

李世英:(迟疑)我说了你别生气,我打算申请再延期援疆一年半,等这个项目完了后,再回去。

王玲:什么?延期?你考虑过我们没有?

李世英:媳妇,你别急呀,听我解释一下。

王玲:解释什么呀,你自己看着办吧?

【挂断视频的声音】

【旁白】

心里没了底的李世英,再给妻子打电话,不接,接着就微信发红包,妻子也不收。忐忑不安地过了一天之后,李世英却意外地接到了大连家里打来的电话。

王玲:世英,我同意你继续留在新疆。

李世英:(高兴得一下子从椅子上跳起来)太好了,媳妇,太感谢你们啦,要不我都不知道怎么办了!

王玲:你身体不好,我也不想伤你的心,我想了一晚上,还是听你的,毕竟那边的事没干完,你回来也不踏实!

李世英:(高兴地)还是媳妇理解我。你也知道这个项目对整个天业集团的意义,我也想过离开,想回到家中照看你和儿子,但是这个项目没完成,回去我还真不踏实。

王玲:好、好、好!一说起天业集团、项目你就来精神了。我知道了,你自己在那儿要多多注意身体,不要太劳累了。

11

【办公室内】

李世英:刘所,我们的电石尾气生产乙二醇项目进入关键时期了,目前急缺技术人员,咱们所能不能派些人才来支援我们呀?

刘所:世英呀,你要哪方面的人就尽管提!听说你在天业干得很不错,我们会大力支持。石河子那边冬天很冷,注意保重身体呀。

李世英:放心,老领导,我在这儿不冷,是热火朝天、热血沸腾呀。另外我有一个想法,目前我们搞技术创新必须要有科技资源,必须要有理论和实践支持,我们能不能利用咱们的平台整合现有科技资源,为天业培养人才。

刘所:嗯,这是一个好想法,你拿出一个具体的方案。另外你还当自己年轻呀,还热血沸腾,时间是效益,但身体是本钱,要把身体保重好,我们在大连等你回来。

李世英:放心吧,项目不完成我不回,这里真的是大有作为的地方,也是太需要人才的地方。

刘所:三句不离项目,二句不离人才,放心,明天就给你抽调人。

下　集

12

【天业集团签约大会,放着进行曲】

宋书记:今天我们迎来了天业集团与大连生化物理研究所共建的"催化联合研发中心"揭牌,这就意味着今后我们可以不出家门,培养自己的人才,这无疑为天业今后的发展注入了活力。非常感谢大连化物所的各级领导,感谢我们的李总工程师。

【一阵鼓掌声】

刘所:我们作为援助单位,有责任、有义务为咱们企业服务。下一步我们更要发挥大连化物所的科研力量、先进技术,大力支持咱们天业煤化工产业的发展,为咱们天业插上腾飞的翅膀。

宋书记：这里面，李总工程师功不可没呀。为了咱们天业，他与石河子大学、清华大学、南开大学搭建联系平台，促成相关合作，带领天业集团的技术骨干访问上海华东理工大学、美国陶氏化学。现在咱们与上海华东理工大学签订了战略合作协议，实现了双方优势互补，共同研发企业核心技术，并为咱们天业集团培养了82名工程硕士研究生。

刘所：可以呀，世英，没想到你在那么短的时间内，就干了那么多的事，可真是可以。

李世英：嘿嘿，我也是瞎猫碰着死老鼠了。

【宋书记、刘所同时高兴地大笑】

宋书记：你这瞎猫可不瞎。

刘所：看样子，你这瞎猫还得这样瞎下去喽！

【说完又是一阵大笑】

13

【会议室】

李世英：（非常严肃）不行，这个技术从来没有在工厂化运作中应用，一旦运行失败，会给国家造成严重的损失，我们必须要加一套成熟的保险装置。

沈立：但是目前在理论上这样是可以行得通的。

李世英：理论是理论，科学是严谨的，在没有经过论证的情况下，我们不能盲目干，我们必须要严格遵循“严肃认真、周到细致、稳妥可靠、万无一失”的科学精神和工作作风。你们要知道，只要开车运行，就必须要成功，就要保障运行安全。否则我们就是在犯罪。

沈立：李总，加一套保险装置，那就意味着我们要多花很多资金。

会上其他人员：是呀，是呀，这可不是几万、几十万的事呀。

李世英：我们要把钱花到应该花的地方，该花的钱必须要花，不该花的钱我们一分钱也不能花。（话风转）同志们，下一步，咱们把精力花在实验论证上，就差这临门一脚。如果咱们的技术经过论证，那么咱还花钱加装保险装置干吗，你们说是不是。

14

【李世英正在石河子的家中炒菜】

【一阵敲门声】

沈立:(急切地)李总,李总在家吗?开门呀,快开门。

李世英:谁呀,这么着急,来了,来了。

【开门声】

李世英:老沈呀,你这是干什么呀,这么着急,来来来,吃过没有,正好今天我学着做咱们新疆饭大盘鸡,来尝尝。

沈立:尝什么呀,李总,您是对的,我们又在支援我们项目建设专家的帮助下,做了十几次实验,成功率仅有20%,很低,真不敢想象,如果盲目上马,要给国家造成多大的损失呀!

李世英:(笑着说)成功率那么低,那还真不行,你要知道,在我的字典里,任何技术在工厂化运用之前,必须保证100%的开车成功率。咱们要把一切危险因素扼杀在开车前。

沈立:哎呀,我可是真正领教了您的严谨。行,这次就尝尝你的大盘鸡。嗯,好吃。下次我做一个你们家乡饭,让你尝尝。

李世英:好、好,一定一定,说好了,任务完成后,到你家吃。

15

建疆:李工,利用尾气生产乙二醇的工艺流程全面贯通,一切指标均符合目前国家标准。

沈立:太好啦!咱们的乙二醇项目成功了。

上级专家:祝贺你们。李工,这项技术的成功,填补了电石炉气高效、清洁利用的空白,完全符合国家清洁生产和节能减排的产业政策。

李世英对着大家说:同志们,成功了,585天了,咱们终于成功了!

所有参与的员工:(欢呼)成功了!太好了!成功了,成功了。

李世英:同志们,这个技术的成功运行,意味着我们不仅建设完成了世界上首套利用电石炉尾气制乙二醇工艺路线的生产装置,而且也成功解决了电石行业困扰已久的尾气综合利用难题。下一步我们要实现大型工业化运用，这将是我们天业今后的一项重要产能项目。

上级专家：我可以负责任地告诉大家，这是我国电石行业努力实践尾气能源综合利用、发展循环经济的创新成果，为电石行业开启了低碳生产、高效创收的新方法，新途径。祝贺你们，祝贺天业。

员工：太好了，太好了！没想到在我们这个地方可以研制出这么高大上的产品。

宋书记：感谢呀，各位专家。李工，感谢你带领团队攻克了困扰我们已久的难题，这下好了，天业又可以上一个更高的台阶了。来大家共同庆贺我们的成功。

大家齐声：祝天业更上一层楼！

16

【火车站人声嘈杂】

阿依古丽：李爸爸，李爸爸，我在这儿呢！

李世英：阿依古丽，阿依古丽，慢点，别跑。大半年没见，长高了，变漂亮了，哈哈。

阿依古丽：我都17岁了，李爸爸，告诉您一个好消息，我考了全年级第二名，二十一世纪英语演讲比赛得了第一名，并获得了"天津市区优秀学生"的称号。

李世英：太厉害了，我们的小阿依古丽长大了，有出息了，以后准备考什么学校呀？

阿依古丽：李爸爸，您也厉害。我在网上看到了，今年您不仅又获得了"兵团优秀援疆干部人才"，而且还获得了"中科院2019感动人物"。我看到您和李妈妈在颁奖发布会的讲话了，我还给我的同学们说，我一定要向您学习，以后要考清华、北大，毕业后也要到中科院上班。

李世英：(笑着说)太好了，有志气，好好学习，一定没问题。但别把时间浪费在网上。

阿依古丽：我才没有浪费呢，您是我的标杆呀。你们的工作我虽然不懂，但我的初中是在石河子上的，也听他们说了，你的工作给当地带来了好多好处。再说没有您也没有我的今天呢。

李世英：好闺女，好久没吃家乡饭了吧，走，咱们先去吃饭，想吃什么，随便点。

17

【闪回】

班主任:您好,您是李世英吗?

李世英:是的,我是李世英。

班主任:您好,我是阿依古丽的班主任,胡老师。

李世英:您好,您好! 您找我是阿依古丽出什么事了吗?

班主任:也没什么大事,就是这孩子最近不知道怎么了,学习成绩下降,问她什么原因也不告诉我们。她父母远在喀什,因为语言不通,我们也没法沟通,今天无意中在她的一个本子中发现,您是她的结亲干部李叔叔,就想问一下,您是不是知道她出了什么问题。

李世英:好,胡老师,我知道了,放心吧,我会和孩子好好沟通的。

18

【丁零零,下课铃响声,学生放学的声音】

李世英:阿依古丽,阿依古丽。

阿依古丽:(跑过来)李叔叔,您怎么今天来了,找我有事吗?

李世英:给,这是给你带的吃的、用的。

阿依古丽:(有点腼腆)李叔叔,您又给我带那么多好吃的,上次您给我的,我还没吃完呢。

李世英:那就给你同学分着吃。今天不是周末嘛,下面没课了吧?

阿依古丽:(有点低落,没精神)没有了。

李世英:阿依古丽,你能不能给我讲一下,你的名字翻译成汉语是什么意思?

阿依古丽:(一下子来精神了)哦,阿依古丽是月亮花的意思,“阿依”在我们维吾尔语里的意思是“月亮”的意思,“古丽”是“花”的意思。我爸妈给我取这个名字就是希望我以后有个好的前途,像月亮一样生活的高洁、向上。

李世英:这名字太有意义了。你看你现在上初三了,学习成绩也不错,以后肯定会有一个好的前途的。

阿依古丽:(沉默了一会)李叔叔,我、我不想学了。

李世英:怎么了,为什么不学了,你学习一直不错,是不是出了什么事? 没事,无论有什么事,都有我呢。你就一个任务,好好学习就行了。

阿依古丽:(低声地)我,我妈妈病了,家里没钱,我又是家里老大,我想回去照顾父母,照顾弟弟、妹妹。

李世英:那怎么行,这不是还有我嘛,你就放心学习吧。

19

阿依古丽:李叔叔,我妈的病治好了,我听家里说,是您帮助她看病的,谢谢您啦!

李世英:谢什么呀! 我说了嘛,你的任务就是把学习弄好,碰到问题别想着回家,还有我呢——你李叔叔。你要知道你现在最重要的事是学习,只有学好知识,才能更好地照顾家人。

阿依古丽:好,我一定也要成为像叔叔一样的人,成为一个对社会有用的人。对了,最近我们参加内高班的招生,我想报上海或者天津的学校,您看可以吗?

李世英:两所学校都可以,这两个地方的教学质量都很不错。你考上哪所,我都支持你。相信你的实力。

阿依古丽:嗯,我一定要考上,报答您! 李叔叔,我、我还有一个请求,我、我能叫您李爸爸吗?

李世英:(稍呆愣了一会,激动地笑着)当然了,阿依古丽,正好我没有女儿,你就当我的女儿了。

20

【天业集团百万吨乙二醇工地现场施工声】

技术人员:李总,精馏的B套现在大概已经完成了80%。这是第三段。

李世英:抓紧时间呀,时间就是效益。我们的工艺流程装置、厂房,如果不能按时保质保量地完成,就不能实现我们年内既定的目标。

技术人员:保证完成任务,李总,我们可不敢在您跟前打马虎。

李世英:你们知道,咱们现在正在建设的60万吨生产线,到2020年年中投产以后，我们就达到了95万吨规模，这是国内最大的百万吨级的装置，这可是咱们天业人创造的，你们不骄傲吗？

技术人员：那是当然，我们是看着这一片戈壁变成了现代化工厂，就像当年第一批老军垦一样，在一片荒漠中建成了新疆第一批工厂，太令人兴奋和骄傲了。

李世英：是呀，天业提出了“奋起再次创业，打造千亿天业”的奋斗目标，这是给咱们这一代人提出的命题。当年，几代兵团人一手拿枪、一手拿镐，用双手开垦出一片美丽的绿洲，让一座现代化城市拔地而起，创造出彪炳史册的奇迹，今天我们要发扬兵团人艰苦奋斗、勇于拼搏的精神，用我们的努力在天业的发展史、在兵团的工业发展史上，不，甚至是在中国的化工工业发展中留下印记！

21

【宋书记、李世英、阿依古丽、沈立、建疆在天业集团展览馆】

李世英：阿依古丽，今天带你到我们天业来看看。这是宋阿姨、建疆叔叔和沈立叔叔。

建疆：小古丽，来，我带你看看咱们天业发生的日新月异的变化，这里面花费了你李爸爸不少心血。

沈立：是呀，别人不了解，我们可是一路走过来的。小古丽，你看，这是2015年12月9日咱们天业集团与中科院大连化物所、大连船舶重工集团、大连长兴岛管委会四方在大连签订的投资50亿元的甲醇甲苯制PX联产烯烃的项目框架协议。

建疆：这是2018年11月13日，咱们天业在大连化物所签署的120万吨/年煤制乙醇项目一期、60万吨/年煤制乙醇专利技术实施许可合同。

沈立：这个合同意义可不一般。

阿依古丽：怎么不一般？

宋书记：是不一般，它标志着我国煤制乙醇技术正式开启百万吨级工业化时代，并为煤制乙醇的下游产品开发，如乙烯、氯乙烯、苯乙烯及醋酸乙烯等高附加值化学品提供了工业支撑。小古丽，这里面可都有你李爸爸的功劳。

【李世英的电话铃响声】

李世英：喂，王玲，我带着咱女儿阿依古丽在参观天业呢。唉，好、好，我弄成免提。

王玲：宋书记、建疆、老沈、小古丽，你们好呀！

大家都对着喊：小王好！李妈妈好！

王玲：马上要过年了，给你们拜个早年，祝大家新年快乐，万事如意！

宋书记：小王，也祝你新年快乐。很不好意思，向你申请，世英能不能再在我们这待个一年半载，我们还有几个国家技术转移项目需要他呀。

王玲：宋书记，你不用说了，他都已经打了报告了，申请第七次援疆，我们一家都支持。

宋书记、建疆、沈立：（激动地）谢谢，谢谢，我们一定会把他照顾好的。

阿依古丽：李妈妈，李爸爸太棒了，我这个女儿一定要好好学习，学习李爸爸，为你们争气。

【电话免提声渐弱下去】

宋书记：对不起呀，世英，我们又耽误你回家的时间了。

李世英：宋书记，我的血液里和灵魂里已经把自己当成新疆人、兵团人、天业人了，为了这个事业，我会一直在新疆“钉”下去！

【旁白】

李世英十年援疆，先后荣获对口援建八师石河子市工作成绩显著三等功、4次兵团优秀援疆干部人才、兵团60周年大庆“最美兵团人”、中宣部“最美支边人”等荣誉称号。

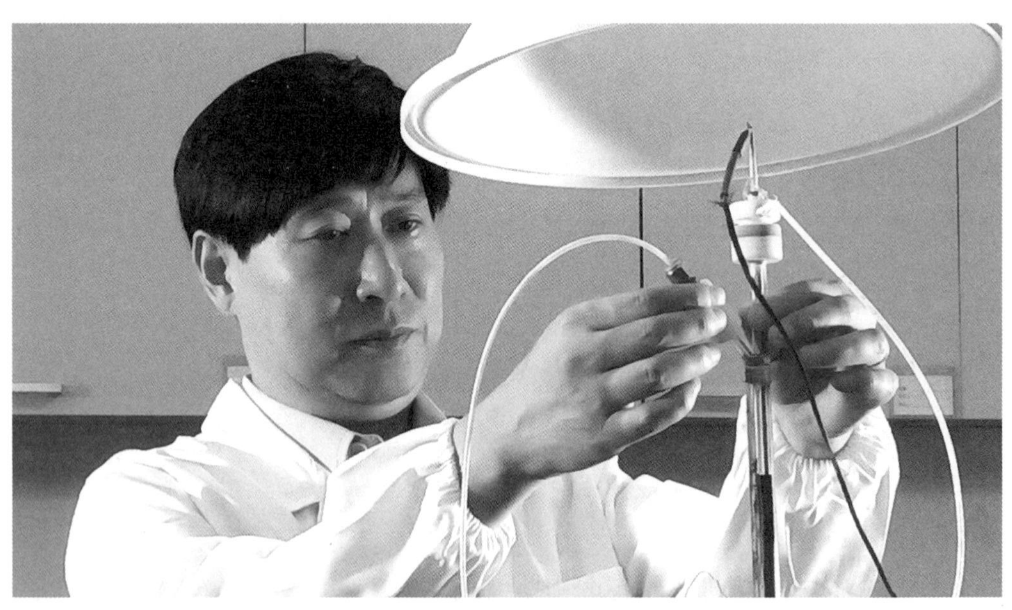

“最美支边人”荣誉称号获得者李世英在做实验

在故事中展现时代大主题

最初拿到“最美支边人”李世英这个题材的广播剧时，实际上是想挑战一下自己，学习创作一个自己非常陌生的工业领域里的人物故事。拿到手，就发现自己没有办法下手写，于是我用最笨的方法，在网上着手收集大量的视频、文字资料。但这依然不能激起创作的原动力，甚至连头都开不了。由于受疫情限制，无法到第一现场，于是就找到了李世英的联系方式，通过电话进行采访。“初识”的李世英给人感觉是一个不失幽默和温情的知识分子。虽然有了这样一个初步的认识，但还是没有真正进入到创作中。

在写此剧前，我已经有了三部广播剧创作的经验。如何能突破前三部创作经验，在一个新的领域突破自己，创作出一部能打动人的好作品，就成了我日思夜想的问题。一次傍晚散步时，偶然在“学习强国”平台中听了一个广东广播电视台制作的反映援疆干部在喀什援疆的广播剧，让我突然有了灵感，于是就利用一个周末在单位值班的机会，完成了广播剧《奉献礼赞》的创作。这是我本人认为能真正成熟驾驭素材的一个作品，它无论从人物设置还是故事结构，完全按照广播剧“大事不虚、小事不拘”的理念创作而成。

十九省市援疆是党在治理边疆问题的国家行为，新疆生产建设兵团是实行党政军企高度统一的特殊管理体制。李世英所在的单位是中科院大连化学物理所，他所在的援建单位——兵团的上市企业——新疆天业集团是国内氯碱化工行业的领军企业，也是全国第一批循环经济试点企业、技术创新示范企业，连续多年进入中国制造业500强。而在他援疆前夕，企业正在为了产业升级寻找突破口，近几年新疆又开展了“民族团结一家亲”活动，让一个连续援疆十年“钉子户”的故事在“十九省市援疆”“企业产业升级”“民族团结一家亲”这些大背景下呈现，就在我的脑中构架而成。

于是就有了“建疆”“沈立”，有了两个单位的领导，有了阿依古丽这些人物，当然李世英和他家人那肯定是必不可少的人物构成。对于李世英来说，如何认识和了解兵团，在剧中我设置了“建疆”这个人物，当然这也是基于天业集团的发展和很多兵团二代起名的事实而写。剧中“我家兄弟三人，建国、建疆、建兵。李世英：哈哈哈哈，建设国家、新疆、兵团，你父母太讲政治了，还真是有兵团特色。有时间多给我讲讲咱们兵团的故事”这样鲜活的语言向听众表述了新疆生产建设兵团这一特殊体制的历史。同时，还利用军垦博物馆的场景，引出了兵团工业的发展史，让李世英对兵团有了更为深刻的认识，其中一个“咱”字也让他有了融入兵团的情感契机。

作为援疆十年的李世英来说，发生了很多感人故事，为了更好地呈现，剧中仅用了“李世英在乙二醇项目的关键时刻生病住院”而同时又碰到“儿子也生病休学”的矛盾冲突时，李世英两通电话处理“妻子的不理解”和与儿子“不能回去看望，微信名改为‘新疆人’”的对话，不仅成功再现了李世英的情感世界和家庭氛围，也让观众认识到一个睿智、幽默的李世英。

最为关键的是李世英作为肩负重任的干部，在实现天业集团产业升级上承担着重要角色。剧中“援疆期到，‘建疆’们的怀疑和妻子的期盼，李世英做出的继续援疆”的抉择，“面对人才的紧缺，李世英和老领导刘所的请求”“催化联合研发中心揭牌后大家的喜悦”“李世英对待论证工艺流程的严谨”“利用尾气生产乙二醇的成功”“乙二醇工艺流程工业化的运用”等等，无一不展现了这个项目成功背后的故事。在此我没用过多的笔墨，但把“人才、技术援疆”和“产业升级”的大主题通过李世英这个人物主线的故事告诉了听众。

十年的时间，李世英作为一名干部，他参与了“民族团结一家亲”的活动。剧中“阿依古丽对李世英的称呼从‘李叔叔’到‘李爸爸’的改变”“阿依古丽的优秀”都是李世英讲的真实故事。把这个故事穿插其中，我没有感到突兀，反而觉得更加升华了李世英的人格魅力。

最后一节剧中，所有主人公在天业集团展览馆的会聚，是我为了升华主题而设计的。十年的援疆，李世英促成的很多项目都在此通过人物对话一一展现。面对第六次的援疆到期日，宋书记的电话申请，李世英妻子的大力支持，阿依古丽的崇拜表态，李世英“我的血液里和灵魂里，已经把自己当成新疆人、兵团人、天业人了，为了这个事业，我会一直在新疆‘钉’下去！”的铮铮誓言，一切都水到渠成。

剧本写完后，我激动又忐忑地第一时间发给李世英本人，请他审读。半个多小时后，他发来了“看到三分之一眼泪就下来了”的话语。至此，我知道艺术创作的真正魅力所在——无论是个人还是作品，只有真正融入了时代主流，才能感动他人。

国旗飘扬

编剧 \ 刘　茗

主要人物

付华：男，35～45岁，汉族，河南商丘人，说话略带一些河南口音，50多年一直坚守在诺亚堡哨所边境巡逻第一线，性格憨厚、耿直，责任心强，爱国，愿意为国奉献。他的父亲是军人，受父亲影响，对坚守边境非常执着。

周梅花：女，35～45岁，汉族，付华的妻子，是和付华一起长大的军垦第二代，在团中学当校工。受付华影响，后来一起在边境巡逻，虽然刚开始不愿意来到边境，但其实她十分理解丈夫的工作。

付丽娜：女，6～8岁，付华和周梅花的大女儿。

付丽英：女，5～7岁，付华和周梅花的二女儿。

付学言：男，50～55岁，汉族，付华的父亲，说话带河南口音。

团部接线员、团长、派出所警员等若干人。

上　集

1

【下午，虫鸣声或风声，狗大声叫】

付华：（被狗叫吵醒）怎么回事？叫什么呢？

【走到门口，开门，听见火噼啪的响声】

付华：糟了，该不会出什么事了吧！

【跑到座机跟前，拨电话】

付华：（因为紧张，所以语速略快）喂，团部吗，这里是诺亚堡哨所，我是付华，刚才发现突发情况，哨所附近出现疑似重大火灾状况，希望团部出动消防支援！出动消防支援！

团部接线员：（电话效果）收到，我们立刻派出消防队，请你先去查看一下火灾的具体情况，务必注意安全！

付华：是！

【挂电话，套了一件衣服立刻跑出去】

付华：怎么回事，怎么消防车还没到？再这样下去，火势可就收不住了。（停了一下）不行，不能就这样干等着。

【猛烈的火势环境下，付华用水桶装了一桶水，跑向火场灭火。因为遇水，大火突燃了一下，烧到了付华的衣角】

【付华扑身上的火】

【消防车鸣笛赶到，消防装备启动灭火】

群杂：你们几个，到那边去！你们几个，跟我来。水枪准备就绪。

付华：团长！你们终于来了！

团长：这是怎么回事？

付华：这……半夜我们哨所的狗突然叫了，我就出来看看啥情况，就看到边境线这边着火了，想也没多想，赶快给你们打了电话。

团长：（严肃）火灾怎么起的，有查到吗？

付华：不像是人为放的，这火估计是从哈萨克斯坦那边着起来，然后烧到这边来的。

团长：（看到付华的衣服被火烧过）嗯……你这衣服怎么烧着了？不是跟你说过让你注意安全？（稍轻松一点）怎么？你还冲过去了？

付华：当时不是……没想那么多，看火那么猛，消防车也没到，我就光想着去扑火了。

团长：你这是不听指挥。

付华：团长，这下你们到了，我不就放心啦嘛。

2

【晚上回家】

付丽娜：爸爸！

付丽英：爸爸！

付华：（愣了一下，然后反应过来）诶，我的宝贝丫头们回来啦。

【走过来】

周梅花：哎哟，你这衣服怎么搞成这样了？被火烧的？怎么，出啥事了？

付华：边境那边着火了，烧过来了。诶，梅花，你们今天晚上怎么过来了，也没提前跟我说一声。

周梅花：怎么没跟你说？今天团中学放假，你忘啦？我前两天才跟你说过今天要带女儿过来的。

付华：（拍脑门）嗨，看我这记性。

周梅花：（忍不住笑着抱怨）早知道你会这样。快把这衣服换下来，都成啥样了。

【脱衣服，换衣服】

付丽英：爸爸，你今天怎么这么晚才回来呀？

付华：（哄女儿）爸爸今天去当了一回消防员！扑灭大火去了！

付丽英：哇，爸爸最厉害了！

周梅花：（打趣）行了，快让你们的英雄老爹带你们去睡觉。

付华：呵呵，来来来，去睡觉咯。好几天没见我了，你俩想我没有？

付丽娜、付丽英：想啦！/想！

付华:嗯——乖!

【付华给女儿盖被子】

付华:来,被子盖好了。乖乖睡觉,明早起来升国旗!

付丽娜:嗯!(转头)爸爸,你给我们讲故事好不好呀!

付华:爸爸哪知道啥故事啊。

付丽娜:就你最近遇到的事情嘛,我们想听!

付丽英:想听!

付华:(想了想)嗯……那我讲完,你们要乖乖睡觉喔。

付丽娜、付丽英:嗯!

付华:前几天呀,我遇到了几个想要偷偷溜出国境线偷猎的人……

【转场至付华讲述的故事场景】

【放牧时羊群的叫声】

付华:(一边走一边哼着《毛主席的战士最听党的话》中的几句,发现远处有人后产生疑问)嗯?

【付华偷听以下对话】

偷猎者1:(鬼鬼祟祟)哥,这边应该不会被人发现了吧。

偷猎者2:嗐,这边这么偏,谁管呀?

偷猎者1:咱刚才不是还看见前面有个哨所吗?

偷猎者2:这离那哨所有好一段路呢。我们偷偷地把这个铁丝网剪断,没多大声音,发现不了的。你想想,之前我朋友从那边溜回来的,说有鹿茸可以捡,还有大芸,都是钱啊,不捡白不捡嘛。

偷猎者1:行行行,听你的,哥。

偷猎者2:你去溜达一圈,帮我放个哨。

【付华赶着羊往前走】

偷猎者1:喏,哥,有人来了,好像是个放羊的。

【剪铁丝网】

偷猎者2:嗯?放羊的啊?不用管他,装作没看见就行了。

偷猎者1:但是……他好像朝咱们这边走过来了。

付华:兄弟,你们干什么呢?

偷猎者1:我……我们……就是来……看看风景的。

付华:这位兄弟干什么呢这是?

偷猎者2:(斜了一眼)哼,你一个放羊的,管得着吗?

付华:(憨笑着说)嗨,你们在这剪铁丝网,我就得管呀。

偷猎者2:(反而理直气壮地)你是谁呀?

付华:我就是个巡逻的,每天也出来放放羊,看看这偏远的地方有没有异常情况,这可不,就遇到你们了。

偷猎者1:(惊讶)你是哨所的巡边员?

付华:是呀。你们剪这铁丝网是要干什么呀?

偷猎者1:(急忙解释)哎呀,我们没有别的目的,就是之前朋友说在这边能捡到鹿茸和大芸,还能卖钱,我们就过来看看,也不知道这个铁丝网是拦什么的,就想着过去看看就回来。

付华:(严肃)是吗?这里是中哈边境线,你们刚才剪铁丝网的行为就已经是严重错误的了。刚才我在远一点的地方还听到你们说话了,这是明知故犯。这铁丝网是国家的"院墙",是国家的象征,是保护国家领土不受侵犯的设施,怎么能说剪就剪呢?有人去挖你家的院墙,你愿意吗?再说了,翻越国境线,是严格禁止的,你们要是今天翻过了这个铁丝网,出了问题,谁来负责?

偷猎者1:(语塞)这……

付华:我是兵团人,我们兵团人的职责就是屯垦戍边,不让你们越线过去,这也是为咱们国家的安全和你们的安全着想。

偷猎者1:(认真认错)是是是,确实是我们贪小便宜,考虑不周,我们这就回去,不给边防添乱了!

【从讲故事的场景回到家里】

【付丽娜、付丽英已经睡着的呼吸声】

【付华看着孩子欣慰地呼出一口气,拍了拍被子,走出房间】

周梅花:都睡了?

付华:睡着了。

周梅花:你到哪儿去。

付华:今天回来太晚了,国旗还没收,我去把国旗降下来。

周梅花:(轻轻叹了一口气)去吧。

3

【夜晚，付华取下国旗】

【走回家里，把红旗放在桌子上，用手摩擦，叠起来】

【音乐起，转场到回忆，付华赶着羊群走，小风吹】

【付华一边走一边哼着《毛主席的战士最听党的话》中的几句】

【突然之间，沙尘暴吹来】

付华：糟糕，是沙尘暴！（赶羊群）

【羊因为害怕一直叫】

付华：（被沙尘暴吹得走路受影响的气音）这……刚才来的路呢？这啥也看不见，我别把羊赶到边境外了。

【回忆里的转场】

【拍拍身上的沙土】

付华：（呼出一口气）这沙尘暴，来得快去得也快。可是如果再像今天这样找不到路，以后很容易发生危险啊。（突然想到）有了！我设置一个标志在这里，不就可以了嘛。可是标志要醒目才能找得到……国旗！这里是边境线，国旗就是最好的标志了！

【回忆里的转场】

【班车行驶中】

付华朋友：华子，你坐班车去哪儿啊？

付华：到县城去，吉木乃县城。

付华朋友：去那么远啊，20多公里呢！干啥去？

付华：买东西。

付华朋友：买啥东西跑这么远啊？

付华：重要的东西，最重要的东西！

【回忆里的转场】

【户外，录音机里传出的国歌声】

付华：今天，是2001年7月1日，是党的生日，我在边境哨所，为祖国庆祝！（严肃）敬礼！

【场景转回现实家中】

周梅花:华子,跟你商量个事儿。

付华:啥呀?

周梅花:前两天你不是跟我说了想让我到这儿跟你一起巡逻的事儿嘛。(有点犹豫)我有点不太想……

付华:(打断)什么不想呢?你现在这样来回跑,多辛苦。

周梅花:我在团中学干点儿活,待遇也不错,咋能说辞就辞了呢?

付华:咋不能辞?哨所现在缺人,每天遇到好些人要越界,我哪儿敢离开一步啊?

周梅花:(好声好语)可是我那工作,也不是轻易就得来的嘛,你现在让我说不要就不要了,我还真舍不得就这么放弃了。

付华:(理直气壮)那你看,哨所就是这个情况,我确实走不开,我也不会离开这个地方。

周梅花:(有点生气了)你不为我考虑考虑,也得为丽娜和丽英考虑考虑吧,她们要上学了,以后还得这么天天跑啊?你就一点儿也不管管她们了?

付华:我怎么不管呀?(意识到女儿在睡觉,声音稍微放低了一点)边境线上没有人巡逻,是会出大事情的,我们辛苦一点就辛苦一点了,国家不能出事啊。

周梅花:一天天的自己小家的事情都解决不了,还要管国家的事情,国家缺你这一个人吗?

付华:边境线上哪有小事,这都是跟国家利益相关的事情。梅花,你把格局放大一点,只有国家安稳了,咱们才能安稳不是?

周梅花:(因为孩子的事情想找付华商量,反而没有得到解决的无奈和生气)我只是想给孩子一个更好的环境,你也不操心孩子,只让我把他们带到哨所来,那孩子上学怎么办?住的离学校远怎么办?没人管孩子了又怎么办?我心脏也不好你知道的,你在边防上抽不出精力,也得稍微考虑考虑家里,考虑考虑我们呀。你都不考虑我和孩子们,我们也靠不住你,我结这个婚干什么?(气话)还不如离了算了!

【两个人都沉默了一下】

付华:梅花……

周梅花:(打断)睡吧,今天也谈不下去了。

【起身走到卧室,关门】

4

【清晨】

付华:升国旗,奏国歌,全体敬礼!

付丽娜、付丽英:敬礼!

【录音机里传出国歌声,前奏渐弱,鸟挥动翅膀飞走的音效转场】

付华:丽娜、丽英,爸爸去工作了啊,你们在家听妈妈的话!

付丽娜、付丽英:嗯!爸爸再见。

【抒情音乐穿插(可以是那种烘托界河边风景的感觉,或者大气抒情风格的音乐)】

付华:(打开羊圈气音,赶羊的气音,然后说顺口溜)我家住在路尽头,界碑就在屋后头,国门前面种庄稼,边境线上牧牛羊。种地也是站岗,放牧也是巡逻……

【音乐持续一阵,淡出】

【付华赶着羊群从草地走到沙地,传来野骆驼的声音】

付华:(疑惑)嗯?这群骆驼,从铁丝网缝隙里钻过去干什么?

【骆驼喝水声】

付华:(了然)哦,原来是去找水喝。可是它们知不知道怎么回来呢?不行,我得跟派出所报告一声。

【跑回哨所打电话】

付华:喂,是派出所吗?诺亚堡哨所附近有我国的骆驼越界饮水,但是它们不知道怎么从原路回来,得想办法把铁丝网剪开,把骆驼赶回来。

派出所警员:收到情况,我们现在就派人手赶过去。

【付华返回现场,时间过渡,有车开过来】

派出所警员:是你打的电话吗?

付华:是我,骆驼还在那边没有走远,但是时间长了可能会有哈萨克斯坦的巡逻人员过来,所以得赶快把骆驼赶回来才行。

派出所警员:我们现在就去剪断铁丝网,把它们赶回来。

【机械作业声,骆驼走回来】

派出所警员:好了,10只骆驼我们都已经赶回来了。

【远处传来汽车声】

哈方巡逻人员:(这里需要翻译成哈萨克语)怎么回事?你们为什么聚集在这里?

付华:你们谁听得懂吗?

派出所警员:No,No,No problem! Camels!(转头对付华说)不懂,但是对他们表示友好,他们会明白的。

哈方巡逻人员:Oh,I know。Don't stay here。Bye。

【车开走】

派出所警员:还好你的电话打来得及时,再晚一点,这可能就变成涉外事件了。

付华:没事就好,没事就好。

【下午赶着羊群回到家】

付华:(到家了松了一口气,却发现家里没人)嗯?不是说这两天都休息么?梅花带着孩子走了?她还真的生气了?

【付华无奈地叹一口气,脱掉衣服,走到桌子旁边坐下,把桌子上的饭盆打开】

付华:堵着气还是把饭给我做好了,等她再回来,我还是好好地跟她聊一聊吧。

【付华吃饭,哨所的电话响了,付华放下筷子,接电话】

付华:喂。

周梅花同事:(电话效果)喂,请问周梅花的丈夫在吗?

付华:我就是。

周梅花同事:(电话效果)啊,你好,周梅花今天在学校突然晕倒了,现在正在医院检查,你能过来一趟吗?

付华:什么?好的,我现在就想办法过去!

下　集

5

【哨所的电话响了,付华接电话】

付华:喂。

周梅花同事:(电话效果)喂,请问周梅花的丈夫在吗?

付华:我就是。

周梅花同事:(电话效果)啊,你好,周梅花今天在学校突然晕倒了,现在正在医院检查,你能过来一趟吗?

付华:什么?好的,我现在就想办法过去!

【车辆呜呜声转场,夜晚环境】

【付华快速走进病房】

付丽娜、付丽英:爸爸!

付华:这……怎么回事?

周梅花同事:今天中午,她带着孩子回到学校来,感觉就有点气色不好,结果下午不知道什么原因,拼命地要干活,拦也拦不住,然后突然就晕倒了,把我们都吓了一跳,赶紧给你打了电话。

付华:哎,麻烦你了,麻烦你了。

周梅花同事:医生刚才过来给她查过,说是最近太累了,压力太大,加上她本身心脏就不好,可能还堵着气,所以才搞成这样了。你多陪陪她吧,我就不打扰你们了啊。

付华:诶,谢谢,谢谢。

6

【病房里,周梅花醒来的气音】

付华:你醒了,我买了苹果,吃一个吧?

【削苹果】

周梅花:你怎么过来了?

付华:你都生病了,我能不过来嘛。你怎么也没跟我说一声就回来了。

周梅花:(不想回答)哼!

付华:现在感觉好点没有?

周梅花:(不答反问)你不用回去巡边吗?

付华:(毫不犹豫)要回的。(突然想到不合时宜)呃……呵呵,等你好了我再回去。

周梅花:(突然无奈)哎……我知道你放不下的。

【温柔、抒情音乐】

周梅花:你刚站在窗户跟前走来走去、魂不守舍的样子,我都看见了。

付华：（不好意思地傻笑）嘿嘿……

周梅花：我没啥事儿，过两天就好了。你就安心巡边吧。

付华：陪陪你吧……

周梅花：我又不是第一天认识你，你是什么样子我还不知道吗，生气归生气，该做的事情还是要做的。

付华：（感动地）梅花……

周梅花：行了，别一把鼻涕一把泪的，矫情。我后天出院，到时候你按时过来接我就行。

付华：行，那我先回去了媳妇儿，我不盯着点儿，就老怕边境出事。你在这好好养着，我每天走完一遍边境就过来看你，后天来接你出院。

【夜晚虫鸣声，偶尔有羊和狗的叫声，这部分需突出环境音作为氛围的铺垫】

付华：（数星星）一颗……两颗……三颗……四颗……（五味杂陈）哎……

【拍拍袖子，站起身】

付华：（大喊）啊——

【回声效果，显示空旷寂寥】

【闪回】

付华：爹，你为什么要待在边境？这儿这么荒凉，连个人都没有。

付学言：荒凉是离开的理由吗？（转过身看付华）华子，人要有主心骨啊！只有耐得住清贫，边境才能安宁。

【回忆转场】

付学言：中哈边境66至69号界碑之间，长20公里，你就跟着我走几遍。走完这几遍，再说别的。

【回忆转场】

付学言：（喝水）累吗？这条路，每天都得走。为什么要每天巡查？边境上的每一寸土地都是国家的土地。哪怕我们只是每天走在这20公里的土地上，我们保护的也是我们的国家。

【回忆转场】

付华：爹，你听的是什么？

付学言：《毛主席的战士最听党的话》，听听？

【闪回到现实】

【夜晚】

【付华唱《毛主席的战士最听党的话》】

付华：毛主席的战士最听党的话，哪里需要到哪里去，哪里艰苦哪儿安家。祖国要我守边卡，扛起枪杆我就走，打起背包就出发……

【虫鸣声凸显，转场】

7

【白天，哨所附近界河水流声（水流声为不太大的那种）铺底，远处传来汽车的马达声】

付华：嗯？什么声音？

【快步上前】

付华：（独白：果然有事！）谁在那边？

偷砂石料的人1：什么人？

偷砂石料的人2：啊？怎么回事？

偷砂石料的人3：（还没停下手里的挖铲）怎么来了个人？

付华：（独白：他们在挖取界河里的砂石料！）（故意问）兄弟，你们在挖砂石料？

偷砂石料的人1：是呀，这边儿河水量小，砂石又多又好，就想着挖一些回去。

付华：快停下吧，挖走了砂石，河水容易改道，后果严重。

偷砂石料的人2：嗐，哪有那么严重。

付华：当然严重！

偷砂石料的人3：（打开烟盒递了一根烟）来，兄弟，抽根烟。我们就挖一点儿回去，到不了你说的这个地步。

付华：（坚决拒绝）不，兄弟，这烟我不抽。你们这个行为是不对的，就应该停下来。

偷砂石料的人3：（见付华态度坚决就变脸了，威胁）呵呵，好话说了你不听，非要来插一脚，我告诉你，少管点闲事，不然没好果子吃。

偷砂石料的人2：就是，少管闲事。

偷砂石料的人1：听人劝，吃饱饭。我们又不是要把整条河的砂石全挖了，哪有那么大的影响。

付华:(独白:果然,这帮人不达目的不罢休。我得想个办法。)(灵机一动)真拿你们没办法。不过,你们威胁我也没用,我只是哨所的护边员。对了,刚才我从那边出来的时候,就已经给派出所打过电话了,他们的人早就在路上,应该马上就到了。偷砂石料也不是什么大事儿,但是说一个破坏边境稳定还是算得上的,你们自己掂量。

【转头走开】

偷砂石料的人1:什么?

偷砂石料的人2:派出所的人要来?这……这……

偷砂石料的人3:(把烟吐到地上,用脚碾了碾)呸,算了,既然把派出所的人叫来了,我们还是先走。

【三人上车,车开走】

付华:错误的事情就是错误的事情,属于国家的东西,哪儿容得你们随意糟蹋。(拍了一下脑袋)哎呀,完了,今天梅花出院,光顾着这些偷砂石料的人了,我怎么给忘记去接她了。(自责)哎……

【转身往家跑,转场】

【室外,班车开到哨所附近,周梅花带着两个女儿下车,付华从远处跑来】

付华:(声音由远及近)梅花!梅花!这边!

付丽娜、付丽英:爸爸在那边!爸爸!

【付华跑到眼前】

周梅花:(打趣)是谁前几天说好的要去接我呢?

付华:(一拍脑门)哎呀,出了个小岔子,就没赶上,你看看我,太差劲了。

周梅花:(笑了)呵呵,行了,回家吧。

付华:诶,好嘞。

【一家四口有说有笑地走远】

8

【傍晚,付华取下国旗,然后走回家里,把红旗放在桌子上,叠起来,周梅花走近】

付华:她俩睡了?

周梅花:睡了。

付华:辛苦你了,梅花。

周梅花:怎么突然说这个?

【抒情音乐起】

付华:(停顿一下才说)其实最近巡边的时候,我也想了很多,想到我父亲对我说过的话,想到他也想让我坚持的一些东西。

周梅花:(温柔的)嗯。

付华:我不太会说话,有的时候也惹你生气,我也知道你是在为孩子考虑,为家里考虑,所以很多时候都会觉得很愧疚,让你一个人扛起了太多东西。

周梅花:那天我也冲动,啥也没想就脱口而出了。华子,你之前说让我辞职到这边来,究竟是怎么想的?

付华:我觉得你两边跑太辛苦了,在这边得陪我巡逻,回学校还有那么多活儿要干,这哪儿吃得消啊。而且……

周梅花:嗯?

付华:我爹告诉过我,人要有主心骨,只有耐得住清贫,边境才能安宁。

【在这句台词里垫入付学言的声音】

付学言:人要有主心骨啊! 只有耐得住清贫,边境才能安宁。

付华:我还记得当年我跟老爹来到这儿的时候,差点儿被这里的荒凉吓哭了。夏天那蚂蚱、蚊子,铺天盖地的,沙尘暴说来就来;冬天风又大雪又厚,也没有人烟。真是怕了。可是在这儿待了这么多年,离开这个地方,我反而浑身不自在了。那些地方,没有我熟悉的砂石路,没有我熟悉的国旗,没有我熟悉的铁丝网,这一切都让我觉得,我过得不真实。我爹说,这条巡边的路,每天都得走,边境上的每一寸土地都是国家的土地,哪怕我们只是每天走在这20公里的土地上,我们保护的也是我们的国家。我觉得他说得没错。如果谁都不愿意留在这里,谁都不愿意保护这里,那边境就危险了。

周梅花:我知道。爸虽然不怎么给我讲这些事,但是我知道他的心里对这里是有眷恋的。

付华:梅花,我想让你辞掉团中学的工作,是想让你跟我一起在这儿保护边境,也只有我们一起,才能更好地守护这片地方。边境线上发生的看似是很琐碎的小事,其实都是大事。

周梅花:(思考了一阵)我知道你的意思,我也理解你的意思。华子,我知道你是个能坚持的人,我看上你的也是这一点。

付华:那你是……

周梅花:嗯,我听你的,我回来跟你一起巡边,支持你的工作。但是,孩子的事你也得多操操心。

付华:那必须的,咱的孩子,是兵团第三代了,可要让他们在这里好好磨炼一下,不要忘记了咱们兵团人的血性和坚韧!

周梅花:嗯!

9

【公鸡打鸣,清晨】

付华:(叫女儿)丽娜、丽英,升国旗了。

付丽娜、付丽英:来了来了!

【用喇叭播放国歌,升起国旗,鸟扇翅膀腾飞】

付华:敬礼!

付丽娜、付丽英:敬礼!

付华:国旗代表咱中国,这是祖国的象征。看到鲜艳的五星红旗,就是看到了家。虽然我们在边境,但是丽娜、丽英,你们要记住,守护好国家,才有我们的小家!

“感动兵团十大人物”荣誉称号获得者付华在边境线上巡逻

广播剧需要设计和创作

广播剧不仅拥有着直抵人心的声音魅力，也是用真实与艺术的结合，音响与音乐的交融，去表达一个故事，表达一个主题。在这个方面的主导下，编剧就成为广播剧当中分量十足的存在。在写作《国旗飘扬》这部广播剧的剧本之前，我已经有了一次以人物为主题的广播剧剧本写作经历。也正是因为之前的经历，让我在这一次的写作中有了更加新颖及深刻的体会。

在知道了需要写作的主题人物之后，我去查阅了很多付华的资料。以这个人物为原型的文学、影视等作品其实并不算少，可是文学、影视的作品中会运用较长的铺垫来勾勒人物的事迹和性格特征。然而，广播剧的时长只有一个小时，要在这一个小时中去讲述一个人长时间的突出事迹，并不是易事。在这个基础上，我参考了王安润台长给我们讲课时所提到的“大事不虚，小事不拘”的写作方式，将长时间段的人物经历，浓缩到了短时间内，让人物的事迹能够紧凑且明晰。而故事是需要有“起、承、转、合”的，要想吸引人，就得给故事设计铺垫和高潮。除此之外，还得让剧情合理，细节丰富。因此，在真实人物事迹的基础上，我设计了一些细节，将付华真实说过的话与合理想象相互结合，使得付华的形象能够更加突出。

既然是以人物为故事主线，那么怎样去表达人物的特性就变得尤为重要。特定的旁白对剧会起到一定的升华作用。但人物的台词过于书面，会让人物的性格表达大打折扣，而大量的旁白，也会让剧情的节奏变得拖沓。因此，在这次的写作中，我重点留意了这个部分，并将原本设计的旁白部分也转变成了人物的对话。

而说到我对付华这个人物的理解，在我查阅了很多文字资料后了解到，付华的突出事迹是守护边防，坚守在被称为“西北民兵第一哨”的诺亚堡哨所长达51年。他是在1962年，也就是在他4岁的时候随着支援新疆建设的父亲从山东济南来到了阿勒泰。他的父亲付学言是第一代护边人,付华从父亲手中接过了护边的使命,成了这个边境团场的第二代护边人。后来他被评为了“兵团劳动模范”,还当选了2007年度“感动兵团人物”。因此,我从四个方面来大体概括了“付华”这个人物。第一个方面是情感取向方面。付华的身上拥有“到祖国最需要的地方去”“国土在我心中”“为祖国站岗放哨”“当祖国有事时挺身而出”“勇于为国牺牲、为国奉献”这样的极具高度的爱国精神。因为他和父亲都秉承着爱国的情感,并依托于这种由衷的情感,因此他会毫不犹豫地去继承父亲的护边事业;而正是一直满怀这种爱国的情感,才会让他生出坚守在这里的根本动力。第二个方面是道德取向方面,也就是“在平凡中坚持理想”“献了青春献终身,献了终身献子孙”。在这个方面,付华最突出的就是选择和守护。他在城市和边境之间做出了选择,在享受好的生活和坚持护边理想当中做出了选择。并且一个平凡的人可以在平常人都不会去接受的环境中,坚持50多年不变,这本身就是一件不平凡的事情,这是人物精神层面的一个闪光点。第三个方面是实践取向方面,大概就是“乐观对待艰苦生活”“没有条件创造条件上”“继承前人又超越前人”。在这个方面中,有很多发生在付华身上的小事可以体现,这些小事是塑造人物性格、人物情感等的一个重要部分。第四个方面是行为取向方面,也就是他“不懈怠、不放弃”“力克难关”。这个方面,听起来像是之前说过的第二个方面的同等项,但是我从家庭方面来解读了这一个大的方面。因为付华的妻子周梅花在团中学工作,一开始也并不想留在哨所,甚至两个人还吵过架说要离婚。周梅花的心脏一直不好,付华为了坚守在边防线上,连妻子长时间住院,都只能是来去匆匆地看几眼就走。但是周梅花很理解付华,她知道,在付华心里,哨所和她是放在同等位置上的。家人的不放弃、共同坚守和陪伴,也是付华能够在“西北民兵第一哨”坚守50多年的一个重要因素。在梳理完这些人物故事线索之后,我确定了以一个事件作为开端,然后和家人之间有一些摩擦,再化解,再遇到一些自然事件或者是人为事件等,最后以付华例行升国旗作为结尾的故事脉络,从而下笔写作。

这次剧本写作的尝试,又让我有了很多新的收获与体会,对于编剧这个职位的理解也更深刻了。虽然写作时也一直在绞尽脑汁,但是当作品完成的那一刻,那种成就感是任何事情都无法比拟的。

【编剧简介】

刘茗,女,1991 年出生,新疆生产建设兵团广播电视台广播制作中心从事广播剧后期制作工作。独立制作周播广播节目《兵团故事会》,日播外采节目《环球故事会》《观复嘟嘟》《882 广播剧场》等。

护边无悔

编剧 \ 冯　珊

主要人物

胡拥军:新疆生产建设兵团第十师一八一团别克多克哨所所长,哈萨克族,现年48岁左右,“新疆维吾尔自治区劳动模范”荣誉称号获得者。在本集中16~48岁。

胡达拜尔干:胡拥军父亲,哈萨克族,现年90岁左右。在本集中16~80岁。

努尔汗:胡拥军母亲,哈萨克族。在本集中50岁左右。

加娜尔:胡拥军妻子。在本集中40岁左右。家庭妇女。

达吾然:胡拥军儿子。在本集中15岁左右。

胡拥利:胡拥军弟弟,哈萨克族,福海县公安边防大队副大队长。在本集中14~45岁。

马福新:胡拥军朋友。

牧民海松林、新兵、班长若干人。

【团部喇叭放国歌】

【胡达拜尔干开门关门，进门摘下帽子拍打身上的雪】

胡达拜尔干：努尔汗，孩子们，快过来，今天我要宣布一个重要的事儿。

【跑步声】

胡拥军：什么事儿呀？阿肯。

胡达拜尔干：（清嗓子）今天我正式退休了。

努尔汗：那您终于可以歇歇了，享享福了。

胡达拜尔干：虽然我退休了，可是我这工作还没结束，总要有人来接替我继续干。拥军，几个男孩子里你最大，你愿意接我这班儿吗？

胡拥军：阿肯，真的吗？我愿意！我当然愿意！

胡达拜尔干：好，那我就把这用了几十年的马鞭和马镫交给你，这就是你的武器，记住了，不允许边境出任何事情。我们哈萨克族有句谚语：第一财富是健康，第二财富是肥羊。你要记住，你的第一任务是守好国家的边境，第二个任务才是放好你的羊。

胡拥军：阿肯，你放心，我会像你一样，守在这里直到退休。

胡达拜尔干：拥军、拥利，你俩可要对得起我给你们起的这汉族名字，拥护解放军，拥护祖国，这是我们家的传统，走到哪儿、做什么都不能忘了。

胡拥军、胡拥利：知道了，阿肯，您放心，我们一定会像守护自己的生命一样守护好祖国的边境线！

【旁白】

从那天起，胡拥军就将责任和使命扛在了稚嫩的肩上，一抗就是几十年。

上　集

1

【牧羊场景，羊咩咩的叫声此起彼伏，间或有牧羊犬叫声，头羊脖子上的铃铛声……】

【胡拥军唱《少年壮志不言愁》】

胡拥军：几度风雨几度春秋，风霜雨雪搏激流。历经苦难痴心不改，少年壮志不言愁……

牧民海松林:(远远地喊)胡拥军。

胡拥军:驾,吁……

胡拥军:都这会了,你怎么还没有下山,别人早都已经下山了,你这儿再耽搁,天气可说变就变了。

牧民海松林:唉,我是真不好意思跟你开这个口。这大家下山,牲口全靠这夏天备下的草撑着,可我……我这备的那点草料还差得远呢……我想着能不能先跟你借上十几二十包的,这钱我下山就给你。

胡拥军:你这说的哪儿的话,别提钱不钱的,你需要就去我那儿搬就是了。

海松林:这……这你不要我钱?我不能白拿,草也是你辛辛苦苦打下来的呀。你平时上山来,回回都给我们带点蔬菜和盐巴,从没问我们要过钱。你总是这么无偿帮我们,我都不知道怎么报答你。

胡拥军:咱们这一年中大半年都在外面,免不了要互相照应着,就跟一家人一样,别说这种见外的话了。

海松林:我听说,今年马列提一夏天骑的马都是你这里驯好后白借给他骑的,一分钱没要。你家里也是一大家子,上有老下有小,不比谁家的日子好,你这样家里媳妇能愿意吗?

胡拥军:(笑)嗐!我那媳妇好的呐,对我那是掏心窝子喜欢,那在家里还不是听我的!

牧民海松林:你这媳妇不在跟前,你就吹牛吧!

【两人齐笑】

胡拥军:快去搬草吧,别耽误了下山。我这也准备去边境线上一趟,今年这也就是最后一趟,我也就下山了。

牧民海松林:哎哎,好。那谢谢你了,过去的路上不好走,你小心点儿。

胡拥军:哎,好。

【马蹄声渐远】

2

【马蹄和马喘气的声音，流水声】

胡拥军：（独白）咦，毡房的方向怎么会有烟升起？牧民们都已经下山，这时候哪来的人？

【马蹄声，马吃草喘气声】

胡拥军：（独白）门口栓了五匹马，至少是五个人，也不知道是干撒的，进去看看再说吧。

【拉开毡房】

【紧张的音乐】

【旁白】

一进毡房，胡拥军看到五张陌生的面孔。在不大的毡房里，胡拥军一眼就扫到了墙边立着五把口径枪和捕兽夹，地上还铺着几张旱獭皮子，其中一人见有人进来，一只手立刻警惕地握住了枪。突然，空气安静得只听得见火苗噼噼啪啪的声音。

胡拥军：（独白）他们是偷皮子的没跑了，可对方是五个人，还有枪，别说打起来，能不让他们起疑心，活下来就不错了。有命活着才有机会去找人。我一定得冷静、冷静，不能让他们看出破绽。

胡拥军：（笑）这几个兄弟是打哪来的呀？

盗猎者甲：这是你的毡房啊，你看，我们随便进来竟然撞上主人回来了。

盗猎者：（独白）真是倒霉，就等着牧民都下了山才敢上来打点东西，竟然撞到了房子主人。

胡拥军：没关系、没关系，在这歇歇脚。你们等着，我去给你们煮壶奶茶，热乎乎地喝上一碗，一下子就不冷了。

【提铁桶挤牛奶，开门回毡房，烧水的声音】

胡拥军：还不知道几个兄弟怎么称呼？我叫朱马别克，哈萨克族，我也算是接了父亲的班了，不好好学习嘛，只能来放羊了（笑）。

【盗猎者笑】

胡拥军：（独白）不能问他们是干吗的，只能套套近乎，让他们相信我对他们没有敌意就行了。

胡拥军：现在9月份了，到了晚上房子外面冻得站不住脚。你们要是不嫌弃，今天晚上就住在我这，我这还有些风干肉，我们吃点喝点。有缘才能见面，我们就当交个朋友了。

【盗猎者互相看看】

盗猎者：（独白）晚上我们确实准备在这落脚的，现在走不知道要走多远才能有个地方住，更何况他现在已经知道我们是盗猎的，在这看住他，不让他去乱跑也好。

盗猎者乙：那我们今晚就打扰你了。

胡拥军：太好啦！我去煮肉，你们歇着。

3

【咕嘟咕嘟煮肉的声音，盘子放在桌上】

胡拥军：快来，趁热吃，都上手，别客气。

【吃饭声，胡拥军起身】

胡拥军：我想起来，我还有些山下打的散酒没喝完，我这也准备要下山了，我去拿来我们一块喝了。

【倒酒的声音】

盗猎者乙：兄弟，你看着比我们都小些，我就叫你老弟了啊。

胡拥军：我1972年生的嘛，应该是比你们都小。不过天天在山里嘛，风吹日晒的，看不出真实年龄了，显老得很。

盗猎者甲：哈哈哈，哪里哪里，看着就20来岁。

胡拥军：来，喝一个喝一个。

【碰杯】

胡拥军：平时我在山上放牧，也遇不上个人，寂寞得很，今天能遇到你们，也算是有人陪我说说话了。

【旁白】

天色渐渐暗了下来，酒过几旬，几个偷猎者慢慢放下了防备。

盗猎者丙：今天吃得舒服呀，整个身子都热乎起来了。

胡拥军：吃得高兴就好，就害怕没把你们招待好。外面天也黑透了，你们晚上就在我这床上睡就好，只是被子没有那么多，平时就我一个人，你们得凑合一下了。你们先歇着，我出去把马给喂一下。

【喝酒、说话声渐弱】

【旁白】

走出房门的胡拥军被冷风吹得一个激灵，他边喂马边听着毡房里变得越来越安静，骑上马就连夜向几十公里以外的边防派出所狂奔。

【马蹄声渐远】

【拍门声】

胡拥军：(大声喊)快开门，开门！

【拍门声】

胡拥军：有没有人？快开门。

【脚步声】

边防派出所工作人员：谁呀？这天还没亮呢。

【开门】

边防派出所工作人员：胡拥军！你这个时候怎么来了？

胡拥军：(气喘吁吁)快！快穿上衣服跟我走，我毡房里有5个盗猎的，我先稳住他们了，再晚怕是天亮他们就要走了。

边防派出所工作人员：等下我去叫人，我们走……

【旁白】

这一年，是胡拥军第一次面对这么多盗猎者，因为他及时将情况报告给派出所，将这伙长期盗猎国家明令禁止珍稀动物的违法团伙打掉，为国家挽回了损失。

4

【打包东西和马呼哧声】

马福新：胡拥军，你这包的是什么东西，叮叮当当的。

胡拥军：你别乱晃，这可是给我宝贝媳妇准备的礼物。

马福新：哎哟哟，看你那小气样。

胡拥军：咋了，马福新，你羡慕了？我这可是真爱。我在山上没事的时候，拿小木头做了些小玩意儿，回去逗她开心一下嘛，不然一天到晚见不到面，她生我气跑了可咋办。

马福新：(笑)鬼才羡慕你。你这趟一个人去边境上行不行？要不我陪你去，还可以做个伴。

胡拥军：嗐。我又不是小姑娘，这多少年了，我都一个人，有啥不行的。不用你陪，你赶紧下山回家陪老婆去吧。

马福新：行吧。那你自己多留心，这个季节山里天气说变就变。

胡拥军：我一个人来回快得很，又不墨迹，从三号界碑回来我就下山了。回去我们好好喝两杯。

【旁白】

胡拥军所在的别克多克夏牧场的天气号称“一日观四季，十里不同天”，牧民每年九月初从夏牧场返回到春秋草场，如果稍晚些，大雪封山，三号沟就会与世隔绝，只有飞鸟能够进去，因此别克多克也叫“候鸟哨所”。

5

【风声】

胡拥军：（独白）不好，怎么突然开始飘雪了，不会真让马福新那个臭嘴给说中了吧。

【马蹄声】

【旁白】

雪越下越急，马蹄踩在石头上开始打滑，胡拥军只好下来牵着马继续走。一会工夫，风卷着雪像刀子般割在脸上，放眼望去一片白茫茫的，什么都看不清了。

【风吹雪声和马的嘶鸣声】

胡拥军：走，快走呀，我的好马儿，这个时候你可别给我掉链子，我俩不快点回去可就要被风雪困住了。

【风雪声】

胡拥军：你看呀，前面就是毡房了，你再加把劲，回去了给你好好喂点草。

【旁白】

眼见着一天天过去，直到第七天雪才渐渐小了，胡拥军赶紧骑上马探路，自救的同时，焦急盼望着外界搭救。

胡拥军：马儿，你看那山后面掩着的云，像不像个兔子，耳朵长长的怪可爱的。那片云也有意思，像个人脸，嗯……仔细看还有点像加娜尔的脸，像她散着头发的样子。

胡拥军:你知不知道想家的感觉?(苦笑)哎,我在这跟你说什么傻话,我看我真的是憋疯了。

【沉默】

胡拥军:你天天跟着我出去也看到了,能走的路我们都试了,雪太深了……没有一点地方能走得通。我这天天扳着指头算着呢,存的菜和肉都吃完了,之前用油布包着的那点火柴面粉,怕是要拿出来救命了。

胡拥军:还是你好,什么烦恼都没有,都不知道后面是死是活,现在也能该吃吃该喝喝。

胡拥军:你倒是给点回应呀,每天都是我跟你说话,你一点反应都没有。算了,算了,是我犯傻了,我难道还指望你跟我说话不成。

【沉默】

胡拥军:可我、可我真的希望有人跟我说说话……(哽咽)我不想死在这儿,我想回家!我真的好怕就这样死了,家里人还等着我呢,我要是回不去,他们可怎么办……呜呜呜……

胡拥军:(哭腔)我真是没出息。

【吸吸鼻子】

胡拥军:我不能就这么认怂,别那么丧气,他们没见我下山,肯定会上山来找我的!我们一定能坚持到人上来。

【旁白】

后来的日子,胡拥军天天坐在能看到通往沟外的山坡上张望,他清楚地记得,从雪停了之后算起,自己整整等了20天。这20天里,他把所有的面粉烤成馕,等着生的希望向自己一步一步走来。

胡拥军:(远远地喊)马福新!

胡拥军:你怎么才来,你再不来我要死在山上了。

马福新:我看你这好好的嘛,还真让我说中了,下了这么厚的雪。我下山过了半个月还不见你回来,就知道你出事了,赶紧上山找你。这路太难走了,我这上来也用了好多天。

胡拥军:要不是你上来,我和这些牲口怕是就要留在这了。

马福新:我们现在关键是想个办法,咋把这么多牲口赶下山。这两天出太阳了,我从下面上来的时候,雪已经化了一些,只要过了这一段,下面就好走了。

胡拥军:不如这样,现在这雪还厚,硬赶着牲口下山,肯定走不动,我们打好草垛子,明天一早,你牵着马在前面背着草,这牲口为了吃草,自然就把路踏出来了。

马福新:行,就按你说的办。

【旁白】

在朋友的帮助下,胡拥军顺利赶着牲畜下山了。后来有人问他后不后悔,如果不是去三号界碑,自己就不会困在那里受罪。他的回答是,有点后怕,但决不后悔!

下　集

6

【胡拥军和妻子骑马前往3号界碑】

加娜尔:胡拥军,你就是大骗子,说是带我来看看往3号界碑走的路景色有多美,我以为你是带我来玩的,我们这都走了多久了,我的屁股颠得都要疼死了。

胡拥军:往3号界碑走的路车根本上不去,只能骑马上去。这才走到哪儿呀,后面还有马都上不去的路呢。平时不带你,我自个跑得快得很,这已经都是照顾你了,我们简直是让马儿在散步。

加娜尔:(赌气)那你自己去吧,有我在还拖累你了。

胡拥军:宝贝儿,我错了,我错了还不行吗?(笑)我就想让你陪我去,没你不行好吧。我这也是想让你看看我平时工作是什么样子嘛。你要是累了我们就歇歇,马上就可以看见河了,也到中午了,你肯定是肚子饿了才跟我闹脾气了(憨笑)。

【河水声】

胡拥军:媳妇儿,你看我给你准备的丰盛午餐牛肉面,好香呀……

加娜尔:哼,你就下了点白水挂面,放了点风干肉,就说是牛肉面了。

胡拥军:你不知道,这算是顿高档饭了,平时我一个人多带点东西都是累赘,就凑合吃点馕就着榨菜,这有你我才把锅碗瓢盆都背上。

加娜尔:那……那你怎么从来没跟我说过。

胡拥军:跟你说这些干吗,你听了又没什么法子,只会心疼我。

加娜尔:那我们吃完继续走吧,带我看看路上有什么好玩的。

胡拥军:好!

【旁白】

通往三号沟的山路崎岖盘旋、怪石嶙峋,这里保存着完整、生长良好的原始森林,也是夏牧场最难到达的地方。三号沟哨所到三号桩没有路,是无人区,需要穿越沼泽地,踏过终年不化的积雪,路上偶尔会遭遇山石崩落。

胡拥军:再往前走可得仔细点,路又窄又险,我们不能并排走了,我在前面走,你在后面慢慢跟上。

加娜尔:(小声)嗯。

【旁白】

加娜尔望着这条只能勉强通过一个人的路,一想到自己连人带马滚下去立马就会被这白花花的河水卷得影子都看不见,不由地攥紧了手里的缰绳。她心里害怕得要命,眼睛都不敢斜一下,紧紧盯着眼前的路,生怕马蹄一脚踏空,就没命了。

加娜尔:(小声叫)胡拥军。

加娜尔:(大点声)胡拥军,我怕。

加娜尔:你走慢点。

胡拥军:别怕别怕,你眼睛别盯着地上,你看看我,朝前看。

加娜尔:还有多远?

胡拥军:没多远了,马上就到了。

加娜尔:(小声抽泣)你骗人,刚才你就说马上到。

胡拥军:这次不骗你,真的快到了。

胡拥军:你看,走过这一段也没有觉得那么可怕了吧。

加娜尔:胡说,我吓得心都快从嘴里跳出来了。

【胡拥军下马摘野花】

胡拥军:宝贝儿,你看这花多美,五颜六色的,不过怎么也比不上你美。送给你,送给我最爱的媳妇儿!

加娜尔:(笑)再没有比你嘴甜的了。

加娜尔:老公,这次跟你走了一趟,我才知道你平时去界碑路上有多危险、多辛苦,我哭一是因为我害怕,二是因为心疼你。

7

【电话铃响，接起电话】

加娜尔：喂。

胡拥军：是我呀，前面山里没信号，我这刚回指挥所，有信号了赶紧给你们打个电话。我们的宝贝儿子干吗呢？

加娜尔：他写作业呢。儿子……来跟爸爸讲电话。

胡拥军儿子：……（不吭声）

加娜尔：快来呀，磨磨蹭蹭的，你看你这个倔脾气。

【胡拥军儿子走过来接起了电话】

胡拥军：儿子，今天足球比赛怎么样？

胡拥军儿子：（勉强回答）嗯……就那样。

胡拥军：得了第几名？

胡拥军儿子：（不情愿）你总是问问问！你自己来看呀！我参加足球队以来踢了多少场了，你一次都没来过。人家的爸爸都下山了，你怎么还不下来？

胡拥军儿子：（带着哭腔）妈妈刚才还在家里哭，你的电话来了，妈妈也不让我跟你说。

胡拥军：……（沉默）

【加娜尔接过电话】

胡拥军：（笑嘻嘻）怎么了，宝贝儿，好端端的怎么哭起来了？

加娜尔：（支支吾吾）嗯……本来不想跟你说，你这一去边境四五天不回来，家里的牛呀羊呀扔在那里没人管……昨天赵建新大叔看到我们家的牛群，（哽咽）说……说好几头牛都被哈熊吃掉了。

【哭泣声】

加娜尔：今年这还没到年底，七八只羊、十几头牛都送到哈熊和狼的肚子里去了。一只羊至少要七八百块钱，一头牛咋样也能卖个八九千块钱，这一年十几万就没了！

【大哭】

胡拥军：哎……这也是没办法的事情，三号界碑那个地方，你也跟我去过一趟，一路都是石头路,来回时间肯定长。我父亲在那守了几十年,你说我不去谁去呢?这就是我们家的事儿!

加娜尔:这么多年,人家的草场都是好地方,牲口都养得肥肥壮壮的,我们家呢,草场放眼望去都是石头,草也少,牛呀羊呀也是瘦瘦小小的,卖不上好价钱。偏偏你还是个热心肠,自己家的牲口都不够吃,还经常把打下来的草送给过路的牧民。年年这么损失,谁受得了,日子一点奔头都没有……

【小声抽泣】

胡拥军:(笑嘻嘻)哎呀,宝贝媳妇儿,这个账不能这么算。你看,国家的边境线守住了,我们才能在这片草原上好好养牛养羊。只要我人还在,以后什么都会有的嘛。你说,哈熊把羊吃掉总比把我吃掉好吧?

加娜尔:(破涕而笑)我看哈熊还不如把你吃掉呢。

【两人一起笑】

加娜尔:你回来的路上注意安全,别担心家里的事,有我呢。

胡拥军:钱的事你别想了,以后我肯定让你和儿子过上好日子。倒是儿子,他心里肯定怨我。

胡拥军:我记得我小时候也是这样,我老爹总是最后一个回来,一年大半年都在山上放牧,胡子留得老长,回来我们兄弟姐妹几个都不认识了。别人说胡拥军你爸爸回来了,我说胡说,那个哪是我爸爸。(笑)至少我儿子还没不认识我。

加娜尔:现在他还小,他再大一点会理解你的。

胡拥军:那我再跟他说两句。

【胡拥军儿子接过电话】

胡拥军儿子:爸爸。

胡拥军:爸爸不在家,你就是家里的男子汉,顶梁柱,你要照顾好爷爷奶奶,还有妈妈,你虽然小,也要有男人的担当!知道吗?

胡拥军儿子:我知道了,爸爸,我只是太久没见你了。

胡拥军:爸爸答应你,这趟下山以后我一定好好陪陪你和妈妈,把这半年多没见面的日子都补回来。

胡拥军儿子:好!

【挂电话的声音】

8

【开门声】

加娜尔、胡拥军:老爹、老娘,我们回来了。

胡拥军儿子:爷爷、奶奶,我来啦。

胡拥军:这是给你们老两口买的护膝。你们一到冬天,不是总是喊着膝盖疼嘛,戴上这个肯定能好些。

胡达拜尔干:终于下山了啊,今年山上怎么样,挖药草打松子的多不多?

胡拥利:老爹,哥一回来你就抓着他问工作上的事儿,能不能让他坐下喘口气。

努尔汗:就是,快让孩子坐下,饭马上就好了,有什么话你们吃完饭慢慢说去。

达吾然:爷爷,学校里新开了一门课《可爱的兵团》,就是讲我们兵团自己的历史。这周我们就讲到了在进入我们一八一团大路上的那座雕塑的故事。那座雕塑雕刻的是解放军剿匪官兵高举红旗挺进阿山的场景,我才知道这个雕塑最前面的哈萨克小伙子就是以你为原型建造的,你怎么从来没给我讲过呢,你这么厉害。

【胡达拜尔干笑着说】

胡达拜尔干:是吗?我都不知道我哪里厉害。

达吾然:老师给我们讲,你能成为劳模就是因为踏实肯干、甘于奉献。上完这节课同学都开始叫我网红的孙子。

达吾然:网上好多讲你和爸爸的故事,我突然间都有点敬佩你们了。爸爸指挥着家里的上百匹骏马,还守卫着边境线;叔叔在公安边防大队当副大队长,穿着制服的样子别提有多帅了。

胡达拜尔干:那你以后想做什么呢?

达吾然:我想当开战斗机的飞行员,保卫祖国的领空。

达吾然:爷爷,你给我讲讲你以前的故事嘛。

胡达拜尔干:好,那我就给你讲讲,我是怎么来到一八一团的。(回忆的口吻)我十几岁就和我的妈妈姐姐走散了,流落到奇台一个哈萨克族小牧主家当雇工。每天有干不完的活不说,还被打被骂,过得不是人过的日子。你看,我这颗门牙就是那时候被打掉的……

9

【风声，耙子耙草声】

地主:这么长时间了，你就拉了这么点草过来?

【鞭子打在胡达拜尔干身上】

少年胡达拜尔干:啊!

地主:我看你们每天饭吃得不少，干活怎么不像吃饭一样利索呢?

【少年胡达拜尔干小声抽泣】

【旁白】

天色慢慢暗下来，胡达拜尔干偷拿了一些干粮和水，心一横，决定逃出这个虎狼窝。

【风声，跌跌撞撞走路的声音】

少年胡达拜尔干:呼哧……呼哧……

胡拥军:(独白)这是哪儿呀?我跑了多远了?这都三天了，怎么连个人影子都没见着。带出来的那点吃的早都吃完了，好饿……也好冷。这大冬天的，什么东西都没有，现在能给我点什么吃的都行呀。

【又走了几步】

胡拥军:(独白)梭梭柴!吃点梭梭柴叶子也好过饿死。

【摘干树叶子吃】

【旁白】

跑出来三天三夜，胡达拜尔干觉得自己快死了，一步路也走不动了，跌坐在地上再也不想起来了，脑袋昏昏沉沉感觉快要睡着了……隐隐约约听见两个人说话的声音，还以为自己是在做梦。

新兵:班长，连长让我们出来侦查，看看有没有可疑人员。什么样的人是可疑人员，他脸上又没有写“坏人”两个字。

班长:(笑)他脸上是没有写“坏人”两个字，今天你就跟着我，我给你好好教教。

新兵:班长，你看，前面树边上是个人吗?可疑分子这么快送上门来啦。

班长:天太暗，我也看不太清。走，我们走近点看看。

新兵:驾。

【两人走进看】

班长:这还是个年轻娃娃嘛,也不知道是死是活?你去摸摸。

新兵:班长,这……这我可不敢。

班长:瞧你那怂样,屁大个胆子。

【走上前去】

班长:我摸摸。还有脉搏,还活着,还活着!可能只是昏过去了。

两人一起喊:快醒醒,快醒醒,再睡可要冻死了。

少年胡达拜尔干:嗯……

少年胡达拜尔干:(哆哆嗦嗦)我这是做梦还是……

班长:你这是糊涂了,我们刚从这儿经过发现你。怎么在这个地方睡下了?

少年胡达拜尔干:我迷路了……我以为我要死了,一路上一个人都没有遇到。

新兵:你别着急,慢慢说,你叫什么名字,你这是要去哪儿呀?

少年胡达拜尔干:我是给胡瓦提老爷家放羊的,平时他饭都没给我们吃饱过,还动不动就打人骂人,门牙都被打掉了,为了活下来,只好逃出来。

新兵:你看着跟我差不多大,过得这么不容易。

班长:那你跑出来准备去哪儿呢?

少年胡达拜尔干:嗯……我没想那么多,总之那个鬼地方我是坚决不回去了。要不、要不你们带我走吧,你们去哪儿我就去哪儿,你们是解放军,一定是好人。

新兵:班长,我们先把他带回去吧,也不能扔下他等死吧。

班长:谁说要把他扔下等死了。这样,我们先把他送回营地,给连长汇报完以后我们再出来侦查。

新兵:是,班长。

【脱衣服】

班长:给,你先把我这棉衣套上,你这身上滚烫滚烫的,肯定是发烧了。

少年胡达拜尔干:那你呢?

班长:我这身体比你强多了,你穿上。

新兵:就是,你听班长的话。快,我扶你上马来,我牵着你走。我这还藏了点吃的,给你垫垫肚子。

少年胡达拜尔干:(抹眼泪)哥哥,你们对我真好,我……我一定想办法报答你们。

【马蹄声渐远】

【旁白】

年仅16岁的胡达拜尔干被解放军带回军营，因为他会牧马，又熟悉阿勒泰地区的地形，所以部队领导特批让他当向导兼翻译，他为部队挺进阿勒泰地区剿灭匪患立下了汗马功劳。随着部队从奇台进驻巴里巴盖，也就是现在的十师一八一团所在地，胡达拜尔干开始了他一边牧羊一边守边的生活。

10

【闪回】

达吾然：爷爷，你真了不起。

加娜尔：爸爸，你不说，我都不知道你还有这么一段经历，难怪你一直对戍边这件事比谁都上心。

胡拥利：现在我终于知道你为什么给我和哥哥起拥军、拥利这个名字，你一心想着让我们家的男娃娃去当兵。

胡达拜尔干：我给部队当向导的时候，一共有5个哈萨克族向导，有两个人半路就溜走了，另外两个人到了家乡，不想走了，自动脱离了部队，最后只有我一个人留了下来。

胡达拜尔干：我一心就想着怎么给队里发展畜牧业。再加上那时候我在部队有一个好战友，叫张武奎，从甘肃来的，我们两个人都没有家，我俩一起放牧，一起拉着爬犁拉柴火。他跟我说："你别以为我们解放前放羊放马和解放后放羊放马是一码子事，意义完全不同了。我们现在放的是自己的羊和马，是人民交给我们的任务。我们放牧就是巡逻，种地就是站岗，我们一生的任务就是为祖国守好边境线。"他说这话的神态我现在都记得清楚得很。

胡达拜尔干：要不是当年那两个解放军，我连命都没了，更没有你们。我要是不好好把国家的边境线守好，怎么对得起他们呀……

11

【旁白】

在父亲的感染下，至今，胡拥军在边境线上巡边护边整整33个年头，从未间断。

现在胡拥军一有时间，还会带着已经年过九旬的父亲和妻儿，驻足在父亲的雕像前，听父亲讲他当年手握钢枪、跃身马背的故事。

胡拥军：（独白）记得小时候我问过父亲："什么是国？什么是家？"父亲说："对我们这些戍边人来说，国就是家，家就是国！守护好你脚下的这片土地，就是守护好了祖国！"

"全国道德模范"候选人、"全国诚实守信模范"候选人、"新疆维吾尔自治区劳动模范"荣誉称号获得者胡拥军向国旗敬礼

创作札记

人物对白是广播剧的灵魂

胡拥军是兵团第十师一八一团的一名哈萨克族巡边员，初中毕业后子承父业，接过父亲的马鞭，来到中蒙边境三号界碑沿线放牧巡逻。在写这个广播剧本之前，我对边境巡边员几乎没有任何了解，牧民生活更是距离我熟悉的环境太过遥远，写一个巡边员的故事很难让我个人代入进去。广播剧是听觉的艺术，而不是视听的艺术，所以只有对话是展现剧情和信息的唯一方式。如果不了解，那么我写的对话就是在说外行话，听众也不会有共情。于是，了解胡拥军这个人物个性之前，我决定先走近牧民的生活。工作之余，我找到了在兵团团场连队生活过的同事，让他给我讲连队是怎样划分牧区，以及牧民是怎样随着四季更替更换牧业点的，甚至请教饲养不同牲畜需要注意什么事项等等。光是了解这些还是让我找不到的感觉，我就搜集相关的影视资料，直到找到一部电影《远去的牧歌》。这部电影不仅为我们展示了新疆阿勒泰地区的瑰丽风景，而且讲述的正是哈萨克族牧民由“逐水草而居”走向定居兴牧的完整过程。看到这部电影的时候，我激动坏了。电影中展示的地点和我剧中人物放牧点别克多克牧场地理位置非常接近，并且剧本的主人公胡拥军也是哈萨克族。这部电影我反复看了五六遍，有时候闭起眼睛听听里面的背景音效，就能让我感觉走在了别克多克盘旋的山路上，清澈甘甜的山泉顺山谷旖旎而行，潺潺而去，牧马扬尘奔驰，牛羊成群。

直到这个时候，我才和主人公胡拥军通了第一次电话。电话那头的他和我之前想象的有担当、有血性的哈萨克族汉子形象十分吻合，但是却不像我之前想象的是个羞涩、腼腆之人。相反，他热情、善谈，能非常直接地表达自己的感情。在跟我交流的过程中，讲到和盗猎者斗智斗勇，表现得疾恶如仇；提到妻子对家庭的付出，也毫不吝惜赞美之词。这时候，我一下子感觉到电话那头是一个多么生动的人，一方面是铁汉，另一方面也有柔情。抓住了这个让我意外的人物特色，在后期写作的过程中，我就把这种语言特色揉进全剧中。

把握住人物个性之后，我就开始着手搭建剧本的结构。结构好比一部剧的骨架，而台词和行动就是一部剧的血肉。把握好剧本基本价值主线后，我挑选了十几个情节作为备选，最终选定了不足十个情节架构起整个故事。本剧是一部纪实广播剧，所以在创作的时候不能一味地追求剧情需要，而要在尊重实际的基础上进行一定的创作。胡拥军人物本身的故事并不平淡，比如智斗盗猎者、大雪封山险些丧命等事件，很有可写性。但遗憾的是，因为我个人想象力的匮乏和日常创作积累太少，无论怎么修改，都使得这些本身精彩的故事略显平淡。最终，我选择还是按照时间发展顺序串联整个情节，在结尾前设计了一个闪回，将胡拥军父亲的过去和现在的胡拥军联系起来，结尾再次重申甘于奉献、忠诚爱岗、爱国的主题。

骨架搭建好之后，我开始加入故事的血和肉。为了让剧本更贴近实际，更加让听者有身临其境之感，因此我写人物对话过程中时刻提醒自己千万不能代入自己的语言习惯，也不要用书面语。后来每次跟胡拥军通过电话后，我就反反复复听录音，记录下来他的讲述方式，甚至是口头语。在写对话的时候我也不断地问自己，这句话是否具有能量，是否具有不可替代性，是否与角色之间是独一无二的联系，听众听到这些对话时能否联想到我想创建的画面？问了自己无数遍这些问题之后，我大致完成了对话补充。但是我认为剧中还是欠缺台词金句。金句往往会成为角色标签，增加听众共情，替代我们的情感。比如“我是假霸王，你是真虞姬”，出自《霸王别姬》。再比如“假如再也碰不到你，祝你早安、午安、晚安”，出自《楚门的世界》。这些都是电影中的金句，看过之后耐人寻味。如果一部剧本中一句令人印象深刻的话也没有，它容易变得平淡平庸，但最终我没有过于追求金句，把重点放在了推敲对话上。

边写边了解的过程中，胡拥军的事迹令人动容。作为牧民，经济收入并不丰厚，但是这没有影响到他不计成本地回报社会、回报国家。不仅仅是胡拥军个人，包括他的父亲、兄弟，整个家庭都在为守好祖国边境做贡献。打虎亲兄弟，上阵父子兵。在这个家里，父亲是胡拥军兄弟俩的榜样，正是因为“天下兴亡，匹夫有责”这样的理念根植在他们骨子里，也是他们的家风被一代代传承下来，所以他们把祖国这个大家和自己的小家紧紧地捆绑在一起。

【编剧简介】

冯珊，女，湖南省湘潭县人，生于新疆乌鲁木齐，2012年石河子大学广播电视新闻专业毕业，现在新疆生产建设兵团广播电视台从事节目编排工作。

马背医生

编剧 \ 梅　红

主要人物

李梦桃:男,原任第六师北塔山医院院长。

小干子:男,李梦桃同学。

郭医生:军医。

叶肯:北塔山牧场场长,哈萨克族。

牧民:哈萨克族,22岁,向阳的父亲。

翻译:哈萨克族,男,20~25岁。

布尔根大娘:哈萨克族,45岁。

阿合曼:李梦桃的学生,现任北塔山医院院长。

李梦桃父亲、李梦桃母亲、马侨农场场长、马侨农场工程连郑连长等若干人。

【踢踢踏踏的马蹄声由远及近】

有一个牧民喊着:李医生回来了,李医生回来了……

多个男男女女牧民声:李医生回来了,李医生回来了……我们的李医生回来了。

一个苍老的声音:李医生,你终于回来了……

叶肯:小李子,你回来了……

李梦桃:回来了,我李梦桃从来没有忘记北塔山呀!

【旁白】

这位叫李梦桃的医生,来自黄浦江畔,自从一头扎进北塔山,他就把自己的青春献给了北塔山。

上　集

1

【56年前】

【上海一所中学的礼堂里正在播放着纪录片《军垦战歌》的解说:我国的新疆维吾尔自治区一条条巍峨的山脉,一座座高耸的雪峰,一道道清澈的河流……】

小干子(李梦桃同学):梦桃,新疆和我们想象中的不一样唉,我还以为只有沙漠、骆驼呢!

李梦桃:就是。你看多美,那么大的草原,雪峰,我们在上海真是一辈子也见不到。唉,我刚听老师说,要号召我们去新疆,支援边疆建设呢。

【纪录片《军垦战歌》播放歌曲《边疆处处赛江南》】

小干子:是吗?你家就你一个男孩子,肯定不让你去。我可以去,我还有几个弟弟呢(高兴)!

李梦桃:不行,我说啥都要去,我去找老师!

【礼堂内所有同学非常激动的讨论声及《军垦战歌》播放的声音】

2

【李梦桃和同学跑步声】

李梦桃：爸妈、爸爸、妈妈……

李梦桃父亲：梦桃，你干什么呢，跑这么急？

李梦桃母亲：（摆碗筷的声音）你看你，跑了一身汗，赶紧洗洗去，一会吃饭。今天做了你喜欢吃的红烧狮子头！你不是都嚷嚷着好久了嘛，这回把咱家几个月的肉票都用了。

李梦桃：（洗漱声）妈……那不急，我告诉你们一个事。爸，你们学校放《军垦战歌》没，太好看了，我要去新疆！

李梦桃母亲：啥？！不行，你不能去（狠狠地把碗放在桌子上）。

李梦桃：（沉寂一会）为啥，我就要去，我们好多同学都要去。爸，我就要去！

李梦桃父亲：先吃饭，淑琴，咱们先吃饭。梦桃去叫你姐姐和妹妹吃饭……

李梦桃：（大声喊）姐、妹，吃饭了……

3

【缝纫机声音】

李梦桃父亲：淑琴，让梦桃去吧……

李梦桃母亲：不行，按政策，咱们家就他一个男孩子，可以不去。再说他也太小了，还不到16岁（李梦桃母亲说到最后都有点哽咽……）

李梦桃父亲：淑琴，梦桃也不小了，初中毕业了，可以去外面闯一下了。我看了《军垦战歌》片子，新疆还是很好的，那里的新疆生产建设兵团都是转业军人，已经建设的和咱们这也相差不了多少，孩子到那可以锻炼锻炼，把他那小身板练得壮一点，可以好好给咱们李家顶梁立户呢，你说是不是（笑着说）？

李梦桃母亲：可是我舍不得。

李梦桃父亲：有啥舍不得，他又不是出国了。何况我还是个人民教师，我们的孩子不去，谁去！

李梦桃母亲：（脚狠踩了几下缝纫机的声音）唉，我说不过你，但是你要给我一个保证。

李梦桃父亲:说,啥保证?不要说一个,一百个也行!

李梦桃母亲:把你的烟戒了,我要把钱省下来,给孩子买吃的、穿的……

李梦桃父亲:(笑着说)好、好、好!我现在就戒了,咱们一家支援边疆!

【两人都开心地大笑起来】

4

【学校喇叭播放着《到农村到边疆去》的歌曲声,李梦桃和同学一起】

李梦桃:小干子,看我的黄军装好看吧。

小干子:好看。咦,你的衣服咋那么合身!你们家让你去了吗?

李梦桃:(高兴地)让去,你看我妈给我改的,我可以和你们一起去啦。

小干子:好!咱们一起去,毛主席的战士最听党的话,咱们听毛主席的话。

【俩人一起唱着歌曲《毛主席的战士最听党的话》】

5

【在马侨农场场部,喇叭播放着《边疆处处赛江南》】

农场场长:各位同学,欢迎你们从繁华的大上海来到祖国的边疆,来到新疆生产建设兵团第六师。你们都是无产阶级革命接班人,要经风雨见世面,为祖国做贡献,听党话,跟党走,在这片土地上创造出一片新天地来!有没有信心!

同学(大声喊):有!

场长:那好,现在听分配。郑连长。

郑连长:到。

场长:他们这部分就交给你了。

郑连长:是。现在你们跟着我走。上车。

6

【在车上,同学们唱着《到农村去到边疆去》】

同学甲(男):天都快黑了,咋还没到?这一路轮渡、火车、汽车的20几天了。

【汽车颠簸声，同学们的拥挤喊叫声】

同学甲（女）：这是什么路呀，吐了我一路，快不行了！

郑连长：同学们，快到了，你们再坚持一下，马上就到了。

【由远及近的狗吠声】

郑连长：快到了，快到了，同学们，打起精神来，准备下车。

知青甲（女）：（小声地）啊！现在下车，这什么都没有呀？

同学们三言两语：是呀，什么都没有，我们怎么住呀？

【突然三三两两的老军垦从地底下走出来的声音】

某战士：连长回来了，场长带着上海知青回来了！

人群：（欢呼着）欢迎，欢迎！欢迎你们来到我们这来。

知青：（一片混乱熙攘声，哭泣声）这怎么能住呀，我们回去吧……

知青女：你们看这个门帘是一个麻袋片，还这么破！

知青女：就是，这咋住人呢？

【女知青们一片哭声】

郑连长：安静，安静，大家安静一下，现在我做个正式自我介绍，我是马乔农场新建的工程连连长，你们以后待的这个连队叫工程连。我们现在是什么都没有，但是我们要在戈壁滩上盖花园，以后一定能把这儿建得像你们上海一样，楼上楼下电灯电话。

知青：（一片混乱声音）咋可能呢？就这……（叹息声）

厨师：（洪亮的声音）来来来，先吃点稀饭，一路辛苦了！

老军垦们：是，是，先吃饭。

小干子：（喝稀饭声）啊，真香，好多天没有喝稀饭了……梦桃，这里怎么住呀，我们住在地底下呀，咋瘆得很。

李梦桃：有啥瘆的，你看那些老军垦不是好好的，咱们得向他们学习，做好吃苦的准备。

7

【清晨厨师切菜声】

李梦桃：叔叔，你给我们做饭呢？

厨师：是呀，你们一路走了20几天了，今天好好犒劳你们一下。

李梦桃:(高兴地说)好呀,那得感谢您呀!呀,白面馍馍呀!咦!这是什么?黑不溜溜的……

厨师:(打马虎眼)唉,那是我们的黑面包……(催促着李梦桃)小伙子,快、快,把这盆粥和白面馍馍端过去,你们赶紧吃,一会儿事还多着呢。

李梦桃:好,我去叫同学们吃饭!

【跑步声】

李梦桃和同学们一起吃饭:小干子,我刚才看到厨房里有黑面包,一会咱们问老军垦要一个尝尝吧。

小干子:好,我还没吃过呢,我现在就去。

【隔了一会,呕吐的声音】

李梦桃:小干子,怎么了?

小干子:那、那、那个黑面包(又是一阵呕吐的声音)一股霉味。

李梦桃:啊?我去看看。

8

【一群老军垦吃饭的地方,李梦桃找到做饭的厨师叔叔】

厨师:小伙子,你不吃饭,干什么来了?

【李梦桃看着所有的老军垦都吃的黑黑的“面包”,拿了一个吃了一口,有点哽咽】

李梦桃:啊呸!这怎么吃呀,这就是你们吃的黑“面包”呀!

厨师:小伙子,没事,以后我们都会有的,现在的困难都是暂时的。唉,弄了半天,还不知道你叫什么名字呀?

李梦桃:我叫李梦桃。你们以后就叫我小李子吧。

老军垦:好,小李子,以后你不用梦着吃桃子了,以后咱们兵团肯定啥都会有的,水果面包应有尽有。

老军垦之一:你就吹吧!

农场场长:(一边走进来,一边吃着黑“面包”)大家都在呀,唉,这是?

厨师:你带来的,叫李梦桃。

李梦桃:场长好!

场长:好、好!就是,他说得没错,以后这里啥都会有的,楼上楼下电灯电话,水果面包应有尽有，让客人来了都不想走了。

在场所有老军垦：（哄堂大笑）不走了，不走了……

9

【李梦桃和同学们在人工收割小麦】

场长：小李子，小李子，来来来。

李梦桃：（跑过来）场长，您叫我，有事吗？

场长：来，给你介绍一个人，这是咱们场部的郭医生，以前是军医。

郭医生：你就是小李子呀。你好，李梦桃。

李梦桃：（不好意思）郭、郭军医好！场长，有什么事吗？

场长：唉，还不好意思了。没事，今天来和你聊聊。（停了一会）小李子，到这快两年了吧。

李梦桃：嗯，是的。

场长：两年了，都长高了好多，嗯，肯吃苦，又好学，不错，以后好好干……

郭医生：你想不想学医呀？

李梦桃：学医？我不行吧，我想策马扬鞭保边疆！

场长笑着说：骑马保边疆！哈哈，骑马保边疆。学医也不耽误你骑马保边疆！从明天开始你就跟着郭医生学医。

李梦桃：啊？场长，您这就定了。

场长：定了。现在咱们这严重缺少医护人员，没有商量，你必须学。走，郭医生……

【郭医生和场长渐远的声音】

郭医生：我看这个李梦桃不错，挺机灵。

场长：那还用说，我看人没跑的，机灵着呢，好好培养！

10

【李梦桃和其他几个知青与郭医生一起坐着马车有说有笑地走着】

其中一位女知青：郭医生，现在我们去哪里呀？

郭医生：去咱们农场场部，去卫生队。

李梦桃：卫生队？卫生队在哪儿？场部只有几幢房子，哪有什么卫生队？郭医生，你骗我们呢吧？

【其他三位知青也应和着】

郭医生：哈哈，我说有就有。嘘（拽马叫停的声音），到啦！

女知青：到啦？在哪儿呢？这不就是一片戈壁滩嘛。

郭医生：现在是十点，全部下马车，搬工具，我们抓紧时间建卫生队。李梦桃，你们俩建一个，你和她建一个，我们今天晚上就要在这住。

【取工具的声音】

11

【郭医生带着李梦桃晚上点着马灯查房】

李梦桃：郭医生，小心点，这里有一个坑。

郭医生：你要记着，我们作为守护生命的医务工作者，任何一件事都不是小事。今天，我带你查房，要手、眼到位，看清楚我怎么做的，把给你们讲得理论知识和实践结合起来。等会咱们一个病房一个病房的过，你要记住每一个病人的情况。

李梦桃：哎，郭医生，咱们也太苦了，您说这病房哪叫病房呀，就是一个地窝子接着一个地窝子，真难走。

郭医生：以后条件会好起来的。小李子，你看，你手提的马灯和缸子，姿势不对，这样不利于操作。给我，我给你们示范一下。要这样，拇指扣着缸把子，保持平衡，这样才不会把里面的体温计摔坏了。一定要保护好我们的武器，在这里，它们就是我们的武器，没有武器怎么上战场。

李梦桃：郭医生，还别说，你这方法，还真不错，这样，绝对保证安全了，而且提马灯也不用担心了！

郭医生：你小子！以后这些小窍门，还多着呢，要上心，多学着点。

李梦桃：一定学好，请您放心。

郭医生：今天给你们讲的脉搏知识听懂了没有。

李梦桃：还行，收缩压和舒张压还有一点不太明白。

郭医生：慢慢来，在实际操作中，慢慢领会吧！

12

【清晨，小鸟的叫声】

郭医生：小李子，今天你把这些输液管、针管和针头消一下毒，记得先大火后小火，最少蒸40分钟呀。这是人命关天的事，千万要保证消毒时间。

李梦桃：好，保证完成任务！

【李梦桃哼着《边疆处处赛江南》，放置输液管、针管的声音】

职工甲：小李子，来来来，今天休息日，来，三缺一，玩一会。

李梦桃：不行，我还要消毒呢。

职工乙：把火烧着，又不用你守着，没事，快来。

李梦桃：我水平不行，你们别嫌我水平差。

职工甲：不嫌，不嫌，来来来。

【一阵嬉闹声】

郭医生：（生气）小李子，你在干什么呢？

李梦桃：我、我，那边在消着毒呢……

郭医生：消毒，这是你消的毒？你看，钢筋锅都让你烧坏了。你知道你浪费了多少国家财产吗？

李梦桃：我、我、我……

13

【病房内，抢救的声音】

郭医生：快、快，小李子，赶紧给病人做心肺复苏。

【按压的声音一阵后】

李梦桃：郭医生，病人好像不行了……

病人家属：（哭喊声）老马，老马……

郭医生：唉，老马已经走了，家属请节哀！

郭医生：小李子，做好病人的身后清洁工作。

李梦桃：郭、郭医生，这也需要我们做吗？这是他们家属的事吧。

郭医生:小李子,你要记住,作为一名医务工作者,这是我们的本分,尤其是在这缺医少药的地方,更是我们的工作。今天,我带你做,我们要始终抱着敬畏生命的态度对待我们的工作,千万要记住。

李梦桃:好的,郭医生,我永远记住您上课时给我们讲的南丁格尔精神,用自己的爱心、耐心、细心和责任心去好好对待照顾每一位病人。

14

【广播里播着《毛主席的战士最听党的话》音乐】

【卫生队早上上班的时候,跑步声,打招呼声】

【李梦桃正在整理办公室】

郭院长:小李子,干什么呢?

李梦桃:我整理一下笔记。(很吃惊)院长,有什么工作安排吗?

郭院长:(突然想起的样子)小李子,你是不是一直想骑马保边疆呀。

李梦桃:是呀,是呀,我在上海时就想骑马,策马扬鞭保边疆,那多威风!郭院长,你让我骑骑马呗。

郭院长:你想骑马呀,有你骑的。那你就上北塔山,好好地为牧民服务。

李梦桃:好!我去!

下　集

15

【三三两两的哈萨克族牧民交流的声音,牛、马叫声音】

【老解放牌汽车停车的声音】

北塔山牧场场长叶肯:到了,到了,下车了,咱们到目的地了。

李梦桃:到了?这就是北塔山牧场?

司机:是呀,这就是北塔山。

李梦桃:就这么几栋平房,几顶帐篷?您搞错了吧?

叶肯:咋会搞错呢,我1954年就到这了,这过去是咱们新疆军区的牧场。(停了一会)把你吓着了吧,我们这条件有点艰苦,你可要做好心里准备,这是给你配的马和必备用品。可要保护好呀。

李梦桃:(坚定地)好的!

【旁白】

从此以后,一匹马,一个药箱,一件军大衣,一块毛毡子,一个马鞭,一支步枪,就是李梦桃的全部家当。自此他开始了在北塔山长达40年的从医生涯。北塔山是横亘在中蒙边境、绵延数百里、海拔高度在3000米以上的一条山脉,山体纵横交错、杂乱无章,山里光石秃岭、少有树木,山区气候条件恶劣,生态环境严酷。这里98%以上的居民是哈萨克族,一年四季过着逐水草而居的游牧生活。

16

【初到北塔山牧场二连的李梦桃,工作了一天刚回到部队休息,正在和其他同事一起吃饭休息,骑马奔跑由远及近的声音】

牧民:道克特儿,道克特儿(医生的意思)。

李梦桃对同事也是翻译说:发生什么事了?这么着急?

翻译对李梦桃说:他在叫你呢,他要医生。

说完翻译就直接问牧民:怎么了?然后告诉李梦桃:他说他妻子要生了,叫你赶紧去。

李梦桃:啊!我没有亲自接生过小孩,只在书本上看了点理论知识。

翻译:这时候还说什么呢,你马上收拾和我一起去。

【旁白】

李梦桃跟着翻译骑马走了两个小时,才走到这个牧民的家。这是一个坐落在山脚下的毡房。李梦桃进了毡房,房子里几乎什么也没有,就听着痛苦的呻吟声,借着火光,才看到在铺着毛毡的地面上躺着产妇。

【马走近毡房的声音,狗吠声】

牧民:医生,你们终于来了。快、快,我老婆面色苍白,牙关紧闭,浑身抽搐。

李梦桃:不着急,我先看看!(说着就快步走进产妇)

【痛苦的呻吟声:唉哟,唉哟……】

【按血压的声音】

李梦桃:产妇血压偏低,心率过缓,给她喝点红糖水……

【钟表的嘀嗒声】

牧民:(着急地)这都快十个小时了,咋还没生呀!

【初生婴儿的啼哭声,李梦桃疲惫地从毡房出来】

牧民:医生太谢谢您啦！太好了,孩子终于生出来了……

李梦桃:(内疚)对、对不起,孩子生下来了,但是……唉！我也不是太有经验,孩子的妈妈没了……

牧民:啊！(停了一会)(拍着李梦桃的肩膀)李医生,这不怪你,我们这医疗条件太差……小李子,你已经尽力了。你救了我的儿子……你是孩子的“脐带妈妈”。

李梦桃:(惊讶)脐带妈妈?

牧民:我们哈萨克族把孩子见到的第一个人,叫脐带妈妈。她亲生母亲不在了,你就是他的妈妈。

李梦桃:不,不行,我当不了,我也还没成家。

牧民:你可以的,我们相信,你就是我们牧区的“脐带妈妈”！你给这孩子起个名吧?

翻译:小李子,你就给孩子起个名吧,这是我们这里的习俗。

李梦桃:那、那好吧！孩子是早上出生的,你们看太阳也慢慢升起来了,我看就叫他“向阳”吧。

翻译:嗯,不错,这小巴郎就叫向阳了。

【旁白】

孩子母亲的去世,医疗资源的匮乏,牧民艰苦的生活和朴实的话语,深深感动着李梦桃,也让他下定决心要好好学习医学知识,改变当地的医疗条件。

17

【下大雨的声音】

【一匹马承驮着胃疼的李梦桃往一个毡房走来】

布尔根大娘:(焦急地拍打着李梦桃的脸)李医生、李医生你这是怎么了?来,快喝点热茶。

慢慢苏醒的李梦桃:大娘,我有点胃疼!

布尔根大娘:又是不好好吃饭,要不是你的老伙计(马)识途,你的命都没了,它把你带到我们这了。你生病了咋还出来工作呀?

李梦桃:我、我想着马上就要转场了,我再出来看看大家,有没有什么需要的?

布尔根大娘:唉,这么白嫩的巴郎子都被我们这的山风吹老了。你躺着睡会,我去给你弄点吃的。

【晚上11点多】

布尔根大娘:(端着一碗白面条)李医生,李医生,来吃点面。

李梦桃:(感动的声音)大娘,这个时候,你到哪儿找的白面?

布尔根大娘:你快吃、快吃,我们还有。

李梦桃:(感动地喊到)大娘!可你们一家七口人……我知道现在这个时候连孩子们都吃的是苞谷面馕。

李梦桃:(虚弱地吃着面条、突然又大声说)哎呀,这些孩子们怎么都盖的羊皮大衣和毡子,这都入秋了,太冷了,不行,不能把他们冻着,快给他们把棉被盖上。

布尔根大娘:没事,他们都习惯了,你可得赶快把病养好了,你要是生病了,咱北塔山的牧民可怎么办呀!

李梦桃:(感动地喊到)大娘!

【旁白】

事后,李梦桃才知道,布尔根大娘把家里唯一的一床棉被盖在了他的身上。李梦桃说那天吃的布尔根大娘做的面条,是这辈子他吃得最香的面条,虽然只放了一点盐,没有菜也没有油,但是很香。这种亲如一家人的感情,让李梦桃立志留在了北塔山,他在这里成家立业,一心扑在北塔山的医疗事业上,当得知父亲得了肺癌,才回了一次上海。

【上海一家医院病房内,李梦桃带着妻子和女儿】

李梦桃:(激动)爸、爸,我回来了,我们回来了。

李梦桃父亲:(肺癌晚期,虚弱)梦桃,你、你们回来了。

李梦桃和妻子:爸,我们回来了。

李梦桃:这是您的孙女。

李梦桃父亲:好、好呀,你走时一个人,回来四个人,好呀,这一去都十几年了。

李梦桃:(内疚)是的,对不起,爸、妈,儿子对不起你们,没有好好孝敬你们。

李梦桃母亲：唉，你们回来一趟不容易呀。（对着李梦桃父亲说道），他们这一路马车、汽车、火车、轮船十几天，才到的上海，吃大苦了。（对着李梦桃父亲）你看，腿都肿了。

李梦桃父亲：下次，没有事情就不要回来，省点钱，多买点业务上的书，好好在边疆干。上次给你寄的那本关于解剖的书收到了吗？

李梦桃：收、收到了，我现在基本上是全科医生了。您放心，我一定好好学，好好干，为牧民服务好。

李梦桃父亲：（欣慰地笑着说）你能在那里为牧民服务，我们很为你骄傲的。（对着李梦桃母亲）淑琴，咱们小桃可以顶家立户了，成了国家有用的人才了。

18

【敲门的声音】

李梦桃：请进！

李梦桃：（惊讶）场长，叶肯场长，今天怎么到这儿来了？

叶肯场长：我呀，无事不登三宝殿。我这是请将来了。

李梦桃：请谁呀！我帮你叫人？

叶肯场长：哈哈，你说我请谁？

李梦桃：我咋知道呢？不会是请我吧，我只是一个卫生员。

叶肯场长：就是请你，你在我们牧区可不得了啦！这方圆几十人公里没有人不知道你呀。

李梦桃：哪有那么夸张，我不就是给牧民们看个病。

叶肯：唉，你还别说，我要的就是你给大家看病。小李子，现在场里的孩子多了，团医院急需要建立儿科，我们想让你来负责。

李梦桃：啊，什么，叫我负责？这可不是闹着玩的，我不行。

叶肯：什么你不行？我看你行，你肯定行，我们支持你。

【这个时候，李梦桃的一位同事进来】

同事：李医生，可找着你了，给你的信。

李梦桃：我的信？

同事：嗯，这还有一封加急电报，都是一个多月前的，你说咱这鬼地方，有啥急事都耽误了！

李梦桃:(有点着急拆着电报)我看看,我看看。

【李梦桃看完电报,像被电打了一样,不吭气】

叶肯场长:小李子、小李子,怎么了,是不是家里有什么急事?不要着急,我赶紧派车送你下山。

同事抓起电报读了起来:父病危,请速归!

叶肯:啥,父病危。小李子,快、快、快回家,收拾收拾,车直接送你到乌鲁木齐火车站,赶紧回去。

缓过劲的李梦桃:场长,谢谢,谢谢!

同事:唉,我看这信寄得比电报晚,说不定老爷子都好了,我帮你把信拆开吧。(边说边拆信)黑纱?

叶肯:唉,这是?

李梦桃对着场长和同事说:我先回家一趟。

【李梦桃无意识地跑着回家的声音】

李梦桃妻子:梦桃,你、你这是咋了?

李梦桃:(拿出黑纱,悲伤)你和孩子们把这个戴上。

李梦桃妻子:这是怎么了?是不是爸他……

李梦桃:去,给孩子戴上。

【旁白】

说着,李梦桃就拿着信跑上了北塔山山坡上面对着东边,看着母亲写给他的信,双膝跪地大哭了起来。

【母亲的配音】

桃儿,一家可好,今天你们的爸爸已经离开我们十八天了,先前给你们打了电报,可能是你们没有收到,一直也没有回音。你们的父亲很安静地走了,他临终时特别嘱咐我不要打搅你们,忠孝不能两全,让你们听党的话,在边疆好好干,我们在上海很好,你们不要牵挂!桃儿,一定要好好干,学好医术,把病人照顾好,成为对国家有用的人!

李梦桃:(哭喊着)爸、爸,孩儿不孝,没能给您养老送终。爸、妈,我一定好好干,请你们放心!

【李梦桃回到北塔山牧场场部,敲门的声音】

李梦桃:场长,场长,你说的话还算不算数?

叶肯场长:算数,我现在安排车送你们一家去乌鲁木齐。

李梦桃:不,不是这事。

叶肯场长:不是这事,那是什么事?

李梦桃:就是筹建儿科的事。

叶肯场长:那个不着急,你先回家看看,回来再说。

李梦桃:我不回去了,你就说让不让我干。

叶肯场长:不让你干,让谁干?不着急,你还是先回去看看你家里。

李梦桃:(坚定地)你让干就行,家就不回了,你放心,我会安排好的。

19

【安装医疗设备的声音】

李梦桃:阿合曼,小心点,它们可是我们的宝贝,以后用处可大着呢。

阿合曼:李院长,我跟您学了也有十来年了,这个我可能学不会。

李梦桃:这个你必须学会,这不是还有老师吗?我到现在还在学呢。要干到老学到老,没有学不会的东西。

阿合曼:我、我试试吧。不过咱医院从原来的不到5个人,现在已经有20多个医护人员了,都是在您的带领下,我们不仅学会了看病,还学会了汉语。

李梦桃:是呀,你刚来时汉语还说不好呢,这不也学会了嘛。所以说嘛,只要用心没有学不会的东西。

阿合曼:嗯、嗯,是的。咱医院原来只能看个头疼脑热的病,现在我们不仅能看一般的病了,而且还能做手术了,真是方便了,这都是您的功劳呀!

李梦桃:这咋能是我的功劳呢!这是咱们大家的功劳,应该感谢大家,感谢你们每一位,更应该感谢的是咱们的国家,给咱们安装了那么多设备,又派了那么多人才来支持,咱们干不好,那就太对不起党和政府了,更对不起北塔山的老百姓了。

阿合曼:就是,我爸爸说,现在的生活太好了,方便多了,看病都不用出北塔山了。

李梦桃:是呀,弹指一挥间,30多年了,我看着你们成长,看着咱们的医院一天天的改变,看着咱们北塔山发生着翻天覆地的变化。

20

【哈萨克族音乐，人声鼎沸，退休后的李梦桃带着孙子回到北塔山，叶肯老场长、阿合曼、翻译等又聚在一起】

人群中很多人喊着：李院长好！李院长你好！道克特儿李回来了！

李梦桃：你们好！你们好！

北塔山牧场场长叶肯：小李子，你看今天咱们北塔山建设的多美！

李梦桃：是呀，牧民们的生活越来越好了，住进了楼房，用上了长明电，公路通到家，不仅实现了楼上楼下电灯电话，而且现在是足不出户就网购天下呀。当年老军垦们的话都实现了，真是想不到呀。您老身体还好吧？

叶肯：好着呢，再活几十年没问题。你看都过去40多年了，你都从一个小伙子变成了一个年轻的老头了，时间过得真快。你说你呀，师里两次调你到五家渠市里，你都不去，为啥又跑回来了？

阿合曼：李院长还不是想着我们呢嘛！

翻译：他呀，一辈子都想着咱这的牧民。那天我们几个老哥们算了一下，这几十年呀，小李子走遍了咱这北塔山的沟沟坎坎，在出诊路上，他曾从马背上掉下，从山梁上滚落，跑的路地球都绕了不知道多少圈了！

叶肯：小李子已经被北塔山的风吹成了山鹰，他不愿飞离我们呀！他可是咱北塔山800多个孩子的"脐带妈妈"，是咱们北塔山人民的好儿子。

翻译：是呀！

【哈哈哈，众人欢快地大笑】

李梦桃：是呀，五十余载，我的心长在北塔山了，不管是因为怀念和感激而回到这里，还是因为责任和使命而留在这里，我始终都是黄浦江和北塔山的儿子，此生无悔！

“全国优秀共产党员”“全国先进工作者”“感动中国人物”荣誉称号获得者　李梦桃

创作札记

用细节展现大背景

初识马背医生李梦桃是在15年前，当时是从兵团电视台制作的专题片中认识了这位说话永远不急不躁、温文尔雅的一名守护在边境一线的卫生工作者。而真正认识他本人是2009年兵团电视台春晚录制，听着他讲述着自己的工作、生活经历，看着他严谨而不失和蔼的气质和风格。他的故事和人格魅力深深打动了我。我觉得这就是一个活生生的、可敬又可爱的英雄劳模，优秀共产党员形象。他离我们那么近，就是我们身边的一员，他们用他们普通的真挚的年复一年的扎实工作，诠释了一种至高的道德情操，成为我们每一位普通人的精神标杆。

因此创作广播剧《马背医生》可以说是一气呵成，我就想把李梦桃真实的一生用广播剧的形式表现出来就可以了。这部剧没有豪言壮语，没有华丽辞藻，有的就是一个个真实的故事，述说着马背医生的一生。从1963年在上海的梦桃，初次接触到兵团，深深被电影纪录片《军垦战歌》吸引的他立志争取到兵团。在其家人父母的支持到兵团后，被兵团老军垦艰苦奋斗精神所感动。我大量使用了当年的背景音乐，以突出时代特色。我跟李梦桃本人说起这段时，他说基本上还原了他来新疆时的情景。

一个人的道德情怀不是一蹴而就的，广播剧《马背医生》正是紧紧围绕李梦桃几十年来的生活环境、家庭教育、兵团精神等方面的细节展开的。比如说：李梦桃想到新疆，妈妈的不舍和大度，爸爸的睿智和幽默，都是通过两段小的场景"今天做了你喜欢吃的红烧狮子头！你不是都嚷嚷着好久了嘛，把咱家几个月的肉票都用了""李梦桃母亲：把你的烟戒了，我要把钱省下来，给孩子买吃的、穿的……李梦桃父亲：（笑着说）好、好、好！我现在就戒了，咱们一家支援边疆！"展示了当时的生活条件和背景,展示了上海市民响应国家号召,听从指挥的时代背景。李梦桃到了新疆后,新疆当时的条件并不是很好,老军垦们的精神深深感染着这个仅有16岁的上海娃娃。剧中用了“吃、住”两个场景展现还原了当时的环境,“偷吃黑‘面包’、仅有一片破麻袋片当门的地窝子”。笔墨虽不多,但是我觉得通过李梦桃和他的同学和老军垦这种很有生活气息的对话,听众就可以感受到李梦桃从小就是一个有着良好世界观、人生观、价值观的人。

人都是有缺陷的,李梦桃作为先进人物也是一个正常人,有正常人的喜怒哀乐,也有亲情、友情、爱情的各种感情需求。剧中李梦桃有“因为贪玩而烧毁了医疗器械、因为不想处理逝者后事而受到郭医生训导”的错误,有“面对第一次接生而没能挽救产妇、面对父亲病逝而没能见一面”的遗憾,有“面对哈萨克族老妈妈一碗白面条、面对真挚称呼‘脐带妈妈’”的感动。这些具体的故事、情节和细节生动体现了李梦桃是如何从一个普通人成长为先进的,真实立体地表现了50多年来李梦桃的生活,展现了一个生动鲜活、有血有肉,更接地气的李梦桃。

李梦桃作为一个工作、生活在北塔山牧场这样一个特殊环境的基层卫生工作者,他的一生更是体现了兵团作为安边固疆稳定器、先进生产力和先进文化示范区、凝聚各族群众大熔炉的缩影。剧上没有一句反映这个宏大主题的台词,但是每一个故事、每一个细节无不展示着这个主题。在北塔山这个“牺牲自己的地方”工作、生活一生的李梦桃和当地牧民,李梦桃父母不愿儿子把时间浪费在路上而舍弃“家庭团员、父慈子孝”的大爱,在国家、兵团的大力支持和李梦桃带领他的学生的努力下,一座崭新的兵团新团场展示在世人面前。这些都不是海市蜃楼,而是在一代代普通兵团人的努力下,实现了当年兵团老兵们“以后这里啥都会有的,楼上楼下电灯电话,水果面包应有尽有,让客人来了都不想走了”的誓言。

李梦桃也从一个最初只想“策马扬鞭保边疆”的懵懂少年蜕变成为一名“矢志不渝守边疆”的智慧长者。他的故事是我们的精神财富,更是我们的精神标杆。

这就是《马背医生》述说的故事,也是作者所要表达的情感。在平凡的人生里,讲述一个不平凡的兵团故事。我们永远在路上。

棉海丹心

编剧 \ 王安润

主要人物

伍元秀：女，全国劳动模范、全国岗位学雷锋标兵，50~70岁，三十一团关工委常务副主任。

老伴：男，50~65岁，三十一团职工，后去世。

黄永壁：女，72~91岁，连队孤寡老人。

奥不力喀斯木·买买提：男，维吾尔族，40岁，三十一团朝阳社区居民。

海丽古丽：女，维吾尔族，35岁，奥不力喀斯木·买买提妻子。

王总编、儿子、女儿、商户若干人。

【新闻联播】

播音员:近日,中宣部命名第五批全国学雷锋活动示范点和岗位学雷锋标兵,来自第二师铁门关市三十一团的伍元秀当选“岗位学雷锋标兵”。

【旁白】

我与伍元秀是老朋友了。1970年她从天府之国——成都来到三十一团,一头扎进塔克拉玛干大漠边缘的连队,先后承包100余亩土地,为国家生产近千吨棉花。2000年,她被授予“全国劳动模范”荣誉称号。

上　集

1

【旁白】

那时我在第二师党委机关报《绿原报》任总编辑。记得是一个记者节前夕,伍元秀来到我们报社。

【画外音】

同志,你找谁?

【画外音】

伍元秀:这里是绿原报社吗? 我找王总编。

【画外音】

王总编他们正在开会,请问您有什么事?

【画外音】

伍元秀:我是三十一团伍元秀,想看看王总编他们。

【音效过渡】

男:(压低声音)好像是伍劳模的声音哎。

女:(有点激动)不对不对,她不是去北京领奖去了吗?

王总编:(咳嗽一声)严肃点,咱们现在在开编前会。

编辑们:(七嘴八舌)不像话,太随便了。/就是嘛,总编在讲评,他们两个开小会。

女:(有点委屈)总编,是伍劳模来了哎。

王总编:伍老模?她不是去北京领奖去了吗?

男:(非常肯定)她回来了,就在楼下。

王总编:是这样?快、快请她上来!

【音效过渡】

伍元秀:王总编,你好啊。

王总编:哎呀,还真是伍劳模,怠慢怠慢了。小朱,快倒茶。

伍元秀:莫客气,千万莫客气,我看看你们就得回团里,不要耽误你们开会。

王总编:这话就见外了,您如今是全国劳动模范了,是我们党报宣传的重点人物,我们请还请不来呢。

伍元秀:王总编,我伍元秀有今天,与咱们《绿原报》的大力宣传分不开呀。

王总编:伍劳模,这一呢是师党委的决策英明,二呢是您脚踏实地干得好呀。我们《绿原报》呀就是做了该做的事。大家说是不是?

编辑们异口同声:是。

伍元秀:王总编,不管怎么说,饮水思源,没有你们的报道,我伍元秀一个川妹子,怎么也走不出塔里木的。听说明天就是你们的记者节了,我带了些自家院子里结的苹果,就算是给你们祝贺节日了!

王总编:伍劳模,这?

伍元秀:王总编,苹果虽然少点,是我伍元秀一片心,就是希望你们这些风里来雨里去的记者们,平平安安,写出好稿子。

【音乐起】

王总编:伍劳模,谢谢您啦!同志们,有全国劳模的鼓励和祝福,我们的党报一定会越办越好!

编辑们:(异口同声)谢谢伍劳模,我们一定办好《绿原报》。

【旁白】

从那之后,忙忙碌碌的,再没有见过伍老模。但她的事还是不时传到我的耳朵里。听说她与一位叫黄永壁的空巢老人结下了生死情谊。

2

伍元秀:黄大姐、黄大姐……

【黄永壁有气无力的呻吟声】

【伍元秀拼命砸门声，门板咣当声】

伍元秀：黄大姐，你这是怎么啦？

黄永壁：是元秀啊，我饿我饿……

【伍元秀掀开锅盖声】

伍元秀：怎么，你就吃苦苦菜？

黄永壁：（抽泣声）元秀啊，我没有收入，已经给连队添累赘了，我不想再……

伍元秀：不说了大姐，从今天起，只要我伍元秀有一口吃的，就有大姐的。

黄永壁：（哭泣声）元秀啊，你是劳模，千万不可拖累你。

伍元秀：我是劳模不错，可我还是共产党员！

【旁白】

从这天起，伍元秀不管地里多么忙，黄元壁的一日三餐从来没有耽搁过。患病时，伍元秀无微不至地精心照顾，直到黄元壁恢复健康。

伍元秀：大姐，我包了你最爱吃的鸡蛋韭菜饺子。

【黄元壁抽泣声】

伍元秀：哎大姐，今天这是怎么啦？

黄元壁：伍老模，整整5年了。都说久病床前无孝子，你这让我咋感谢你呀。

伍元秀：这是什么话？如果没有咱连队，哪有什么劳模呀。咱兵团是个大家庭，我做这些都是应该的。

黄元壁：好人，好人哪。

【旁白】

伍元秀这个好人退休后搬到了团部，为了方便照顾黄元壁老人，她在团部找了两间房子将黄元壁接了过来。

【音效】

伍元秀：大姐，我要去乌鲁木齐开几天会。吃的都给您准备好了，这是蒸好的馍馍，这是炒好的西红柿鸡蛋，这是我腌的咸鸭蛋……

黄元壁：（抽泣）元秀啊，你既是我黄元壁的救命恩人，尽管我比你大姐小三岁，你也是我的亲闺女。

伍元秀：大姐，好好过日子，千万别想这么多。谁让咱们的名字里都有一个“元”字，这是上辈子修来的缘分呀。

黄元壁抽泣道:你放心开会去,我呀一定健健康康等你回来。

伍元秀:大姐,这就对喽。

【旁白】

2015年,团里盖公租房,伍元秀帮黄元壁老人交了两万元保证金。老人搬新楼这天激动地说,没想到,八十多岁了,还能住上楼房。托共产党的福,培养了这么好的全国劳模。

3

伍元秀:老伴,黄元壁大姐今天夸我了。可是,我心里觉得她有什么话想对我说。

老伴:你有病呀,夸你那是因为你做得好。

伍元秀:我做得好不假,如果你和孩子们不支持我,我咋样做好?

老伴:你拉倒吧。风风雨雨几十年了,这个家哪一样不是你说了算。今天这是怎么了,变得谦虚起来了?

伍元秀:不是谦虚,我想说,从天府之国到这大沙漠边缘的连队,我的每一步都离不开你,更离不开这个家。

老伴:你今天究竟是咋啦?

伍元秀:第一我伍元秀嫁对了郎,第二我伍元秀跟对了人,这个人就是兵团。

老伴:太深奥了,我听不懂。

伍元秀:老伴,还记得我们是怎么认识的?

老伴:那还能忘掉?

伍元秀:这还差不多。

4

【沙尘暴音效】

伍元秀:(20岁)骗人骗人骗人! 表姐你说,这么个连兔子都不拉屎的破地方,哪一点够得上“塞外江南”?

表姐:(闪烁其词)这个嘛,将来,对! 将来一定是个塞外江南。

伍元秀:我一个堂堂的绵阳专区劳动模范,被你们骗到这个鬼地方。不行,我要回去!

表姐:表妹,这个地方现在是差一点,将来兴许你还能当全国劳模呢。

伍元秀:做你们的大头梦去吧,听好了,我要回去,回——去!

【旁白】

伍元秀回不去了。她的双腿又红又肿又紫又麻,她在表姐家里哭闹不止。表姐吓坏了,从团医院找来一个护士小伙。

表姐:听好了,只有你把我表妹照顾好,她的腿一旦医治好,我就将她许配给你。

护士小伙:此话当真?

表姐:驷马难追!

【音乐过渡】

老伴:那时候我真傻,被你表姐骗得团团转。

伍元秀:也不能这样说我表姐,你不是表现得很不错嘛。

老伴:为了治好你的腿伤,数九寒冬,光雪我就端了几大洗脸盆,给你搓呀搓呀,还每天小心翼翼地给你敷药,深怕你有半点差池。

伍元秀:还不是看上我了。

老伴:一半是,另一半是赌气。你表姐一副居高临下的口气激怒了我这个土得掉渣的团场人。

【旁白】

伍元秀的双腿康复了,表姐却反悔了。她坚决不让亭亭玉立的表妹嫁给护士小伙,因为护士小伙的家太穷了。

伍元秀:表姐,你为什么要骗人家?

表姐:没有呀?他一个护士,治病救人天经地义,治好你的腿是应该的,扯不上谈婚论嫁。

伍元秀:你可真健忘,你给人家许愿的时候,都有人听到了。

表姐:谁?谁听到了,瞎说。表妹呀,表姐这样做都是为了你好。你看你姐夫,家里是个喂猪的,一天三顿吃的都是咸菜和苞谷糊糊,碗里没有一点油花花。你不一样,年轻、漂亮,还当过专区劳模,这条件还不选一个风风光光的上海知青?

伍元秀:过分,你太过分了!如果没有了双腿,上海知青还会要我吗?

表姐:一根筋,你会后悔的。

伍元秀:我绝不会后悔。人家保住了我的腿,你言而无信我不能失信人家。再说了，是和他过日子，不是和他们家过日子。

表姐：你疯啦？

伍元秀：我很清醒，从来都没有像今天这么清醒。

表姐：天哪，难道你看上他了？

伍元秀：是，我看上的是这个人，不是条件！

表姐：你？让我咋向你父母交代呀。

伍元秀：不用向谁交代，我的婚姻我做主！

表姐：你！你的事我不管了，你爱咋样就咋样，将来不要哭鼻子！

【旁白】

为了报恩，伍元秀自己做主决定了自己的婚姻大事。表姐一气之下将她赶出家门。尽管如此，伍元秀与护士哥哥还是坚定不移地走到了一起。

老伴：你就不后悔？

伍元秀：后悔？这辈子我最英明的决策就是嫁给了你！

老伴：真的？

伍元秀：真的，还记得那一年大冰雹吗？

老伴：咋不记得？

5

【冰雹、大风音效】

职工七嘴八舌：完了完了，这可怎么办呀？条田里像放了治碱水一样，水面上漂了厚厚一层被冰雹打断的棉苗。伍老模，你说我们往后怎么办呀……

一位女职工：（号啕大哭）我的棉苗，我的棉苗呀。

一位男职工：老天爷呀，这还让不让人活了。

伍元秀：（咬牙切齿）我的棉苗！我的棉苗！

老伴：元秀，你要干什么？

伍元秀：干什么，我要向老天爷讨个公道。

【在烂泥巴里跑动的脚步声】

老伴：元秀、元秀……

【旁白】

悲痛欲绝的伍元秀在烂泥田里跑呀，嚎呀，爬呀，仿佛这样才能平息心头的愤怒。鞋子掉了她不知道，脚被啥东西割破了她没有感觉。

一位职工：快看，伍劳模脚下的水变红了！

老伴：元秀、元秀，你给我停下来！

【伍元秀倒在泥水中的声效】

女职工：不好了，伍劳模倒下了。

男职工：快快，把伍劳模背回家去。

老伴：轻点轻点，我来背……

【音效】

儿子：妈妈、妈妈，你这是怎么啦？

女儿：（哭声）妈、妈，你别吓我们呀……

老伴：快去烧姜汤，你们的妈妈不会有事的，她是全国劳模！

【音乐过渡】

伍元秀：那一回呀，我死的心都有了。

老伴：还说呢，姜汤刚刚灌下，你爬起来又跑到地头跳进水里捞棉苗。边捞边哭，把我折腾惨了。

伍元秀：对不住了老伴，要不说我伍元秀这辈子最正确的决定就是嫁给了你。

老伴：乱说，搞得人家怪不好意思的。

伍元秀：是真心话，要是听了我表姐的……

老伴：要是听了你表姐的，现在你正在上海享清福呢。

伍元秀：乱说。

【旁白】

那一年，伍元秀与丈夫在地里搭起简易棚子，大战100天，晚上打着手电干，重灾之年获得丰收，只是家中的两个孩子成了泥猴。

伍元秀：老伴，如果没有家庭的后盾，我伍元秀什么也不是，什么也干不成。

老伴：又来了。

伍元秀：真的。孩子们对我所做的事情从来没有怨言，与你这个做爸爸的关系很大。

老伴：我哪有这么重要。

伍元秀:你就是这么重要。

【旁白】

在大漠边缘、在棉海深处,伍元秀依托幸福温暖的家庭,一步一个脚印,令人信服地塑造着一名全国劳动模范的形象。

下　集

6

【市场的嘈杂声】

职工:伍劳模好!

伍元秀:好好,不敢叫劳模了,都退休了。

职工:劳模不分退休不退休的,我们爱这么叫。

伍元秀:都是大家抬举我伍元秀,要不我一个被表姐骗到新疆的川妹子哪里有今天?

职工:要我说呀,你表姐功劳大得很呀。她不把你骗来,我们就没有你这个全国劳模啦。

【欢声笑语】

职工:伍劳模,今天割肉包饺子?

伍元秀:对呀,黄永壁大姐90岁了,就爱吃个饺子。

职工:这个黄老太太可是有福气,摊上了你这么个实诚人,一管就是十几年。

伍元秀:哪个人都要老的,帮一把,黄大姐不就过来了嘛。

职工:谁说不是,可未必人人都能做到呀。

伍元秀:谁让我是党员,又是劳模咪?

【欢声笑语】

职工:伍劳模,听说你又当官了?

伍元秀:不是官,是关心下一代委员会副主任,就是为下一代服务的。

职工:有你当这个主任,我们打一百个放心。团里的孩子有福啦。

【画外音】

伍主任,团里同志,下午开关工委会议,请你准时参加。

伍元秀:知道啦,走了。

职工们异口同声:伍劳模走好!

伍元秀:好、好、好!

7

老伴:回来了?

伍元秀:回来了。

老伴:你看谁回来啦?

伍元秀:这屋里除了你我,难道还有神仙?

老伴:(神神秘秘)说不准还真有神仙,孩子们回来了。

伍元秀:哦,太阳打西边出来了?

儿子:妈,看看你儿子的手艺,大刀回锅肉!

女儿:妈,看看你女儿的手艺,麻辣豆腐!

伍元秀:不对不对,你们两个这是怎么啦,不过年不过节的,还有,我孙子孙女在哪里?

女儿:妈,请坐。

儿子:妈,坐下慢慢说。

伍元秀:你们两个给我听好了,要是我的孙子孙女有半点闪失,我跟你们没完!

女儿:妈,您先坐下嘛。

伍元秀坐下:快说,怎么回事?

老伴:(倒上酒)今天我们开个家庭酒会,就一个问题,孩子们接我们两个老家伙去城里享清福。

伍元秀:等等,你们几个串通好的?

女儿:不是串通。妈,你和爸爸辛辛苦苦一辈子,现在你也退了,该享受天伦之乐了。

儿子:是啊妈,这些年,您老人家风里来雨里去,我和姐姐也没有机会孝敬你和爸爸,现在……

伍元秀:现在怎么啦?嫌你们的妈妈老啦?不中用了?

老伴:你让孩子们说完嘛。

女儿:妈,我弟弟的意思是,您和爸爸搬到城里去住,一来养养身子,二来我和弟弟也好尽尽孝心。

儿子:就是,一家人终于可以在一起了。

伍元秀:(心潮难平)孩子们啊,难得你们一片孝心,可是你们的妈妈还有大事去做。

女儿:大事?

伍元秀:是,大事。团里找我谈话了,让我把关工委的一摊子事全部管起来。

儿子:妈,您都这个岁数了。再说了,操劳一辈子了,该享享清福了,让别人去干吧。

伍元秀:什么话?没有组织的培养教育,有妈妈的今天?1970年到现在,这个地方我待了快50年了,有感情了,这里是妈妈的第二故乡呀。

女儿:(哽咽)妈,您老人家千万别激动,我和弟弟不是在与你们商量嘛。

老伴:难得孩子们的一片心。

伍元秀:这孝心我领了,但我哪里也不去。前几年组织上在库尔勒师干休所给我安排了房子我没有去。为什么?舍不得这里的老老少少。你们姐弟俩一个毕业于西安理工大学,一个毕业于新疆师范大学,要是真有孝心呀,就回来献献爱心,这里是你们的根……

儿子:啊,真的假的呀?

女儿:妈,我们会认真考虑。

伍元秀:这还差不多。孩子们,举起杯子,你们记住,帮助人是一种美德,感恩更是美德的延伸,我们家就这样干下去!

女儿、儿子:妈,我们懂了!

【旁白】

不久,两个孩子被伍元秀双双召回。一个任中学美术老师,一个当棉场测检员。她们明白母亲的一番苦心,决心把母亲的精神传承下去。

8

【棉田音效】

职工:大叔,给伍劳模送饭去?

老伴:有什么办法?那棉田呀就是她的命。年轻时一天可以拾140公斤花,现在机采棉了,她还不放心。

职工:劳模就是劳模呀。

老伴:拉倒吧,就是这个命。

职工:大叔,伍老模在前面那个条田,快去吧。

老伴:好嘞,回头见!

职工:回头见!

【音乐过渡】

伍元秀:来了?

老伴:(埋怨道)来了。拾了大半辈子花了,就不知道歇一歇?

伍元秀:忙惯了,闲下来要落下病的。

老伴:你这是有病。

伍元秀:(哈哈一笑)这病,恐怕这辈子好不了啦。

老伴:(出人意料地)那就下辈子吧,我陪着你!

伍元秀:老伴啊,过了大半辈子了,就这句话说得最有水平。

老伴:(不好意思)啥子浪漫不浪漫的,日子就是这样的嘛。

伍元秀:对头,日子就是这样的。

老伴:老伴,我很是佩服你。

伍元秀:(大惑不解)今天你是怎么啦?

老伴:你是内地人,不像我从小就在塔里木河下边长大。前些年塔里木河老断流,又缺水又干旱,还不时刮大风,这么艰苦,你都坚持下来了……

伍元秀:老伴,你想说什么呀?

老伴:(吞吞吐吐)我……我可能……

【旁白】

伍元秀怎么都没有想到,与他朝夕相处了一辈子的老伴患了不治之症。半年后老伴走了,伍元秀的人生面临着又一次严峻考验。

9

伍元秀:(忧伤地)老伴,饭做好了,吃饭了!

女儿:妈,爸爸已经走了。

伍元秀:(恍恍惚惚)走了,走哪里去了?

女儿:(哭泣)妈,您这是怎么啦?

伍元秀:老伴啊……你好狠心……就这样撇下我一个人走了……

【音乐过渡】

伍元秀:(平静)孩子们,我不哭了。你们坐下。小时候,老师给我们讲过“羊羔跪乳的故事”,羊羔尚且知道回报母爱,更何况人呢?兵团就是我伍元秀的再生父母,回报兵团、回报同甘共苦的连队职工就是感恩。你们懂吗?

女儿:懂,您不是把我和弟弟都招回来感恩了吗?

儿子:妈,我们都是按照您老人家的要求做的。

伍元秀:孩子们,难为你们了。今天妈妈还想和你们商量一件事。

女儿:商量?咱们家的事我们一直都是听你的呀。

儿子:对呀,就连爸爸生前也是听你的呀。

伍元秀:妈妈被评为“全国劳动模范”之后,又获得了“全国岗位学雷锋标兵”的称号。组织上给妈妈的太多太多了,我想为团中学的孩子们办点实事。

儿子:实事?

伍元秀:对,买些学习用品,对学习成绩优异、表现好的孩子进行表彰。

儿子:妈,这是人家学校的事,你掺和个啥?

女儿:咋说话呢?妈,您是想说自己掏腰包?

伍元秀:是啊。咱家的钱是地里刨出来的,把它用在孩子们身上天经地义。

儿子:我不同意!爸爸走了,您老人家吃好一点,穿好一点,这才是天经地义!

伍元秀:儿子,我知道你是为妈妈好,可你想过没有,如果没有团里承包给我们地,哪有我们家的现在?所以……

儿子:所以你就去学雷锋献爱心?

女儿:我觉得妈妈做得对,这是另外一层意义的感恩。妈,按照你自己的想法去做吧,女儿坚决支持你!

伍元秀:还是我闺女理解我。

儿子:妈……

【音乐过渡】

孩子们:伍奶奶好,伍奶奶好……

伍元秀:好好好!孩子们,今天是3月1日,这些文体用品呢是伍奶奶为你们买的,主要呢是想对学习成绩优异、表现好的孩子们进行鼓励……

【掌声,欢呼声】

【旁白】

伍元秀2009年担任三十一团关工委副主任,每年"六一"和学校开学季,她都出资购买文体用品发放给需要帮助和品学兼优的孩子,鼓励他们好好学习。

女儿:妈,吃饭了。

伍元秀:(拖着长音)来了。

女儿:妈,吃鱼,年纪大了,多补充点营养。

伍元秀:(有气无力)知道了。

女儿:妈,你怎么,不舒服吗?

伍元秀:没有,只是……

女儿:又去幼儿园了?

伍元秀:是,团部幼儿园设备简陋,消毒设施陈旧,连电视机都没有。

女儿:明白了。你想清楚了?

伍元秀:想清楚了。

女儿:明天我去给你取钱。

伍元秀:(哽咽)女儿……

女儿:得,咱们先吃饭。

【旁白】

第二天,电视机、消毒柜、餐具、学习用品送到了幼儿园,伍元秀才踏踏实实吃了一顿饭。十几年里,她奖励学生累计达8000多人次,自己出资28万余元。

10

【北风呼啸音效】

【画外音】

伍主任，天太冷了，朝阳社区我们去就行了。

对，伍主任，您年纪大了，回家暖和暖和吧。

伍元秀：说啥子嘛，这是我的责任。入户走访不能漏掉一户，我定的框框我自己违反？走吧，没事的。

【开门音效】

奥不力喀斯木·买买提：你们是？

社区干部：我们是社区干部，这是团关工委伍主任。

奥不力喀斯木·买买提：伍主任？哪个伍主任？

伍元秀：你好！我是伍元秀。

奥不力喀斯木·买买提：（惊喜）您是伍劳模？

伍元秀：对呀。

奥不力喀斯木·买买提：好了好了，孩子们可以不挨冻了。

伍元秀：慢慢说，别着急。

奥不力喀斯木·买买提：不瞒伍劳模，没有钱买煤，家里冷飕飕的。

伍元秀：嗯，是很冷。冬天就这样凑合？

【哭泣声】

奥不力喀斯木·买买提：这是我的老婆海丽古丽。

海丽古丽：（哭泣）伍主任，没钱买煤，屋子里跟冰窖一样，孩子都发烧了……

奥不力喀斯木·买买提：唉，海丽古丽，说这些干吗。

伍元秀：奥不力喀斯木·买买提，拿去，这是500块钱，先去买煤，我明天就去相关部门想办法。

奥不力喀斯木·买买提：这？

伍元秀：（不容置疑）拿去！

社区干部：奥不力喀斯木·买买提，你拿上吧，不然伍主任会生气的。

海丽古丽：伍主任，让我们咋感谢你呀。

伍元秀：一家人不说两家话，等我的消息。

【旁白】

第二天，伍元秀就到团相关部门为奥不力喀斯木·买买提申请了一套50平方米的楼房。但到了要搬家的时候，奥不力喀斯木·买买提却犯了难，没钱交楼房款。

伍元秀：怎么，有什么问题吗？

奥不力喀斯木·买买提：没有没有，什么问题也没有。

海丽古丽：（伤心地哭了起来，吞吞吐吐）伍主任，我们家……

奥不力喀斯木·买买提：（厉声制止）海丽古丽！

海丽古丽：没有没有，什么问题也没有。

伍元秀：别演戏了，知道你们家困难。这是2万块钱，去交楼房首付款吧。

【音乐起】

奥不力喀斯木·买买提：伍劳模……

海丽古丽：（哽咽）伍主任……

伍元秀：行啦，去交首付款，咱们高高兴兴搬楼房！

奥不力喀斯木·买买提、海丽古丽：（齐声）哎！

【鞭炮声】

奥不力喀斯木·买买提：搬楼房喽，再也不挨冻啦……

海丽古丽：（惊喜万分）老头子，老头子，那不是伍主任吗？她来了。

奥不力喀斯木·买买提：海丽古丽，你高兴糊涂了。伍主任去尉犁县开会去了。

海丽古丽：瞎说，那不就是伍主任嘛。伍主任来了，伍主任来啦……

【开门声】

伍元秀：恭喜恭喜！

奥不力喀斯木·买买提：伍劳模，真是你呀？

伍元秀：会议提前结束了，我紧赶慢赶，不晚吧？

奥不力喀斯木·买买提：不晚不晚。

海丽古丽：（紧紧地拉着伍元秀的手，感动地）伍妈妈，谢谢您！

伍元秀：好嘛，我又添一个维吾尔族女儿。

海丽古丽：这是我海丽古丽的荣幸。孩子们，快叫伍奶奶好！

孩子们：伍奶奶好！

伍元秀：好、好！

【旁白】

伍元秀一直开展帮助贫困生重返校园、帮教结对、大手牵小手、校外辅导站、老兵讲堂等活动，帮教失足和后进青少年6名，为700余名中小学生思想品德教育作过报告。2020年10月1日，我来到阔别多年的三十一团。在团部农贸市场，我目睹了这位老模范的风采。

【市场嘈杂声】

伍元秀：哎，那位同志，把口罩戴好！

职工：知道了，伍劳模，该回家吃饭了。

伍元秀：吃饭不打紧，疫情防治一刻都不能放松，记住了？

商户们：（异口同声）记住了！

伍元秀：咱们这个农贸市场不容易，有今天，都是大家严防死守的功劳。

商户：要我说呀，功劳最大的要数咱伍劳模，封闭40多天，她连家都没有回去过。

伍元秀：说这些干吗，谁让我是管委会主任呢。

一位商户：伍劳模，我们知道，虽然这个农贸市场是你承包的，可不但不赚钱，每个月还倒贴。

伍元秀：你们都知道了？

商户：别的不说，光每天的垃圾费就得500块。还有两个保安的工资，又是一大笔钱。

众商户：给团里反映反映，减少些承包费嘛。

伍元秀：（心平气和）团里现在还不富裕，为了咱们农贸市场的未来，我贴补些暂时渡过难关没有什么。再说了，我的钱都是土坷垃里刨出来的，取之于民，用之于民嘛。

商户异口同声：伍劳模，我们服你！

伍元秀：不能这样讲，市场能有现在这个局面，是你们大伙支持的结果。

商户：伍劳模你就别谦虚啦，我们商户心里都有一本账。

商户们：（异口同声）对，我们心里都有一本账。

伍元秀：回家吃饭，回家吃饭，口罩都戴好！

商户们：（异口同声）知道啦！

【旁白】

这就是我的朋友伍元秀，她的身板依旧硬朗，性格依然爽朗，退休20年来，每个月她都下到全团15个基层单位督查关工委工作目标进展。

我在想：一个70岁高龄的老人不遗余力献余热凭借什么？是共产党员的初心不改！兵团是一个大熔炉，锻炼意志也净化心灵，千千万万的有志之士在这里都能找到人生的价值。

“全国劳动模范”荣誉称号获得者　伍元秀

挖掘广播剧主题意义的重要性

我与伍元秀是老朋友了。

第一次见面是一个记者节前夕，那时我在第二师党委机关报《绿原报》任总编辑。伍元秀不吭不哈地走进我们报社时，我们正在开编前会。她提着一兜苹果，非常朴实地笑着。我与她热情握手，她说感谢党报对她的宣传和鼓励，不然她没有今天的荣誉。说着将一个红红的大苹果递给我，那一瞬间我的心剧烈地颤动，这可是全国劳动模范对我们新闻工作者的亲切慰问啊！

送别了伍元秀，我们大家都沉默了许久，我清楚我的同事们在想什么。这个令人难忘的瞬间被我们细心的摄影记者张腾新抓拍了下来，成为一张全国劳模看望新闻工作者的新闻照片，曾经引发许多新闻同行们的羡慕嫉妒恨。

2001年9月，我们在乌鲁木齐又见面了。

这一回我和她有一个共同的身份，中共新疆生产建设兵团第五次党代会党代表。我对她说，感谢全师共产党员的信任和师党委的信赖。她表示与我的感受完全一样。为期五天的会议，我和伍劳模忠实履行了自己党代表的神圣职责和权力。她悄悄告诉我，她放心不下正秋收的棉花。我告诉她，我也放心不下发行上万份的《绿原报》。党代会闭幕后，她重返她的金色田野炼她的棉海丹心，我回到日思夜想的编辑部继续“编辑部的故事”。但是党代表这一神圣荣誉，深深烙在我们的心坎上，成为鞭策我们的无穷力量。2007年我成为全国优秀新闻工作者，她成为名副其实的致富带头人。以后的日子，我调任兵团广播电视台工作，她依旧战斗在塔克拉玛干大漠边缘的三十一团，直到她成为团关工委副主任、全国岗位学雷锋标兵。

写伍元秀我是最有发言权的，不仅因为我们有一些工作交往，更重要的是，这位来自天府之国的川妹子有一颗感恩的心。这就是我要挖掘的广播剧《棉海丹心》的主题：不忘初心，砥砺前行。具体地说，棉海丹心是什么心？两个字：初心。主题找到了，结构就很简单了。写好伍元秀仅仅写她当下老有所为的业绩，就显得人物根基太浅，立不住一个全国劳动模范的厚重人生。思索再三，我决定还是找出伍元秀一步一个脚印，在大漠边缘、棉海深处的心路历程，从而令人信服地塑造全国劳动模范的艺术形象。

年轻的伍元秀告别山清水秀的家乡，来到风沙弥漫的塔克拉玛干大沙漠边缘的第二师三十一团，图的是什么？创业，实现自己的人生抱负。但创业是异常艰难的，这不同于环境优美的内地农村，这里是塔里木河下游，首先得接受塔里木河断流的残酷现实。在当年这里严重缺水、干旱、风沙弥漫的环境下，伍元秀能否守住初心，坚守阵地？50年过去了，伍元秀响当当地做到了，不仅坚守下来，还在这片土地上恋爱、生子、奉献、传承。经过勤学苦练、不耻下问和大胆实践，伍元秀成为名副其实的植棉能手。她在自己的承包棉田里，创造着一名川妹子的人生价值。她致富了，实现了自己千里迢迢来新疆创造业绩的理想和愿望。富起来的伍元秀面临着两个挑战：一个是安安心心过自己家的小日子，发自己的家致自己的富；另一个是伸出友爱之手帮助连队的贫困户，一个不落地走上致富路。一花独放不是春，百花齐放春满园。看到这一点容易，做到这一点，而且做得风生水起几乎是天方夜谭。

伍元秀夜里躺在床上辗转反侧。一个普普通通的川妹子，被表姐“骗”到荒凉、偏僻、陌生的连队，在大家的帮衬下，十几年间发家了，致富了，找到了真正的爱情，组建了幸福的家庭，在这里牢牢站稳了脚跟，还得到了至高无上的荣誉称号，她便想到“羊羔跪乳”的故事。这个故事出自《增广贤文》，基本的含义是对父母恩情的报答：羊羔尚且知道回报母爱，更何况人呢？兵团就是自己全家的再生父母，回报兵团回报同甘共苦的连队职工就是一种感恩。

记者节前夕伍元秀驱车100多公里，提着自己家果树上结的苹果来到党委机关报，向宣传报道她事迹的编辑记者感恩。傍晚，她心潮难平地回到连队家中，迎接她的是一桌子丰盛的酒菜。伍元秀端起酒杯对家人说：帮助人是一种美德，感恩更是美德的延伸，我们大家就这样干下去……

光阴荏苒，秋天到了，步入花甲之年的伍元秀，以三十一团关心下一代委员会副主任的身份忙碌着。助人为乐，为连队职工送去温暖，十九年如一日照顾空巢老人黄元壁被人们传为佳话。地位在变,棉田在她心中的位置始终没有改变。每年金秋时节,年逾古稀的她都要去棉田拾几兜花,似乎这样,才对得住“全国劳模”的称号。老伴骑着三轮车来地里送饭,夫妻两人的对话将这一桥段渲染得催人泪下。老伴埋怨伍元秀:辛苦了大半辈子了,就不知道歇一歇?伍元秀告诉老伴:忙惯了,闲下来要落下病的。老伴说:你这是有病。伍元秀哈哈一笑:这病,恐怕这辈子好不了啦。老伴出人意料地说:那就下辈子吧,我陪着你!这样好的伴侣,竟然半年后离她而去。伍元秀再一次面临人生的考验。

广播剧的高潮是笔者在三十一团农贸市场见到了阔别多年的伍元秀,她身板依旧硬朗,性格依然爽朗,一丝不苟地管理着市场,叮嘱人们戴好口罩,赢得了广大商户的由衷敬佩和爱戴。通过她与商户的对话,道出了她亏损也继续承包农贸市场的故事。

退休20年来,每个月她都下到全团15个基层单位督查关工委工作目标进展。于是,一个设问产生了:70岁高龄的老人不遗余力献余热凭借什么?是共产党员的初心不改!最终揭示广播剧主题:兵团是一个大熔炉,锻炼意志,也净化心灵,千千万万的有志之士在这里都能找到人生的价值。

广播剧到这里走向高潮,也顺理成章地戛然而止。

热血忠诚

编剧 \ 刘　霞

主要人物

刘厚彬:30多岁,汉族,第十四师皮山农场司法所所长。

赵副所长:皮山农场公安派出所副所长。

布新江:皮山农场职工。

张大头:皮山农场东升木材加工厂厂长。

工人甲:皮山农场东升木材加工厂工人。

林所长:皮山农场公安派出所所长。

李连长:第十四师皮山农场某连连长。

王铁柱:农民工,河南籍,40多岁。

李建国:农民工,河南籍,40多岁。

古丽:皮山农场司法所工作人员,40多岁。

小王:皮山农场司法所工作人员,20多岁。

张所长:第十四师皮山农场司法所所长,50多岁。

张立祥:外来务工人员。

何化高:外来务工人员。

李老师:刘厚彬妻子。

古丽:皮山农场司法所工作人员。

小王:皮山农场司法所工作人员。

刘志平:一级承包商。

二级承包商:王冬冬。

【开篇】

“在矛盾酝酿前，是你先人一步，播撒爱的种子，熄灭恨的火焰，将罪恶的诱因，消弭于无形之间。你防患的险，早已无法计算；你留下的暖，却萦绕在百姓的心里。最不能触碰的，是法律的红线；最不能辜负的，是你殷切的笑脸。”曾经有人写了这段话赞美刘厚彬，而刘厚彬也经常用这段话鼓励自己。

上　集

1

【旁白】

金秋十月，对于位于新疆塔克拉玛干沙漠南缘的兵团第十四师皮山农场的深秋已有丝丝凉意。农场东升木材加工厂门口，职工布新江带着几个人砸大门。

【砸大门的声音】

布：张大头，你给我出来。

工人甲：找我们厂长什么事？这大清早的，你耍什么横！

布：你算什么东西。把张大头叫出来，趁老子不在家，把我地里剪下的枣树枝给偷走了，还厂长呢，我看就是个贼娃子！

【张大头走出大门】

张大头：你说谁贼娃子，你脑子勺掉了吗？我拉枣枝是你们连队同意的，你去找你们连长，别在这瞎叫唤！

布：那是我的地，地里的东西都是我的，别说连委会无权处理，就是皮山农场都无权处理。你说你经过连队同意，连队怎么不跟我说。没人通知我，你拉了我的枣枝那就是贼娃子！

张：你才是贼娃子，你再说一次老子揍你！

布：你偷我的东西，你还有理了，我就说贼娃子，贼娃子！

【张上前推了布一下，布随即和张撕扯起来，两边人见状也冲过来扭打在一起】

【激烈的打斗声……】

张：（被打了一下）哎哟，你真敢下狠手，柱子快报警！

布:(被张踢了一脚)啊！张大头你朝我这踢,老子跟你拼了！

工人乙:(拿出电话拨打起来)喂!派出所吗?我是东升木材厂,有人上门闹事!哎哟！谁扔的棍子？不、不,警察同志不是……说你的。你听听,要出人命了！快来吧！哎哟！

2

【电话铃响】

古丽:小王,接下电话。我这手占着呢！但愿没什么事！

小王:你好！司法所！

张所长:我是张所长。

小王:所长好。

张所长:小王,你现在开车到客运站接一下刘厚彬,接上他后你们先去东升木材厂去一趟,那里有个案子,完了赶到上次我们去的三分场那个工地,要快！

小王:刘副不是去北京参加“最美奋斗者”的领奖去了吗?

张所长:是啊,他知道我们这里的任务重,领完奖就立马往回赶了。皮山农场三分场安居工程那里有二三十人员聚集,向包工头讨薪,你们到了后要第一时间稳定住局面,防止矛盾激化！

小王:好,您放心,保证完成任务！

小王:(放下电话说)古丽大姐,有没有人说你是乌鸦嘴！

古丽:(笑着说)你才乌鸦嘴呢,会不会讲话。

小王:哈哈！古丽大姐好好看家吧！我出征了！

古丽:嗯,你和刘副要小心,要注意安全！

3

【皮山农场公安派出所刘厚彬和小王走进办公室】

赵副所长:刘所,怪不得别人叫你刘快腿呢,你还真是快呀！

刘厚彬:赵所,咱俩是一批录用的公务员,你就大哥别说二哥了,你也不是人送外号赵捕快吗?哈哈!好了,我们就别相互吹捧了,说说案子吧!完了我还要赶去三分场呢!

赵副所长:要不要这么拼呀！刘所,司法所就你一人吗?

刘厚彬:三分场这个案子你不是也参与了吗,都在师里挂上号了,师信访局督办的！

赵副所长:知道,知道。我忙得跟头绊子,你比我还忙！我们头安排我处理好这事,明天赶过去和你们工作组会合,不是警民联调吗！好好,不耽误了,说正事！

刘厚彬:路上我大概了解了一下,双方缺乏沟通,都有责任。那个布新江连队的领导来了没有?

赵副所长:来了,在所长办公室。

刘厚彬:好,这样,我先去跟他谈谈,问一下连队的意见！

【所长办公室,刘厚彬敲门走进】

林所长:哎呀！小刘所长来了,你不是去北京了吗,怎么这么快回来了。这回你可是给我们政法口子长脸了！快请坐！

刘厚彬:谢谢林所,不客气,我是来找李连长了解情况的。

林所长:你也太着急了吧?

刘厚彬:林所,三分场那边还等着呢,没办法呀！

林所长:这样呀！那这样,我刚和李连长谈过了,李连长表示不管结果如何,坚决服从我们调解意见！是不是这个意思,李连长?

李连长:对、对,林所、刘所,布新江的枣树枝一直堆在路边,没人管,连队道路本来就不宽,枣树枝一占就更窄了,扎了好几辆路过的车子。连队通知布新江拉走,他一直借口外出看病不在连队,打电话开始还接后面就不接了。没办法,连委会开会直接让东升木材厂把枣树枝拉走了,这布新江回来就开始无理取闹,连队没理他,他居然找到木材厂打人！我建议把这个布新江抓起来拘上半个月！

刘厚彬:李连长,拘留人也要讲法条啊,不是谁想拘就拘的。再说拘留人不是目的,解决问题才是目的。这样,我和派出所民警先调解一下。

李连长:对！对！其实我就是这个意思。

刘厚彬:李连长,你放心,我知道该怎么办！你先在林所这坐着,我和布新江去谈一下！

【派出所传唤室,刘厚彬走了进去】

刘厚彬:布新江,我是农场司法所的刘厚彬,今天这事你看怎么处理好呢?

布新江:刘领导,那张大头偷了我的枣树枝,我上门找他论理,他不但不听,还先动手打我,应该先把他抓起来！

刘厚彬：抓不抓人不是你说抓就抓的，那得依法办事。你说你刚外出看病回来，不想着休养休养，想想今年怎么打理你的枣树挣钱，却先跑到人家木材厂闹事，你不看看现在什么形势，往好了说你和东升木材厂是民事纠纷，往大了说你是影响了和谐稳定的大好局面，那可真是分裂势力的帮凶了，你能承担这样的后果吗？

布新江：不……不是吧？我只想向木材厂要钱，怕张大头不给，就想把事闹大点！

刘厚彬：你想要钱，就要用正规合法的程序，看你现在，钱没要上，还把自己整了个鼻青脸肿，值不值当呀？

布新江：开始没觉得，打了一场架打清醒了。刘领导，我错了，不该心太贪，你说咋办就咋办，钱我不要了，只要别拘留我就行。

刘厚彬：这可是你说的，我说了也不算，要看人家东升木材厂的意思。我这就去说说，看别人怎么说。

布新江：好！好！麻烦领导了！

【派出所另外一间办公室】

刘厚彬：我说张厂长，你也在市场上拼了这么多年了，这点事都不知道怎么办吗？还先动手打人？

张大头：我是开木材厂好多年了，奉公守法，公平买卖。那小子上来就骂我贼娃子，这让人听到了，影响我张大头张道平名声。

刘厚彬：原来你真名叫张道平呀，全农场人都只知道你张大头的名号呀！哎！你也怕影响名声呀?！看你这一动手，被派出所传到这来，多少人看见？你就不怕丢人？就不怕影响你名声？

张大头：哎！我这不是今天一早和老婆吵架了心情不好。不说了不说了！领导你说怎么处理就怎么处理，只要赶快让我回厂，还有几个客户等着我谈事呢！

刘厚彬：这可是你说的，那我就去和派出所协商一下，看怎么处理吧！

张大头：好、好！我等你好消息！

【林所长办公室】

刘厚彬：林所，李连长，两个人都表示服从调解了，咱们商量拿出个处理办法吧！

林所长：我就知道是这么个结果。刚才和李连长初步协商了一下，连队出面和木材厂、布新江坐在一块谈一下，让木材厂让一下，拿出200元钱算是购买了布新江的枣树枝，连队方面再安抚一下布新江，这事就算过去了。怎么样，小刘所长？

刘厚彬：这样最好，我没意见。这样，林所、李连长，我还要赶去三分场，等下我让司法所来个人和你们一块把这案子了结了。你们看行不行?

林所长:行、行!办案如救火,你快去吧,路上注意安全!

4

【皮山农场三分场安居工程工地】

王铁柱:二狗,通知兄弟们盯紧孙百万,别让他从后门溜了,堵了好几次,末了都让他跑路了。

李建国:大柱子,恁就把心放肚里吧,三娃子他们几个盯得紧,不能再叫他跑了。

王铁柱:那就好,那就好!这次俺们找领导反映情况,领导说一定解决,不能让俺们农民工拿不上钱!

李建国:别又是忽悠俺们的吧,都好几次了,被忽悠怕了!

王铁柱:这次不会,领导说了,这次领导的领导发话了,说是不能影响社会稳定的大局,谁破坏稳定就收拾谁。

李建国:但愿能解决俺们的问题!再不解决,都把俺家逼上绝路了,孩他奶奶还等着俺拿钱回去看病呢!

王铁柱:谁家都不容易,三娃他儿子上学也等着学费呢!逼急了俺们去上访!俺就不信,自己的血汗钱还要不回来了!

李建国:就是,真是要不回来,俺们几个就一块去!俺就不信这个邪!

王铁柱:哎!二狗,恁觉得这孙老板真是没钱吗?恁说,前面干的活,他发钱挺及时呀,平时吃哩也不错,俺觉得他钱挺多呀,怎么临了,发不了工钱了呢?

李建国:对呀,恁这一说还真是。听人说这个孙百万挺有实力的,以前从没拖欠过工人工钱,不但不拖欠,工程完了对干得好的工人,还给送一张回家的飞机票!

王铁柱:是呀!俺也听说了,怎么都是同一个人,到了咱们这咋就怂了呢?咱们怎么这么倒霉呢?

李建国:谁说不是呢!唉!真是倒霉透了!

王铁柱:二狗,恁瞅那边来了个警车,不会是抓咱们的吧?

李建国:不……不会吧!

【刹车声,刘厚彬下车,关车门】

刘厚彬:老乡,你们几个都是找孙百万要钱的吗?

王铁柱：是……是的，恁是来抓……抓俺们的吗？

刘厚彬：抓人?！嗨！这位老乡，你误会了。我和这位小王同志是农场司法办的工作人员，还有这位张警官，我们是农场警民联调组的成员。噢，对了，警民联调组就是农场司法办和公安派出所，还有农场机关、分场卫生所人员共同组成的调解模式，专门就是解决你们这种民事纠纷的。

李建国：真不是抓俺们哩？

刘厚彬：不是，真不是！我们是帮你们要钱的！

李建国：咦！那好那好！既然是帮俺们的！领导，警察同志，那就进去把孙百万抓起来，关起来，他一害怕就给钱了！

刘厚彬：抓人也要讲证据，讲法律，哪有这么简单呀！我们先要了解一下情况。来来，这位老乡，你也过来一起说说！

5

【皮山农场司法所，张所长推门走进办公室】

古丽：张所，回来了，一分场的案子办完了？

张所长：办完了！好不容易呀！古丽，这两天办公室有啥事没有？

古丽：没什么事，就是阿依古丽带着孩子来过一次，说是找刘副所长有事。

张所长：阿依古丽？

古丽：就是刘副认得亲戚。上次刘副带她一家到场部玩，他让我去陪着，在街上正好碰到你嘛。

张所长：噢对！我想起来了！见过见过！她来找刘副有什么事吗？

古丽：说是要让刘副带着去给她小孩看下病！

张所长：看病都来找厚彬，看来两家相处得不错嘛！

古丽：张所，这你说对了！阿依古丽的老公在服刑，她一个人带着两个孩子又要忙家里的又要忙外面的，孩子小，又要照顾老公的爸爸妈妈，阿依古丽都快疯了！

张所长：噢！是挺不容易的。哎！我们司法所太忙了，刘副又多了份活呀！

古丽：就是的，虽说刘副年轻，可这样一天天的忙，就是铁打的人也受不了，迟早要累病上医院。可刘副没觉得，不管多忙都要挤时间去阿依古丽家去看一下，帮她家干点活。刚开始，阿依古丽还不太接受刘副这个亲戚，刘副就从她那两个小孩开始，经常买些小孩吃的穿的送过去,现在两家的关系处得可好了,阿依古丽的孩子过生日的时候,刘副专门跑到阿依古丽家把全家人都接上到农场吃了顿饭。

张所长:不错吗,厚彬这亲戚结得好呀!

古丽:还有更好的呢!阿依古丽家人多,生活不好,刘副急得不行,听阿依古丽家有块枣田因为没空管理都荒了,刘副就自己带人把枣枝收拾出来,每年剪枝修枝的活都是刘副找人干,工钱都是刘副出,等枣子下来,刘副还帮着卖,卖得钱全交给阿依古丽,阿依古丽感激得不行不行的。

张所长:还是第一次听你说,这个刘厚彬呀,藏得真深!

古丽:就是,要不是阿依古丽对我说,我和你一样不知道!

张所长:既然你我都知道了,你又和阿依古丽说得来,平时多帮帮她,就算给厚彬帮忙了。我这徒弟我知道,不到万不得已,肯定是不愿意向我们开口!

古丽:张所,你看你这话说的。不看我和刘副工作这么多年,就是看在和阿依古丽都是一个民族的姐妹,我也要帮帮忙吧!

6

【张所长手机铃响,张所长正在往茶杯里续水】

张所长:古丽,帮我看下是谁的电话。

古丽:(拿起电话看了一下,递给张所长)是小王打来的,不会是他和刘副出事了吧!

张所长:(接过电话)你别乌鸦嘴了,厚彬又不是第一次办案子!喂!小王,你说,什么?刘副受伤了!重不重?

小王:(电话里的声音)重倒是不重,就是工人和孙百万的家里人起了争执,刘副上前劝解,被推了一下,头磕到门框上,划破了皮,眉骨上面出血了!

张所长:那你们去分场卫生所让医生看下!看要不要紧!

小王:我也是这么说的,可刘副说不要紧,说按一会就好了!他本来不让我跟你打电话的,说这点小事就别让所长他们担心了,我这还是背着他给你打的电话。

张所长:你别听你刘副的!这样,你把电话给厚彬,我给他说!

小王:好、好,你等一下!

【张所长听到电话里刘厚彬的声音】

刘厚彬说:所长,我是厚彬。

张所长:厚彬,你现在赶紧和小王去卫生所处理一下伤口,工作先停下!

刘厚彬:所长,没啥事,不用去卫生所,真的!

张所长:没什么事也要去看看。我还不知道你小子,从来都是报喜不报忧。快去,听到没有,你要是不去,以后就别叫我师傅了!

刘厚彬:好、好! 我去! 我去! 我去还不行吗! 现在就去!

张所长:我过一会再打电话给小王,你要是没去,你就等着吧! 快去!

【张所长挂了电话】

古丽:张所,刘副不要紧吧!

张所长:没事,没什么大事! 我说古丽你还真是……

古丽:乌鸦嘴?! 对对,我就是乌鸦嘴! 呸! 呸!

下　集

7

【三分场卫生所,刘厚彬和小王走出卫生所。小王电话铃声响起】

小王:张所,刘副刚包扎完,缝了两针! 好、好,刘副,张所让你接电话!

刘厚彬:你又多嘴! 噢,所长不是说您,我是说小王。

张所长:(电话里声音)是我让他说得,怎么有意见呀?

刘厚彬:没意见,对师傅有意见我不是脑子勺掉了吗?

张所长:你不是勺,你是一脖子犟筋! 好了,不说这个了。说说案子的事吧!

刘厚彬:张所,这个案子有点复杂,我找双方都谈了话,孙百万表示认账,但是手里没钱,付不了工人工资,说是正在想办法解决! 工人急着拿钱回家,一听没钱就激动了!

张所长:所以就动手了?!

刘厚彬:那不能算动手,就是推搡了几下! 对了,我从侧面了解了一下,孙百万这个人还是很不错的。当然,拖欠工人工资不对,但平时对工人都挺好,各方面待遇条件都好,这点工人们也都认可。关键是认可归认可,工人们回家拿不上钱呀! 所以我问了好几个人,才搞清楚情况,孙百万被坑了,还是被自己家人坑了。

张所长:被坑了,他孙百万这么精明的人被别人坑,说出去让人笑话!

刘厚彬:就是就是!孙百万就是病急乱投医!脑子进水了!事情是这样的,孙百万的小儿子得了尿毒症,还很严重,每星期透析三次。孙百万就这一个宝贝儿子,上面两个都是女儿,孙百万建筑队是小公司,每年挣得钱都花在小儿子身上了。这次孙百万的小舅子因为赌博输了钱,就骗孙百万说可以找人帮忙联系肾源,为孙百万儿子换肾,彻底治好尿毒症,但是先要付钱才能拿到肾源。孙百万也是着急,才上了小舅子的当,借了银行的钱就给了小舅子。结果小舅子拿去还了赌债,借的银行的钱又到期了,正好农场结的工程款到了,就被银行扣下了,孙百万就没钱给工人付了。所长,情况就是这些!

张所长:那也不能拖欠工人工资吧!现在什么形势,万一事情闹下去,影响可就大了。

刘厚彬:这些我都对孙百万说过了,还让他赶紧找其他人借钱,先把工人工资付了,让工人们回家!可孙百万借一圈,没借到几个钱,还差得远!

张所长:厚彬,你先说说你有什么办法。我们能调解就调解,最好不要让他们走到诉讼那一步。

刘厚彬:办法嘛,我是这么想得,所长,第一,让孙百万和银行去谈谈,看能不能用别的东西抵押,取出工程款发给工人。再一个,和农场建委协商,先拿出工程保证金直接发给工人。所长,你看行不行?

张所长:我看行!这样,你先稳住工人情绪,不要激化矛盾,然后和孙百万一起去银行谈。我这边向领导汇报一下,去找建委商量。好,厚彬,注意工作方法!挂了。

刘厚彬:好的,谢谢领导支持!

8

【十四师皮山农场司法所】

【风雪交加】

何化高:我们三个在皮山农场工地打工,在工程接近尾声时,原来约定好的工钱,我们老板却一直推脱,我们只好来找您了。

张立祥:我们一连打了好几天电话了,你要现在打,他说晚上过去,你晚上打,他说明天早上过去,他一直就这个样子。

何化高:老板太不守信用了,他如果说他暂时没有钱,明天给,可以,可他总是推脱说下午给,晚上给,明天早上给。

【刘厚彬拨电话】

刘厚彬:喂!刘老板你好!

刘志平:你好!

刘厚斌:我是皮山农场司法所的,这三个工人你知道吧!

刘志平:这三个工人上午给我打过电话了。

刘厚斌:你看这三个工人和你的小包也属于你的工人吧,能沟通一下吗?

刘志平:可以沟通。

刘志平:司法所的位置在哪里我直接来找你好吧?

【半小时以后十四师皮山农场司法所】

刘厚彬:现在我跟你沟通一下,既然是你们工地上的人,你也属于大老板,王冬冬是在你那地方干吧?

刘志平:对对对。

刘厚彬:他现在出现这种状况以后,工人的工资钱拿不上,需要你从中去协调沟通。

刘志平:这个可以。

刘志平:我可以把剩下的14000元工程款替王冬冬先垫付给他们,但是必须要王冬冬的同意后才能付款。

【刘志平给王冬冬打电话:您好,您拨打的电话暂时无法接通】

刘志平:他现在不接电话,我这个钱,也不敢直接付给你们。王冬冬反正还有尾款在我这,对不对?你们三个人的工资由我们直接付到你们的手上,但是一定要他签字。

刘厚彬:所以说他们两个老板之间必须要有一个沟通,他如果说现在不跟王老板沟通,王老板到时候反过来不承认了,说我也付过了,你付第二遍我也不管,大家都不要造成双方的损失,是吧?

刘志平:王冬冬不接电话,我已经连续给王冬冬发了两条短信。

【现场声短信内容】

你再不接电话,你后面的工程款怎么给你结?你考虑清楚,你的工人你都不管了吗?人是要讲诚信的。

【刘志平的电话响了】

王东东:喂!刘总。

刘志平:小王,你在哪里?

王东东:我在公司要钱呢。手机落到车里了,我刚下来看到你给我打的电话。

刘志平:现在你的三个工人都在司法所,我也在,现在我出面解决你这个事情,你必须要回来解决你这个事情。

王东东:我肯定要过来,明天早上就过来了。

刘志平:什么时候回来?

王东东:明天早上,差不多9点钟,10点钟就到工地了。

刘志平:你确定个时间,明天12点行不行?

王东东:用不了那么晚。

刘志平:明天12点,你回来把这个事情解决掉!

王东东:好、好、好。

9

【刘厚彬家开门声】

刘厚彬妻子:嘘,你轻点,小心吵着孩子!小宝刚睡着。

刘厚彬:好、好。不知道这会儿我爸妈走哪了?

妻子:爸妈明天早上一早的火车,你有时间去接吗?

刘厚彬:明天是接不了了,明天一大早还有个案子要处理,还要劳驾老婆大人去接一下二老。

妻子:你一个当儿子的还不如我这个儿媳,你不感到惭愧吗?

刘厚彬:惭愧啊!我爸对我最好了,长这么大没动过我一根手指头。我坚持去皮山农场工作这件事把我爸气得够狠,他两年没理我,后面看我工作干得也还行,态度才有所改变!

妻子:这事妈跟我说过,说这事不怨爸,就怨你这个犟驴脾气,本来在乌鲁木齐特岗教师的工作挺好的,非要辞了去南疆上班,还是南疆地区最苦的十四师皮山农场!我记得我第一次来这里看你,还赶上了沙尘暴,能见度不到十米,差点困在路上,可把我吓坏了。

刘厚彬:就是!就是!我太自我了。当警察是我从小的梦想,没有顾及父母的意见!所以到现在我心里还很内疚,各种内疚!我……

10

【去工地的路上，关车门声】

小王：刘副，车后有您的包裹。

刘厚彬：是吗？我看看是什么！噢！又是他们！

小王：谁呀？

刘厚彬：是丁大壮他们！噢，对了，那年你还没来司法所呢！

小王：丁大壮是谁？刘副，你成功地勾起了我的求知欲，你就说说呗！满足一下我！

刘厚彬：好吧，我想想怎么说。嗯……我记得那是哪年的冬天，两个披着满身雪的人到咱家办公室，说是要解决问题。张所让我接待他们，我详细地问了一下，两个人说三分场安居工程包工头张有财拖欠工人工资，工人们几次讨要，张有财那家伙就是赖着不给，眼看着快过年了，工人们没钱回不了家，没办法他们才让丁大壮和另外一个工人到司法所来寻求帮助。小王，你不知道，他们两个从三分场工地一直走路找过来的，走了一夜呀！

小王：我靠！三四十公里路呀！这个张有财也太没人性了吧！

刘厚彬：谁说不是呢！我忙带他俩去吃了个早饭，又回到办公室详细了解了情况。我心里那个气呀，都是什么人呀！张有财那家伙平时克扣工人工资，随意指使工人免费给自己家干活，到年底了还各种借口不给工人工资。丁大力两人说着说着眼泪都流了出来，当时给我难受的，谁知道后面的事情让我更难受！

小王：什么情况？

刘厚彬：什么情况？当时如果是你在场，说不定想立即冲到张有财跟前把他暴练一顿！

小王：听着那张有财就是欠揍的货！

刘厚彬：听了丁大壮两人的说法，我就向张所请示，去一趟丁大力他们的工地，张所同意了！我就跟着他们去了。到了工地一看，我的眼泪也下来了。工人们挤在阴冷潮湿的工棚里，冻得发抖。有两个工人还冻病了，一直咳嗽，没有钱买药，只能硬抗着。只有伙房一个炉子，做饭的时候，大家轮流到食堂暖和一会，平时就窝在被子里。我当时气得说不出话了，就让丁大壮带着我去找张有财。小王，车上有水没有？

小王：有，等下我拿。

【刹车声,停车,小王下车打开后备厢拿了两瓶水出来】

小王:刘副喝水,润润嗓子! 我开车了。

刘厚彬:(灌了口水)走吧,我接着说。我刚才说哪儿了?

小王:你说去找张有财。

刘厚彬:对,我去找张有财。那孙子找各种理由狡辩,我那个气呀,恨不得当场抽他几巴掌。但是作为一名调解员我忍住了。对付这样的老油条,只能是想别的办法。从那天起我一天找他三次,每次都给他讲拖欠工人工资的后果,又帮工人们写了上访材料,准备好起诉书,去工地找施工方其他人了解情况,掌握证据,还通知安全生产部门三天两头去工地检查安全隐患,下整改书。我打不死你我先恶心死你!一连七八天,张有财顶不住了,主动找到我说要给工人发放拖欠的工资! 这事就这样解决了。工人们高兴地领到了工资,丁大壮和几个工友一道非要请我吃饭,我推脱不过,就去了,吃完饭我把账结了,从此我和丁大壮就成了朋友了。丁大壮回了老家就去了亲戚家承包的茶山帮忙,每年新茶下来,都要给寄几包。这个快递就是他寄的。小王,你等下拿一包喝,绝对无污染有机茶!

小王:算了,刘副,你自己留着喝吧,我喝不来茶!

刘厚彬:喝茶健康! 你别每天可乐不断,那对身体不好!

小王:白菜萝卜各有所爱,对我,你这茶还是省省吧!

刘厚彬:不喝拉倒,不惯毛病! 到时候别说我不仗义。

11

【皮山农场司法所】

刘厚彬:我的意思是这样的,先把一万四给你们。你们不是还有一些活没干吗,你们和老板算算账,还欠多少钱,老板就在这给你打个欠条,好不好?

何化高:可以。

刘厚彬:你们也行吧。

王冬冬:可以,我这没有问题。

刘厚彬:那就履行,好吧!

旁白:付款、写收据、备案,经过刘厚彬两天的调解、协商,何化高等人终于拿上了拖欠了半个多月的工钱。

12

【何化高、龚光堂等人到司法所送锦旗】

龚光堂：要不是司法所，我们的钱还不知道什么时候能拿到，感谢司法所的刘所长。

何化高：前些天，我们心里很抱怨，有一肚子的抱怨想要发泄，但是碰上所长给我们解决得很好，我们非常感谢他。

一级承包商刘志平：刘所长出于对我们双方的考虑，做出了调解，我觉得这样处理挺满意的，避免产生纠纷，很公正。

二级承包商王冬冬：工人这块原因出在我个人身上，造成工人对我失去信任，这样的事情以后不会再有了。这次也是吸取教训吧。

【刘厚彬与大家讲着法律法规，司法所的会议室里不时响起大家会心的笑声】

"最美奋斗者"荣誉称号获得者刘厚彬在宣讲法律知识

创作札记

如何塑造鲜活的人物形象

一直以来，警察故事都是广播剧较受欢迎的内容。20世纪90年代初，广播剧《刑警803》正式开播，惊心动魄的刑警故事、刚强睿智的刑警形象通过广播剧中一个个栩栩如生的人物、一处处扣人心弦的情节、一段段令人难忘的对话刻入到我的脑海里，因此在接到台里的撰写广播剧的任务时，我从20多个候选人物中选择了唯一的具有警察身份的刘厚彬作为这次纪实广播剧的原型人物。

刘厚彬是新疆生产建设兵团第十四师昆玉市司法局皮山农场司法所所长，2018年5月被评为“全国优秀人民调解员”，2019年9月，又被授予“最美奋斗者”称号。一位80后年轻的基层人民调解员，是什么力量让他在大学毕业后，本可以留在条件较好的乌鲁木齐工作，却和父母意愿背道而驰来到条件艰苦的地方去工作？带着这样的疑问我拨通了刘厚彬的电话。在近两个小时的谈话交流中，我被他的故事所打动。他说：要将百姓的冷暖放在心头；为了自己的初忠，为人民解忧，为群众排忧解难；到了皮山农场就像回家，更踏实。

作为一种通过声音讲述故事、塑造人物、激发听众情感共鸣的艺术形式，如何从刘厚彬的工作生活中挖掘故事，通过人物的塑造、精彩的对白、音乐的烘托，呈现出最真实的、最鲜活的基层人民调解员的故事，让听众在享受“声音大片”的同时，体验他们的工作生活和真实情感，从而加深听众对一线人民调解员工作的理解和支持，这是我最想在广播剧中呈现的。

剧本里面用了很多地方话，比如加上了河南方言、对白“李建国：但愿能解决俺们的问题！再不解决，都把俺家逼上绝路了，孩他奶奶还等着俺拿钱回去看病呢！”剧本中还有很多细节，如“刘厚彬：我记得那是哪年的冬天，两个披着满身雪的人到咱们办公室，说是要解决问题。张所让我接待他们，我详细地问了一下，两个人说三分场安居工程包工头张有财拖欠工人工资，工人们几次讨要，张有财那家伙就是赖着不给，眼看着快过年了，工人们没钱回不了家，没办法他们才让丁大壮和另外一个工人到司法所来寻求帮助。小王，你不知道，他们两个从三分场工地一直走路找过来的，走了一夜呀！”这些故事都写进剧本里，增加故事的感染力。

刘厚彬是全国优秀人民调解员，故事的主要内容应该落在“调解”二字上。调解中遇到什么阻碍？有没有矛盾冲突？如：被调解对象的对立情绪、家庭阻力等这些在我的创作中慢慢明晰起来，选取其中一件或两件调解的事，突出人物性格和形象。同时我也对如何塑造鲜活的人物形象总结了一些创作心得。

首先人物应该有魅力。角色有魅力才会被人喜欢，听众才会跟他走。像刘厚彬，一个年轻的基层调解员，他是一个敢于和自己上司据理力争的大兵。第二，能力。他有能力，才能成为主角。比如刘厚彬是全国优秀司法调解员，他有不同于其他人的沟通调解能力。第三，欲望。这个人物的欲望得到满足还是得不到满足。像刘厚彬的欲望是保护好身边的人，但他能力带来的麻烦让他的欲望无法实现。通常情况下，人物的能力和欲望一定是冲突的。我喜欢徐峥导演执导的《我和我的祖国》中的“夺冠”，主角是个小男孩。小孩的能力是什么？是他会修天线。这条街所有人要看女排直播，只有他一个人能把天线稳住。但他的欲望是什么？他的欲望是和女同学告别。因为他具备这个能力，让他不得不留下来修天线，这个能力就和他的欲望成了冲突，就成了困境。就是你的能力和欲望的冲突，造成了你的困境。你的欲望要是大家都可以理解的欲望，这样大家才会同情你。第五，缺陷。没有人喜欢一个完美的人，也不存在一个完美的人，每个人都是有缺陷的。像刘厚彬的缺陷就是感情冲动，容易感情用事。缺陷不一定是缺点，他是无法弥补的，但也能推动剧情。他的缺陷是听众可以理解的，甚至是听众认同的。然后是软肋，软肋不一定是缺陷，是跟缺陷相关的，因为他是个重情重义的人。比如《战狼》的软肋，战场上狙击手打多个目标的时候，不会打死，而是打伤，这时候你看到你的战友躺在不远的地方在流血，你去救他，那是个陷阱，但他还在那躺着。这时候，你的情意、冲动就是软肋。接下来是痛苦。然后主动。主动性是主要人物特别重要的一个特性。我们的主角可能会被卷进一件事情，但是卷进去后，他要主动，可能很多事不是非他不可，但他还是主动去做，这样他才是我们的主角。最后一点是坚持，这个角色一定是坚持的。

还刘厚彬以多元、纠结、切身感受他的痛苦与挣扎的形象，并不会减损他的人物魅力和个性，反而能更加突出他人格的深度与思想的超越。我们要的不是劳模榜上的一朵大红花，而是一个真实的人。就像弗洛伊德所说的罗马城，煌煌伟大之外，也有市井人生，霓虹灯下有阴影才符合物理规律。而这样的罗马才是一个活的城市，这样的刘厚彬才是一位活的人物。

广播剧很像电影，又不同于电影。以前的认知是，广播剧有与生俱来的缺陷，它只有声音，没有画面。后来发现有缺陷的东西往往能长久，因为可以让你放低姿态，专注于思考并挖掘它的本质。

【编剧简介】

刘霞，兵团广播电视台纪录片中心二级导演。文艺作品《走进青年歌唱家刘媛媛》荣获 2013 年度新疆电视文艺作品奖三等奖，作品《西部放歌》获得 2014 年度新疆电视文艺作品文艺专题奖一等奖，作品《沙枣花香》获得 2015 年度新疆广播电视节目奖三等奖，作品《沙漠玫瑰》获得 2016 年度新疆广播电视节目奖二等奖。

生命界碑

编剧 \ 刘　霞

主要人物

付永强:兵团第四师一八六团北沙窝哨所民兵,憨厚老实,中年男子音,河南口音。

刘佳芝:付永强的妻子,老实、勤勤恳恳的妇女,中年女子音,河南口音。

儿子:付永强的儿子,少年音。

女儿:付永强的女儿,少女音。

首长:中年男子音。

领导:中年男子音。

记者:男音/女音都可。

兵团职工:中年男子音。

【旁白】

付永强夫妇二人在北沙窝边关哨所,克服恶劣的环境,当好边境一线的“守护神”。夫妇二人兢兢业业,把边防当作自己一生的事业。“种地就是站岗,放牧就是巡逻”就是他们生活的真实写照。

上　集

1

【戈壁的风呼呼作响,沙子打在窗上声】

【房间内:放板凳声,揭开锅盖声】

女儿:哥哥,爸爸妈妈什么时候回来?

儿子:等沙子声音小了,他们就快回来了!(盛饭)

女儿:我也来帮你!

儿子:那你把菜端到桌上,其他的我来,你还小,小心烫到手。

女儿:好——

【放碗筷声,拉桌椅声,吃饭】

儿子:吃完饭你去看书,我把饭温在锅里就陪你一起看书。

女儿:(乖巧)嗯嗯!

【走在沙子上的脚步声,风吹得很大】

付永强:(走路喘气声)前面这段路检查完就好了。

刘佳芝:(走路喘气声)也不知道娃们吃上热饭没有?

付永强:(使劲声)(扯铁丝,衣服摩擦声)儿子会照顾好他俩的。

刘佳芝:最近天越来越冷,得弄点新棉花给娃们做棉袄。

付永强:好,听你的。

【风吹声,脚走在沙子上的声音,淡出】

2

【敲门声，开门声】

女儿:(欣喜)妈妈——(冲过来抱着，脚步声，衣服摩擦声)

刘佳芝:哎，有乖乖听哥哥的话吗?

女儿:有，我和哥哥一起看书，哥哥还给我讲了五星红旗的故事。

刘佳芝:(浅笑)妈妈先去洗手了。

【放下女儿，衣服摩擦声】

【倒水声，洗漱声，端饭声，拉开桌椅声】

儿子:饭还温着呢，爸、妈，你们先吃饭吧!

付永强:马上入冬了，吃完饭我去置办些过冬用品，你们有没有什么想要的?

儿子:我想要一本课外书。

女儿:我和哥哥一样，我还要一面五星红旗。

付永强:好，孩儿他妈先吃饭。

【吃饭声渐弱】

【付永强收拾东西出门，衣服摩擦声，开门声，关门声】

【转场回忆】

【电视机声音:响应国家号召，新疆生产建设兵团需……】

【被开门声打断，关电视机声】

付永强:老婆，我报名了兵团的边防哨所护边员。

【脚步声】

刘佳芝:啊?

付永强:我说，我报名了兵团边防哨所护边员!

刘佳芝:(失望)哦! 那两个孩子上学怎么办?

付永强:去那边上也一样。

刘佳芝:你怎么都不和我好好商量商量再做决定!

付永强:(坐下来，衣服摩擦声)你也知道俺是个没文化的粗人，初中文凭，在社会上也干不出来一番事业，当了这么多年兵，俺也没有为国家做过些什么，去边疆也算是尽一份微弱的力。

刘佳芝:那我们的孩子怎么办,他们还小!

付永强:我想过了,带着孩子们一起过去。

刘佳芝:那边条件那么艰苦!

付永强:我们要相信国家的政策!

刘佳芝:……

【转场回忆结束】

3

儿子:妈,锅里的粥熬得好像焦了。

刘佳芝:(回神)啊? 我的妈呀,怎么不早叫我……

儿子:(委屈)我叫了你好几声

【刘佳芝在灶台前忙活,关火声】

刘佳芝:(喃喃)都到这里四年了,刚来的时候你才这么高……

【转场回忆】

【汽车行驶声】

付永强:再走一百公里就到了。

刘佳芝:(生气担忧)你看这一路荒无人烟的,娃们都这么小。

付永强:慢慢适应一段时间就好了。

刘佳芝:我和你说不到一起去。

【抱紧女儿,衣服摩擦声】

【汽车驶进哨所,停车声,下车声,风吹声】

首长:欢迎你们来到北沙窝哨所。

付永强:首长好。

首长:哈哈,你好,孩子几岁了?

付永强:儿子6岁,女儿4岁。

首长:我看了上面给的资料,你们一家人是从河南过来的,这里环境不比河南,两个孩子要跟着吃点苦了。

付永强:(憨笑)小家为了大家,应该的。

首长:你们舟车劳顿,先休息一晚上,明天我带你们熟悉一下咱们北沙窝哨所。

付永强:谢谢首长。(敬礼,衣服摩擦声)

【夜晚,风呼呼作响,沙子敲打窗户】

女儿:(胆怯)妈妈,我害怕。

刘佳芝:(衣服摩擦声)别怕,只是外面风太大了,妈妈抱紧你。

儿子:爸爸,我们在这里要待多久才能回去?

付永强:可能几年,也可能一直……

儿子:……那我以后不能和大毛他们一起玩了?

付永强:(给儿子盖紧被子)赶紧睡吧。

【第二天早晨】

【付永强夫妇洗漱,忙碌做饭】

儿子:(打呵欠,停1秒,惊讶)爸,我被窝里有沙子。

付永强:哈哈,以后也会有,赶紧起床,一会要出去玩。

儿子:额……那我把妹妹也叫醒。

【一行人走在沙子上的脚步声,风吹声】

首长:早,两个小家伙也起得挺早。

付永强:首长早!

儿子:叔叔早上好!

首长:(哈哈笑出声)不用这么拘谨,以后我们就是同事。我先给你介绍一下北沙窝。北沙窝这个名字,是因为地理位置比较低,往下面一看都是沙子,一个等于一个坑。从60号界碑往下边都算是北沙窝。这里地处阿勒泰地区吉木乃县,距中哈边境线不足100米,是容易发生牲畜越界和不法人员越境的地段。

付永强:就是说这里一块是边境管理区,陌生人不允许靠近?

首长:是的,每天做的第一项工作就是在哨所升起国旗。

付永强:好的,保证完成任务。

首长:还有看看有没有破的铁窗,铁丝网要不要重新加固,还有就是铁丝网旁边是否有牛羊还有其他动物的脚印,看是从哪个地方过来的?

付永强:怎么知道是从哪个地方过来的?

首长:之后会有专门的人教你。我先简单给你说一下工作内容。

付永强:好的。

首长:你负责的是从61到64号界碑,全长是11公里。

刘佳芝:这么长,多久才能看完?

首长:体验一次就知道了。

4

【风吹声,两人走在沙子上的脚步声】

刘佳芝:我害怕。

付永强:拉着我手。

刘佳芝:你看这地方孤零零的,天又暗,有没有什么东西?

付永强:别自己吓唬自己了!

刘佳芝:走的时候把门锁好了吗?

付永强:嗯,放心好了。

刘佳芝:这地方一点也不好,你非要来,方圆这么大没有一个人住,也不知道两个孩子待着会不会害怕?

付永强:早点检查完早点回去,过来搭把手。

刘佳芝:(很冷)这地方晚上真冷。

【衣服摩擦声,拉扯铁丝】

【空旷,风吹声,两个人在沙子上的脚步声】

【第二天】

刘佳芝:阿嚏——

付永强:感冒了,今天我一个人去。

刘佳芝:没,一起去,我听说这地方有狼出没的,有的时候会丢羊,两个人搭个伴,不然为什么是夫妻哨呢?

付永强:好,听你的。

付永强:你今天有点感冒,我一会把羊赶到羊圈里,今天早去早回,慢慢就熟悉了。

刘佳芝:行。

刘佳芝:对了,两个娃上学的事怎么解决?

付永强:我已经问过首长,可以把两个娃送到寄宿学校。这里条件太艰苦,我们出去一趟时间也长,两个娃待在家里不放心,在学校放心些。

刘佳芝:好的,那我去给娃们准备上学用的东西。

【羊叫声,羊走路声】

【付永强赶羊进羊圈】

【羊叫声,关羊圈的门声】

刘佳芝:(呐喊)孩他爸,饭做好了,回来吃饭。

付永强:(应一声)

【脚步声,付永强进门声】

刘佳芝:我给娃把上学用的东西准备好了,什么时候去报名?

付永强:还得过几天。

刘佳芝:好,先吃饭。

儿子:爸爸,为什么我的床上一直都有沙子?

付永强:因为这里离沙漠近。

儿子:什么沙漠?我能去看看吗?

付永强:褐里库木沙漠,等你再长大些去看。

【一家人吃饭声】

【晚上,风吹声,野狼叫声】

儿子:我好像听到了狼叫声,原来这里真的有狼。

刘佳芝:睡觉,别说话。

儿子:哦。

【第二天早晨】

【开门声】

付永强:少了几只羊!

刘佳芝:那怎么办?

付永强:先向首长汇报情况,然后去检查一下羊圈,加固一下。

刘佳芝:好的,我去准备材料工具。

儿子:我能跟着去吗?

刘佳芝:你乖乖陪妹妹待在房子里,别乱跑,哪儿也别出去。

儿子:哦,一个朋友都没有……

刘佳芝:等你去学校就有了。

儿子:(欣喜)真的?!我可以在学校和很多同学玩。

刘佳芝:(浅笑)……

【穿好外套,开门声,关门声,锁门声】

【回忆结束】

5

【盛粥声】

女儿:妈妈,给我讲讲你和爸爸刚来北沙窝的事情。

刘佳芝:真要听?

女儿:嗯,我只记得我和哥哥在家里待着很无聊,只有我们两个人,外面风吹的声音好大。你和爸爸在外面做些什么呢?

刘佳芝:刚来的时候,像哨所这一块只有孤单单的一个房子,当时你和哥哥还小,就不让你和哥哥出去,怕遇到危险。我和你爸不在家,周围也没什么大人,怎么办?

女儿:我一直都和哥哥乖乖待在房子里的,外面全是沙子,还有可怕的风吹声。

刘佳芝:那你现在还害怕不?

儿子:我妹现在胆子可大了,才不怕了。

女儿:妈妈,你还没说你和爸爸出去做什么,为什么总是那么长时间才回来?

刘佳芝:出去看看有没有破的铁丝网,还有就是铁丝网旁边有没有发现像牛啊羊啊,或者其他动物的脚印,看是从哪里过来了。

儿子:如果其他动物过来会怎样?

刘佳芝:可能要引起国际纠纷。

儿子:国际纷争吗?我历史书上有学到过。国际纷争意味着可能会发生战争,会有人死掉。

刘佳芝:(浅笑)对呀,所以爸爸和妈妈每天都要去检查一遍铁丝网,是工作也是任务。

儿子:我将来也要保家卫国!

刘佳芝:好,先去把米汤喝了。

儿子:那明天升国旗的时候,你和爸爸也带着我吧。

刘佳芝:你等你爸回来问他,升国旗是一件很庄严的事。

儿子:我知道,我们学校每周一都要升国旗,少先队员要敬礼。

女儿:我也要去!

【敲门声,开门声,放东西声】

付永强:东西买回来了,你看是不是你们喜欢的书?

刘佳芝:棉花你买的哪一家?

付永强:就你常买的那家,已经弹好了,多余的拿来做棉袄。

刘佳芝:好。

付永强:对了,还有件事要给你说,最近这里要来人,是来搞绿化的。

刘佳芝:我在电视上有看到新闻,要种很多棵树,种很多亩地。这地方能不能种活都不知道!

付永强:到时候看首长安排。肯定会通知我们的。

刘佳芝:国家越来越强大了。这些树苗要是长大,这里环境也会好一点。

6

【人声嘈杂,风吹声,走在沙子上的脚步声】

首长:这是北沙窝哨所的负责人,付永强。

领导:你好。

付永强:你好,你好。

领导:这里环境很恶劣,你们把边防线守护得很好,辛苦了。

付永强:应该的。

领导:这次是来带着大伙植树的,这里你熟,和我们说说需要注意些什么,能把这些树种好!

付永强:好,我带你们先看看。什么时候开始种树?

领导:尽快,大伙手里还有其他工作,树要种好,工作也得做好。

付永强:因为这里是沙地,树苗子很容易干死,所以浇水速度得快。

领导:好的,我让人把水就备在附近,一部分人种,另一部分人负责送水,这样分工合作,你觉得怎么样?

付永强:听您的安排。

【一堆人陆陆续续走来的脚步声,搬运东西的声音,倒水的声音,抬重东西声,风沙声】

领导:咱们这么多人分组来干,挖坑的,种树苗的,浇水的,一段时间换一下。

【脚步声，工具碰撞声，挖坑声，栽树苗】

兵团职工1：这树苗好像活不了，看着好像已经死了。

兵团职工2：我这里的树苗也是这样。

兵团职工3：水还没来得及浇上树苗就死了。

领导：付师父，您看怎么办，这些树苗受不住戈壁的环境。这已经是生命力、适应力很强的树苗了。

付永强：（思考）嗯——我去看看。

【刨坑声，拆树苗包装声】

付永强：同志，我一会把树苗放进去，你倒水的速度一定要快，然后赶紧填土，尽量让根少接触风沙。

兵团职工1：好的，试试这样。

【种树过程】

兵团职工2：还是不行啊！

付永强：再试试，还是慢了点。

【刨坑声，种树声】

兵团职工2：这次好像可以了。

付永强：可以，就这么干，我去给大伙一一说。

领导：辛苦你了，付师父。咱们继续干……（领导刨坑）

付永强：把坑先刨好，树苗拆的时候注意不要让根被风沙吹得太多，树苗拿出来就赶紧放在坑里。倒水的人速度也要快，戈壁的风不比内陆地区，很烈，必须得快，不然树苗就死了。

兵团职工4：好，我们配合一遍，您看看。

【刨坑声，拆树苗包装声，倒水声】

兵团职工4：还是不行，您在指点一二。

付永强：（蹲下身，衣服摩擦声）拆树苗的时候这样拆。（拆包装声）慢点拆，尽量外围把树根包着，不要被风沙吹太多，放的时候就倒水，上面的塑料膜撕开就赶紧填坑。

兵团职工4：谢谢您。

兵才职工3：付师父，这里也麻烦您给看下？

付永强：来了。

【脚步声，风沙声】

付永强：先把坑挖好，拆树苗的时候一定要小心，保护好树苗的根，这样拆……

【付永强的声音淹没在风沙中】

7

【夜晚，付永强家】

刘佳芝：今天一天感觉怎么样？

付永强：树苗不好种啊，能不能活还是一回事。

刘佳芝：为什么会这样？

付永强：风沙太大了，树苗还没种好就已经死了。

刘佳芝：你们人多吗？

付永强：挺多的，领导也跟着一起干活呢。

刘佳芝：真的吗？他们平时坐办公室，干不来这些粗活吧……

付永强：刚开始是有些吃力，后面就熟练了，主要是领导会分配，大伙分工合作，效率就快点。

刘佳芝：以后是不是还要照看这些树苗？

付永强：应该是的，那些绿油油的树苗要是长大了，会很好看的，不用一直看着黄沙了。

刘佳芝：也好，明天我跟着一起去看看，等孩子们下一个假期回来就能看到绿树了。

付永强：行，明天我先过去，你来的时候带点热水。

【关灯声】

【两个人睡觉呼吸声】

【第二天，刘佳芝在家忙碌，收拾锅灶，烧水声，灌水声，整理东西声，开门声，关门声，风沙声】

【一群人干活的嘈杂声】

兵团职工3：王哥，搭把手。

刘佳芝：您看，要不然让大伙歇会，喝点热水，这里不比团部，也没什么好招待你们的。

领导：也好，谢谢嫂子了，辛苦您跑一趟。

刘佳芝:我也是来看看能不能帮上什么忙,以后也好照料这些树苗。

领导:嫂子有这份心就够了,希望明年来的时候这些树苗能存活下来很多,生长得很好。

刘佳芝:一定会的,我和老付一定会尽心尽力地照顾。

领导:谢谢你们对边防事业的付出。

付永强:今天天气不太好,我们还是早点把今天的量完成,早点回去。

领导:好,听你的。(转身)大伙休息差不多起来忙活了,今天天气不好,早点干完早点回去休息。

【一群人忙着种树,刨坑声,拆树苗包装,倒水声,风沙声】

兵团职工2:今天风沙太大了,吹的人都睁不开眼睛。

付永强:哈哈哈,你是不习惯,现在还没到夏天,等到了夏天,漫天的沙尘那才让人睁不开眼。

兵团职工1:付哥、付嫂辛苦了,我们多种些树,等树长大了可以抵御不少风沙呢。

付永强:谢谢,我们俩也会好好照顾这些小树苗。

兵团职工1:那冬天你和嫂子也要每天例行检查吗?

付永强:是的,每一天都不能落下。冬天巡逻的时候如果是遇到闹海风,寒流刮着风卷着雪直接就打到脸上,真是跟刀子割了一样。但是这一块是边境管理区,陌生人不允许靠近,上级领导也会经常打电话问有没有啥情况。还有发现“三无”人员这种情况,要及时给边防派出所打电话,再就是发现哈方巡逻,也要给上级汇报。

兵团职工1:辛苦付哥、付嫂在这里守着了,要是没有你们,我们的生活恐怕没这么安宁。

付永强:俺就是个大老粗,你这话把俺夸得不好意思了,俺只是力所能及做一点小事,不是什么大人物,把自己能做的事做好就够了。

刘佳芝:老付,我先回去看羊了,你先在这里照看着。

付永强:好,注意安全。

【极端的恶劣天气声,羊不安的叫声】

【刘佳芝用一些特殊口号将羊赶进羊圈】

【风沙吹得更凶猛】

刘佳芝:(独白)得赶紧把羊赶紧去,今晚这天气不太好,回去还得把家门口收拾出来。

【羊此起彼伏不安的叫声】

【刘佳芝赶羊口号声】

【羊陆陆续续进入羊圈，关上栅栏声，敲打栅栏检查一遍，铺枯草】

刘佳芝：（独白：这样应该就够了）羊儿们乖，这段时间变天，栅栏围牢固。

【风沙吹得更猛烈，缓慢走在沙子上的脚步声】

刘佳芝：（走路喘气声）呼——

【沙子进到眼睛里，刘佳芝感到晕眩，后期用音效音乐处理烘托环境】

刘佳芝：（不慎从沙坡上摔倒）啊！我的脚！

【转场】

【敲门声】

付永强：老刘，我回来了！（停2秒）（紧张）老刘？（敲门声）（紧张不安）老刘？不会是出什么事了吧，都这个时间了。

【付永强寻找妻子】

【踩在沙子上的脚步声，边走边喊】

付永强：老刘？

【风沙呼呼作响】

付永强：老刘？刘佳芝？

刘佳芝：（远处传来声音）我在这！在这边！

【付永强快速往过跑的脚步声】

付永强：发生什么事了？

刘佳芝：风沙太大迷了眼睛，扭到脚了，站不起来。

付永强：吓死我了，还好今天大家都熟悉了，种树的效率快了很多，我早点回来发现你不在家，再晚点按照今天这个风沙找你都不好找了。

刘佳芝：先扶我起来。

付永强：下次小心点，边疆的天气瞬息万变，先保护好自己。

刘佳芝：知道了，回去抹点药就好了。

【扶刘佳芝站起来，衣服摩擦声】

刘佳芝：我在这边等着你，你再去检查一下羊圈，这么恶劣的天气，狼肯定都饿着肚子。再检查一遍。

付永强：行，这根棍你拿着撑着，别再摔倒了。

【风沙呼呼作响】

8

【一群人嘈杂声】

兵团职工1:这段艰苦的工作终于结束了,回去我一定要给我老婆好好说说,对我好点。

兵团职工:(爽朗的笑声)哈哈……

兵团职工3:回家先洗澡,换衣服,我感觉我头发根都有沙子。

兵团职工2:大家都一样。

领导:这段时间打扰付哥和嫂子了。

付永强:应该的,你们也辛苦了。

领导:相处这么一段时间,人都不舍得离开了,除了环境恶劣点。

付永强:哈哈……确实。

兵团职工2:明年派遣还不知道能不能来这里,要是来这里付哥可得好好招待兄弟们。

付永强:好,一定,你们下次再来的时候这里的小树苗一定长高了。

领导:好,希望有机会能够看到大伙种的树可以长大。

付永强:时候不走了,你们赶紧出发吧,边疆天气瞬息万变,不耽误时间了。

【一群人陆陆续续上车,汽车发动机声】

兵团职工4:付哥,有机会再一起共事!

兵团职工2:付哥,再见!

领导:边防安全辛苦二位了。

【汽车行驶离开声】

付永强:一路顺风。

【汽车声渐远】

刘佳芝:人来的时候不觉得,人走的时候一下子就感觉出来了。

【戈壁的风沙声,烘托空寂的环境】

付永强:回去吧,以后多了一项任务,照看那些小树苗。

9

【早晨，升国旗，国歌声】

记者：您好，我是新华社的记者，可以采访一下您二位吗？就是像公众介绍边防哨所的工作，让更多人认识你们这些平凡的英雄。

付永强：可以。

记者：非常感谢您可以接受我的采访。

付永强：可以等一会我妻子吗？她马上就来。边防事业我一个人做不来，没有我妻子陪着我，我一个人完成不了工作。

记者：好的，非常抱歉，还是我工作做得不够好。

付永强：没关系，毕竟很少有人了解边防哨所的工作。

【风沙声，脚步声，开门声】

刘佳芝：你好，这位是？（关门声）

记者：（站起身）您好，我是新华社的记者，采访二位英雄。

刘佳芝：（平和）坐、坐，我给你倒杯热水。

记者：谢谢。

【倒水声，放水杯声】

付永强：老刘，去洗一下，有相机呢。

刘佳芝：（愣一下）好、好，等我一下。

记者：那我先采访付大哥。

付永强：行，开始吧。

记者：您可以为我们的听众朋友介绍一下您和刘大姐以及北沙窝哨所吗？

付永强：北沙窝哨所是2009年建成的，由于当地的气候给建设初期带来了巨大的困难，晚上只要刮一晚上的风，沙子堆在门口能有30到40厘米高。

记者：所以我们北沙窝这边的环境是非常恶劣，天气多变的。那在这么恶劣的天气下，您二位的工作是什么呢？

付永强：每天清晨升起国旗，任务就是巡边，看看有没有破的铁网，还有就是铁丝网旁边有没有这个像牛啊羊啊，还有其他动物的脚印，如果有看是从哪个地方过来的。这里地处阿勒泰地区吉木乃县，距中哈边境线不足100米，是容易发生牲畜越界和不法人员越境的地段。

记者:那巡边过程中有没有什么特别困难的地方?

付永强:夏天要经受漫天的沙尘,吹得人睁不开眼;冬天要忍受积雪覆盖、北风呼啸的寒流,让人寸步难行;拉铁丝的时候因为温度太低了,得小心,不然手会粘在铁丝上,掉一层皮。

记者:那是不是经常会受伤?

付永强:就还好,习惯了就不怎么受伤了。

刘佳芝:我收拾好了!

记者:刘大姐您坐。我在来的路上,看到那些长得很好的树,都是你和刘大姐一起种的吗?

付永强:2013年起,一八六团党委开始对哨所进行硬化和绿化。团里的领导和职工、民兵一起,在北沙窝哨所附近种植树木三千余株,完成绿化面积超过三万平方米。

记者:这样啊,那您和刘大姐是怎么把这些树照料长大的。这种环境下树苗应该很难存活长大的。

付永强:那个时候没有底气,因为树太大了,光一个木桩子想着这它能活吗?你看,没想到就我们两个,只要水能跟上它就活了。

刘佳芝:我们刚栽树那段时间,两个人吃饭都没有点。你看他这边栽上了,我们水就得赶快浇,不浇它就要死,反正是黑了浇白天浇。

付永强:现在成活率可以说,像那个大树成活率能达到99%。现在这个环境我觉得特别好,因为树挡风,草固沙,不像以前一刮风的时候,整个哨所里边都被沙尘暴笼罩了。现在你看,一出门可以看到啥,这里有树有草了,偶尔还有鸟叫。

记者:您二位,为了祖国的边防建设费心费力,牺牲了很多。我听说您之前是在河南住着,还有两个孩子,他们支持你们吗?

付永强:一开始不支持,后来慢慢地理解支持了。

记者:那两个孩子一开始能适应这么恶劣的环境吗?

付永强:其实我们两个大人倒无所谓,最关键的是啥,担心的就是放假。一放假你看她现在是中学生嘛,作为一个小女孩在这的确没啥意思,只有她一个小女孩,带到地里也没啥意思。她妈去放羊,我管理地里,也没时间陪她,只能剩她一个人待在哨所里。

记者:所以还是对孩子很亏欠,但是您二位还是坚持了自己的信念。

付永强:我们家儿子是在2013年9月份去成都学旅游管理专业去了。后来我就说,你看你大学毕业了,还是回到这里吧,我们现在在这里看哨所,这份工作其实在我心中是很光荣的。他就回来了,回来就在武装部。让他去武装部,等于和我们这个工作性质是一样的,也是维稳。在兵团这块屯垦戍边,干这几年之后,他也喜欢上了这份工作,他也认为这份工作是光荣的。

记者:所以你们一家在边防建设上奉献了一生。

付永强:哈哈,能为国家做些事就够了。

记者:非常感谢你们接受我的采访,你们是平凡又可敬的英雄。那您二位来到这边后还有拍过照片吗?

刘佳芝:没有,哪有这个条件和机会。

记者:今天刚好我们摄影组都在,设备也齐全,给您二位拍几张照片洗出来。

付永强:谢谢。

【准备拍照片,照相机声音】

“全国最美家庭”“全国五一劳动奖章”荣誉称号获得者　付永强

创作札记

小人物的个性表达

我的写作习惯是我要把自己代入到写的角色中，体会他们的生活和心情。为了达到这种效果，我查阅了很多关于“边防哨所”的采访资料，更多的是关于主人公付永强和刘佳芝的采访。我去逐字逐句地理解他们说的每一句话，都是很朴实的语言，但是却蕴含了很多故事。我想要将他们的故事创作出来就只能从他们的语言去剖析，感知他们的生活和状态。镜头面前大家展示的都是自己最精神的面貌，最好的一面，但是语言无法去改变，每个人说话都有自己的习惯。通过分析他们说话的语气和用词，我慢慢地走入了这两位平凡的英雄。

一篇广播剧的构成分为角色、故事和场景搭建，因为听众只能通过声音去感受人物和故事，所以怎么去把场景搭建起来有很大的难度。

《生命界碑》仅仅只能从语言去剖析付永强是一个什么样的平凡英雄，而他的妻子又在扮演着什么角色？这些资料的来源中视频是最直观的，我可以在他们的脸上看到边疆环境“创作”的痕迹，也可以听到他们的声音和说话语气。我将自己代入他们去想象，我就是他们，我生活在戈壁中，经历了戈壁的严寒酷暑，风沙大漠。角色共鸣后才能抒写出他们背后的故事。文字往往优化很多的细节，但是对于广播剧足够了，只言片语将角色的语言魅力、性格魅力表达出来就足够了。

故事的纂写应该是最为纠结的部分。边防夫妻哨所这么多年为祖国的边防事业作出贡献，每天的工作都是一样的，枯燥而又无聊，日复一日。或许在他们的记忆中有很多不可忘却的经历。但是在采访的资料中，只能选择最为出彩的一部分展示出来，并且还要紧扣主题，这对于我的创作增加了难度。广播剧的故事是需要人物、事件和对话去展示给听众的，单单只有付永强和刘佳芝是撑不起来这个故事的，所以只能适当的加一些人物，使这个故事听起来更丰满。荒无人烟的戈壁一年或许都见不到几个人，陪伴夫妻俩的只有他们的孩子、风沙、羊群、大自然。两个孩子能给予故事的完整性是有限的，过多的围绕会枯燥。纵观所有的采访稿它们共同的特点都是着重介绍北沙窝哨所、工作任务和沙漠绿洲的建设。这三个特点中最有创作故事潜力的便是沙漠绿洲的建设，这部分也是《生命界碑》广播剧笔墨描写最多的地方。团里的领导带领着职工来北沙窝哨所植树，人多意味着有交集和碰撞，同时也可以将这部广播剧的主旋律牢牢抓住。如北沙窝环境的恶劣，付永强和刘佳芝对北沙窝的爱，以及领导和小职工们之间的合作关系。从领导一开始来北沙窝对绿化沙漠种树的不自信，再到他们分离时候的不舍。这份不舍我想也是被付永强夫妇的淳朴所打动。对于大多数人来说，戈壁环境那么恶劣是不会愿意去的，去做绿化更是不可能完成的事。但是这么一件事付永强夫妇确实完成了，正如一篇采访稿中付永强说的“偶尔还能听到鸟叫声”，这对于常年黄沙做伴的夫妻俩来说，应该是最动听的声音了。

场景的搭建基于人物和对话上，环境自然是在北沙窝，风沙声是必不可少。用人物在活动过程中产生的各式各样的声音去丰富听觉，这个故事也就没那么无趣了。音乐、音效的渲染也是充实场景的重要手段。

《生命界碑》的创作时间很短，我从一开始迷茫，到写到绿化沙漠那部分不知道怎么收笔，写完了又仿佛没有写完，最后我决定将他们的故事交给他们自己去述说，用多年以后记者采访的情节，让听众再一次直观地感受到北沙窝哨所的艰苦条件，以及付永强夫妻二人对北沙窝哨所的感情和热爱，还有他们小家为大家的无私奉献精神。最后，拍照的设定可能是我对《生命界碑》这部广播剧最喜欢的情节了。文学就是为了弥补现实的遗憾，在那样艰难的环境下，夫妻两个人少有这么正式照相的机会，虽然大家都有手机，但是如此正式的照相机会难得，他们的故事定格在那张合影里就够了。

黄沙漫漫，总有人坚守在那里；冬去夏来，总有两个身影穿梭在戈壁；生命不息，总有人无私地守护着那片绿洲。

脱贫尖兵

编剧 \ 孟凡磊　何起银

主要人物

张永安：男，47岁，兵团第三师五十一团四连“访惠聚”工作队队长兼连队第一书记。

热西提·阿不都克力木：男，维吾尔族，30~35岁，五十一团四连棉花种植户。

米尔阿力木·木沙：男，维吾尔族，29~30岁，五十一团四连大棚种植户。

阿不都海力·依马木：男，维吾尔族，30~32岁，五十一团四连养鸡群众。

欧志红：女，20~25岁，五十一团四连“两委”（支委和村委的简称）委员。

张国富：男，40~45岁，中国农科院棉花研究所新疆研究中心技术员。

秦小刚：男，25~30岁，五十一团四连连长（化名）。

赵晓明：男，26~28岁，五十一团四连“两委”成员。

王小五：男，35~40岁，图木舒克小商人（专门收买鸡卖给酒店）。

赵星星：男，36~38岁，大棚技术员。

小安：男，15~20岁，张永安儿子（化名）。

文琳：女，40~45岁，张永安妻子（化名）。

【旁白】

中午 11 点左右，兵团第三师五十一团四连连部，张永安和连队“两委”以及工作队队员站在连队门口，张永安提着两大包沉重的行李准备离开，四连群众堵在了连队门口……

老者：张队长，是因为我们做得不好，所以你要离开我们村子回去乌鲁木齐吗？

男子：张队，我们家已经做好了大盘鸡，拉面，您快到我们家来尝一尝！

女子：张队，我们家的娃娃等着你去教她写作业呢！

米尔阿力木·木沙：张队，我们家大棚种植的豇豆长得非常好，快去我们家看看！

阿不都海力·依马木：张大哥，你们送给我们的鸡苗现在长得非常好，快来看看！

……

【人声嘈杂】

四连连长：乡亲们，我们张队要回去工作了。张大哥已经在我们这里快两年了，我们连队的道路修好了，新房子盖起来了，他也该回家看看了，你们不要拦在路口。

四连群众：张大哥不能走，他走了我们咋办呢？

努热曼姑·吾司曼：张大哥你不能走呀！

……

【人声嘈杂，群众挽留】

张永安：乡亲们，听我说，我真的很感动大家能把我张永安记在心里。在这将近两年的时间里，我们从不熟悉到熟悉，从陌生到成为朋友，我真的非常感动，能在这里和大家一起奋斗。看到大家都住进了新楼房，过上了好日子，是我来这里最大的心愿……

上　集

1

【旁白】

出发前夜，晚上8点，张永安家里，一家人正坐在饭桌前吃晚饭，张永安妻子文琳给他做了他最喜欢的水煮鱼。

小安：爸，你准备在那边待多久？

张永安：要看那边乡亲们的脱贫情况。

文琳：我听同事说那边底子特别不好，人多地少，连队人均耕地面积仅为1.8亩，水资源还比较匮乏，你这一去，工作会比较难开展。

小安：那边还是南疆深度贫困连队，爸，你当时怎么没有报名去好一点的地方。

文琳：小安，好一点的地方能轮上你爸嘛。

小安：这不是自愿报名吗？

张永安：小安呀，你爸我是一名共产党员，共产党员就应该冲到最前线，到最需要我们的地方。五十一团四连那个地方你爸我问过之前的同事，是块难啃的硬骨头，但是，也不是没有出路。我仔细研究了一下，那边最重要的问题有两点：一个是种植结构单一，二一个是那边的职工群众思想没有转变过来。把这两个根子解决了，那边的问题也就差不多了

文琳：说得到轻巧。如果能解决，早解决了。

张永安：你别忘了，我是新疆农业大学农学分院植物保护专业毕业的，这就是我的优势。我已经初步谋划好了，你们就放心吧。给你们立个军令状，我一定让那里两年内脱贫……

2

【旁白】

2018年1月26日下午6点，连队“两委”委员欧志红去图木舒克接张永安回五十一团四连，张永安在距离连部一公里左右的道路旁的一块棉花地让师傅停下了车。

欧志红：您为啥要在这里下车？

张永安：就是随便看看。

欧志红：张队，您在想啥呢？

张永安：小欧，你知不知道咱们连队有多少土地？

欧志红：大概有耕地面积11000多亩。

张永安：咱们连队一共有耕地面积11440亩，其中基本生活地4623亩，人均仅1.8亩。

欧志红：张队，您记得这么清楚？

张永安:这个数据我已经反复研究了几十遍了。咱们连队人多地少,户籍人口736户2703人,建档立卡贫困户就有75户300人,贫困发生率在咱们连队为11%,这是一个让人心痛的数据。

欧志红:张队,你还没有到我们连队呢,你就对我们连队情况了解这么清楚,真是佩服。

张永安:小欧,你觉得,我们连队想脱贫,最重要的是什么?

欧志红:嗯……我刚来,大学毕业,这我可不敢胡说。

张永安:没事,说说,你也在连队有一段时间了,说说你的看法。

欧志红:我觉得吧,咱们连队水资源匮乏,仅仅靠种植棉花是比较难脱贫的,还是需要发展其他产业。可是现在村民很难接受新事物,他们不相信,也不愿意去干,思想比较僵化……

张永安:小欧,你说的这些存在,可这都是客观存在原因,最重要的还是要进一步发挥党员先锋模范带头作用……

3

【旁白】

张永安抵达连队后,迅速开始了工作,和连队干部一起对连队的贫困情况进行了摸底,查明连队致贫原因,现在正在和连队干部商讨2018年春耕春播棉花种子推广。

秦小刚:我觉得张队你这个办法行不通。

赵晓明:我觉得也是,村民根本不认可,他们不会听你的。新品种我们之前也推行过,村民的热情非常不高,最后就是不了了之。

【一段争吵】

欧志红:我觉得张队的方法可以试一试,毕竟这么多年,我们原来的棉花品种都不见效果,亩产不到300公斤。

秦小刚:试试?怎么试?万一今年种下去,村民秋天收获更少怎么办?谁负这个责?村民如果找上门,我们怎么和村民解释?

欧志红;但是我们如果什么都不试一试,怎么知道没有效果?我们连队如何脱贫?

秦小刚:我们可以通过给他们继续赠送扶贫羊等措施。

欧志红:连长,你又不是不知道,就在前几天,有村民就把我们送给他们的扶贫羊给杀了吃了。

秦小刚:那只是少数。

欧志红:可就是这么一些少数,就起到了不好的带头作用。羊到他们手里,我们很难对他们进行时时刻刻的监督。

秦小刚:我从小就在这长大的,有些村民就这样,顽固不化。这个新品种推出去,万一出啥事,他们把我们连队房子掀了都有可能……

【大家沉默了……】

张永安:我负责。如果出事情了我负全责。咱们连队80%的土地都在种植棉花,人均1.8亩,如果不改良品种,根本无法实现稳定脱贫。我已经和中国农科院棉花所新疆研究中心对接好,他们愿意对我们进行产学研组团式科技帮扶,在我们连队试行"土地流转+科技示范+科技扶贫"的新模式,以优质高产棉花新品种"中棉所96A"为核心技术,在咱们连队开展优质棉高产高效与绿色发展技术集成示范,连队村民可以自主选择,改良品种是我们连队脱贫致富的必经之路……

4

【旁白】

在连队的一块空地里,张永安,两队"两委"成员和中国农科院棉花所新疆研究中心的工作人员张国富正在推广种子。

村民1:这个是什么种子?

张国富:这个是我们中国农科院棉花最新的推广品种"中棉所96A"。

村民1:多少钱一公斤?

张国富:二十五六块。

村民1:咋比我们买的种子要贵几块钱。

张国富:这个是我们新研发的种子,成本高,我们已经根据相关政策给咱们优惠好多了。

村民2:这个种子有用吗?我们连队以前也没有种过呀!

村民3:我看难,前年,我们隔壁家就种了一个新品种,当年产量非常低。

村民4:我看这都是花架子工程吧,他们推广一下走了,到时候根本没有人管我们……

【村民们七嘴八舌】

张永安:大家安静一下,听我说。我是咱们连队新来的第一书记,我叫张永安,弓长张,永远的永,安全的安。我就住在连队,大家可以随时到连队找我,我随时都在。我的电话是139……大家也可以随时打电话找我,我24小时开机。

大家听我说,我们连队棉花年均产量一直上不去,亩产一直在300公斤,我是学农的,我仔细研究过咱们连队的地理环境。我们处在塔克拉玛干沙漠西部边缘,本来水资源就匮乏,这是咱们棉花产量一直上不去的一个主要原因,我们通过和咱们中国农科院新疆研究中心合作,给大家推荐这个新品种,这个品种的亩产可以达到400公斤每亩……

热西提·阿不都克力木:你就吹吧,我们才不相信呢。你凭什么给我们保证?到时候你们拍拍屁股一走,我们不就遭殃了。

张永安:热西提·阿不都克力木,你的心情我是可以理解的,大家的担心都是正常的,面对一个新事物,大家难以接受也是正常的。我们在这试行"土地流转+科技示范+科技扶贫"的方式,如果您不想种植,今年你可以把土地流转给我们,然后我们再把你们招过来,我们技术员手把手教你们种植,这样你不仅可以拿到土地流转的资金,还可以拿到一份工资收入,又能学到技术,等来年了,你想自己种植了,你可以继续自己种植,这样大家也不亏。如果有今年就想种植的,现在就可以报名,我们也是同样采取一对一帮扶,进行技术指导,大家觉得怎么样?

村民1:他这个还可以,你觉得怎么样?

村民2:看着还行,不知道真的种下去会怎么样?

村民3:管他怎么样呢,反正土地流转出去我们也不亏。

村民4:那土地流转的钱什么时候给?工资是一个月发一次吗?

张永安:大家放心,我们土地流转是一次性结清,工资也是月发,不会亏了大家。

村民5:这个我看行,我愿意把我的土地流传出去。

热西提·阿不都克力木:我要报名,我自己把我们家的地全种上……

5

【旁白】

阿不都海力·依马木是连队贫困户的代表，在阿不都海力·依马木家里，张永安认为，要扶贫，先扶志气，和访惠聚工作队员以及连队干部带着鸡苗到他们家里。

秦小刚：阿不都海力，最近都忙啥呢？

阿不都海力：收拾收拾院子呢？

秦小刚：去年地里收成怎么样？

阿不都海力：没啥收成，有国家低保呢，我们日子过得还可以。

秦小刚：没想过把日子过得再好一点，靠自己双手致富？

阿不都海力：我们世世代代都是这样子，反正现在又有国家帮助，我觉得挺好。

张永安：阿不都海力，国家帮助是一方面，我们也需要靠自己的双手致富。连队里的年轻人都靠自己的双手养家了，你也不甘落后吧。

阿不都海力：也不是不想，条件不允许，我学也没上多少，没什么知识，也没有技术，我们能干啥呢？

张永安：我们今天带了500只鸡苗过来给你，我们帮助你，鸡养好，养大了，每只能卖100块钱左右。

阿不都海力：这个……我也不会养鸡。

张永安：我们帮你，我们请专门的技术员来帮助您养鸡。

阿不都海力：这个……

张永安：你在想这些鸡苗要多少钱吗？

阿不都海力：嗯！

张永安：我们第一期鸡苗全送给你，不收你的钱。

阿不都海力：也行，我试试吧……

6

【旁白】

阿不都海力·依马木的鸡苗是到了，可是，他把鸡越养越少，一个多月后，500只鸡只剩下200多只了。这个情况被张永安发现了。

张永安:阿不都海力,你最近是不是养殖方面遇到什么困难?

阿不都海力:这个鸡,不好养,每天都要打理,我每天也比较忙,有时候顾不过来。

张永安:阿不都海力,鸡养大了才能卖个好价钱,就像你们家院子里的苹果树,苹果不长熟,都是酸的,不好吃。

阿不都海力:就是的,我有时候嘴馋,也偷偷在院子里摘几个,不好吃。

张永安:阿不都海力,你这个鸡苗呢,也已经养的剩下200多只了,再这样下去也不是办法。你看,我们能不能这样子,我现在把你的鸡苗收回来,然后我把你养鸡的成本还给你,我来养这个鸡。

阿不都海力:张队,那不行。张队,我都养这么大了,你再拿走,我哪有收入呀!

张永安:那就是呀,自己的孩子自己要心疼。那咱们来一个这个约定,这200多只鸡,我们现在开始,两个月后,我要过来看鸡的成长情况,一只都不能少,少了一只,那我就要把鸡苗收回。如果最后鸡出栏,一只不少,我帮你联系老板,一次性把你的鸡苗全部买走,钱全部归你,你觉得怎么样?

阿不都海力:行,我保证到时候一只不少……

下　集

7

【旁白】

在搞起特色养殖的同时,张永安和他的工作队又搞起来养殖大棚,张永安思来想去,决定找一个带头人,米尔阿力木·木沙的年轻人走入了他的视线。

张永安:米尔阿力木,最近大车生意怎么样?这几天都出车了没有?

米尔阿力木:最近不好做,车子多了,生意少了,已经有三天没有出车了。

张永安:你平时一般都跑那些地方?

米尔阿力木:大部分时间都跑图木舒克,有时候也去去喀什,但那边跑得少。

张永安:你经常跑蔬菜吗?

米尔阿力木:蔬菜跑得最多,偶尔也拉拉其他货物。

张永安:有没有想过自己当老板?

米尔阿力木:我自己不行,没有资本,也不会种菜。

张永安:米尔阿力木,我们连队现在有一个计划,我们准备搞大棚种植,你有没有兴趣参加?

米尔阿力木:这个我不会,我以前都没有种过。

张永安:这个没关系,只要你肯干,种植技术免费给你辅导。大棚一年四季都能种,收益也非常不错。

米尔阿力木:可是一个大棚需要好几万呢,我现在手里没有那么多钱。

张永安:这个你放心,我们大棚免费给你装好,不收你一分钱,你就是负责好好地把大棚种植好。我们希望你带一个头,把咱们连队的大棚经济搞活。你看,你跑的地方也多,见识也广,我觉得你可以搞起来。

米尔阿力木:我搞大棚,我的车怎么办呢?

张永安:车子你可以自己用来拉菜卖嘛,以后你就是老板了。

米尔阿力木:老板?我也要当老板了吗?

张永安:对,你也是老板了。

8

【旁白】

在大棚和特色养殖推广的同时,棉花也开始进入了播种期,张永安带着工作队来到第一个报名自己种植新品种"中棉所96A"的热西提·阿不都克力木的地里。

张永安:热西提,今年地里怎么样,农资都准备好了没有?

热西提:张队,农资都准备好了,我现在把地里的残膜收拾一下。

张永安:现在农机联系的怎么样了?

热西提:前两天,连队干部给我联系对接了几个,我从中选了一个,还可以,现在就等着播种了。

张永安:今年有没有信心?

热西提:说实话,没有底,以前我们没有种过,我现在的心都是悬着的呢。

张永安:悬着就对了,我要是你,我也担心呢。但是,热西提,你把你的心放下,我们这么多专家都在这一块帮你种呢,今年肯定有个好收成。

热西提:话是这么说,张队,我们家可都是靠着这几亩地呢,我的心还是紧张呢!

张永安:紧张也好,紧张才会小心,小心才会少犯错。

热西提:张队,你以前种过棉花没有?

张永安:棉花我没有自己大面积种植过,但是我种过其他作物。热西提,我跟你说,做任何事情都要有创新精神,要勇于去改变一些不好的东西。我们中国古人有句老话:树挪死,人挪活。我们有时候要改变一下自己的思路。比如咱们种棉花,如果有好的方法,好的品种,我们要去勇敢地试一试。只有不断去尝试了,才能知道有没有用,才知道能不能成功。如果不试一下,怎么能知道有希望呢?生活,只有不断地去争取,创造,奋斗,才更精彩!

热西提:张队说得对呢,只有努力奋斗,努力改变,才能迎接新生活。

9

【旁白】

大棚种植业在顺利推进的时候,这边阿不都海力的鸡到约定时间了,也快出栏了。

张永安:1,2,3,4……265只,阿不都海力,怎么少了两只?

阿不都海力:张队,这个真不是我的错,是对面家的狗把我们家的鸡给咬了。

张永安:你不会又自己偷吃了吧?

阿不都海力:不是,不是,张队,我真没有,真的是对面家的狗给咬了,我当时还拍了照片,您看。

【说着,阿不都海力急着掏出手机要给张永安看照片,差点把手机给摔了】

张永安:不用了,我知道是对面家的狗咬了,我当时就调查过了,确实是对面的狗咬了。

阿不都海力:哦,张队,你炸我。

张永安:跟你开玩笑呢!我这段时间一直在询问、观察你的鸡苗生长情况呢。总体非常不错,你这次是下功夫了。一会老板就来了,现在心情怎么样?

阿不都海力:非常激动呢!我这两天一直都睡不着觉,就怕张队你来一看,鸡少了,把我的鸡给收走了。

张永安:你的努力,我是看得到的。同样,你偷懒,我也能看到,前面你偷吃鸡的事情,我就没有说你。

阿不都海力:连这个张队你也知道呢!(阿不都海力红着脸不好意思,低下了头)

张永安:阿不都海力,人呀,都有偷懒犯错的时候,知错能改就好。

【话音刚落,一辆车驶入了阿不都海力家的院子,原来是收鸡的老板来了】

王小五:张队,您好,你还亲自来呢?

张永安:你都到了,我不得亲自来一下吗?

王小五:哈哈……来啦,抽个烟。

张永安:不抽了,戒了。

王小五:咋戒了呢?

张永安:年纪大了,要好好把身体养好呢。

王小五:张队说得是,我赶忙回去也把烟戒了。

张永安:你呀,就会说。来来来,我们说正事,这是阿不都海力,你今天就是要买他们家的鸡,你们认识一下。

王小五:您好,阿不都海力,我是王小五,图木舒克专门给酒店送鸡的,叫我小王就行。

阿不都海力:您好,非常高兴认识你。来,我带你去后院看看我们家的鸡怎么样?

【说话间,他们来到了阿不都海力家的后院,看了看鸡的情况】

王小五:非常不错,都是你自己养的?

阿不都海力:张队他们带我养的。

王小五:现在养殖技术怎么样了,接下来还想继续吗?

阿不都海力:养呢,养呢。我觉得养鸡还不错,我要继续把这个养好。

王小五:可以呀,现在都养出信心来了。

【抓鸡,上车,过称。这一次出苗,阿不都海力一下子拿到了近两万元现金,他笑得合不拢嘴,把手上的钱数了好几遍】

阿不都海力:张队,真的非常感谢你,我从来没有一次挣这么多钱,做梦都没有想到,可以挣这么多钱,真的是太激动了。

张永安:阿不都海力,幸福都是奋斗出来的。好好干,你接下来有什么打算?

阿不都海力:我准备自己买一千只鸡苗,自己继续养。张队,你……你能不能帮我联系一下鸡苗?

张永安:当然可以,我回去就给你联系好,你把钱准备好就行。

阿不都海力:钱不是问题,我现在特别有信心。张队,技术上遇到困难了,你可要继续帮我呀!

张永安:这个你放心,随时找我。

阿不都海力:张队,走走走,我请你吃大盘鸡去,我自己养的,我媳妇会做。小王,你也一块,我们去。

张永安:鸡就改天吧,等你下一栏鸡出来了,我亲自给你庆祝,今天我还要去大棚看看。

10

【旁白】

大棚装好了,豇豆也种上了,技术人员正在给米尔阿力木·木沙指导大棚豇豆种植。

张永安:米尔阿力木,最近怎么样?

米尔阿力木:还不错,都挺顺利的,从大棚的安装,豇豆的种植,技术人员都在手把手教我呢,我现在正在学习。

张永安:现在学习的怎么样了?

米尔阿力木:还可以,我现在学会了选种,什么阶段施什么样的肥,学的技术多着呢!

赵星星:米尔阿力木非常勤快,学得也认真,有些东西,他一遍就学会了,再过段时间,他可以带徒弟了。

张永安:是嘛,米尔阿力木,你现在都要当师傅了。

米尔阿力木:哪有,张队,我现在还是个毛小孩呢,还有好多东西要学,赵大哥他拿我开玩笑呢。

赵星星:张队,他真的学得很快,又聪明,前两天,他还说,他要写入党申请书,加入中国共产党,像张队学习,做一个优秀的共产党员。

张永安:哦,是嘛,米尔阿力木,你要加入中国共产党?

米尔阿力木:嗯,是的,张队,我前面还不知道怎么跟您开口呢,我现在就把入党申请书交给你。张队我要加入中国共产党。

【说话之间,米尔阿力木从衣服口袋里掏出了几张纸,缓缓打开:"入党申请书"这几个字写得还挺端正。米尔阿力木双手把它缓缓地交给了张永安。张永安拿着入党申请书,认真地看了看】

张永安:米尔阿力木,入党申请书这几个字你写得不赖,不像你平时写的字迹,是不是找人代写的?

米尔阿力木:这几个字我练习了上百次,因为我觉得这个事情很严肃,所以我要先把这几个字写好。

赵星星:张队,我可以作证,这个确实是他自己写的,他每天都在练习,生怕把字写歪了。他说,想入党,首先要把字写正,就像做人一样,要正气。(说得米尔阿力木脸都红了)

张永安:好小子,可以呀,写字都写出哲学味来了。

米尔阿力木:张队,什么是哲学?

【大家面对面"哈哈哈"一笑】

张永安:哲学是一门生活的学问,以后有空,我好好跟你说说。米尔阿力木,我问你,你为什么要加入中国共产党?

米尔阿力木:因为共产党是先进的代表。你看我们村里,现在路通了,新房子也陆续盖起来了,大家精神面貌也好了,现在大家都干劲十足,这都是共产党给我们带来的。我也想成为一名党员,带领更多人共同致富……

11

【旁白】

金秋十月,连队到了秋收的季节,在热西提·阿不都克力木棉花地里,他正在给棉花过称。

张永安:热西提,棉花还有多少没有收完?

热西提:没多少了。

张永安:热西提,今年产量怎么样?

热西提:非常好,我现在正在过称,我预估,今年亩产能达到420公斤以上,非常好,今年是一个丰收年,多亏了张队你们。

张永安:你不也在努力嘛。

热西提:张队,我从小在连队长大,在这里,我从来没有见过这么高产量的棉花,这是头一次见。张队,你们真是给我们村里带来了致富经。

张永安:咱们连队缺水,土地贫瘠,就需要品种改良。

热西提:这次我是押对宝了,张队,你们推荐的这个品种真可以。

张永安:不是押对宝,是科技的力量,要相信科学。现在种地也要讲究方法方式,选好种子,肥料,滴灌,一个都不能差。

热西提:对得呢,前几年,每到秋收的季节,都把我愁得呀,今年不一样了,产量上去了,挣的钱也多了,日子越过越好了。今年我家收入至少是8万,我准备今年年底给家里买个新车。

张永安:车都看好了吗?

热西提:看好了,我都和媳妇去城里看了好几回了,这次一定要买上,带着媳妇孩子开着新车去图木舒克城里好好转转,咱也当回有钱人。

张永安:好好奋斗,以后的日子还会更好。

热西提:是呢,我现在对日子越来越有盼头了,争取明年在图木舒克买个房子,到时候,第一个就请张队你来做客,等春节了,我开车再把你送到乌鲁木齐……

12

【旁白】

2019年年底,连队通过兵团验收,正式整连脱贫,所有居民也都搬进了连队的抗震安居房,而就在这时候,张永安接到了上级命令,让他回乌鲁木齐担任其他工作。

阿不都海力·依马木:张队,你咋能这么快就走呢,说好去我们家吃大盘鸡的,每次你都推脱,今年我养鸡又挣了20来万,这次说什么也不让你走,必须去我们家吃一次大盘鸡……

米尔阿力木·木沙:张队,我今年的大棚收入有十几万了,我自己也准备盖几个大棚呢,你还是我的入党介绍人呢,我现在还没有正式入党呢,你说什么也要等我正式入党呀!

热西提·阿不都克力木:张队,我今年买房了,你要到我们新房去看看。

努热曼姑·吾司曼:张队,我们“巧手美美”缝纫合作社是您一手帮我操办起来的。我们合作社现在越来越好,今年姑娘们每个人都挣了五六万块钱,我已经选好了新厂址,就等着您去给我参谋如何建设呢。

……

【群众挽留】

张永安:乡亲们,大家听我说,能看到大家如此这样对我,我真的很感动。现在大家的日子也越来越好了，咱们乡亲们今年也都搬进了新房。能看到大家脱贫是我来这里最大的心愿，我现在非常开心。我也不是要走，只是工作需要调整。我会经常来看望大家。这里就像我的家，我能够看到自己的家越建越好是我最大的荣耀。我会常回家看看，希望我再来的时候，大家都已经开上小车了……

群众齐声：好！我们一定不负张队长所望！

“全国脱贫攻坚奖创新奖”荣誉称号获得者张永安（左）和职工在一起

创作札记

有一种力量叫信念

剧的创作对于新闻工作者来说一直是一个难点，这次拿到张永安的创作任务后，心里沉甸甸的。张永安是“中国全国脱贫攻坚奖——创新奖”获得者，这样一个人物，说好些，也好写，说不好写，也不好写。因为他作为扶贫第一书记，关于他的故事会非常多，素材也会非常多。但有很多关于他的事迹都是零碎的，要想把这么多的事迹串成线，还有戏剧性，相当有难度。拿到选题后，我们第一时间深入他工作的地方，进行现场采访，获取第一手资料，并且采访了他周围的群众以及同事，同时对他的家人进行了采访。除了面对面采访，我们还在连队以及相关新闻报道中搜集关于他的所有的事迹材料。正如我们所预料，材料太多，太杂，不好落笔。

在一次次苦苦寻觅思索之后，最终决定以张永安任职结束离开的场景作为开头，然后倒叙，从张永安为什么去，去了之后如何开展工作，以及从以科技力量带动棉花创收、多元增收等几个方面选定典型人物进行创作，并最终选取事迹的几个关键点来反映戏剧的冲突，塑造人物性格，最后回到张永安离开村里的场景，呼应开头，来结束整个剧本创作。

创作过程中，兵团广播电视台王安润副台长提了好几条宝贵意见，并且指出，有些语音太新闻性，联播体比较严重，我又继续修改，几易其稿，最终呈现出现在的结果。

由于是第一次创作，剧本还有很多的不足，比如细节不够鲜活、戏剧冲突的张力还不够、人物性格刻画的还不到位，等等，留下了不少遗憾。

【编剧简介】

孟凡磊，男，汉族，1983年出生，江苏丰县人。从事新闻工作15年，先后获得中国新闻奖一等奖1次、中国新闻奖三等奖1次，新疆新闻奖一等奖2次、二等奖6次，兵团新闻奖一等奖8次，二、三等奖20余次。2021年入选国家广电总局“青年创新”人才称号。

何起银，毕业于石河子大学，现在兵团广播电视台全媒体中心从事记者工作，新闻作品多次荣获新疆新闻奖和兵团新闻奖。

心心点灯

编剧 \ 刘　茗

主要人物

徐江丽：女，35岁左右，汉族，中共党员，新疆生产建设兵团石河子市新城街道办事处16社区居委会残疾人工作专职委员，是一名听力障碍患者；温柔、热情。

邢纪勇：男，40岁左右，徐江丽的丈夫。

徐江丽儿子：男，10岁左右。

刘宇皓：男，17岁，汉族，患有自闭症，在徐江丽的帮助下，渐渐有所好转。

晏未英：女，40~45岁，刘宇皓的妈妈，曾一度因为刘宇皓的病情痛苦不堪，在徐江丽到来后，逐渐放下了心理压力。

王芳：女，37岁，精神分裂症患者，敏感多疑，缺乏自信，内心充满挫败感，自我认同感低，在徐江丽的帮助下，正接受帮助与治疗。

王芳丈夫：男，40岁，酒厂工人，对王芳每次发病束手无策。

同事、路人、医生、鉴定人员等若干人。

上 集

1

【写字声】

徐江丽:(写日记)2006年6月,天气,晴。人生就像一张地图,有平缓的平原,有耸立起的高山,也有深沉的低谷。在时间没有来到之时,你并不知道最先遇到的,究竟是平原,是高山,还是低谷。而且,不论是哪一个,它都会出现在你的生命里,避无可避。

【办公室内,收拾东西】

同事:江丽,下班了啊。

徐江丽:诶,好。李姐,之前有个病人约好了明天来打针,你别忘记了。

同事:记住了。(开玩笑的)快回家吧,你这个工作狂,哈哈哈,我先走了。

徐江丽:嗯,再见,李姐。

【在日历上拿笔圈了几下】

徐江丽:(小声念叨)明天……预约好的病人。啊,这个病人之前的预约推迟到明天了。嗯,行了。

【拿起衣服,从办公室出来走到马路上】

徐江丽:(突然想起)哎呀,说好了今天给儿子买学习资料的,差点忘了,我得赶快过去,不然一会儿书店下班了。

【加快脚步,远处有车开过来】

路人:(提醒)哎!别过去,有车!

【徐江丽突然回神,看到车……】

【刹车声,耳鸣声】

路人:出事了,出事了!怎么办啊?叫救护车吧!/这不是那个卫生室的徐医生吗?/是啊,而且刚才这个司机也不减速,我看着车冲过去的。

2

【医生办公室】

邢纪勇：医生，她的情况怎么样？

医生：初步检查判断，是听力障碍，外伤刺激引发的听力下降，影响到了听神经。因此，她现在可能听任何的声音都会有点费劲，目前也没有好转的迹象。当然，她现在这个情况……因为是车祸引发的，所以有必要三个月以后，听力下降情况基本稳定了，去指定的医疗机构做一下伤残鉴定，确定一下听力丧失的分贝数和听力障碍程度。

邢纪勇：那……那她的听力有可能恢复吗？

医生：这个……（叹气）不好说，恢复的可能性不大。

邢纪勇：（着急）手术呢？手术也不行么？

医生：（解释）她不是完全听不见，只是听到的声音比较小。你看，她现在的状况，是裸耳500、1000、2000、4000Hz的4个频率平均听阈在26至40分贝的听力损失，按数据来讲，只是轻度听力损失，是有概率恢复的，但是她需要保持良好的生活状态。如果她近期的心理状态和生活状态都不好，那么很可能听力恢复困难。我给你开几服药，让她先吃着。但是你们呀，务必让她保持好心态。

【推开病房门】

徐江丽：纪勇，怎么样？医生有没有说什么？

邢纪勇：嗯？没有，没说什么。

徐江丽：（听不清）什么？你怎么说话声音这么小。

邢纪勇：（轻轻叹了一口气）唉！

【走过来坐下】

邢纪勇：你没事，就是最近可能耳朵不太好使，说不定啊，过一阵就好了。

徐江丽：（沉默一下）我的耳朵，真的能好吗？

邢纪勇：怎么不能，你可不能丧气啊。你听不清，我离你近一点不就行了。

徐江丽：（笑一声）嗯。

【办公室内】

鉴定人员：之前你过来做的三个检查，（翻资料）这个耳窥镜、声阻抗和听力测试,结果已经出来了,你这个情况呢……这几个月也没有好转的迹象,听力也的确出现了损伤,所以确实属于听力障碍了。这个是我们给出的鉴定报告。

【关门,两人走出,楼道里有一些残障人士及其家属】

残障人士家属1:您好,您看这个我还需要办一些什么手续?

邢纪勇:(有点担心)江丽……

徐江丽:嗯?

邢纪勇:我们要不要,再去市里的医院看看,实在不行我们去一趟北京的医院……

徐江丽:(打断)没事。

邢纪勇:(还想说什么但是没说出口)你……

【低沉音乐入】

残障人士家属2:(推轮椅)不好意思,麻烦让轮椅过一下。

邢纪勇:啊,不好意思,你们先过。

残障人士家属2:谢谢。

【轮椅经过,远处有人走过来】

办公室职员1:你昨天没看到,有个男的工伤,来做鉴定,左边胳膊都没了。

办公室职员2:啊,这么可怜。

办公室职员1:是啊,你是不知道残疾人生活有多困难,自己生活自己照顾不上,那个医药费也贵,拖得家里越来越困难。

【对话淡出】

徐江丽:走吧,咱们去一趟市场,儿子还在家等着吃饭呢。

邢纪勇:嗯。

3

【市场,下午】

卖菜老伯:诶,来买菜啊?

徐江丽:(笑一下,打招呼)诶,老伯。

卖菜老伯:诶哟,今天怎么两个人一起来的,这么有兴致。

邢纪勇:老伯,我今天陪她出来走走,这不是最近没那么忙嘛。

卖菜老伯:真好真好。诶,要啥你们自己选啊。

邢纪勇:好嘞。

【拿袋子挑菜】

徐江丽:你俩刚才说什么呢,嘀嘀咕咕的。

邢纪勇:嗯?哪有嘀嘀咕咕的,我俩就打个招呼,你不是经常来这老伯家菜店买菜的嘛,打个招呼也应该的。

徐江丽:哦。

【家里关门】

徐江丽儿子:(喊)妈!

徐江丽:前几天你说的学习资料,给你买回来了啊。晚上给你做排骨吃。

徐江丽儿子:嗯,好。(停了一下)妈,今天早晨谁敲门敲了那么久啊,你咋也不去开门。

邢纪勇:行了,快去做你的作业吧。

徐江丽儿子:哦,好嘞。

邢纪勇:(转向徐江丽)早晨谁来了啊?你没开门?

徐江丽:开了,前面没听见。是社区的工作人员,来问问我的情况的,我不是听不清嘛。

邢纪勇:这个还要登记啊?

徐江丽:那可不,现在登记的都可全了。咱们这残障人士也还不少呢。

邢纪勇:现在的社区工作人员不容易啊,你看看,跑上跑下的,都得照顾。

徐江丽:是啊,我还跟他们聊呢,身体不行的,智力不行的,生活都太困难了,像我这样的,都还算好的呢。

邢纪勇:呸呸呸,你好着呢。

徐江丽:嗐,刚开始,谁能转过来这个弯儿啊,我不是也适应了好久嘛。对了,明天我还得去一趟社区,有些资料还得带过去。儿子明天要开家长会,就你跑一趟吧。

【社区办公室】

社区工作人员1:小王,你们那个残障人士的汇总表统计完了没有?

社区工作人员2:没呢,最近都只能抽空去挨家挨户跑,根本跑不完啊,人手也不够,我们这边手头的资料都堆成山了。那个统计表啥时候要交啊?

社区工作人员1:没说啊,你问问领导,时间短的话,让上头再宽限几天呗。

社区工作人员2:哎,那我先把手头这个活儿忙完再问一问。诶,听说最近社区在招聘考试啊,要是招到新人来,估计咱们就能轻松一点了。

社区工作人员1:嗐,社区这么累,谁愿意来呢。

徐江丽:你好,我来交一下个人资料。

社区工作人员1:哦,你好,我看一下。(小声)复印件一张,两张,表格,照片……嗯,没错了。

徐江丽:好呢,辛苦了。对了,你们刚才在说,社区招聘?

社区工作人员2:我们这边啊,都是服务保障工作,这个片区残障人士又多,我们这些人根本就忙不过来。

徐江丽:那平常都做些什么呀?

社区工作人员1:什么都干呀,挨家挨户跑。谁家缺东西了,药没了,犯病了,精神状态不好了,有矛盾了,都得去呀。

徐江丽:那些都是残障人士?

社区工作人员1:嗯,毕竟,给点人文关怀很重要嘛,可能很多人,恰巧就是得到了那么一点点的关心,就重新振作起来了呢。

4

场景1:

【夜晚家里】

徐江丽:纪勇,我准备去参加社区招聘考试。

邢纪勇:(惊讶)你不好好在原来的单位,跑到社区去干什么?

徐江丽:你不知道,有好多残疾人,很可怜,他们需要帮助的。

邢纪勇:你知不知道跑社区工作有多累?原来安安稳稳的不好吗?

徐江丽:我总觉得,这些人需要我。

场景2:

【考试中】

监考人员:请大家对号入座,并将本人准考证和身份证放在桌面,以备检查。不准携带字典、书籍、笔记、纸张、报刊、电子翻译器等物品进入考场,通信器材将统一保管。请大家严格遵守考场纪律,保持肃静。不准交头接耳、旁窥、打手势等方式传接信息，严禁偷看他人答卷或者有意让他人抄袭，严禁换卷、冒名顶替及其他违纪违规行为。

场景3：

社区主任：欢迎我们的新同事，徐江丽同志。让她来跟大家说几句。

【大家鼓掌】

徐江丽：大家好，我叫徐江丽，之前是一名医生，也是一名听力障碍患者。

【大家发出一点点议论声】

徐江丽：在这之前，有很长一段时间，我都不能接受自己成为残疾人这个事实，也不能适应这种转变后的生活。但是在看到了几名残障人士的现状后，我感到非常难过，所以想通过进入社区工作的途径，来帮助他们。谢谢。

社区主任：好的，谢谢徐江丽。那么鉴于你说的这些，领导会考虑把残障人士的专项工作交给你的。等会议结束后，到办公室详谈吧。

5

【敲门，开门】

晏未英：你是？

徐江丽：你好，我是16社区的残疾人工作专职委员徐江丽，我来统计一下您这里的情况。

晏未英：啊，进来吧。你是新来的？之前来家里的是一个瘦瘦的小丫头。

徐江丽：对，我才考上的，现在这片片区的残障人士都是我来走访了。

晏未英：坐吧。

【翻茶叶没翻到】

晏未英：（不好意思）哎，来，你喝点水。

徐江丽：嗯，谢谢……我其实，主要是想了解一下您家里的状况，之前的资料也不太全，所以我想来您家看一看。

晏未英：是我儿子，刘宇皓，他有自闭症。

【走过去，站在门口】

徐江丽：（轻声）刘宇皓？

刘宇皓：（有点害怕的反应，本能拒绝）

徐江丽:别害怕,我不过去。

刘宇皓:(轻微呼吸声,看对方没有进来稍微放松)

徐江丽:你在画画吗?

刘宇皓:(很轻声)嗯。

徐江丽:床头的那幅画是你画的吗?

刘宇皓:嗯!(肯定的气声)

徐江丽:那个小兔子画得真好看,你很厉害呀。

晏未英:他不爱说话,你跟他说,他也像听不见一样,好像有一个自己的世界,我进不去。他胆子也小,容易惊吓,听到我们的动静就回避。

徐江丽:他一直都是这个状态吗?

晏未英:是的,去医院也查过了,医生说是假性自闭症,但发病情况比较严重。

徐江丽:那你现在每天都在家陪他?唔,没有继续工作什么的?

晏未英:嗯。他这个状况,一天离了人都不行。我不放心他,现在都靠他爸的工资了。

徐江丽:对了,你们家里现在有享受到什么政策吗?

晏未英:这一块儿我们都不太懂。

徐江丽:这样吧,我今天回去帮你们查一查,看看相关的政策,要是有适合你们的,我明天再过来一趟。

晏未英:诶,谢谢你啊。

【写字声】

徐江丽:(写日记)2007年8月,天气,晴。孩子的眼睛,本应是世界上最亮丽的一抹光,但是有些光,被窗棂挡住了,瑟缩在自己的小世界里,不想离开。而其实,他们只是需要一双推开那扇窗户的手和一句温暖的话语。

下　集

6

【晏未英家】

晏未英:哎哟,江丽来啦!

徐江丽:英姐,我昨天去书店,看到有几本绘本,感觉宇皓可能会喜欢呢,就带过来了。喏,还有一些白纸,给他画画用。

晏未英:让你费心了。

徐江丽:宇皓这几天怎么样?

晏未英:挺好的,挺好的。这一年啊,多亏你跑前跑后的,他现在都能跟我多说一些话了。

徐江丽:那就好。诶,英姐,我前几天去了一趟卫生院,那个医生我不是认识的嘛,就跟他说了说,让他定期过来给宇皓看一看。还有啊,现在咱们社区这边有挺多志愿者的,都报名说要过来帮忙,我就给他们统计了一下,回头你这边要是有什么事情,我让他们过来给你帮帮忙。

晏未英:谢谢你呀。

徐江丽:嗐,谢什么呀。还有啊英姐,我去阳光家园帮宇皓联系了日间照料,也给你申请了全程陪护一个星期,你看看你愿不愿意带宇皓过去一趟?

晏未英:真的吗?哎呀,真的是,我都不知道该怎么感谢你了。

徐江丽:呵,小事儿。我去看看宇皓啊。

【走过去】

徐江丽:宇皓。

刘宇皓:(自闭症儿童说话比较缓慢)徐阿姨。

徐江丽:在干什么呀?阿姨过来看你了。

【晃了一下书】

刘宇皓:在看书。

徐江丽:什么书呀?

刘宇皓:《安徒生童话》。(顿一下)徐阿姨,你再给我讲个故事好吗?

徐江丽:好呀,那今天给你讲丑小鸭的故事好吗?

刘宇皓:嗯!

徐江丽:(念故事)这是一个可爱的夏天。黄澄澄的小麦田,加上牧场的干草堆,真是美丽极了。在温暖的阳光照映下,河水闪烁着粼粼的波光。河岸边的农舍里,有一只鸭妈妈正在窝里专心又认真地孵蛋。这些小宝贝们还需要一小段时间才能从蛋里出来。不久以后,蛋一个接着一个地裂开了,从每个蛋里都钻出了一只活蹦乱跳的小鸭宝贝。鸭妈妈站起来数了数,"有一个蛋还没有孵出来。看来我还得再多孵几天了。"

【写字声】

徐江丽:(写日记)2008年7月,天气,晴。阳光带着温度照下来,让人感到惬意和满足。可是在阳光照不到的地方,在原本伸出手只能触摸到黑暗的地方,只要点起一盏灯,恐惧和未知都会渐渐消除。而那盏灯亮起的地方,就是最深处的人心。

7

【办公室,电话响】

晏未英:(电话效果)江丽啊,我是晏未英。

徐江丽:诶,英姐。

晏未英:(电话效果)我没啥事,就是谢谢你啊。我带宇皓去阳光家园,院长看到我有多年照护的经验,而且也还有点文化,就让我留下做代课老师,我和宇皓就都留在阳光家园了。我要赶紧打电话谢谢你啊。

徐江丽:真的嘛!恭喜你啊英姐,这样你有收入了,宇皓的事也不用愁了。真好,真好。

晏未英:行,哪天你有空了啊,到家里来吃饭!

徐江丽:好啊姐,等过一阵吧,最近我这有点忙,要参加社会工作师的考试,而且还有几家人的情况有进展,得跑几趟。等我跑完这几趟,就去看你们啊!

【挂电话,拿起资料】

徐江丽:(念资料)王芳,已婚,有一个女儿,特征,患有精神分裂症,孤僻多疑,淡漠,发病时情绪急躁易怒。(叹口气)跑一趟吧。

【楼道敲门,门内传来摔东西的声音】

【门内效果，精神障碍导致的哭声】

徐江丽：（试探问）王芳？王芳？

【隔壁开门】

邻居：（探头）你找……这家？

徐江丽：对，你好，我是16社区的残疾人工作专职委员徐江丽。

邻居：哦，你好。

徐江丽：我刚敲门了，她家也没人来开。

邻居：（小声）这个王芳啊，真是让人害怕，有病了也不去治，每天都在家哭闹，搞得我们也怕啊。

徐江丽：您能具体跟我说说吗？

邻居：（小声）我也了解得不仔细，不过啊，说是得了精神分裂症，经常在家里摔东西砸东西，连楼道里的扶手她都砍，拿个菜刀在这乱晃，我们都躲着她，这……谁知道哪天会不会搞到我们邻居家里来，吓死个人。

徐江丽：她……没有去做过心理疏导，去看看病什么的？

邻居：（小声）怎么说嘛，她家那个男人关心是关心，可也搞不定她，一发起病来吓死人，谁敢劝哦。

徐江丽：行，谢谢你啊。我再去敲敲门看看。

【邻居关门，徐江丽继续敲门】

徐江丽：王芳？王芳？

【门内砸东西的声音，楼道里传来急促的脚步声】

王芳丈夫：呃……

徐江丽：啊，你好……

王芳丈夫：（顾不上打招呼，迅速开门，着急）王芳！你又咋回事嘛。

【王芳从前面的大声哭转为低沉的小声哭，持续】

王芳丈夫：你看看，丫头要放学回来了，快缓缓，收拾收拾。

王芳：你到哪儿去了，你是不是找别人去了，你觉得我有病。

王芳丈夫：哪能嘛，你别想那么多行不行，我这不是回来了嘛。

王芳：（嘟嘟囔囔）你们都嫌弃我，都嫌弃我……

【把地上的碎片扫掉，拿药】

王芳丈夫：来，把药吃了，吃完了睡一会儿。

【王芳吃药】

【关门声】

王芳丈夫:不好意思啊,你刚来就碰到她这样,她今天状态不太好。

徐江丽:嗯。上次你去领王芳的残疾人证,想让社区给帮帮忙,我就给领导汇报了,领导让我先来了解一下基本的情况。

王芳丈夫:感谢,感谢。

徐江丽:看这状况,我们也得赶快拿方案了。具体的你跟我再说一说。

王芳丈夫:哎,状况嘛……大概也就是刚才那样了。她不犯病的时候,看起来也挺好的,也能正常说话,但是一犯病就收不住。

徐江丽:那她现在,也不怎么出门吧?

王芳丈夫:不敢让她出门啊,万一闹出个什么事,我也解决不了,咋整?

徐江丽:那你有带她去医院看看吗?

王芳丈夫:看了,在绿洲医院。哎,前后住了两次院,还要一直吃药,我这点儿工资啊,快负担不起了。

徐江丽:亲戚之间没有帮衬一下吗?

王芳丈夫:哎,这几年亲戚都疏远了。她这个样子,亲戚哪敢来啊,都躲得远远的。

徐江丽:女儿呢?

王芳丈夫:丫头啊,丫头也跟她不太亲了,她一犯起病来基本上谁都不认,我都怕丫头心里再出点什么事。

徐江丽:没事,你别着急,我这边帮你看看有啥是我们社区能做的,尽量给你们帮帮忙。

王芳丈夫:谢谢你们了啊。

徐江丽:这样吧,考虑到你家这个情况,我今天先回去,找找人,再订个方案什么的,然后再过来找你。

王芳丈夫:行,那就拜托你们了。

8

【办公室,打字】

徐江丽:(独白)服务对象的问题与需求分析:经济、生活方面,王芳因病无法就业，王芳丈夫是新安酒厂的工人，单位效益不好，工资低，因求医问诊、子女求学、生活开销等，致使家庭生活困难。康复方面，王芳病情较重，发病时，常无故与邻居发生争执，在家里发泄，摔打东西，门上、楼梯扶手也被她用刀砍砸多处，给亲友和邻居造成了极大的精神恐慌。而其女儿也因为母亲的患病，性格、心理发生变化，出现避免与他人交流、母女关系疏离等问题。王芳患病后，因需长期服药，家庭经济每况愈下，她的康复问题是这个家庭迫切希望得到解决的主要问题。心理方面，因长期失业、发病，王芳有极大的生存压力，缺少自信，内心充满挫败感，自我认同感低，需要帮助其恢复自信心。社会交往方面，王芳性格极其孤僻，与亲戚关系疏远，几乎不同邻居交往，与外界交流也很少，信息闭塞，对身边发生的事物较淡漠。

【打字停，徐江丽思考的气声】

【打字继续】

徐江丽：（独白）服务计划：1.为王芳提供情绪疏导服务，鼓励王芳说出她的困境与痛苦，通过放松技巧、心理疏导的训练使她能够自我调节心情，逐步建立起对自己的认同感和自信。

【以下部分作为背景音垫在上述内心独白里】

场景1：

徐江丽：你现在感觉怎么样？你觉得哪里想不通或者让你不舒服吗？

王芳：（不发病，语气比较淡漠）嗯，还好。我也不知道哪里想不通，我只是控制不住……

【打字】

徐江丽：（独白）2.挖掘王芳的潜在能力，鼓励王芳积极参加社区活动，提升她的自我认同度，强化自尊、自我能力和价值。

【以下部分作为背景音垫在上述内心独白里】

场景2：

徐江丽：我看你很喜欢手工呀，毛衣围巾织得都很不错，你有没有考虑过多织一些拿出去……

【打字】

徐江丽：（独白）3.提供康复医疗服务，协助王芳积极治疗，与家人共同解决她的康复问题。积极争取残联、居委会的资源合作，为她提供最低生活保障、医疗救助、残疾补助等。

【以下部分作为背景音垫在上述内心独白里】

场景3:

徐江丽:我今天去残联问了一下,有几项保障是可以给你们申请的。

王芳丈夫:是哪几项你具体跟我说一下。

徐江丽:我汇总了一下……

【打字】

徐江丽:(独白)4.进行家庭治疗,重塑和谐、健康的家庭氛围。

【以下部分作为背景音垫在上述内心独白里】

场景4:

王芳丈夫:老婆,我今天给你带了个礼物。

【打字】

徐江丽:(独白)5.组织王芳的丈夫参加精神病患者护理知识培训班,进行学习。

【以下部分作为背景音垫在上述内心独白里】

场景5:

讲师:精神病是一种长期的慢性疾病,家属需要逐步适应自己的新角色……

【打字】

徐江丽:(独白)6.开展社区教育和社区宣传,为包括王芳在内的残疾人建立社会支持网络。

【以下部分作为背景音垫在上述内心独白里】

场景6:

徐江丽:(电话效果)明天下午社区有个社区教育宣传活动,你们都来参加呀,要多接触接触人群。

王芳丈夫:好呢,明天我带她去。

【打字停】

9

【户外,社区活动,有演出的文艺节目】

徐江丽:(寻找王芳和她的丈夫气音)诶,在那。

【走过去】

徐江丽:王芳,你们来了。

王芳:刚才在那边,和邻居稍微聊了两句。

徐江丽:可以呀,都聊了什么?

王芳:她们问我是怎么把毛衣打好的。

徐江丽:说到这个,一会儿社区活动有打毛衣的比赛,你要不要试试?

王芳:算了。

徐江丽:试试呗,以你的手法,肯定能拿第一。

王芳:(停顿一下)谢谢。

【夜晚,徐江丽走回家的脚步声】

【写字声】

徐江丽:(写日记)2011年8月,夜,天气,晴。你并不知道在这一生里最先遇到的,究竟是平原,是高山,还是低谷。而且,不论是哪一个,它都会出现在你的生命里,避无可避。

【脚步停】

徐江丽:这个老邢,还给我留了灯,是怕我看不清路吗?

【闪回市场】

邢纪勇:老伯,她耳朵听不太清,以后她来买菜,你跟她说话离得近一点。

【闪回结束】

【写字声】

徐江丽:(写日记)也许某些黑暗的时刻让人害怕,让人胆怯,但人的伟大正在于,即便身处黑暗,也可以点亮心灯前行。

“全国残疾人工作先进个人”“首批全国专业社会工作领军人才”“全国三八红旗手”

荣誉称号获得者　徐江丽(右)

艺术源于生活，高于生活

广播剧是近些年新兴发展起来的一个门类，它有着电影感的声音塑造能力、故事过渡和不同性格的人物。其中，有一大部分广播剧，是有现实人物为原型的。而广播剧的创作和基础的文学创作一样，是源于生活，却高于生活的。

提到广播剧，大部分人的第一反应是“分角色朗读”，其实这是有声小说的规则。广播剧的写作细分下来，需要注意的规则非常多。首先非常重要的是人物设定。一个角色，在设定好他的性格特征、人生经历之后，他的说话方式、处事行为，就不能太过偏离这个设定，否则就会出现人物出戏的问题。在《心心点灯》中，主角徐江丽是一个温柔但性格坚毅的女子，有礼貌，讲方法，是一个遇事勇于向前的人，所以在写作的过程中，我就尽力将她的坚持与内心的柔软穿插起来。其次，在剧本的写作中，对话是第一位的，旁白和内心独白是第二位的。很多人会把广播剧归类为有声小说，是因为他们不懂得广播剧的创作形式。有声小说是以读为主的，以遵循原文为基本规律。而广播剧是需要创作的，它以人物对话为基础，需要用人物的对话来体现这个人物的特征。比如，一个说方言的角色，或者一个带有口头禅的角色。在这个基础之上，语言是可以具有带动性的，是可以透露信息的。比如，在转场之前，由角色来说出他们即将去哪儿，即将做什么事情，这也是用对话体现场景的一种艺术。旁白和内心独白，并不是很讨巧的方式，因为会拖慢剧情的节奏，并且不是通过人物语言去体现的部分，会很难深入人心。再次，剧情的过渡要把握住“时间线”。在一个整体的故事当中，因为篇幅并不长，所以要将时间线设定得合理就显得尤为重要。而在这个方面，也更能充分体现出“源于生活，却高于生活”这个点。毕竟在人物的生平当中，遇到的事不会集中在某几天，但我们需要的故事，却是高度浓缩的。当人物的故事呈现分散状态的时候，编剧首要的任务，就是筛选，再将剩下的部分串联起来，串成一整个故事。而故事是需要有起有落，有平铺直叙，也需要有高潮迭起。怎样去设定这个最突出的部分，最打动人的部分，是编剧非常重要的一课。最后，关于故事的设计其实也是非常重要的，就像电影当中有很多蒙太奇或是其他的手法。当一个人物身上的片段琐碎且不好串联的时候，蒙太奇的手法就非常地实用。它可以把一些闪光的部分串联到一幕里，再通过这些快节奏或是精细的过渡来从侧面衬托人物，立住这个人物。而我在这次的写作中，运用到了穿插日记的方式，虽然不是特别大的亮点，但也是烘托主角与氛围的一种方式。

在这次的写作当中，我也是首先查阅了主角"徐江丽"的所有经历，并进行了筛选和拼接。考虑到我并没有在现实中接触过徐江丽，因此我通过自己的合理想象，赋予了我脑海中的"徐江丽"应有的人物性格和行为规范，并将我脑海中的她写在了故事当中。她是一个听力障碍者，但她同时也是个温柔坚强的人；她有过脆弱，但也重新站了起来；她会认真询问和聆听需要帮助的人，也会想尽办法去帮助这些需要帮助的人。而这也是"徐江丽"这个人物的闪光点所在。正因为她能够感同身受，所以她对于残障人士内心的那种关怀，才能更加深入人心，她才能点亮很多人的"心灯"。这一点，也正是我通过这个剧本、这个故事想表达的。

有人说，失去视觉手段是广播剧的弱点，然而恰恰是因为没有视觉手段，才能充分调动听众的想象力，让听众在听到声音的同时，将感官想象参与到艺术创造中，从而得到特殊的艺术享受。因此，听众不仅仅是广播剧的参与者，还是创造者，所有的听众都是创造者。每个人在听完一个剧目后，脑海中所呈现的画面都是不一样的，这也是广播剧的魅力所在。自由自在的想象，总会让人获得最大的满足，也正因如此，才会有很多人喜爱、执着于广播剧。有时候，让我们记忆最深的并不是具体的事物，而是因具体事物引发的美好的感官体验，广播剧就是这样的产物。因声音而想象，波澜起伏；因想象而获知美好，动人心魄；因美好而永久记忆，恒久绵长。

勇者无敌

编剧 \ 马小迪

主要人物

柳斌:男,40岁,兵团第二师金三角公司商贸城电工班原班长,现金三角商贸城副经理;个头矮小,长相憨厚,性格耿直倔强;用实际行动践行见义勇为、无私奉献。

丁荣华:柳斌妻子,36岁;性格温柔,坚毅,有主见。

儿子:柳斌儿子,14岁。

陈大爷:商贸城看门大爷,68岁。

高建华:男,45岁,柳斌电工班同事。

冯小勇:男,30岁,金三角商贸城商户。

董事长:男,50岁,汉族,兵团第二师金三角公司商贸城经理。

电工甲、乙,中年妇女、医生、护士、主持人等群演。

【旁白】

生活中，明哲保身是大多数人的信条，然而，总有一些看似普通的勇者，会为了陌生人挺身而出。他们没有拯救地球的超能力，但是在危险来临的瞬间，他们身上迸发出的人性光辉能战胜一切邪恶，唤醒人们的良知和勇气。

上　集

【清晨街道上的嘈杂声】

【商场卷帘门拉开的“哗啦”声】

陈大爷：哎哟，柳班长，又是第一个来上班啦？

柳斌：是啊，陈大爷，今天我值班，反正在家也待不住，还不如早点过来。

陈大爷：（打趣的）我看你呀，就是闲不住！我每天早上开这大门，你都是第一个到，不知道的人还以为你天天值班呢。（二人的笑声）

【二人有说有笑走入商场的背景声】

【收音机里传来“morning有精神，大家早上好，我是爽朗，经过昨天春雨的洗涤，我们城市又迎来美好的一天……”的音效】

【开关门声】

柳斌：（调侃的）哎哟，建华，你今天怎么来这么早？真是太阳打西边出来了。

高建华：（尴尬的）我也不想来这么早，我家那个母老虎一大早上就不放过我，在我耳边不停地叨叨这叨叨那，我都快被烦死了，这不，赶紧逃啊。

柳斌：嫂子人这么好，你还不知足。

高建华：我家那个母老虎要是有你老婆一半的温柔贤惠就好喽。

【电话铃声】

柳斌：（温柔的）喂，老婆，啥事啊？

丁荣华：（电话效果）老公，你早上走得早，我还没来得及跟你说呢，今天是你的生日，中午一定要吃长寿面啊，吃了长寿面才能够长命百岁。

柳斌：啊？今天是我生日？你看我都给忘光了。

丁荣华：（电话效果）还有，晚上一定要早点回来，我做好一桌子菜，妈说一定要给你好好过个生日。

柳斌:妈身体不好,别让她老人家操心啦,下了班我就回!

【滋滋的电流声】

冯小勇:柳哥,你慢点,别摔着了。

高建华:冯小勇,我说你这个人吧,老爱瞎操心!你柳哥还不是七老八十,这个高度他上下自如,绝对不可能摔下来的。

冯小勇:那不行,我柳哥可是我心目中的大英雄,他可是我的榜样,咋能因为给我修灯管,就把我心目中崇拜的人给摔着了呢。

柳斌:都少贫了,你们俩赶紧给我扶好梯子,我马上就搞定了。

冯小勇:不着急啊,柳哥,你慢慢弄。你看每次我店里出点啥问题,我老麻烦你,你总是第一时间赶过来,搞得我都不好意思了。

高建华:既然你都不好意思了,那就拿出点诚意,中午请我俩吃个饭。

柳斌:(责怪的)哎,建华,咋能说这个话么,人家小勇挣点钱不容易。再说了,咱们帮助他们这些商户也是分内的事。

高建华:少说废话,今天你生日,咋样都得整上一桌。

冯小勇:啥?柳哥,今天是你的生日?那我更应该好好请你吃一顿。就这么说定了,我现在就打电话订个包厢。

柳斌:(阻拦)订什么包厢啊,你嫂子让我必须吃长寿面。我看这样,等会儿咱们就一起去吃碗重庆小面,就当给我过生日了。

冯小勇、高建华:(齐声反对)哎,那咋行?不行不行,过生日只吃碗面太寒酸了。就是,就是。

柳斌:就这么定了。走,建华,咱俩再去正门转转,其他地儿咱们都巡查了一遍,反正也快到饭点了,小勇,我俩巡查完就直接去重庆小面等你啊。

冯小勇:好嘞,一会见。

【旁白】

在柳斌看来,这原本是他人生中很普通的一天,然而就是这一天——2013年3月7日中午14时50分,一名暴徒手持一把砍刀在库尔勒市金都广场电玩城外见人就砍,在不足三分钟的时间内连续砍倒多人,并且杀气腾腾地朝商贸城冲来。

【"杀人啦!"一声惊恐万状的呼喊声】

【广场上一群鸽子"呼啦啦"被惊起声】

【各种惊叫声,杂乱的跑步声,汽车的鸣笛声】

【紧张的背景音乐】

【金三角商贸城内乱哄哄的声音】

【有女人的尖叫声,有小孩子的哭喊声】

柳斌:(喊)陈大爷,陈大爷!

陈大爷:(气喘吁吁地)哎呀,柳班长。

柳斌:陈大爷,这发生什么事儿了?

陈大爷:(气喘吁吁地)柳班长,广场那里有人拿刀砍人啦,现在正朝咱们这儿来呢!

柳斌:什么? 正朝咱们这来?

陈大爷:柳班长,你也赶紧跑吧,这刀子可不长眼!

柳斌:大爷,您赶紧找个地方避一避去,不要跟着人流一起跑,万一跌倒了,容易被踩伤。

陈大爷:哎、哎,我知道,那你呢?

柳斌:大爷,我不能躲! 今天我值班,我的首要任务就是要保护群众的生命和财产安全。

陈大爷:柳班长啊,听大爷一句劝,你还是跟我一起躲一躲吧,我看这个情况,肯定有人已经报警了,你就不要去冒这个险了。

柳斌:来不及考虑那么多了,你看这人群,估计歹徒已经到了。(背景中人群的嘈杂声突然增大了)(柳斌大声呼喊)高建华! 操家伙! 跟我来!

高建华:(高声地)好嘞!

冯小勇:(一边追一边喊)等等我!

高建华:(大声地喊)冯小勇,接着!

冯小勇:高哥,这是啥?

高建华:木头棒! 就等这种时候用的!

【人群中女人的尖叫声,小孩的哭喊声】

高建华:(大喊)柳斌! 你等等我!

【暴徒挥着砍刀发出嘶吼声】

柳斌:(大喊)住手!

暴徒:(疯狂地喘息着扑向柳斌)

柳斌:(挥舞着大棒子毫不犹豫地冲上去)我叫你住手! 住手!

【棒子和砍刀相碰的声音】

【暴徒疯狂的嘶吼声】

路人女子:小心!

柳斌:(闷哼一声)啊——

路人女子:(尖叫声)啊!

高建华:(惊呼)柳斌!

冯小勇:(惊呼)柳大哥!

陈大爷:(惊呼)柳班长!

路人女子:(捂嘴,边哭边哆哆嗦嗦地喊)杀、杀人了。

柳斌:你给我住手,有我在,你休想再伤人!

高建华:(大喊着)你个王八蛋!居然敢伤了我最好的朋友,我跟你拼了!冯小勇,上啊!(两个男人大喊着扑上去,一顿棍棒声。)

众人:打倒了! 走,上去把他压住!(一群人扑上去的声音)

【救护车鸣叫着由远及近,再向远处驶去】

【医院走廊里的嘈杂声】

【抢救室轮床摩擦地面的声音】

【护士高喊着"让开让开,快把通道让出来"声】

高建华:柳斌,柳斌,你醒醒,不能睡着,你跟我说说话,千万不能睡着。

护士:你快让开,我们要马上对他进行抢救。你赶紧通知他的家属。

【抢救室呼吸机发出的声音】

【纷乱的脚步声】

丁荣华:建华,柳斌人呢?

高建华:弟妹,你先别急,你听我说,柳斌现在正在里面抢救呢。

丁荣华:什么?(昏死过去)

高建华:(惊呼)弟妹,弟妹! 你快醒醒,医生,医生!

【一片混乱声渐渐隐去】

【颁奖音乐声响起】

主持人:观众朋友们,这里是兵团第四届道德模范颁奖典礼的现场。下面我们有请见义勇为的平民英雄柳斌上场,有请!(雷鸣般的掌声响起)

主持人:柳斌你好。

柳斌:主持人好。

主持人:您能给我们讲讲当时的情形吗?

柳斌:当时暴徒拿着长刀在街上到处砍人,等他来到我们商贸城正门口的时候,我就迎了上去和他搏斗,最后和赶过来的同事一起制服了暴徒。就这样。

主持人:那你当时是怎么想的?

柳斌:我当时什么也没想就冲上去了,脑子里就一个念头,必须阻止他,不能让他再继续伤人了。

主持人:那你就不害怕吗?

柳斌:我觉得在邪恶面前,恐惧是没有用的,那只会激起暴徒的嚣张气焰。只有我们大家团结起来,勇敢面对,暴徒才不能得逞。作为兵团人,这是我们的责任。所有人都可以像我这样做。(雷鸣般的掌声)

【丁荣华“啪”的一声关闭了电视】

柳斌:老婆,咋啦?你咋不看了?

丁荣华:(叹气)我不想看了,我也不敢想象,如果那天你牺牲了,我要怎么跟咱妈说这个事情。

柳斌:你看,我这不是好好的吗?

丁荣华:老公,我跟着你这么多年,我只盼着咱们能平平安安地相扶过完这一辈子。

柳斌:我知道,我也想过这样的日子,但是事情发生的时候,我根本想不了这么多,也根本来不及想。再说了,咱们从小受党的教育,现在遇到这种事儿,下意识地就冲上去了,我没觉得有什么错,更没觉得自己有多伟大。

丁荣华:我拜托你以后再遇到危险的时候,可不可以想想我和儿子。

柳斌:好好好,老婆你说什么都是对的,我以后一定听你的话。(肚子发出的“咕噜”声)老婆,我饿了。

柳妻:(擦干眼泪)你想吃啥?

柳斌:(耍无赖)我想吃你做的长寿面。

柳妻:(破涕而笑)好,我给你做去。

【旁白】

在“3·7”严重暴力案件中,柳斌的头部、肩部和胸部被砍三刀,其中,头部伤口长达7厘米长,左肩伤口深达4厘米,左胸一刀刺在心、肺之间且有15厘米深度。经过半年的休养，柳斌的身体逐渐恢复，重新回到了自己的工作岗位，组织上不仅给了他许多的荣誉，而且任命他担任金三角公司商贸城副经理一职，主要负责商贸城设备设施的管理工作。

【打雷下雨的声音，柳斌在床上不停地翻着身】

丁荣华：(打了个哈欠)怎么了？伤口又开始疼了吗？

柳斌：没有，伤口没有疼，我出去抽个烟，你继续睡吧。

【起床的窸窣声，开关门声，打火机点烟的声音，下雨的声音】

【柳斌独白】

疼，真的很疼！这一变天，伤口就钻心地疼。我不能让任何人看出来，不能因为疼痛就表现出烦躁，我得忍着，不然，他们都会担心的。现在大家伙可都看着我呢，因为这次事件，上级领导给我升了职，也不知道以前电工班的兄弟们会咋想我呢。哎，走一步看一步吧。

【下雨声转为雨过天晴的鸟叫声】

【商场卷帘门拉开的“哗啦”声】

陈大爷：柳班长，哎哟，现在得改口了，应该叫你柳经理。

柳斌：哎呀，陈大爷，快别见外了，我这个人呀不管到哪儿，都一个样，不会改变。

陈大爷：伤口怎么样？都养好了吧？

柳斌：养好了，您看，我现在比以前可是壮实多了吧？

陈大爷：那还不是你媳妇的功劳？住院期间没少给你喂好东西吃吧？(二人哈哈大笑)(叮嘱口吻)不过，你可得小心啊，这伤口表面上是愈合了，但一到变天那可就难受了。你还得多注意点呢。

柳斌：是，大爷您说得是。我会好好注意的，您就放心吧。

陈大爷：你这是要去新办公室？走，我给你带路去。

柳斌：不、不，大爷，我想先去电工班看望一下我那帮兄弟。

陈大爷：那倒是，听说你住院期间，电工班的伙计们可是隔三岔五地去看望你呐。

柳斌：是啊，这不，上班第一天，我得先去看望一下他们。

陈大爷：那你赶紧去吧，别管我这个老头子了。

柳斌：那好，大爷，您先忙着，我去了啊。

【离去的脚步声】

【电工班里的嘈杂声】

电工甲:高哥,听说今天是柳班长出院后第一天来上班,咱们是不是得搞个欢迎仪式啥的?

高建华:什么柳班长?叫柳经理!大家记得,等会等柳斌来了,都要叫柳经理,千万别喊错了。

电工甲:高哥,这么叫,柳班长会不会感觉和咱们生分了呀?大家伙会不会感觉兄弟间有了距离?

电工乙:(说风凉话)你可拉倒吧!什么生分了,有距离了,人家以前是咱的兄弟,现在是勇斗歹徒的大英雄,是全社会表彰的道德模范,人家怎么会再看上咱们这班人。你还想着搞什么欢迎仪式,少在这儿自作多情了。

高建华:你说什么呢!少在那儿说风凉话!出事的时候,柳斌第一个冲了出去,那个时候你在哪儿呢?他勇斗歹徒差点把命搭上,为了啥?为了荣誉?为了当官?你太小看咱们的兄弟了。我可是知道,他那个时候啊根本来不及多想,就本能地冲上去用自己的生命去保护其他人。你瞅瞅,现在有几个人能做到?

电工乙:你当时不是也勇斗歹徒了吗?怎么论英雄的时候,压根没你什么事儿?

高建华:你少在那儿挑拨离间!要不是柳斌第一个冲上去,我根本没有勇气跟歹徒搏斗!

电工甲:就是就是,柳班长以前待咱们多好啊,有了困难总是自己上,有了好处总想着和大家伙一起分享。他是我见过的最无私的人,也是我见过的最勇敢的人,现在更是成了我心目中的大英雄。我想,咱们一定得搞个欢迎仪式,热烈欢迎他回来。

电工们:(七嘴八舌)就是,就是。

【旁白】

刚要进门的柳斌听见以前同甘共苦的同事们在议论自己,不由地停下进门的脚步。他静静地站在门边,将兄弟们的话听进了心里。(点烟的声音)他靠在门边的墙上,默默地点燃一根烟,此时,他的心里说不出是酸楚还是难过。总之,一种他从未经历过的复杂情感在心里翻腾着。

【开关门声】

高建华:(看见门外的柳斌吃了一惊)你?什么时候来的?

柳斌:(平静的)刚才。

高建华:都听见啦?

柳斌:嗯。

高建华:那……现在进去吗?

柳斌:进!现在就进去!反正总要面对的。

高建华:好,我陪你!

柳斌:好兄弟!

下　集

【商贸城监控室机器声】

柳斌:(发布指令)电工班一组负责去配楼检修,二组负责高低压配电室的检修,完了以后,两组合一组对商贸城的整体电路进行大检。

【电话铃声】

柳斌:喂?老婆。

丁荣华:(电话效果)老公,晚上几点回来?

柳斌:今晚我们得按照年度检修计划对整个商贸城的电路进行检修维护,等全部弄完,我估计得夜里两三点了。你别等我了,早点休息。

丁荣华:(电话效果)我就是担心你,你才出院没多久,我怕你太累,身体吃不消。

柳斌:我好了,没事了,你放心吧。老婆,我不跟你多说了啊,这边还等着我安排工作呢。

丁荣华:(电话效果)好、好,我不打扰你了,你悠着点。

【电话挂断后的盲音】

高建华:(调侃的)咋?是弟妹吧?不放心你?

柳斌:别管她,她就爱瞎操心。

【监控台语音对话器传来“吱吱啦啦”的声音】

电工甲:(监控台音效)柳经理,柳经理在不在?

柳斌:我在,你说!

电工甲:(监控台音效)柳经理,配楼这边的线路出了点问题,我们捣鼓了半天还是没弄明白,您技术好,能不能过来帮我们看一下?

柳斌:好,我现在马上过去。老高,你在这儿帮我盯一下,有情况就用对讲机跟我联系,我过去看一下。

高建华:你身体还没完全恢复,跑啥跑,我去,你待着!

柳斌:哎,我知道你们都是为我的身体着想,可我老是在旁边看着你们干活,我急啊。就好像一个拥有十八般武艺的人,不能上擂台,只能在台下干瞪眼一样。

高建华:行了,行了,看把你自己夸的。工具箱带了没?没带用我的。

柳斌:不用!我自己吃饭的家伙我可是随身带着呢,时刻准备着露一小手。(二人的笑声)

【钟表的嘀嗒声,开关门声】

丁荣华:(迷迷糊糊的)回来啦?(开灯声)

柳斌:(窸窣窸窣脱衣服的声音)嗯。

丁荣华:(打哈欠)几点了?

柳斌:(压低声音)快凌晨3点了。

丁荣华:都弄好了?

柳斌:嗯。

丁荣华:累不累?

柳斌:都累过劲儿了。

丁荣华:那赶紧睡吧。

柳斌:好。

【关灯声】

【音效转场】

【"砰"礼花打到天上的声音,"噼里啪啦"的鞭炮声,电视机里春晚的节目声,雪地里"咯吱咯吱"的脚步声和人的喘息声】

【旁白】

又是新的一年来临了,除夕夜,本该值班的柳斌想起这一年来的沟沟坎坎,突然觉得对不起一直支持他的家人。于是,他找人换了班,说啥也要回家陪老婆孩子过个年。

【电视机里春晚的节目声】

儿子:妈,爸今晚真的不回来跟咱们过年啦?

丁荣华:哎,你爸这个人吧老想着别人,节假日谁都不愿意值班,他总是跳出来说没人值他值。自打我和你爸结婚,就几乎没在一起过过春节。去,把你姥姥扶出来,饺子好了,咱们吃饺子喽。

【开关门声】

儿子:(惊喜的)爸！你咋回来啦?

丁荣华:(狐疑的)老公,你不是在值班吗?

柳斌:(边脱衣服边说)我跟人换了,我想和你们一起过个年。

丁荣华:(突然感动,哽咽)好,咱们一家人一起过个年。

【电视机里春晚的节目声渐热烈】

【音效转场,偶尔几声鞭炮声】

【水壶烧开的鸣叫声,“哗啦”的倒水声】

丁荣华:(吃惊的)老公,你这是干啥?

柳斌:(压低声音)嘘——别动,你小声点,妈和儿子都睡了。

丁荣华:(压低声音)那你没事给我洗脚干啥?

柳斌:(深情地)老婆,这些年你跟着我吃苦了,我心疼你啊。

丁荣华:你咋突然间想到这个了?

柳斌:我想到那时候,你也是这样把我的脚抱在你的怀里……

【音乐转场,2000年流行歌曲《涛声依旧》】

带走一盏渔火让他温暖我的双眼,

留下一段真情让它停泊在枫桥边,

无助的我已经疏远那份情感,

许多年以后才发觉又回到你面前……

【工厂门前人们七嘴八舌的声音】

中年妇女:哎哟,这么大个厂子怎么说倒就倒了呢?这叫我们以后怎么办呀?(哭泣)

丁荣华:婶儿,你先别哭,你给说说这咋回事?

中年妇女:你没看厂里的通告吗?咱们针织厂经营不善倒闭了。厂里说,没钱给咱们遣散费。我和老伴在厂里工作了大半辈子,这一下子都下岗了,日子以后可怎么过呀。(哭泣)

中年妇女乙:荣华,你爱人前阶段也下岗了吧,这你现在也下岗了,你家日子也不好过了吧?

众人:(纷纷附和)就是就是,这日子可咋过。

【炒菜的声音】

柳斌:呦,回来啦。

丁荣华:(无精打采地)嗯。

柳斌:洗把手,马上开饭。

丁荣华:(无精打采地)好。

【咀嚼饭菜的声音,喝汤的声音】

柳斌:媳妇,到底咋啦?我看你今天从厂里回来情绪就不对劲啊,是不是发生什么事了?

丁荣华:哎。

柳斌:怎么还叹上气了呢,说吧,到底咋啦?

丁荣华:(磕磕巴巴地)今天我去厂里,看到通告了,说厂子经营不善倒闭了,让我们都回家自己想办法。

柳斌:哦,我当多大的事儿呢。来,吃口我炒的青椒肉丝,吃饭的时候,不要去想不开心的事,吃完饭再去考虑。

丁荣华:你的心可真大,现在咱俩可都下岗了,日子咋过吗?

柳斌:咋过?别人能过,咱们就过不下去了?来,先吃饱饭,明天我就去找工作。

丁荣华:你打算找啥工作呀?

柳斌:这你就别操心了,挣钱的事就交给我们男人来干,你就把家里打点好,把我们爷俩照顾好就行了。

丁荣华:不行!挣钱养家的压力都在你那儿,我也得找份工作,好和你一起分担。

柳斌:你听我的,挣钱的事儿你不用操心。咱妈在医院,你就辛苦一些,照顾好她。咱爸走得早,咱妈身体又不好,下岗的事你可千万不要跟她说,免得她老人家跟着着急。

丁荣华:你放心吧,下岗又不是啥好事,我不说。

柳斌:那这样,等咱妈这次出院了,你就把她直接接到咱们家来住,老人家一个人住我不放心。平时,你就负责照顾她,我负责挣钱养家,你看这样好不好?

丁荣华:老公,你真好,就听你的。

【“嚓嚓”的洗衣服声】

丁荣华:老公,你咋洗开衣服了呢?快放下,我来。

柳斌:老婆,平时你打理这个家,还要照顾咱妈,你受累了,今天的衣服我洗,你歇着去。

丁荣华:不行,你放下,我洗。

【丁荣华母亲呼唤女儿的声音】

丁荣华:来了,来了。

柳斌:你快去吧。

丁荣华:要不,你去陪妈聊会天,我来洗吧。妈挺喜欢和你聊天的,你总能把她老人家逗乐。她出去逢人便夸,她有一个好女婿。

柳斌:那是,我可是实至名归啊。

【工厂的嘈杂声】

丁荣华:(大声喊)老高——

高建华:哎,弟妹,你咋来了?

丁荣华:高大哥,柳斌在哪儿,我有急事找他。

高建华:柳斌?他不在这啊。

丁荣华:不可能!他说他和你一起在这家厂子干活呢。

高建华:怎么可能,我俩自从针织厂倒闭分开后,就没怎么见过,上次我介绍他过来工作,他说你下岗了,心情不好,他要回家给你做顿好吃的,让你开心,所以就错过了面试时间,工作就被别人顶了,那之后我俩就一直没联系。

丁荣华:那、那你知道他有可能去哪里吗?

高建华:我听圈子里的朋友说,你家柳斌啥活都干,好像一个月打了好几份工,经常换地方,我帮你问问啊。

丁荣华:谢谢,太感谢了。

高建华:谢啥,都是自家兄弟。

【旁白】

丁荣华通过打听,辗转找到了柳斌临时打工的地方。她远远地躲着,看见柳斌在建筑工地上背着水泥砖块。沉重的水泥袋子压得柳斌的腰弯成了90度,丁荣华的目光紧紧追随着柳斌的身影,渐渐的她的泪水模糊了双眼。

【柳斌剧烈的咳嗽声】

【开关门声】

丁荣华:回来了。

柳斌:嗯。

丁荣华:饭在桌上,我给你热好了。

柳斌:我吃过了,今天有点累,我想洗洗睡了。

丁荣华:那好,我给你打盆热水,你好好泡个脚。

柳斌:好。

【"哗啦"的倒水声,轻声的撩水声,柳斌的鼾声,丁荣华吸鼻子的抽泣声……】

柳斌:(迷迷糊糊醒来)老婆,我咋睡着了。我睡了多长时间?

丁荣华:(鼻音)不长,20来分钟。

柳斌:老婆,你咋哭了。

丁荣华:老公,你是不是瞒着我打了好几份工啊?

柳斌:(掩饰地)没有没有,你听谁说的。

丁荣华:我今天跟了你一天,你换了三个地方打工,为了省一块钱的公车费,你硬是走着去的,你看你这双脚,全是血泡。(哭泣)

柳斌:哎、哎,老婆,你抱着我的脚干吗,上面都是血水,快撒开。

丁荣华:我不!你让我抱会儿,我心疼啊。(哭泣)

柳斌:老婆,别哭,我一个大男人,啥苦都能吃,啥罪都能受,只要你们娘俩和咱妈能过上好日子,让我干啥都行。再说了,我估摸着好日子就要来了。老高今天给我打电话说,金三角商贸城在招人呢,问我去不去?我说去啊,为什么不去。

丁荣华:啥时候去?

柳斌:(乐观地)就明天,我相信,明天就是新的一天。

【热烈的掌声(礼堂里正在召开年终总结大会)】

董事长:同志们,在过去的一年里,我们商贸城共自查各类用电安全生产隐患72起,当场整改48起,限期整改24起,查出商户违规私接乱拉用电8起,查出违规使用电器隐患9起,均已落实整改。在节假日进行的专项检查中,共查出各类隐患23起,都在规定时间内整改完毕。通过加强对商户用电的监督检查力度,商贸城的用电安全系数大大提高。这一切,柳斌同志功不可没!(热烈的掌声)下面有请柳斌同志上台发言(掌声)

柳斌:各位同事大家好,作为企业的一名员工,我做的都是一些微不足道的小事,都是分内的工作。能受到组织上这样的关心和信任,我非常感动,同时也感到肩上的责任更重了。"3·7"事件后,我受到组织上各种关怀,工作岗位变了,工作环境变了。但我对待工作的态度没有变,对工作的热情没有变。以前我只是负责管理机器设备,而现在则需要管理一个团队。我知道,要求大家遵守的,我自己首先要遵守;要求大家做到的,我自己首先要做到;要在各项工作中做到吃苦在前、享受在后,处处起到模范带头作用；以身作则才能以理服人，这样带出来的团队才有可能变成一只精诚团结、服务至上的优秀团队。我必须要一点一滴地从头开始学习管理知识，虚心向老领导、老同事们学习管理经验，与班组成员增加交流，交换意见，探讨技术，使自己能真正融入团队当中去。有些同事可能会对我的工作能力和态度产生怀疑，没关系，我柳斌会更加努力地做好本职工作，用实际行动再次证明自己的价值。

【雷鸣般的掌声响起】

“全国道德模范·见义勇为模范”候选人　柳斌

“英雄”难当

习近平总书记指出,伟大出自平凡,英雄来自人民。在我们身边,从来都不缺少爱岗敬业的人,诚实守信的人,无私奉献的人。然而,在关键时刻,能够为了他人的安危挺身而出、舍身忘我的人却不多。广播剧《勇者无敌》正是以第十二届全国见义勇为模范群体成员、兵团第四届道德模范——柳斌为人物原型而创作。作为该剧的编剧,创作一部以真人真事为原型,展现一名普通人因为一件突发事件,成为老百姓心目中的平民英雄这样一个充满戏剧性的故事,还真是收获了不少创作上的心得体会。

相信好的选题一定是好作品的基石

在创作这部广播剧之前,我收到三个备选的选题,那么究竟该选哪一部进行创作呢? 我在头脑里飞快地列出了一系列选题标准。

首先,一部好的广播剧,一定带有明显的新闻属性和社会属性,在题材和内容方面,肯定会格外关注现实环境下的社会需求。

备选题材中柳斌的故事就带有明显的新闻属性和社会属性。“2013年3月7日中午, 一名暴徒持刀从新疆库尔勒市金都广场天都电玩城至金三角商贸城大门前,一路疯狂砍杀无辜行人,导致四死八伤。在生死攸关的危急时刻,金三角商贸集团公司电工班班长柳斌挺身而出,用血肉之躯制服了暴徒,阻止了罪恶行径进一步发生,捍卫了人民群众的生命安全,用生命和鲜血诠释了当代兵团人的使命与担当。”事件发生后,这则新闻便在各大媒体平台出现。时间、地点、人物、事件、结果……客观、冷静、公平公正的报道，促使人们不仅在第一时间了解了金三角商贸城发生的事件全过程，而且也让人们对事件的主人公——柳斌有了一种感性的认识。我们常说艺术作品创作的源泉来自于社会生活，是社会生活的集中反映。而艺术创作又会对社会生活起到反哺的作用。因此二者之间存在一种辩证的关系。而广播剧创作的首要任务是要满足广大听众的精神文化生活，因而柳斌见义勇为的故事无论在题材还是内容方面，正好达到和体现了关注现实环境下的一种社会需求。

其次，广播剧既然是剧，属戏剧艺术的范畴，那么它必然具备戏剧创作中的“冲突律”原则，即人物故事必须能够构成戏剧冲突。

柳斌见义勇为的事件本身就带有很大的戏剧冲击力，况且事件发生前后，柳斌的生活发生了本质的变化，他与周围人的互动也由原来的模式进入一种新的模式，在个人情感上、在与他人感情的碰撞上，也必然会充满戏剧性。

再次，故事中的人物形象是否具备典型性，是否能够引发受众的共鸣。

我们知道，艺术创作不可能是对现实生活里自然状态下的一种生搬硬套。现实生活是丰富多彩、变化多端的。我们所塑造的英雄人物形象不能仅停留在生活的浅层次上，他应该具备典型性，是典型环境中的典型人物形象，也应该具有更鲜明、更广泛、更深远的意义。此外，他的形象应该具有概括他那一类型的典型人物形象的广泛意义，使人们能够通过他单一的个人形象了解整个他所代表的群体的形象价值，进而全面认识社会生活的真实面貌。

通过快速的分析，我发现柳斌的故事与上述选题标准完全吻合，于是我果断挑选其作为我这次广播剧创作的故事原型。然而，选题确定后我才发现，看似很好创作的选题却处处充满“陷阱”。这则新闻故事的背后，有太多的内容需要深入挖掘，而我手头掌握的关于柳斌的资料除了这则新闻，可以说一无所有。而任何人都知道，写人物故事仅仅靠新闻事实做支撑，根本立不住、撑不起。

挖掘人性内在真相，展现事物应有的真实

作家万方曾说：“写作要编故事很容易，但这很表面，我的剧中人，必须扎扎实实地活着。只有找到并摸透人物活着的状态，笔下的人物才有血有肉，才能打动人心。”因而，我故事的主人公，不能仅仅活在新闻里，他必须活在生活中。按照这个创作原理，我重新审视自己的创作大纲。所幸在这个时候，我的老师王安润给我提出了非常

宝贵的修改意见,他建议我重点讲述英雄背后的故事。这不禁使我开始思索,英雄人物在其成为英雄的瞬间是否都具有同样的心理感受——即没有过多思虑,完全出于一种心理和生理上的一致反应,行为先于思考本身。既然所有的英雄人物都具有如此相同的心理、生理反应,那么为什么同是英雄,却各有各的人生?到底什么才是人性内在真相?我们应该如何展现事物应有的真实?我想,英雄他也是人,他也有七情六欲,他也有社会阅历,生活给予他人的磨难一定也会落到他的头上,甚至有可能变本加厉。然而,他在生活给予的磨难中的选择,以及他对生活困境的认知,使他有别于其他人。正如本剧的主人公柳斌的生活经历,他在成为英雄之前,经历过孩子尚小、岳母重病、夫妻又陆续下岗、为了生存干尽了苦活累活,甚至在成为英雄之后,面临升职加薪,生活有了极大的改善,但却受到原同事的妒忌和猜忌。这可能才是人性内在的真相,才是事物该有的真实吧。面对生活给予的好与坏,柳斌始终坦然面对,这是他的选择和态度,也是我创作的重点。

以可信的虚构营造艺术上的真实

广播剧就是要利用广播的艺术和技术手段,为听众创造出一个虚构的世界,在播放过程中,使之达到真实可信的地步,使听众沉醉其中,认同这种真实,接受这种艺术的感染力。我的故事的主人公柳斌经历了一个突发的暴力事件,事件本身极具真实性、爆炸力和刺激感。因而在创作这一段内容的时候,不需要过多的渲染便能营造出一个令人信服的听觉虚拟世界。但正如前面所阐述的,任何一部剧都不能仅依靠突发事件本身支撑全剧,只有透过事件看本质,才能找到故事的依托。柳斌是个见义勇为的英雄,这是毋庸置疑的事实。只写他怎样成为一名英雄就过于浅薄了,所以我得反着来,得发现不一样的故事,得写出新意,得写他“英雄难做”的故事才行。这个时候我必须得依据他本人在事件发生前后的部分经历,对整个故事的脉络和他本人未来命运的走向,进行合理的预判和虚构,要给他成为英雄后的人生设置障碍,让他继续经历痛苦和抉择。于是,我写了他对升职加薪的态度,与此同时自然而然地加入了他“原同事现下属”对他的真实的态度——妒忌与猜忌。这完全符合生活的真实,因为当人的境遇发生了改变,尤其是变得比周围大多数人好的时候,必然引来他人的妒忌和猜测。我还加入了他内心的一些挣扎和困惑,目的是为了使人物形象更加饱满,更加真实可信。在剧情设计上,以突发事件为源头,慢慢展开故事。当讲到柳斌成为英雄以后遭到来自昔日伙伴的妒忌和不满时,他更多的是念及来自家人的一种关爱。于是我采用了一个暖心的动作来触发主人公对往昔的回忆。这是全剧最温暖的部分,也是我赋予主人公的一种终极的人文关怀。

在讲述故事的时候,我设计的人物语言更贴近生活,背景环境音更具生活化和冲击力。我尽量描绘出一种电影般的声音质感,在短暂收听时间内,让听众完全相信这个广播剧所展现出的艺术真实性。

也许大多数人会觉得,所谓的英雄人物只是碰巧遇到了突发事件,又很偶然地做了他们力所能及的好事。但事实是,正是这些平凡的人做出了不平凡的事,才构成了我们周围精彩纷呈的世界。在我看来,他们的行为一点也不平凡,因为当我们遇到困境深处危难之时,是他们义无反顾地伸出援助之手,用自己的生命捍卫我们的幸福,助我们摆脱困境。对这些英雄,我们应该致以最崇高的敬意。

【编剧简介】

马小迪,女,1974年出生于新疆石河子市,毕业于新疆大学。曾任新疆兵团广播电视台文艺中心副主任,一级导演。现任新疆艺术学院戏剧影视系教授,中国电影艺术家协会会员,中国电视艺术家协会会员,兵团影视艺术家协会理事。

著有电影剧本《传歌者》《七尺男儿》《阿拉木汗》,微电影剧本《卡小花》,话剧剧本《秋决》《万方乐奏》,歌剧剧本《楼兰》,音乐剧剧本《风雪情》,小曲子剧剧本《骆驼客》,广播剧剧本《昆仑之子》《大地情深》《天使情怀》等。曾参与创办多个品牌电视栏目。创作的纪录片曾分获中国电视纪录片系列片“十优”作品奖,第五届中国纪录片国际选片会“十优”纪录片,第十届中国新闻奖电视专题奖,“纪录中国”金牌节目奖等。

扎根边陲

编剧 \ 张　瑜

主要人物

郭贵方:56～60岁,湖北黄冈中学的高级教师,兵团第五师高级中学的副校长,湖北黄梅县人。援疆期间,第五师高级中学升学率实现了连年攀升。

王笑梅:57～61岁,郭贵方的妻子,跟随丈夫一起来援疆,性格开朗,待人热情。

郭轩:34岁,郭贵方的儿子,在上海工作。

苏振:36岁,第五师高级中学的教师,教务处主任。

如娜仁:33岁,蒙古族,第五师高级中学教师,生物教研组组长,拿过多次教学奖。

吐格鲁克·艾合买提:维吾尔族,18岁,中考成绩全博州第一,高考考进清华大学。

阿娜尔汗·艾合买提:维吾尔族,43岁,第五师八十五团职工,吐格鲁克·艾合买提的妈妈。

买买提·艾合买提:维吾尔族,45岁,第五师八十五团职工,吐格鲁克·艾合买提的爸爸。

郑成:25岁,湖北黄冈人,郭贵方的学生,第五师医院的援疆医生,最终留在了五师医院工作。

王局长:50岁,兵团第五师教育局局长。

薛梅梅、谢真诚、郭强等若干人。

【声音由远及近到吐格鲁克家门口：买买提、买买提，你们家孩子考上清华了】

邻居甲：祝贺呀，买买提家的孩子考上清华大学了！

邻居乙：真是不敢想。咱们博乐这个小地方，啥时候出过考上清华大学的孩子？

吐格鲁克·艾合买提：（高兴地）妈妈，我真的考上清华大学了！

阿娜尔汗·艾合买提：太好了，孩子，祝贺你！我知道你一直很优秀，就像郭校长说的一样，你是一只雄鹰，是可以飞到更高更远的地方去的雄鹰。

阿娜尔汗·艾合买提：孩子，爸爸妈妈都很高兴。你能有今天，一定要好好感谢郭校长，他对你的恩情不能忘！

买买提·艾合买提：是呀，咱们一家都得感谢郭校长呀！

吐格鲁克·艾合买提：爸、妈，咱们去学校看看郭校长吧，我要给郭校长说声谢谢！

【旁白】

这位被买买提一家提到的郭校长是湖北省黄冈市援疆干部、兵团第五师高级中学副校长郭贵方，他2014年从湖北来到新疆，就倾注满腔心血，推动青年骨干教师培养、教育教学方式改革等，为学校发展铺开了一幅充满希望的新画卷，也为这一方百姓带来了教育的福音。

上　集

1

【2020年在某大学英语演讲比赛的现场】

吐格鲁克·艾合买提：我是来自新疆博尔塔拉蒙古自治州的维吾尔族小伙吐格鲁克·艾合买提，我演讲的题目是《我眼中的世界》。

……

【现场响起热烈的掌声】

吐格鲁克·艾合买提：妈妈，我这次在学校里的英语演讲比赛获得了冠军！

阿娜尔汗·艾合买提：孩子，祝贺你！我知道你一直很优秀，就像郭校长说的一样，你是一只雄鹰，是可以飞到更高更远的地方去的雄鹰。

吐格鲁克·艾合买提:妈妈,我到大学我才知道优秀的学生很多,他们来自全国各地,各方面能力都很强。

阿娜尔汗·艾合买提:孩子,不要担心,做好自己就可以了。我和你爸爸没有别的愿望,就是想着你能够好好读书,以后过自己想要的生活。

吐格鲁克·艾合买提:妈妈,你放心。我会一直努力的,等我以后工作了,我要把你和爸爸都带到北京来,看看祖国的首都。

阿娜尔汗·艾合买提:好、好、好。我和你爸爸等着那一天呢!这个假期你先去趟湖北黄冈,看看郭校长再回新疆。他对你的恩情不能忘!

吐格鲁克·艾合买提:妈妈,你放心,我一定去看他……

2

【闪回2014年】

【公交车报站的声音:下一站八十五团,请要下车的乘客往后门走。下公交车音效】

苏振:郭校长,郭校长,慢点慢点,这八十五团虽然离咱们学校也就8公里,可这坐上公交车到了站,还得再走2公里呢!

郭贵方:2公里,不远,不远。

苏振:好吧,今天我们又来吐格鲁克家,能行吗?咱们都跑了好几趟了。

郭贵方:咋不能行?这还没中考,离下半年开学也还有大半年,有的是时间做工作。

苏振:吐格鲁克的父母要是愿意把孩子送到我们学校来读高中,早就同意了,还需要咱们一趟一趟地跑?

郭贵方:这些年通过教育援疆,咱们学校的各方面条件并不差,但就是招不上好苗子,有句话不是这么说嘛,“秧好一半谷”。

【吐格鲁克家门口,“铛铛铛”敲门声】

苏振:有人在家吗?

阿娜尔汗·艾合买提:来了,来了(热情)。(开门)又是你们?(不耐烦)你们先进来吧!

苏振:阿娜尔汗大姐,你看我们五师高级中学这些年通过教育援疆,现在学校硬件设施都建好了,还有从湖北黄冈来的老师,这放在你家门口的好学校,怎么就不能把孩子送来呢?

阿娜尔汗·艾合买提:我都说了,我们家吐格鲁克我是不会送到你们学校的。我们一般不允许把来家里的客人拒之门外,但你们今天来还要说这个事,那就回去吧!

郭贵方:等等,吐格鲁克的妈妈,孩子很优秀是好事。但高中很重要,把这么小的孩子送到外地去,他除了学习还要自己照顾自己的生活,关键是孩子正是处于身心发育的关键时期……(被打断)

阿娜尔汗·艾合买提:我和孩子爸爸买买提这辈子就只会种地了,也只能想着怎么样才能让吐格鲁克不走我们的老路。人家都说乌鲁木齐的教育是全新疆最好的!招生的老师说了,只要吐格鲁克中考考得好,就可以过去免费就读。

苏振:阿娜尔汗大姐,孩子学费是免了,但来来回回的花费也不少,还要坐火车过去……(被打断)

阿娜尔汗·艾合买提:孩子这么关键的时候,我们怎么能为了减少花费耽误孩子?我们就是砸锅卖铁也要让他上好学校,考上好大学!

郭贵方:送到我们学校来,也可以考上好大学,而且离家近,花费少。还有啊,学校对每年的中考成绩优秀、但家庭有点困难的学生,也是有相应的减免费用的规定的。

阿娜尔汗·艾合买提:我做不了主,等买买提回来再说吧!

3

【附近的商店】

顾客甲:呦,又是你们俩?

郭贵方:你认识我们。

顾客甲:见你们好几次去买买提家,听他说了,你们是五师高级中学的老师。

郭贵方:是的,过来想让他们孩子到我们学校读书。

顾客甲:听您口音不是本地的,你就是湖北来的老师吧?

郭贵方:这你都听出来了。

顾客甲:知道你们每年都有一批黄冈的教师过来援疆,也知道这两年学校的教学质量好了,听说去年升学率提高了40%多呢!

苏振:是46%。这几年通过援疆,我们学校新的教学楼、新的桌椅板凳、电子讲台和电脑,一应俱全,而且有各个学科的黄冈老师来给我们教授教学经验,变化大着呢!

顾客乙:就算这样,买买提也不会把孩子送到你们学校去。

郭贵方:这是为什么？是觉得我们学校不好？

顾客乙:买买提的一双儿女都是学习的料子,也争气。女儿就学习好,但高考考得不是很好就上了喀什大学,这儿子学习更好。

顾客乙:他们家,两口子虽然没有文化,但在对孩子的学习可上心了,该花的钱从来没有扣过,别看衣服穿得不怎么样,买书从来都是整箱整箱的。

郭贵方:说明他们对孩子受教育的事情看得清楚,也看得长远。

顾客甲:我们这里经济条件好的,都是想着把孩子送到外地去读书,那些地方的教学质量还是要更好些。

顾客乙:是啊,虽然也听说,这几年通过援疆,我们本地的教学质量也有所提高,但这谁也说不好,万一什么时候援疆老师一撤,谁愿意拿自己的孩子当实验品?

苏振:话可不能这么说,援疆工作这是国家政策,不是轻易说变就变的,只会加强不会削弱。来我们学校的援疆老师也是阶梯式、滚轮式的,绝对不可能断档。而且在他们的帮助下,我们本校老师的教学水平也是不断提升的。

顾客甲:哎、哎、哎,买买提回来了,你们要不找他去聊聊。

郭贵方:谢谢啊,谢谢。

【在买买提·艾合买提家附近的路上】

郭贵方:买买提,你好。

买买提·艾合买提:你好,你好。到我家里坐坐。

郭贵方:我们刚刚从你家里出来,还是想和你聊聊。吐格鲁克这么优秀的孩子送到我们学校,我们一定会尽心尽力地教,你们怎么就不放心呢?

买买提·艾合买提:我和老婆阿娜尔汗没什么文化,也只能种地。好在两个孩子都争气,是块学习的料子,所以我们想尽我们所能让他们能够考上好大学,以后有个好工作。

郭贵方:放着家门口的学校不读,为什么一定要去外地上高中呢?

买买提·艾合买提:你们学校我不是很了解,但我知道这好学生都是往乌鲁木齐去的,每年那里的学生都能考上好大学。

郭贵方:我们学校现在各方面也不错,离家近,花费也低。供两个孩子上学不容易。

苏振:对、对,我们现在是湖北省黄冈中学第五师分校,这位就是从黄冈过来的校长，你要相信我们，现在孩子和我们那时候不一样，接触新鲜事物的机会和途径很多，所以在高中阶段，学校和家长一定要密切配合，才能让孩子更好地成长。

买买提·艾合买提：这个我们不懂。现在吐格鲁克虽然年纪还小，但已经懂事了，我们也想问问孩子的意见，再做决定。

4

【旁白】

已经56岁的郭贵方是带着自己的教育梦来援疆的。新疆地处偏远，教育水平、教育理念和内地还有差距，但最终新疆的孩子是要和全国各地的孩子坐在一个考场里考大学的。只有不断缩短差距，才能让更多的新疆孩子走进高校生活，有机会去探寻更广阔的世界。在缩小差距的过程中，最有效、最长远的方式就是培养更多本地的优秀教师。

【学校班级里】

如娜仁：大家好，我叫如娜仁。如娜仁在蒙古族语里是“太阳”的意思。很高兴认识各位同学，我是你们高一(9)班的班主任。现在你们也做个自我介绍，可以告诉我你们的梦想。

学生：我叫孟东东，我的爸爸是一名医生，救治病人，我的理想也是做一名医生。

学生：我叫郭强，我的爸爸妈妈希望我以后成为一名教师。但我想当一名画家，因为我们博乐这里的风景特别美，我想把它们都画下来，让更多的人看到。

学生：我叫热孜古丽·买买提，我想做一个旅行家，我想要去看看大海。

学生：我叫魏琰，我的理想是能够环游世界。

吐格鲁克·艾合买提：(害羞，说话慢，不是很流利)我的名字叫吐格鲁克·艾合买提，我……我的理想是能成为一个发明家。我的父母在八十五团种地，太辛苦了，我想我要是能够发明很多的代替人力的机械，他们就可以不那么辛苦了。

【班级里响起掌声】

学生：我叫李乐思，我喜欢跳舞，我的理想是成为像古丽米娜·麦麦提那样的舞蹈演员。

如娜仁：好的，大家都自我介绍完了，我想说我很高兴认识你们！

【学生嘈杂的议论声:老师你是蒙古族吗?/你会一直带我们到高三吗?/听说高中的课程很难】

如娜仁:安静,同学们,老师听了你们的梦想都很棒!你们现在进入了高中,在高中三年期间,你们的目标或者说是梦想会逐渐清晰;也会有与你们志趣相投的更为要好的朋友,也会有更重的学习任务和压力。但我会陪你们一起成长,只争朝夕,不负韶华。请多关照。

【学生们热烈的掌声】

5

苏振:(打电话)如娜老师,你赶紧去看看你们班级,都要闹翻天了。

如娜仁:好、好、好。谢谢苏老师。

【教师办公室】

老师甲:如娜老师的班级简直吵得没法上课。唉!也不知道学校怎么想的让她这样的年轻教师一来就带班主任,没有气势,高中的孩子个个都顶个葫芦娃,怎么能压得住?

老师乙:那也是没办法的事情,现在咱们学校正是青黄不接的时候,班主任这操心的活,每次安排的时候都和抓壮丁一样,都不情愿。如娜学历可以,就是缺乏工作经验。

老师甲:是啊,要培养出一批顶得上去的青年教师难啊!

【办公室的楼道里】

郭贵方:如娜老师。

如娜仁:(诧异)郭校长?

郭贵方:他们说的你听到了?是不是觉得委屈?

如娜仁:(擦眼泪,哭腔)不委屈。

郭贵方:是不是在想怎么让你一个年轻老师当班主任?

如娜仁:没有,但是我真的觉得我努力了,可还是做不好。

郭贵方:任何事情都有一个方式方法,你们班级里男孩子多,调皮的孩子也会比较多,你可以适时的私下找他们谈谈心,聊聊天。现在的孩子自尊心很强,你是不是要先听听他们是怎么想的?

如娜仁:谢谢郭校长。

郭贵方:我说的这些你可以试试。现在高中的学生年纪也不算小了,也可以试着培养他们进行自我管理。教师除了给他们灌输知识,还要教他们做人。虽然要费些心思,但慢慢地你会觉得有意思的。

如娜仁:郭校长……

郭贵方:在教学和管理学生方面,有需要可以随时来找我。

如娜仁:好的。

6

【在上海浦东机场候机厅】

王笑梅:小轩,我说嘛,从这里到新疆太麻烦了。今天你为了送我,是不是向公司请假了?

郭轩:今天情况特殊,我请假领导理解的。我就是担心你,要坐这么久的飞机,还带了这么多的东西。

王笑梅:都是你爸爸,老了老了还要到新疆去援疆,他过去就有腰椎间盘突出的毛病,还有痛风,现在也不知道怎么样了,我能不过去吗?

郭轩:(开玩笑)你不想去,那就让他回来吧!

王笑梅:那可不行,你爸爸是共产党员,组织交给他的任务那一定要完成!

郭轩:妈妈,你就是刀子嘴豆腐心。

王笑梅:别贫嘴,给你爸爸打个电话,告诉他我要上飞机了,让他放心。

郭轩:(打电话)爸,这会我和妈妈已经在机场了,一会就上飞机。你放心,妈这次带的东西比较多,还有托运行李,所以你一定要记得接她。

【飞机起飞的声音】

7

【飞机起飞、落地的音效:欢迎来到新疆乌鲁木齐,谢谢您乘坐本次航班……】

郑成:师母!你这么多东西,我来帮你拿吧!

王笑梅:你是……郑成?你是郑成?

郑成:对,郑成。就是高中的时候我爸妈忙,经常被郭老师带回家吃饭的那个黑黑的小个子。呵呵！

王笑梅：长成大小伙子了！你怎么在这儿？

郑成：我啊，和郭老师一样来援疆！年初，我们同学聚一起知道郭老师来援疆，刚好我们医院也有来援疆的机会，我就报名了！他来教育援疆，我来医疗援疆。

王笑梅：好小伙子！真是没想到，到新疆第一个看到的是你！

郑成：怎么没见郭老师？这次在援疆队伍里就没见着他。

王笑梅：他先来了，想先熟悉熟悉情况。我这是把工作的事情协调好，才来。

郑成：您这大包小包的都是给郭老师带的吧？这后面的路程我来帮您拿。

王笑梅：谢谢你，在他乡遇上家乡人真好！

【精河火车站】

王笑梅：这怎么不接电话，说好了来接我的！

郑成：师母，没事。我送您过去，后面等您休整好了，我就去看您和郭老师。

王笑梅：真是谢谢你了。

8

【郭贵方办公室】

苏振：郭校长，这是今年这个学期的教务方面的工作计划，已经按照刚刚会上的修改意见进行修改了。

郭贵方：嗯嗯，这块写得不够详细，还得再细致一点。还有就是多听听老师们的意见和建议……

【电话铃声】

王笑梅：喂，老郭。我在学校门口，保安师傅说，让你出来接一下我。

郭贵方：你在校门口？（诧异）在哪个校门口？

王笑梅：我在五师高级中学的校门口！

郭贵方：你到了？（高兴）你不是明天早上到吗？

王笑梅：你看看今天几号？我昨天一大早从上海出发，这一晚上的火车，现在不到，什么时候到？

郭贵方：（拍脑袋，惭愧）哎呀！笑梅，实在是对不起，对不起，你这么大老远的过来，说好的接你，结果给忙忘了！你等着，我现在就往校门口走。

王笑梅:来的路上,遇见你的学生郑成,要不然这些东西可是有我受的。

郭贵方:郑成也来了。好小伙子,之前给我打过电话,没想到这次动真格的。哈哈哈,这孩子有志气。

【钥匙开门声】

郭贵方:到家咯!赶紧歇歇,这一趟好几千公里,累坏了吧?

王笑梅:这也叫家?(环顾四周)你一个人是怎么过的?你看看,还有成箱的方便面,你这来援疆,真是把自己当18岁的小伙子的,不知道要爱惜身体!

郭贵方:哎,没有天天吃,有时候忙,赶不上食堂的饭点,就凑合一下。

王笑梅:行了吧,我还不了解你?诶,这双大拖鞋是谁的?

郭贵方:呃……我,前一阵我穿的!

王笑梅:你这年纪轻了,脚还长了?你穿多大的鞋我不知道?是不是痛风犯了?

郭贵方:前一阵,刚来那一阵有点忙,气候也不太适应,现在好多了。

王笑梅:我就知道你是这样,每天电话都难得打一个。你这都是50好几的人了,当时不同意你来,你偏要来,弄得我这把年纪了也得跟着你跑到新疆来。

郭贵方:笑梅,你辛苦了,还让你把工作辞了,大老远到这里来……

王笑梅:一家人,知道你心里想什么。现在孩子也大了,我们也不怎么操心了,我能做的就是过来照顾好你。再说三年也不长。

郭贵方:哈哈,还是老婆好!真懂我。

下　集

9

【教育局接待室】

家长甲:王局长,我们今天就是要反映问题,就是要看看你怎么解决。

家长乙:教育援疆是好事,可来的这位郭校长,让孩子早上跑早操,晚上还要上自习,咱们这儿的孩子读书还没遭过这样的罪。这哪儿是在读书啊?

家长丙:就是,这里不是湖北黄冈,不要拿我们的孩子和内地的孩子比,这么冷的天还去跑操?跑什么跑?要跑郭贵方自己跑去,孩子都生病感冒了。

王局长：各位家长不要急，慢慢说。我既然在这儿，就是了解情况、解决问题的。

家长丁：说得好听，要是你的孩子在这读书，看你急不急？

家长甲：就是，就是！在博州这里，哪个学校是这样？我们家孩子最近都瘦了。

家长丁：我家孩子也是。我们要求换人，必须得换人。拿他的那一套来糊弄人，成绩到底会不会更好不知道，但我知道现在孩子有多受罪！

王局长：各位家长咱们平心静气地说，郭校长不说别的，教书育人都几十年了，在教学和管理上经验是很丰富的，我们要信任他……

【教育局王局长办公室】

王局长：老郭，这家长现在的反应，您应该也有所耳闻了，我今天请你过来，就是想了解你是怎么想的？

郭贵方：这读书怎么能不吃苦？不吃苦怎么能读好书？现在孩子们最重要的就是良好的学习习惯和生活习惯的养成，这对他高中三年乃至终身都是有好处的。

王局长：我们这里的家长你说不重视教育，也重视，为了孩子学习再多的钱都舍得花；可你说他重视教育，孩子稍微吃点苦，就不愿意了。

郭贵方：孩子、家长，乃至教师的思想都需要转变。你说内地的孩子比新疆的孩子聪明？我不这么认为，但他们的学习习惯和学习意识是要好于这里的，这是我们的差距，不就得在这里慢慢补齐。

王局长：你看，咱们现在是不是改革的步子迈得大了些，能不能在缓缓，或者慢慢改变？

郭贵方：这高中三年，对孩子们至关重要，但也是转瞬即逝啊……

10

【校园里】

教师甲：你听说了吗，最近有家长去教育局告了郭校长。

教师乙：告郭校长？郭校长是难得的好校长，咱们这是通过援疆的好政策捡到宝了，不然这么好的校长花钱请都不一定能请的来。

教师甲：可不是么。现在的家长觉得孩子读书辛苦，你说这时候不辛苦，啥时候辛苦？

教师乙：郭校长是援疆干部，要不是真心为了咱们这里的孩子，他至于现在这样起早贪黑的辛苦吗？说个不好听的，他来这舒舒服服地过多好！撒手不管又能怎么样？

教师甲：说得是啊。这些家长啊！现在就怕这么一闹，寒了郭校长的心。

【郭贵方办公室】

郭贵方：回去？郑成，你听谁说的？

郑成：我是听援疆老师说，因为有家长去教育局告您，所以大家都担心，您因为这个寒了心，要回湖北。

郭贵方：哈哈哈，你觉得我会回去吗？

郑成：我觉得您不会回去，援疆对您来说意义不止于此。

郭贵方：在你看来，还有什么？

郑成：您的教育理想，还有您一直以来对学生的爱。

郭贵方：如果你做一件事，你知道它是正确的，所有的人也会因此而受益，你会因为一些人暂时的不理解而放弃吗？

郑成：不会，郭老师。今天我来，也是想和您说我决定留在这里工作。

郭贵方：那当然好了，这里条件虽比不上湖北，可这里发展前景广阔，而且团部乃至师里都出台了优厚的政策和待遇。好小伙子，有志气。

11

【校园里散步】

王笑梅：这高考考完了，总算是完成了你的心愿。一想到再过些日子就要回去，心里还有些激动；一想到，到时候可以约着我们的老姐妹们出去转悠就高兴。

郭贵方：新疆不好啊？这里夏天不热，冬天不冷，你不是最怕热吗？

王笑梅：这里再好，咱们也不是这里的人啊？这亲戚朋友都在黄冈，出去玩还有个伴。等回去了我第一件事先去上海看看儿子。

郭贵方：儿子那么忙，不一定有时间陪啊。

王笑梅：你在这援疆三年了，儿子过年都是去姑姑家，去年夏天为了看我们到这里来，结果你忙着带学校老师去学习，你俩也没见着。你不想儿子，我想。

郭贵方：儿子说，他今年可以来新疆过年。

王笑梅：咱们都要回去了，他过来干吗？（沉默一会），你这是要再干三年？

郭贵方：你怎么想？

王笑梅:空欢喜一场。你想再留三年,我还能怎么办?

郭贵方:你不乐意了?

王笑梅:也没不乐意。你干工作向来认真,也有始有终,唯一担心的就是你的身体,还有你的脾气,怕你倔脾气上来了,把人都得罪完了。

郭贵方:我们来这是干吗的?是来援疆的,是担负黄冈市党委交给我们的任务来的,不踏踏实实干些事怎么有脸回去,也愧对黄冈750万人民的重托。

王笑梅:理是这个理!可是……

郭贵方:那你觉得我怎么做?睁一只眼闭一只眼熬到退休?

王笑梅:那不能行,你是共产党员,教书这件事,不能亏良心。

郭贵方:哈哈哈,为了满足你的心愿,我和小轩说好了,今年他来这过年。

王笑梅:啊,太好了。你们父子俩是商量好的吧?哈哈哈。

12

【2019送考】

郭贵方:我得赶紧走了,今天孩子们高考,我得早早去。

王笑梅:看你,教了一辈子书了,第一次去送考啊?

郭贵方:不是第一次,但这可能是最后一次了。

王笑梅:你等等,给你买了件衣服,穿上去。(去里屋拿衣服)每次都是这样,比参加高考的孩子还紧张。(笑声)

郭贵方:买什么衣服?贵不贵?今天穿啊?

王笑梅:那可不得今天穿啊!

郭贵方:大红色?我这都60岁的人了。

王笑梅:60岁怎么了?60岁就不能穿着大红色的衣服啊?红色喜气,开门红!预祝这些孩子们高考顺利!

郭贵方:好,高考顺利。(出门)

【旁白】

2020年1月15日,距离郭贵方来博乐的日子已有2020天。这2020天的日日夜夜他就像个“守灯人”一样,不分昼夜、不分酷暑地守护着孩子们学习的这方天地。在临行前的这晚,他像往常一样用自己的脚步丈量了校园的每一个角落,熄灭最后一盏灯,锁好最后一扇门。

【"嘎吱嘎吱"在雪地中步行的声音】

13

【1月中旬,在五师高级中学】

苏振:快点,快点,时间可不能再耽误了,不然火车赶不上了。

薛梅梅:苏主任,这样可以吗?郭校长会不会不高兴?

苏振:郭校长在咱们这里工作六年,走的时候还不让我们送,怎么能行?

薛梅梅:您看,这还有几辆车是学生和学生家长,不知道他们从哪儿得到的消息,也赶过来了。

苏振:他们想去就去吧!

【车辆的声音】

【火车站】

郭贵方:时间过得真快啊,咱们刚来那会,博尔塔拉火车站还没有呢,你看现在建得多气派!

王笑梅:是啊,这下方便了,再也不用从精河坐火车了。

郭贵方:你这是还要来啊?哈哈!

王笑梅:别说,在这里待了六年还真是有些舍不得,咱们以后可以来旅游,回来看看。

【有人喊:郭校长!郭校长!】

苏振:郭校长,郭校长,我们是来给您送行。

郭贵方:这么冷的天,谢谢你们,真是谢谢你们。

教师:郭校长,我们是来谢谢您的。这六年的时间,您改变了这里的群众对学校的看法,他们开始信任学校,信任我们,也愿意把孩子送来读书。

教师:我要谢谢您,谢谢您一直鼓励我们,支持我们提升自我,努力学习,教书育人的工作才能做得更好!

郭贵方:哪里的话,我只是做了我该做的事情。

【如娜仁从远处跑来】

如娜仁:郭校长,郭校长。

郭贵方：如娜老师？

如娜仁：郭校长，这是我献给您的哈达，谢谢您一直以来为了孩子，为了我们，为了学校日夜操劳。您给我们这里的孩子插上了飞到远方的翅膀，也给我们老师注入不断学习进步的力量。因为您，我也想做一个好老师！（哽咽）

郭贵方：谢谢如娜老师。

家长甲：谢谢您，要不是您，孩子哪能顺利考上理想大学。

家长乙：郭校长，谢谢您。我们也对不起您，当时跑到教育局去告您……我们现在看到了孩子的进步，您当时的坚持是对的。

学生：谢谢您，郭校长，等我考上了内地的大学一定去湖北黄冈看您。

【广播：开往乌鲁木齐的T9816次列车……】

14

王笑梅：又在看照片呢？从前几天得知学生要来看你，你就激动的。

郭贵方：哈哈哈，那么远要来看我，我能不激动吗？呵呵呵。这一来一回的路费也不便宜，他们都还是读书的孩子，哎。

王笑梅：放心吧，他们过来的红包我都包好了。这儿我先出去买点菜，这些娃娃放了暑假没回家，先来看你……呵呵，你在家等着他们。

郭贵方：好，多买些他们爱吃的。

【湖北黄冈蔬菜市场】

熟人甲：王姐，今天买这买多菜，儿子要回来了？

王笑梅：不是，今天老郭在新疆教书带的学生要来看他。

熟人乙：哎哟！新疆啊？那距离可不近。这些新疆孩子真是有心了。

王笑梅：他们在北京读大学，先看看老郭再回新疆。

熟人甲：你和老郭都回来这么久了，人家孩子还记得你们，真好！咱们这儿的东西他们吃得惯吗？

王笑梅：我也担心这个。这不，一会儿我到那边的新疆餐馆再去买点菜啊什么的。孩子在北京上大学，这一放假还没回新疆呢，得买点好吃的给他们。

熟人乙：你俩在新疆没白待，这些孩子现在上大学了还惦记着你们。

王笑梅：哈哈哈！

15

【门铃声】

郭贵方:来了,吐格鲁克。孩子们,快进来,进来。

吐格鲁克·艾合买提:郭校长。

谢真诚:郭校长好。

郭强:郭校长好。

郭贵方:不要叫我郭校长了,我都退休了,叫我郭老师,老郭!我还在想你们什么时候能到?找得到地方吗?

吐格鲁克·艾合买提:您给我发了定位,我们找得到。

郭贵方:好好好,你们来我高兴得很。你们师母买菜去了,一会就回来。

吐格鲁克·艾合买提:嗯嗯,郭老师,这是我从北京过来前我爸妈专门从新疆给我寄过来的东西,让我一定要带给您。

郭贵方:这是?

吐格鲁克·艾合买提:这是家里晒干的杏子,这个是葡萄干,还有奶疙瘩……这个?这个不是新疆寄来的,是我从北京给您带的麻团和茯苓糕……

郭贵方:你这还是学生,以后来不拿这些东西!

吐格鲁克·艾合买提:好、好,听您的话。

郭贵方:这孩子,每次都答应得好好的,就是不执行。

郭强:这是我给您和师母画的,您看看。

谢真诚:别说,还真是像。你看郭老师笑起来弯弯的眼睛,还有师母脸上的酒窝。

郭贵方:很好,我很喜欢,不愧是美术学院出身。

郭强:这都得谢谢您呢!

郭贵方:孩子们,是你们自己努力的结果。要说谢谢我,你们好好读书,好好工作,孝顺父母,对我就是最好的感谢。

16

【开门钥匙声】

王笑梅:我回来了。孩子们都来了?

郭贵方:来了,他们都来了。

王笑梅:看我都给你们买什么好吃的了?

吐格鲁克·艾合买提:师母 ,我来帮你拎。手抓饭、烤肉、酸奶……

郭贵方:来来,现在就吃。

吐格鲁克·艾合买提:这是新疆的羊肉,好吃。

谢真诚:好久没吃到这么正宗的新疆抓饭了。

王笑梅:来来来,多吃点,你们都正是长身体的时候。

郭强:酸奶也好吃。

郭贵方:好吃就多吃点,孩子们多吃点。

【吃饭,碰杯的声音】

吐格鲁克·艾合买提:郭老师,还记得您刚来博乐就到我家来了好几趟。

郭贵方:是啊,我那时觉得新疆的葡萄真甜,真是没少往你家跑。

吐格鲁克·艾合买提:您那是操心我。哈哈哈。

郭贵方:孩子,你们本身就很优秀。是金子到哪里都会发光。走到更广阔的舞台上,你们依然很优秀。

谢真诚:谢谢你郭老师,让我们都能够梦想成真。

郭强:谢谢您,祝郭老师和师母身体健康,笑口常开。

“最美支边人”荣誉称号获得者、湖北援疆教师　郭贵方

我想说声“谢谢你”

如果说现代化的信息网络是给偏远地区的孩子打开了了解世界的窗口，那么援疆教师则是用自己的爱为孩子们架起了一座通向广阔世界的桥梁。

2019年7月22日，中央宣传部向全社会宣传发布2019年“最美支边人物”先进事迹，郭贵方这个名字映入我的眼帘。在此之前，关于他的新闻报道鲜见报端。2019年12月，他被确定为我创作的第一部广播剧的原型人物，为此我需要深入了解他。

2020年1月中旬，我奔赴新疆博乐市采访郭贵方，为期4天。除了他本人的采访，我先后接触了学生、家长、教师等30多人。采访的学生中，高三年级的学生谢臻成绩优异，目标是考上复旦大学。在中考的时候考上了疆内名校的他没去，而是选择在五师高级中学就读。我问他为什么，他告诉我在他中考那年父亲供职的公司破产倒闭后被调到了外地工作，同年他的弟弟出生，他能做的就是尽可能地减轻家里的经济负担，帮妈妈照顾弟弟。

在采访家长中，一位家长衣着朴素、低头腼腆笑的时候，脸上有一对酒窝，这让我迅速在脑海中检索出我之前采访的学生杨斐就是她的女儿。孩子很优秀，梦想是考上北京航空航天大学。她和爱人的愿望朴素：孩子健康平安，做自己想做的事情。她告诉我，她当年是全县的中考状元，考上了市里的重点高中。一个十几岁的姑娘主意也大，为了凑齐学费自己在村里挨家挨户找亲戚邻里借。揣着6块钱的学费，她瞒着父母到学校报到，心里装的是一条和务农父母不一样的路，直到父亲到学校把她拖出来，她的梦碎了。

“同学们好，我是你们的班主任。别人都是先恋爱再结婚，而我们这是先结婚在恋爱。今后的三年我们好好地恋爱吧！”这位即将退休的杨老师幽默风趣的开场白竟然轻松地与这些十五六岁的孩子成了密友。除了平时的教学工作，日常和孩子们在一起，被称呼为“女神姐姐”，近两年还自修了心理咨询师课程，成立了学校的心理咨询工作室。

要了解郭老在五师高级中学的援疆生活，爱人王福荣则是一个绕不开的人。大伙喜欢叫她王姐，郭老援疆以来，王姐就从湖北赶来陪在他的身边。

爽朗的笑声是王姐给我的第一印象。郭老的心在教育上，王姐的心在家庭上。一直当老师的郭老收入微薄，维系生活的收入全靠王姐精打细算，她几年都舍不得买件新衣服，却在每年郭老送考生的时候给他买件新衣服，在她看来这是大事。郭老对援疆教师的管理严格，买菜、照看孩子这些都不能成为教师迟到、早退的借口。但如果下班再去买菜做饭，估计吃完饭又得上课了，有的教师还要自己照顾孩子，热心的王姐便帮着有需要的教师买菜，晚上帮着照看孩子。

学生、家长、援疆教师、本地教师、青年教师……在为期4天的采访中，整个学校的面貌逐渐呈现出来，不能说是全方位，但在极大程度上真实地展现了这所学校的风貌，这为我深入了解郭贵方这个人物奠定了一定的基础。

有人说：郭老，做事情太执着，做人太有原则。

有人说：他很另类，不爱办公室里听汇报，就喜欢在教室、校园里转悠。

有人说：没见过哪个校长像他这样，早上与学生出早操；夜晚，等学生睡下后再回家。

随着采访的深入，郭老这个人物形象更加立体，也让我由衷的产生敬意。惭愧的是第一次作为广播剧编剧的我创作经验浅薄，前后历时半年，先后推翻重写了五稿，直到我“黔驴技穷”才作罢 。最终的作品只能直白地将我认识的郭老呈现给大家。

2020天，他走遍了校园的角角落落。他无论寒冬还是酷暑，每天清晨都守在校门口迎接着每一个学生走进门；白天静静地走进每个教室，偶尔会默默地把教室里的垃圾清扫进垃圾桶；傍晚去宿舍看着学生们安睡了，才回到他在校园里的家。对年轻教师他耐心细致，工作方法都一点一点耐心地教；对不负责任的教师，他大发脾气后又谆谆教诲。我问他：“你至于吗？你至于这么辛苦，这么事必躬亲，这么负责吗？你就是一个援疆干部。”他说，他是一名援疆干部，还是一名共产党员。也正是因为如此，不服他的人服了；服他的人也因此对他更加尊敬。

我在前期采访中不断地探索：援疆，郭老只是为边疆的教育事业做贡献吗？除了这种大我的境界,是否还有小我的追求。后来他告诉我,援疆之行也是为了圆一个在他心中擘画多年的教育梦。

恰巧在郭老的教育梦里:学生谢臻三年前的选择,让他收获了与弟弟的手足情,成绩优异的他在奋力追逐梦想;在杨斐的妈妈心里,一度觉得女儿的求学梦也是在弥补自己的缺憾,但现在她更喜欢以倾听者的身份,听孩子讲自己的故事;那位即将退休的杨老师,依然像"女神"一样保持着优雅和风趣,退休后的她手机里一直珍藏着孩子们对她的"表白"。

第一次见证"愚公移山""蚂蚁搬家"这般执着的人,竟然改变了大家以为改变不了的事实,也用他的人格魅力影响着周围的人。

我也想对您说声,谢谢,郭老。

【编剧简介】

张瑜,女,毕业于塔里木大学。现任新疆生产建设兵团广播电视台电视中心《兵团新闻联播》责任编辑、《瞭望兵团》编导。采写的电视类文艺专题《走近青年歌唱家刘媛媛》、消息《屯垦爹娘》获"五个一工程"奖。《带着爱心去支教》,广播类新闻专题《"复兴号"首发引旅客点赞》系列报道,《共和国不会忘记——对话抗美援朝老兵》等一批作品分获新疆新闻奖、兵团新闻奖。

后记

时代呼唤英雄楷模

兵团，一支悠扬、奋进的古韵长歌。

兵团，一曲灼热、昂扬的感人乐章。

六十多年来，兵团各行各业涌现出数以百计的英雄楷模。他们点亮了兵团精神之灯，铸就了兵团伟业大厦。如何以最贴切的艺术形式让他们的精神发扬光大、事迹广为流传？一个人民群众喜闻乐见的艺术形式——广播剧，出现在兵团党委宣传部领导和兵团广播电视台领导的眼前。

此前，在广播剧领域，兵团编剧已有了一定的尝试和收获。《检察官张飚》《边境线上援疆情》《喜喜连长》《马鞭的召唤》《塔克拉玛干情缘》《守望边境线》等6部广播剧分别获得自治区广播文艺一等奖和“兵团五个一工程奖”。基于这样的基础，大型系列广播剧《兵团魂》创意应运而生，并获得兵团党委宣传部的充分认可和大力支持。

2019年3月，《兵团魂》第一批12部广播剧剧本，由兵团广播电视台8名采编人员利用业余时间创作完成，由中央广播电视总台广播剧中心录制完毕。兵团党委宣传部文艺处处长蒋莹莹、党工委副书记李艺及时组织了广播剧论证会，8月起12部广播剧(24集)陆续在中央广播电视总台播出，产生较大反响。

中央广播电视总台广播剧中心主任、著名导演权胜说：《兵团魂》是新中国历史上第一次以系列广播剧的形式宣传新疆生产建设兵团的英模故事，弘扬兵团精神。我们的演员们在精心制作的同时，心灵被矢志不渝、献身科研的刘守仁，把事业写在大地上的陈学庚，56年坚守在无人区的戍边人魏德友的故事一次次地撞击，一次次地打动，我们的时代需要呼唤他们的精神，需要展现人性美的力量，讴歌社会主流价值。

2019年10月，我们将新创作的12部广播剧与《检察官张飚》等6部广播剧一起组合成大型系列广播剧《兵团魂》，在新疆广播电视台、新疆生产建设兵团广播电视台的黄金时段陆续播出，产生了空前的轰动效应。鲜活饱满的人物形象，动人心魄的故事情节，倾情演绎了兵团几十年的奋斗历程，塑造了《兵团魂》系列广播剧的人文导向和审美追求。

2020年，系列广播剧《兵团魂》的再创作顺理成章地进行着。

兵团党委宣传部、兵团文联、兵团文化体育广电和旅游局经过精心筛选，确定了17位英模人物和一个模范群体。兵团广播电视台15名采编人员主动出击，兼顾好本职工作和广播剧创作的关系，积极对接英模人物和模范群体，及时拿出创作提纲呈给项目负责人王安润审定把关。创作过程中，采编人员多次开展研讨、探索，形成了虚心求教、精益求精的创作氛围。王安润亲自讲授创作方法、传授创作经验。老作者梅红、刘茗等对初创者热情帮助，形成了传帮带效应。令人感动的是，一些同志结束援疆工作回到了北京，一些同志因为工作原因离开了兵团广播电视台，但他们热情依旧、责任有加，一丝不苟地完成了剧本创作。项目负责人对剧本初稿提出了详细具体、操作性极强的修改意见，并逐一督促落实。最终，每一部剧本都得到了较完美的呈现，体现了编剧们的社会责任感和审美追求，获得了读者们对道德力量的认可。

广播剧本结集出版前夕，兵团党委宣传部组织专家学者对36部剧本逐字逐句推敲，提出了宝贵的意见和建议。最终形成兵团党委宣传部《审读意见》：作品主题集中，题材丰盈，政治导向正确，人物形象动人，对引领和推动兵团文艺健康发展，提升兵团文化软实力，铸造和弘扬兵团精神将发挥积极作用。

在这里，我们向奋战在兵团各条战线的英模人物和模范群体，尤其是本书主人公们致以崇高的敬意！向为本书出版过程中付出过心血、汗水和智慧的编剧、专家学者、责任编辑们表示诚挚的谢意！

衷心感谢中国文联副主席、中国电视艺术家协会主席胡占凡百忙之中为本书作序。

《兵团魂》创作团队

2020年12月于乌鲁木齐